Chicago Café

HOFFNUNG UND LEMON PIE

LILIAN HAMANN

Deutsche Erstausgabe September 2023

Lektorat: Marion Mergen
Korrektorat: Andreas März
Covergestaltung: Rainer Wekwerth
unter Verwendung von:
FotoDesignPP - stock.adobe.com
juliasudnitskaya - stock.adobe.com
Buchsatz: Alexandra Mazar

Lilian Hamann
c/o Autorenbetreuung / Caroline Minn
(Impressumservice)
Kapellenstraße 3
54451 Irsch
E-Mail:lilian.hamann@gmx.de
TB ISBN 9798859480630

Kindle Direkt Publishing

Widmung

Das hier geht an alle, die sich nicht für gut genug halten.
Das hier geht an jeden, der meint er wäre nichts wert.
Das hier geht an euch, wenn ihr im Schattenland wohnt.
Das hier geht an alle, denen dunkle Wolken im Kopf umherziehen.
Das hier geht an jeden, der seinen ganz eigenen Kampf kämpft.
Das hier ist für euch, wenn ihr nicht mehr könnt.
Ihr seid so viel mehr als eure Gedanken.
Ihr seid gut genug, so wie ihr seid.
Euer Wert ist mit Gold nicht aufzuwiegen.
Selbst wenn ihr im Schattenland umherwandert und euch dunkle Wolken die Sicht vernebeln - lasst nicht zu, dass euer ganz eigenes Licht erlöschen wird.
Lasst die Schwerter mal einen Augenblick ruhen, legt die schwere Rüstung ab, setzt die Maske ab und schaut, wie weit ihr schon gekommen seid.
Seid stolz auf Euch.

Zitat

Ich will die tiefsten, dunkelsten, kränksten Teile von dir, von denen du Angst hast, sie mit jemandem zu teilen, weil ich dich so sehr liebe.

Lady Gaga

Personen

Penelope Swan

- 1,84 m groß
- 28 Jahre alt
- rot-blonde Locken
- ebenmäßiges Gesicht
- leicht abstehende Ohren
- hat ein seegrünes und ein himmelblaues Auge. (Iris-Heterochromie)
- duftet wie eine Sommerwiese

Es ist zwei Jahre her, seit Penelope nach Chicago gekommen ist und das Café ihrer verstorbenen Tante Bernadette übernommen hat.
Penelope und ihre Mitarbeiter sind zu einem sehr guten Team zusammengewachsen. Sie hat Matt zu ihrem Geschäftsführer gemacht. Georgia ist ihre »rechte Hand und ihr linkes Auge«. Sie weiß das Café in guten Händen und sah sieht sich nach einer neuen Herausforderung um. Penelope war nicht mehr die junge Frau, die ziellos vor sich hin lebt und von den Wellen des Lebens hin- und hergeworfen wird. Die Zeit in Chicago hat sie verändert und ihr verschüttet geglaubtes

Innerstes nach außen gekehrt. Sie weiß mittlerweile nicht nur, was sie will, sondern auch, wie sie ihre Ziele erreichen kann. Die innere Leere, die sie früher oft verspürte, ist einer Erfüllung gewichen. Sie geht sorgsamer mit sich um und ist authentischer im Umgang mit Menschen.
Kurzum: Sie ist zufrieden mit ihrem Leben. Bis zu dem Zeitpunkt, als sie sich zwei Herausforderungen gegenübersieht, die ihr Leben auf entscheidende Weise für immer verändern. Sie ist hin- und hergerissen von sich widersprechenden Gefühlen und muss zudem einen herben Verlust verarbeiten, der sie in eine emotionale Tiefe zieht. Wird es ihr gelingen, das Blatt zu wenden?

Kris Malone

- 1,95 m groß
- 30 Jahre alt
- Karamellfarbene Haut
- bernsteinfarbene Augen mit einem hellbraunen Kreis um die Iris herum
- breiter Mund mit breiten großen Lippen
- Grübchen unterhalb des Mundes
- gut trainierter Körperbau
- ein Lächeln, das sich über sein ganzes Gesicht ausbreitet

Kris ist zu Penelope gezogen. In seinem Beruf als Lehrer ist er sehr erfolgreich und bei Schülern und Kollegen gleichermaßen beliebt. Er kümmert sich um vernachlässigte Kinder und bietet ihnen Perspektiven. Er hat sozusagen seine Berufung gefunden.
Er ist angekommen in seinem Leben und glücklich. Penelopes Herausforderungen beschäftigen jedoch auch ihn und seine Beziehung zu ihr. Wird er die Kraft haben, sein Glück halten zu können?

Tabea Malone

- zweieiige Zwillingsschwester von Kris Malone.
- 30 Jahre alt
- 1,70 m groß
- kurvige Figur
- schwarze Locken
- Beruf:
- Mutter einer Tochter: Trisha

Tabea liebt das Leben und tanzt nach dessen verschiedenen Melodien. Sie ist ein willensstarkes Energiebündel und betrachtet langes Jammern als Zeit- und Energieverschwendung.
Mit ihrer liebevollen Art sorgt sie dafür, das es ihr und ihrem Umfeld wieder besser geht. Sie sieht Lösungen, keine Probleme.

Sie kleidet sich gern farbenprächtig, da sie der Meinung ist, dass Leben bunt ist und sie deshalb auch danach leben kann. Bis dieser Tag kam. Seitdem ist nicht nur an ihr alles Schwarz und Grau.
Wird sie es schaffen, dass ihre Welt wieder bunt wird?

Trisha Malone

- 1,04 m groß
- 2 Jahre und elf Monate alt
- ihre schwarzen Haare sind oft zu kleinen Zöpfen geflochten
- Kirschmund, der niemals still steht
- roch nach Zuckerwatte undhat fast immer klebrige Hände, als wenn sie gerade Zuckerwatte gegessen hätte
- ist ständig in Bewegung
- sie geht nicht, sie tanzte.
- glockenhelles Lachen, das Herzen öffnen kann

Mitarbeiter des Cafés

Matt Walker

- 1,84 m groß
- blonde Locken
- braune Augen
- 31 Jahre alt
- bringt mit seinem Lächeln Herzen zum Schmelzen
- gut trainierter Körper
-clever
- homosexuell

Kuchen und Gebäck herzustellen ist nach wie vor seine Obsession. Als er mitbekommt, dass die Kundschaft immer öfter nach veganem Essen fragt, stellt er sich darauf ein. Er meint zwar, dass in echten Kuchen Eier und Butter gehören, aber seine veganen Gegenstücke kommen sehr gut an. Beruflich läuft es bestens für ihn.
Doch privat durchlebt er eine Flaute.
Matt besitzt ein großes Herz, in dem bestenfalls alles harmonisch ist. Ist das Gegenteil mal der Fall, leidet er sehr darunter. Als sein Leben eine unerwartete Wendung nimmt, vertraut er sich Penelope an.

Georgia Wright

- 1,70 m groß
- Fünfundvierzig Jahre
- kastanienbraun gefärbte Haare
- hellblaue Augen

Georgia hat Penelopes Chance genutzt und lebt nicht mehr auf der Straße. Sie hat sich gut eingearbeitet und ist zu einem Teil des Teams geworden. Aus der verängstigen, scheuen

Frau wird nach und nach eine selbstbewusste Persönlichkeit, die sich auch mal traut, verantwortungsvollere Aufgaben zu übernehmen.

Juan González

- 45 Jahre alt
- schwarze Haare
- olivfarbene Augen.
- gepflegter Dreiecksbart

Juan südamerikanisches Temperament ist aufbrausend. Meistens beruhigt er sich schnell wieder. Sein Herz trägt er auf der Zunge und er würde bis zum Äußersten kämpfen für Menschen, die er mag. Juan ist der Küchenchef des Soul Cake. Doch auch für ihn bietet sich eine neue Chance. Wird er zugreifen?

Nachbarn

George und Maria Hall

George:

- 77 Jahre alt
- graues kurzes Haar
-blassblaue Augenfarbe
-randlose Brille
-grauen Schnauzbart

George ist ein Mensch, der alles mit Präzession erledigt. Seine Herzlichkeit ist groß, und wenn Not am Mann ist, bietet er unaufdringlich seine Hilfe an.

Maria:

- 1,68 m groß
- fünfundsiebzig 75 Jahre
-kurzes gewelltes graues Haar
-rote Brille

Sie ist eine Seele von Mensch und guckt dass es allen gut geht. Sie ist der Meinung, dass ein gefüllter Bauch zwar keine Probleme löst, aber dabei hilfreich sein kann.

George und Maria wohnen immer noch neben Penelope und kümmern sich um sie und betüdeln sie. Werden sie helfen können, die schwarzen Wolken, die über dem kleinen Häuschen aufziehen, zu vertreiben?

Ed Ramirez

- 1,70 m groß
- schlaksige Figur
- 63 Jahre alt
- schwarze Haare, meist nach hinten gegelt
- große Nase und Ohren
- gepflegter Oberlippenbart

Ed ist ein zurückhaltender Mensch, doch für die Menschen in seinem Herzen würde er alles tun. Mit Bernadette ist auch ein Teil von Ed gestorben. Ihm fällt es schwer, ins normale Leben zurückzukehren. Wird er es irgendwann schaffen?

Yara Bahman

- 1,70 m groß
- 27 Jahre
-Lange glatte, blonde Haare
- herzförmiges Gesicht
- mandelförmige grasgrüne Augen
- Stupsnase
- kurvige Figur

- lacht gern

Yara hat ihr Ziel erreicht. Sie ist erfolgreiche Designerin und jettet um die Welt. Heute hier, morgen da, ist aber trotz des Rummels um sie herum einsam. Für Penelope hat sie aber trotz der Entfernung ein offenes Ohr. Wird sie es schaffen, mit ihrer positiven Art zu ihr durchzudringen?

Yui Tanaka

- 1,81 m groß
- braune Augen
- schwarze, kurze Haare
- helle, fast porzellanweiße Haut
- Journalistin

Yui ist eine Freundin von Tabea, freundet sich aber auch mit Penelope an.
Sie ist Journalistin und lässt nicht locker, wenn sie an einem Thema dran ist. Aber sie besitzt auch Einfühlungsvermögen. Diese beiden Eigenschaften sorgen für Erfolge in ihrem Job. Sie ist überzeugte Single und hatte deshalb keine Probleme damit, einer neuen Chance zu folgen.

Wache 70

Monica Smith
Sanitäterin auf der Wache 70

- 1,74 m groß
- zu einem Pferdeschwanz gebundene glatte, schwarze Haare
- stämmige Figur

Monica schreitet lebensfroh durch ihr Leben, liebt ihren Job, den sie mit Herz und Verstand ausübt. Ihr Privatleben litt etwas darunter. Sie unternimmt zwar immer mal einen

Versuch, etwas daran zu verändern, aber so richtig gelang gelingt es ihr nicht.

Kelly Harris

- 1,65 m groß
- kurze rote Haare
- strahlend blaue Augen
-ebenmäßiges Gesicht
- Feuerwehrfrau auf der Wache 70

Kelly ist immer noch Feuerwehrfrau und brennt regelrecht für ihren Beruf. Mit Penelope verbindet sie eine gute Freundschaft. Und sie hat es geschafft, dass sich auch Penelope und Tabea für Demonstrationen und Kundgebungen interessierten und diese besuchen.
Wird ihre Freundschaft mit , dass Penelope wieder Licht in ihr Leben lassen kann?

Ellie Young

- 1,71 m groß
- wasserblaue Augen
- blonde Haare, meist zu einem Dutt gebunden
- Rettungssanitäterin auf der Wache 70

Ellie überwindet ihre Schüchternheit Stück für Stück. Auch sie gehört mittlerweile zu Penelopes festem Freundeskreis.

Logan Waldmann
- 1,85 m groß
- Stechend grüne Augen
- dunkles längeres Haar
- einen gepflegten Kinnbart, der seinem Besitzer etwas Wildes verlieh.

Logan taucht ausgerechnet wieder in Penelopes Leben auf, als sie sich in einer dunklen Phase befindet.

Durch seine sensible Ader und durch das was er selbst erlebt hat, findet und bekommt er einen Zugang zu ihr.
Er hört nicht nur zu sondern auch hin.
Wird Penelope ihm vertrauen und ihn an sich heranlassen?

Prolog

»Verdammt, nun fahr doch!«, schimpfte Penelope. Es war ihr danach, ins Lenkrad ihres Grasshoppers zu beißen, stattdessen trommelte sie mit ihren Fingerspitzen darauf herum, als ob das den Verkehr zum Fließen bringen würde. Sie steckte im typischen Stop-and-go von Chicago fest. Warum musste sie auch unbedingt mit dem Auto fahren? Sie wohnte nicht erst seit gestern hier und fragte sich, wie lange es wohl dauerte, bis sie gelernt hatte, dass es in einer Großstadt besser war, mit der Bahn zu fahren oder aber mehr Zeit einzuplanen.

»Ich bin so dumm!«, schimpfte sie mit sich selbst und schaute nervös auf die Uhr. Noch dreißig Minuten, in denen sie einen Parkplatz suchen und in die Praxis laufen musste. Dass sie pünktlich bei ihrer Frauenärztin ankam, konnte sie vergessen. Es sei denn, es geschah ein Wunder. Apropos Wunder! Penelope legte eine Hand auf ihren Bauch und strich sanft darüber. Ob es diesmal geklappt hatte? Bis jetzt waren ihre Versuche erfolglos geblieben. Und jedes Mal, wenn ihre Periode einsetzte, fühlte sich Penelope wie eine Versagerin. Noch kannte sie den Grund nicht, warum ihr der Wunsch nach einem Kind versagt blieb. Sollte sie diesen traurigen Umstand einfach akzeptieren und als ihr Schicksal annehmen? Als Antwort grummelte es in ihrem Bauch, was sie als gutes Zeichen wertete. Vielleicht wollte ihr jemand sehr Winziges mitteilen, dass er oder sie schon da war und zu bleiben gedachte. Nein! Penelope würde den Wunsch nach einer Familie nicht einfach so aufgeben. Kris wünschte sich ebenfalls ein Kind. Er meinte, das würde sie als Paar erst komplett machen. Ihre Gedanken wanderten zu dem Tag zurück, als sie darüber gesprochen hatten, wie es sich wohl anfühlen würde, Eltern zu sein. Kris hatte ihr Pancakes mit frischen Beeren ans Bett gebracht, nachdem sie sich geliebt hatten.

»Jetzt stell dir mal vor, dass auf deinem Schoß eine Miniausgabe von mir und auf meinen Beinen ein Ebenbild von dir sitzt. Wir könnten kuscheln und eine Kissenschlacht machen«, hatte er gesagt und sich eine Himbeere in den Mund gesteckt. Einen Augenblick lang war Penelope überfordert gewesen. Wie sollte das gehen? Sie hatte das Café, Kris war Lehrer. Wer würde sich um die Kinder kümmern? Doch dann hatte sie sich an ihn gekuschelt und sich geborgen gefühlt – wie immer, wenn er in ihrer Nähe war. Mit diesem Mann schien alles möglich.

Verträumt blickte Penelope ins Nirgendwo und hatte noch den Duft von Pancakes in der Nase, als jemand auf die Motorhaube des grünen Dodge schlug. Hektisch blinzelte sie und erkannte, dass dieser jemand eine junge Frau mit wilden Dreadlocks war.

»Pass doch auf!«, schrie die Frau und gestikulierte heftig.

»Entschuldigen Sie bitte.« Penelope hob beide Hände zu einer um Verzeihung bittenden Geste und hielt ihren Kopf aus dem geöffneten Fenster. »Es war keine Absicht.«

»Ja, das sagen alle«, warf ihr die Frau zusammen mit einem giftigen Blick entgegen, bevor sie auf die andere Straßenseite wechselte und mit der Menschenmenge verschmolz. Penelope fragte sich, was dieser Furie wohl die Laune vermiest hatte, als es hinter ihr zu hupen begann.

»Ja, toll, deine Hupe funktioniert!«, murrte sie übellaunig

und schaute in den Rückspiegel. Der Fahrer hinter ihr zeigte Penelope den Mittelfinger. Was war denn heute los? Erst jetzt realisierte sie, dass die Wagenkolonne sich längst in Bewegung gesetzt hatte.

Das kam dabei heraus, wenn man am helllichten Tag träumte.

Hektisch lenkte Penelope den Grasshopper durch den Verkehr und stieß einen Fluch aus, als vor der Praxis ihrer Frauenärztin kein einziger Parkplatz zu finden war. Ein paar Meter vor ihr fuhr jemand weg, aber da stand schon ein Auto. Also blieb nur das Parkhaus in der Nähe, da ihr keine Zeit mehr blieb, um weitere Runden zu drehen.

Dieser Tag begann nicht wirklich optimal, und er wurde auch nicht besser, als Penelope durch das Parkhaus hastete.

»Autsch!«, fluchte sie weiter, weil sie sich den Fuß umgeknickt hatte.

Mit zusammengebissenen Zähnen betrat sie den Fahrstuhl, zog ihre Jacke aus, da ihr warm geworden war, drückte auf den Knopf mit der vier drauf und lehnte sich gegen die Wand der Kabine. Durch das dünne Shirt spürte sie die Kühle des Metalls, die ihre strapazierten Nerven etwas beruhigte.

Doch im letzten Moment, bevor die Fahrstuhltüren sich schlossen, knallte eine Hand dazwischen.

»Puh, das war knapp!«, brummte ein Mann mit zu viel Gel in den Haaren. Er beäugte Penelope ungeniert, weshalb sie sich noch unwohler fühlte. Aber dann pingte es und der Fahrstuhl hielt. War dieser Kerl tatsächlich nur ein Stockwerk hochgefahren?

»Danke fürs Mitnehmen und einen schönen Tag, Lady!«, sagte er und lächelte schmierig. Fehlte nur noch, dass er sich lasziv über die Lippen leckte. Penelope schüttelte sich. Was bildeten sich solche Typen nur ein?

»Mal sehen, was du für ein Mensch wirst«, sagte sie leise und strich sich zärtlich über den Bauch. Penelope war fest davon überzeugt, dass sie schwanger war. Es musste einfach so sein. Mit diesem Gefühl betrat sie die Praxis.

»Ah, Miss Swan!«, begrüßte sie die Sprechstundenhilfe, deren gebräunte Haut Penelope verriet, dass sie wohl kürzlich im Urlaub gewesen sein musste. »Wir brauchen Ihre Versichertenkarte.« Penelope wusste, dass sie zu den Privilegierten gehörte. Es gab immer noch zu viele, die nicht krankenversichert waren. Präsident Obama hatte das ändern wollen, aber sein Nachfolger Trump war in dieser Hinsicht weniger ambitioniert gewesen. Penelope fragte sich manchmal, welchen Sinn Politik hatte, wenn der eine etwas aufbaute und der andere es wieder einriss. Es kam ihr manchmal so vor, als spielten Kinder im Kongress, die sich gegenseitig ihre Kleckerburgen kaputt machten. Der Unterschied war jedoch, dass Kinder es nicht besser wussten und emphatischer waren als so manch großer Politiker.

»Miss Swan?«, fragte die Sprechstundenhilfe und hob auffordernd ihre grazile Hand mit perfekt manikürten Fingernägeln. Penelope schob ihre Versichertenkarte über den Tresen und beschloss, sich heute Nachmittag Zeit für ihre Fingernägel zu nehmen, von denen der Lack bereits abblätterte. Nagellack schadete doch nicht dem Baby in ihrem Bauch, oder? Sie würde Doktor Jakob danach fragen.

»So, Miss Swan, Ihre Karte bekommen Sie zurück«, säuselte die Sprechstundenhilfe. »Bitte nehmen Sie noch einen Moment im Wartezimmer Platz!«

»Alles klar. Danke.« Penelope ging den Flur entlang, an dessen Wänden Collagen mit unzähligen Säuglingsfotos hingen. Sie stellte sich vor, wie sie in ein paar Monaten mit einem Buggy in die Praxis kam und auch ein Foto ihres Babys dort hing. Mit dieser wunderbaren Vision lief sie ins Wartezimmer und wäre am liebsten wieder gegangen. Es war proppenvoll, nur ein einziger Stuhl war noch frei. Sie setzte sich und starrte auf ein Bild an der gegenüberliegenden Wand. Darauf war eine Strandszene zu sehen, die aus den Zwanzigerjahren des letzten Jahrhunderts stammen musste. Zwei Frauen in langbeinigen Badeanzügen schlenderten über einen nahezu leeren Strand. Wie sich die Zeiten doch geändert hatten. Mit vielem gingen die Menschen heute freier um, doch gab es immer noch Themen, die unter den Teppich gekehrt wurden. Wie zum Beispiel die Periode der Frau, über die auch heute noch kaum offen gesprochen wurde. Penelopes Blick fiel auf ein etwa vierzehnjähriges Mädchen, das verschüchtert auf seine Schuhspitzen schaute. Seine Mutter blätterte teilnahmslos in einer Zeitung.

Ihre Gedanken kehrten wieder zu ihrem Baby zurück. Penelope lächelte und sagte im Stillen: Ich werde dafür sorgen, dass wir nie lange Zeit sprachlos sind. Wir werden immer über alles reden können, das verspreche ich dir.

Ja, dieser Gedanke fühlte sich gut an. Ein Stöhnen holte Penelope zurück in die Realität des Wartezimmers. Sie schaute sich um. Es stammte von einer Frau neben ihr, deren Bauch so riesig war, dass bestimmt Fünflinge darin stecken mussten. Sie rutschte stöhnend auf dem Stuhl umher und suchte offenbar eine bequemere Position. Penelope empfand Mitleid mit der Frau, aber auch eine Prise Neid. In ihrem Bauch begann ein Ziehen, das sie nur zu gut kannte.

»Miss Swan? Kommen Sie bitte!«, hörte sie die Sprechstundenhilfe und sprang in der Hoffnung auf, dem vollen Wartezimmer entfliehen zu können.

»Bitte füllen Sie diesen Becher mit Urin und stellen ihn dann auf den ausgewiesenen Platz!«

In Penelope sank die Hoffnung, schnell nach Hause zu kommen und Kris die gute Nachricht mitteilen zu können. Wie formulierte man eigentlich so eine frohe Botschaft? Sollte sie es einfach aussprechen? Was würde Kris sagen?

Penelope ließ sich auf der Toilette nieder und erschrak. NEIN! In ihrem Slip war Blut. Das Ziehen in ihrem Bauch war nicht nur Neid oder Angst gewesen. Mutlos senkte sie den Kopf, in ihr drehte sich alles und ein paar Tränen tropften auf den Boden. Das durfte nicht sein! Es kam ihr vor, als hätte jemand den Stecker gezogen. Warum sollte sie jetzt noch ihren Urin zur Untersuchung abgeben? Es war sinnlos. Alles war umsonst! Ihre Beine zitterten, als sie sich die Hände wusch und den Raum verließ. Kalter Schweiß bildete sich auf ihrer Stirn.

»Miss Swan, geht es Ihnen gut?«, fragte die Sprechstundenhilfe.

»Ja«, hauchte Penelope. Am liebsten wäre sie aus der Praxis gestürmt und hätte in ihrem Bett still vor sich hin gelitten. Stattdessen ging sie zum Wasserspender, der gurgelnd sein nasses Gut in einen Becher laufen ließ. Nachdem sie durstig zwei davon geleert hatte, fühlte sie sich halbwegs gewappnet, ins Wartezimmer voller Babybäuche zurückzukehren.

»Miss Swan, Sie können jetzt zum Ultraschall. Zimmer drei bitte!«

Aye, !, dachte Penelope. Es fehlte nicht viel und sie hätte salutiert.

Kraftlos schlurfte sie in Zimmer drei, machte ihren flachen Bauch frei und wartete auf die Assistentin.

»Dann legen wir mal los!«, sagte diese wenig später, machte ihren Job und forderte Penelope freundlich auf, erneut im Wartezimmer Platz zu nehmen.

Ich bin nicht schwanger, sondern eine verfluchte Versagerin!, hämmerte es durch ihren Kopf, während Penelope in einer Zeitschrift blätterte, um nicht neidvoll auf die wunderschönen Bäuche fremder Frauen zu starren. Das Ziehen in ihrem Unterleib hatte an Intensität zugenommen und Übelkeit wallte in ihren Eingeweiden auf. So war es immer, wenn ihre Periode startete.

»Miss Swan?«, rief die Sprechstundenhilfe. Mechanisch stand Penelope auf und folgte der Anweisung, in Zimmer eins zu gehen.

»Guten Tag, Miss Swan!«, begrüßte sie die Ärztin. »Wie geht es Ihnen?«

»Danke gut. Und Ihnen?«

Penelope mochte diesen Smallalk nicht, aber es war halt so üblich in den USA. Deswegen spielte sie mit, auch wenn ehrliche Antworten auf diese Frage nicht üblich waren. So nickte sie bloß und betrachtete das Regal hinter dem Schreibtisch von Doktor Jacob. Es beinhaltete diverse Fachbücher und ein paar Bilderrahmen. Penelope vermutete, dass die Fotos den Partner und die Kinder der Frauenärztin zeigten.

Doktor Jacob zog eine Akte zu sich, Papier raschelte. Penelope fühlte sich wie bei einer Auslosung. Die Gynäkologin holte tief Luft, als sie sich über ihre raspelkurzen schwarzen Haare strich und dann sorgenvoll zu Penelope schaute. Es war einer dieser Blicke, denen nie etwas Gutes folgte. Doktor Jakob räusperte sich, bevor sie Penelope das sprichwörtliche Messer in den Bauch rammte.

»Miss Swan, Ihre Eierstöcke streiken.«

»Wie bitte?«

Die Gynäkologin drehte das Messer einmal um. »Ihr linker Eierstock ist so verwuchert, dass da nichts mehr zu machen ist. Und der rechte arbeitet nur mit halber Kraft.«

»Und das bedeutet was?«

»Miss Swan, es tut mir sehr leid, aber Ihr Wunsch nach eigenen Kindern wird sich nicht so einfach erfüllen lassen. Es wird vermutlich ein schwerer Weg werden, aber es gibt auch immer noch Wunder.«

In Penelopes Bauch, der eh schon wehtat, ballte sich etwas zusammen. Es fühlte sich an wie ein Gewitter, Blitze zischten durch ihre Eingeweide, die Übelkeit nahm zu.

»Aha!«, murmelte Penelope. Zu mehr war sie momentan nicht imstande.

Die Ärztin redete weiter, aber Penelope hörte nicht mehr zu. Sie konnte nur daran denken, dass Kris sie verlassen würde. Wer wollte schon mit einer Versagerin zusammen sein?

»Miss Swan, hören Sie mir zu?« Die ernste Stimme der Gynäkologin drang wie durch Watte zu ihr durch. »Es gibt natürlich noch andere Methoden als die herkömmliche Art, um schwanger zu werden. Zum Beispiel die künstliche Befruchtung, oder Sie lassen sich auf die Warteliste für eine Eizellenspende setzen«, erklärte Doktor Jakob, aber Penelope konnte nicht zuhören. Sie dachte nur daran, dass Kris aus ihrem Leben verschwinden würde, weil ihre Eierstöcke streikten.

»Miss Swan, ich weiß, dass ist jetzt viel und fühlt sich so an, als ob der Boden unter Ihnen aufbricht. Aber es gibt eine Lösung, und wir finden sie. Ganz sicher!«

»Ich muss an die frische Luft«, stammelte Penelope, erhob sich und sank zurück auf den Stuhl. Ja, der Boden brach auf, unter ihr bildete sich ein riesiges Loch, in das sie hinabstürzen würde. Wieder biss Penelope die Zähne zusammen, stand erneut auf und diesmal trugen sie ihre Beine. Blind vor Tränen und mehr stolpernd als gehend verließ sie die Praxis. Draußen angekommen, kniff sie die Augen zusammen und atmete tief ein. Missmutig setzte sie ihre Sonnenbrille, die auf ihren rot-blonden Locken thronte, auf ihre Nase. Es war doch die reine Provokation von der Sonne, dass sie heute extra hell schien. Es fühlte sich an, als wäre sie im falschen Film gelandet, doch die Fernbedienung hatte keine Stopp-Taste. Ihr Mund wurde staubtrocken bei der Vorstellung, dass sie niemals das glockenhelle Lachen ihres eigenen Kindes vernehmen würde. Sie musste würgen, bekam kaum noch Luft.

Einen Fuß vor den anderen setzend, schleppte sich Penelope die Straße entlang zurück zum Parkhaus. Im Auto gönnte sie sich ein paar Minuten, bevor sie den Motor startete. Es half nichts, sie musste zurück ins Café. Dort warteten Menschen, die sie brauchten, die sie nicht für eine Versagerin hielten.

»Ma'am?«

Eine helle Stimme, die fordernd klang, holte Penelope aus ihrer Lethargie heraus. Suchend blickte sie sich um und entdeckte einen etwa achtjährigen Jungen auf einem Spielplatz. Der Ärmel seines linken Arms hing leer herunter, seine Augen jedoch sprühten vor Übermut. Seine blonden Haare standen stachelig vom Kopf ab und seine Stupsnase war umgeben von Sommersprossen.

»Was kann ich für dich tun?«

»Können Sie mir bitte den Ball geben?«, fragte der Junge höflich und Penelope dachte: Na toll, wenn dich ein Kind siezt, bist du wirklich alt. Tapfer lächelte sie und bückte sich, um den Ball aufzuheben, der beim Spielen offenbar über den Zaun auf den Bürgersteig gefallen war.

»Na klar!« Penelope wollte cool wirken, nahm Anlauf und kickte den Ball über den Zaun. Na ja, fast. Der Ball prallte gegen den Maschendraht und dann gegen ihren Kopf. Verdammt! Wenn mit diesem Jungen auch bloß ein Quäntchen gute Laune aufgekeimt war, verflog diese sofort wieder.

Penelope nahm den Ball und warf ihn mit Schwung über den Zaun und stolperte dabei über ihre eigenen Füße.

»Vielen Dank«, hörte sie den Jungen rufen, als sie ihren Weg fortsetzte.

Heute war definitiv einer dieser Tage, an dem ihr nichts gelang. Ein Tag, auf dem dick und fett stand: Kann weg! Was wäre es schön, wenn solche Tage einen Griff hätten, an dem man sie einfach im nächsten Mülleimer versenken könnte. Oder es eine Umtauschstelle geben würde. Mit einem Mal vermisste Penelope ihre Tante Bernadette, die gesagt hätte: »Oh, hast du wieder einen gebrauchten Tag abbekommen? Komm her, Honey!« Bernadette hätte ihre Arme weit ausgebreitet und Penelope erklärt, warum jetzt nur ein Stück doppelter Zitronenkuchen, das war ein Zitronenkuchen gefüllt mit Zitronencreme, helfen konnte. »Das erfrischt Geist und Seele und pustet die Sorgen weg wie ein warmer Frühlingswind.«

Penelope seufzte tief. Mach ich das alles hier richtig, Bernadette?, dachte sie und plötzlich war ihr, als könnte sie den speziellen Geruch ihrer Tante riechen. Schnell schaute sie sich um, obwohl ihr klar war, dass Bernadette unmöglich hier sein konnte. Dennoch fühlte sich Penelope seltsam getröstet, allerdings hielt dieses Gefühl nicht lange an, denn in diesem Augenblick öffnete der Himmel seine Schleusen. Von einer Sekunde auf die nächste schüttete es wie aus Eimern.

Irgendwer da oben hatte wohl Mitleid mit ihr, oder? Penelope schaute in den düsteren Himmel, schloss die Augen und spürte, wie ihre Tränen vom Regen fortgespült wurden.

»Ach, Bernie!«, murmelte sie und vermisste schmerzhaft ihre Tante, deren Anwesenheit sie jetzt erneut spürte. Es war, als würde Bernadette ihre Hand nehmen und sagen: »Penelope, das Leben ist voller Hindernisse. Wichtig ist nur, wie du darauf reagierst, ob du stehenbleibst, zurückweichst oder sie überwindest. Ich glaube fest daran, dass du sie alle meistern wirst – auf deine Weise, denn du hast immer die Wahl.«

Eins

HINDERNISSE

Nass, zitternd vor Kälte und aufgewühlt erreichte Penelope das Soul Cake, betrat es durch die Hintertür und hoffte, dass sie sich ungesehen in ihr Büro verziehen konnte. Doch da hatte sie sich zu früh gefreut, denn Matt stellte sich ihr in den Weg und bedachte sie mit einem irritierten Blick.

»Hast du genug geglotzt?«, fuhr sie ihn an und zog die Hintertür lauter zu, als es notwendig gewesen wäre.

»Es ist nur so«, druckste Matt herum und schaute sie immer noch so seltsam an.

»Matt, mein Tag ist echt beschissen, also sag, was los ist!« Ihr Tonfall war aggressiv. Warum ging sie Matt so an? Er konnte doch nichts dafür.

»Ist schon gut. Wird auch so gehen«, winkte er ab, raufte sich die blonden Locken und war schon im Begriff, sich umzudrehen.

»Wie macht sich die neue Kellnerin?«, erkundigte sich Penelope.

»Um die geht es doch gerade«, stöhnte Matt und stopfte beide Hände in die Hosentaschen.

»Was ist los?«

»Sie hat in die Kasse gegriffen.«

»Was? Wo ist sie?«, fragte Penelope aufgebracht.

»Nicht mehr hier«, beruhigte sie Matt. »Ich hab sie entlassen.«

»Gut gemacht!«

»Danke. Das Problem ist nur, dass wir jetzt einer weniger sind und der Laden rappelvoll ist.«

»Okay, gib mir zehn Minuten!« Penelope verschwand in ihrem Büro und knallte die Tür zu. Sie bewahrte dort immer einen Satz Wechselkleidung auf, seitdem ein Gast mal seinen Kaffee über ihr entleert hatte. Eilig zog sie die nassen Klamotten aus und stellte zumindest äußerlich eine gewisse Normalität wieder her. Um ihr Innerstes musste sie sich später kümmern. Vielleicht hole ich eine zweite Meinung von einem anderen Frauenarzt ein, dachte sie, trat an den Spiegel und blickte einem Trauerkloß entgegen. Ihr kamen Bernadettes aufmunternde Worte in den Sinn. Das Soul Cake war ihr Ein und Alles gewesen, und ihre Tante hatte es bestimmt auch nicht immer leicht gehabt. Also überwinde ich die Hindernisse, dafür sind sie schließlich da, oder? Zögerlich lächelte Penelope ihrem Spiegelbild entgegen. Private Sorgen hatten im Job nichts zu suchen. Sie war jetzt die Chefin und musste Bernadettes Andenken gerecht werden.

Entschlossen straffte Penelope die Schultern und stürzte sich ins Geschehen. Die Ablenkung würde ihr guttun.

»Puh! Gut, dass du da bist«, schnaufte Roberta, die etwas derangiert wirkte. Ihr Dutt glich eher einem Vogelnest als einer Frisur. »Tisch drei möchte bestellen und Tisch sieben bezahlen.« Mit dieser Info verschwand die Kellnerin in Juans und Matts Reich, der Küche. Penelope holte tief Luft. Normalerweise liebte sie diese lebendige Mischung aus Kommen und Gehen, aus verschiedenen Gesprächsfetzen und Gesichtsausdrücken, die sehr deutlich die Stimmung ihrer Besitzer zeigten. Doch heute war ihr das alles zu viel Leben auf einmal. Sie beschloss, sich davon nicht beeindrucken zu lassen, und trat an Tisch sieben, um abzukassieren. Doch ihr Vorsatz hielt nicht lange an, denn an Tisch drei saß eine Frau, deren Bauch sich deutlich wölbte. Penelope hätte am liebsten die Flucht ergriffen und sich irgendwo verkrochen, aber sie wusste aus Erfahrung, dass dadurch nichts besser wurde. Also straffte sie ihre Schultern erneut, schaltete ihr Lächeln ein und nahm die Bestellung auf.

The Show must go on! Die Gäste interessierten sich nicht dafür, wie mies es dem Personal ging. Sie waren hier, um es sich gut gehen zu lassen. Penelopes Job war es, Menschen glücklich zu machen und nicht wie ein Trauerkloß in irgendeiner Ecke zu hocken. Mit dieser Erkenntnis und der einsetzenden Routine ging es ihr schlagartig besser. Sie brachte der Schwangeren den gewünschten koffeinfreien Kaffee mit Hafermilch, dazu ein Stück Apfelkuchen, auf dem dicke goldgelbe Streuseln aus veganen Zutaten prangten. Den Vegan Apple Pie hatten sie erst kürzlich im Programm, obwohl sich Matt mit Händen und Füßen dagegen gewehrt hatte, diese »Pampe« zu backen. Er besaß die felsenfeste Überzeugung, dass in einen richtigen Kuchen und in eine gute Torte Butter und Eier gehörten. Penelope war derselben Meinung, aber seitdem sie mit Kris zusammen war und somit auch Tabea in ihr Leben getreten war, die sich vegan ernährte, bekam sie eine neue Perspektive, was dieses Thema betraf. Früher war es ihr auf die Nerven gegangen, wenn jemand erzählt hatte, dass er keine tierischen Produkte aß, weil es ihm um das Wohl des Tieres oder um das Klima ging. Heute wusste Penelope gar nicht mehr, warum sie sich dadurch so getriggert gefühlt hatte, sondern nahm es als willkommene Abwechslung in ihre Speisekarte auf. Der Kunde war schließlich König, und wenn veganer Kuchen verlangt wurde, dann musste Matt ihn backen. Juan war als Koch weitaus flexibler, er spielte von Anfang an mit und hatte jeden Tag entweder ein veganes Frühstück,

Mittagessen oder Sandwich auf dem Plan. Ihre tierfreien Produkte schmeckten mittlerweile so gut, dass auch die Schwangere an Tisch drei den Vegan Apple Pie genüsslich in sich hineinstopfte und dabei zärtlich über ihren Bauch strich.

Wehmütig legte Penelope ihre Hand auf ihren flachen Bauch und stellte sich vor, wie es wohl wäre, einen Tritt seines Kindes zu spüren.

»Hallo?!« Penelope verdrängte diesen zuckersüßen Gedanken und drehte sich zu einem wütend dreinblickenden Mann an Tisch acht.

»Seit zehn Minuten versuche ich schon, Ihre Aufmerksamkeit auf mich zu lenken«, beschwerte er sich und wedelte mit der Menükarte.

»Ich komme gleich zu Ihnen«, beschwichtigte Penelope den älteren Herrn, der allein an Tisch acht saß.

»Nein! Ich sage Ihnen hier und jetzt, was ich will. Wenn nicht, verlasse ich dieses Etablissement und betrete es nie wieder.«

Penelope seufzte still in sich hinein. Auch wenn sie sich sicher war, dass das Café auch ohne diesen Kunden überlebte, widmete sie sich dem Mittsechziger und brachte ihm wenig später einen Cappuccino und ein Stück Möhrenkuchen.

»Geht doch«, murrte der Mann und zückte seine Brieftasche. »Halt, warten Sie! Ich bezahle gleich, sonst dauert das wieder ewig.« Umständlich zählte er die sechs Dollar und achtzig Cent ab. Mit einem nicht hörbaren Seufzen nahm Penelope das Geld entgegen und wünschte ihm einen schönen Tag. Sie liebte solche Kunden, denen es nie schnell genug ging und die keinen Cent Trinkgeld zahlten. Trotzdem waren es Kunden, die Umsatz brachten.

Bestellung folgte auf Bestellung, dazwischen Tische abputzen, Kühlschränke auffüllen und jede Menge Schritte machen. Penelope kam ordentlich ins Schwitzen, aber das war ihr nur recht, denn so hatte sie keine Zeit, über ihre privaten Sorgen nachzudenken. Einen Augenblick lang guckte sie aus dem

Fenster und bemerkte dass an dem Baum davor nur noch wenige Blätter seines farbenprächtigen Herbstkleides hingen.

»Hi, Sweetheart!«, wurde sie am kurz danach stürmisch von Kelly begrüßt.

Penelope umarmte die Feuerwehrfrau, die noch in ihrer Uniform steckte. »Schweren Einsatz gehabt?«, fragte sie und schaute zu Monica, einer Sanitäterin und Kellys Begleitung.

»Ja, war heftig«, bestätige Kelly. »Wohnungsbrand in einem Hochhaus. Einige Verletzte und leider auch zwei, die es nicht geschafft haben.« Monica nickte und wischte sich müde über die Stirn. »Obwohl wir alles in unserer Macht Stehende getan haben. Aber manchmal hat der Große Meister eben andere Pläne.« Die Sanitäterin war praktizierende Christin und glaubte, dass Gott alles geplant hatte und dementsprechend lenkte.

»Das ist bestimmt bitter, wenn man alles tut, um ein Opfer zu retten und dann den Kampf verliert«, entgegnete Penelope und begleitete die beiden Frauen zum Tresen. »Aber denkt an die Menschen, denen ihr einen zweiten Geburtstag geschenkt habt. An die, die dank euch weiterleben dürfen. Und an die, die ihr zudem gerettet habt.«

»Ja, ich weiß«, seufzte Monica. »Danke, dass du das sagst. Auch wenn ich daran glaube, dass unser Drehbuch schon geschrieben ist, nagt da trotzdem der Gedanke, ob wir nicht mehr hätten machen können. Warum waren wir nicht schneller und besser?« Monica schaute gedankenverloren auf die Straße, während Kelly ihr mitfühlend auf die Schulter klopfte.

»Stimmt. So hab ich das noch nicht gesehen«, überlegte Kelly. »Wir wissen nicht, wie viele wir noch damit retten, wenn wir ein Menschenleben retten. Danke für diesen Gedankenimpuls«, die Feuerwehrfrau legte die Arme um Penelope und drückte sie an sich.

»So, Mädels, eure Bestellung.« Matt schenkte den beiden sein typisches Lächeln, das die gleiche Wirkung hatte, als wenn die Sonne durch graue Regenwolken schien. Er kam durch die Schwingtür und reichte den beiden Rettungsfrauen eine türkise Tüte und zwei Kaffeebecher.

»Kommt, schenkt mir ein Lächeln zurück!«

Die zwei Frauen verzogen ihr Gesicht.

»Geht doch«, stellte Matt fest und grinste. »Mädels, denkt immer dran: Auch wenn es sich wie scheitern anfühlt, es war nur ein Kapitel und nicht die ganze Geschichte. Ihr seid Helden, vergesst das nicht!«

Erschöpft nickten Kelly und Monica, murmelten ein »Danke« und stiegen auf der Straße in ihren roten Feuerwehrtruck.

Penelope wusste, dass alle auf der Wache 70 stark genug waren, um damit klarzukommen, und doch wollte sie sich etwas einfallen lassen, um die Feuerwehrleute aufzumuntern.

»Brauchst du mich noch?«, fragte sie Matt. Es war fast drei und das Soul Cake würde sowieso bald schließen.

»Ich denke nicht«, antwortete er und wischte sich die Hände an seiner Schürze ab.

»Prima! Dann kommt jetzt der angenehme Teil des Tages: der Papierkram.« Sie zwinkerte ihm zu und war schon im Begriff, in ihr Büro zu gehen, als Matt sie zurückhielt.

»Danke, dass du eingesprungen bist, obwohl du vorhin …« Er brach ab, als wäre es ihm unangenehm. Und das war es auch.

»Jaja, schon gut«, winkte Penelope ab.

»Du weißt, dass du immer mit mir reden kannst. Egal worum es geht«, bot Matt an.

Statt einer Antwort umarmte sie ihn.

»Danke. Es tut gut, einen Freund wie dich an meiner Seite zu wissen.«

»Ich habe da noch was für dich«, brummte Matt.

»Was, wieso?« Penelope ließ ihn überrascht los.

»Dich umgibt heute viel Traurigkeit. Und es ist ja auch nicht von mir.«

»Aha! Sondern?« Penelope zog fragend eine Augenbraue hoch.

»Von deiner Tante. Bernadette meinte, ich soll mir einen Tag aussuchen, an dem du es brauchst. Und ich denke, heute ist so ein Tag.«

»Bernadette?«, hakte Penelope nach und Matt nickte. »Was ist es?«

Matt zog einen Umschlag hinter dem Rücken hervor und überreichte ihn seiner Chefin. Es kribbelte in ihren Fingern, als Penelope den hellgelben Umschlag übernahm. Matt hatte recht, heute war so ein Tag, an dem sie Hilfe brauchte. Dass sie noch einmal Worte ihrer Tante lesen und deren Liebe und Fürsorge spüren konnte, ließ ihren Bauch warm werden.

»Ich lass dich mal allein«, sagte Matt und verschwand in die Küche. Penelope nickte geistesabwesend. In Gedanken war sie schon bei den Zeilen von Bernadette. Was wohl in diesem Brief stand? Was ihre Tante ihr noch zu sagen hatte? Und warum hatte sie ihr den Brief nicht selbst gegeben?

Wie auch immer, sie würde es nicht herausfinden, wenn sie nur rumstand und den Brief nicht öffnete.

Uff, was für ein Tag!, dachte Penelope, als sie sich auf ihren Schreibtischstuhl sinken ließ und das Schriftstück ihrer Tante vor sich legte. Schwungvoll drehte sie sich mit dem Stuhl um die eigene Achse und fühlte sich das erste Mal an diesem Tag ein wenig freier. Noch einmal ließ sie den Stuhl Kreise drehen.

»Genug jetzt!«, sagte sie zu sich, ließ den PC hochfahren und arbeitete sich durch die aktuellen Bestelllisten. Wenn sie damit durch war, wollte sie als Belohnung den Brief lesen. Doch dann klopfte es an ihrer Bürotür. Bestimmt wollte Matt ihr nur sagen, was er für seine Backkunst noch bräuchte. Sie bat ihn herein und arbeitete weiter. Erst als sie merkte, dass keinerlei Reaktion kam, blickte sie stutzig auf und sah statt Matt einen überdimensionalen Strauß verschiedenfarbiger Rosen und Lilien. Als sie nachfragte, vernahm Penelope eine Stimme, die ihr Herzklopfen verursachte.

»Darf ich die schöne Lady zu einem Ausflug überreden?«, fragte Kris.

»Wo ist hier eine schöne Lady?«, erwiderte Penelope und guckte sich in gespielter Geste um. Sie fühlte sich alles andere als schön und sehnte sich nach einer Dusche. War es jetzt Zufall, dass er gerade in dem Moment auftauchte, in dem sie Ängste hatte, dass er aus ihrem Leben verschwand?

»Direkt vor mir«, trat Kris an sie heran, sie wurde umhüllt von einer Wolke seines Aftershave, die Nuancen von Bergamotte und Sandelholz überdeckten den zarten Rosen- und Lilienduft, und ganz viel Kris. Sein Duft erinnerte sie stets an einen Waldspaziergang nach einem Regenguss. Sie schaute tief in seine bernsteinfarbenen Augen, es kribbelte kurz in ihrer Mitte, doch sie schob das Gefühl beiseite.

»Ich dachte, du hättest heute Lehrerkonferenz und würdest erst spät nach Hause kommen. Was machst du hier?« Fiel ihr wirklich nichts Besseres ein?

»Hey, warum so abweisend?«, fragte Kris irritiert und drückte ihr einen Kuss auf die Wange. »Die Lehrerkonferenz ist auf morgen vertagt worden«, beantwortete er ihre Frage. »Deswegen dachte ich, dass ich dich abhole und wir was Schönes unternehmen. Was ist verkehrt daran, mit meiner wundervollen Freundin Zeit verbringen zu wollen?«

»Können wir das bitte am Wochenende machen?« Penelope brauchte Zeit. Sie konnte heute unmöglich mit Kris etwas unternehmen, mit ihm reden. Allein der Gedanke daran, dass sie den gesamten Nachmittag damit verbringen musste, etwas vorzutäuschen, was es vermutlich niemals geben würde, bereitete ihr Bauchschmerzen. Sie stellte sich im Schnelldurchlauf vor, wie sie Kris stockend davon erzählte und er sie einfach stehen ließ und austauschte wie etwas Getragenes.

»Bitte! Ich möchte dir etwas zeigen«, ließ Kris nicht locker.

Penelopes Miene wurde weicher. Ihr Blick streifte den Brief von Bernadette, und obwohl sie zu gern wüsste, was drinstand, gab sie nach. Kris war hartnäckig. Das, was sie ansonsten an ihm mochte, nervte sie jetzt. Auf der anderen Seite – vielleicht würde er sie doch nicht verlassen. Und letztlich musste sie ihm heute auch noch nicht offenbaren, dass sie eine Versagerin war.

»Was willst du mir denn zeigen?«, fragte sie neugierig und schaltete den PC aus.

»Das wirst du dann sehen«, antwortete Kris geheimnisvoll, trat zum Schreibtisch und umschloss ihre Finger mit seinen. Und in Penelope glomm zum ersten Mal an diesem Tag das Gefühl auf, dass alles gut werden würde. Egal wie es kommt.

Zwei

FREDERICK

Kris zwinkerte ihr zu, als er sich hinter das Steuer des grünen Dodge setzte, der von ihrer Tante liebevoll Grasshopper genannt worden war. Mit einer Mischung aus Aufregung und Nervosität stieg sie ein, ließ den Sicherheitsgurt einrasten und Kris startete den Motor, der blubbernd seine Bereitschaft signalisierte.

Penelope hoffte, dass Kris nicht fragen würde, wie ihr Tag verlaufen war. Sie konnte ihm jetzt unmöglich sagen, dass er niemals Vater werden würde – jedenfalls nicht mit ihr an seiner Seite. Deshalb erzählte sie von Kelly und Monica und hörte Kris zu, wie er davon sprach, dass er einen kranken Kollegen vertreten musste, und von seinem freiwilligen Projekt, in dem er Kinder betreute, die keinen guten Start ins Leben hatten. Die restliche Fahrt verlief schweigend. Penelope dachte daran, dass sie sich noch heute einen anderen Frauenarzt suchen würde. Sie war nicht bereit dazu, ihren Wunsch nach einer Familie an den nächsten Haken zu hängen und ihn dort zu vergessen wie einen alten Anorak. Es würde eine Chance geben, mit Kris ein eigenes Kind großzuziehen. Sie musste diese Chance nur finden. Und so lange war es nicht nötig, mit Kris darüber zu sprechen. Es reichte doch, dass sie sich so unnütz fühlte wie ebenjener Anorak am vergessenen

Haken. Doch ihr Kampfgeist war wieder zum Leben erwacht, und sie schickte ein Lächeln und einen Gruß in den Himmel.

»Danke, Bernadette!«, murmelte sie leise und lächelte. Noch hatte sie nicht gelesen, was ihre Tante in dem Brief geschrieben hatte, aber es konnte nur etwas sein, das sie beflügeln würde.

»Was lässt dich lächeln?«

Penelope schaute auf und merkte erst jetzt, wo sie sich befanden. Kris hatte sie zum Hafen gefahren. Die Boote schaukelten im Wasser, Fahnen flatterten in der seichten Brise. Kris stieg aus, umrundete schnell das Auto, und bevor Penelope ihre Tür öffnen konnte, hatte er das für sie übernommen.

»Mylady!« Galant deutete er eine Verbeugung an.

»Oh, mein edler Ritter!« Lächelnd reichte sie ihm eine Hand. Er griff danach und half ihr beim Aussteigen. Auch wenn sich Penelope für eine emanzipierte Frau hielt, schließlich führte sie ein Café, genoss sie solche kleinen Aufmerksamkeiten. Sie schaute zu, wie Kris zum Kofferraum eilte, die Heckklappe öffnete und einen großen geflochtenen Korb mit Deckel herausholte. Der Korb hatte Bernadette gehört, sie hatten so einige Picknicke damit verbracht. Kris legte eine bunt karierte Decke über den Korb und trat dann wieder zu ihr.

»Darf ich bitten?«, fragte er, bot ihr seinen Arm an und führte Penelope zum Ufer des Sees auf eine Wiese. Dort breitete Kris die Decke aus, mit einem Seufzer ließ sich Penelope darauf nieder, streckte die Beine aus und lächelte immer noch. Das glitzernde Wasser des Lake Michigan vor ihr und die Skyline Chicagos dahinter, Segelboote in allen Größen und Farben – dieser Anblick war wunderschön. Sie streckte die Arme in die Höhe und atmete tief ein. Ja, sie war richtig hier. Trotz ihrer Sorgen war Penelope glücklich. Und was ihren Kummer betraf, vielleicht hatte Bernie ja einen Tipp in ihrem Brief für sie.

»Dinner ist fertig!« Penelope blinzelte zweimal und schaute zum Picknickkorb. Kris hatte mal wieder gezaubert.

Das war mit ein Grund, warum sie ihn liebte. Ihr lief das Wasser im Munde zusammen, als sie Sandwiches, Falafel-Bällchen, Humus-Dip, Gemüsesticks und Krautsalat sah. Die Getränke hatte er daneben drapiert.

»Wow! Jetzt bin ich doch froh, mitgekommen zu sein.« Penelope streckte noch einmal die Beine aus und richtete sich dann auf. Sie spürte, wie der Stress des Tages allmählich von ihr abfiel.

»So viel Überredungskunst war gar nicht nötig gewesen«, sagte Kris und grinste. »Falls doch, hätte ich noch ein Argument gehabt.«

»Aha! Welches denn?«, fragte Penelope und griff nach einem Falafel-Bällchen.

»Das hier!« Kris beugte sich über Penelope, senkte seinen Kopf und küsste sie. Erst zärtlich, dann fordernder. Seine Zunge fand ihre, und augenblicklich war die Welt wieder in Ordnung. Seine Nähe, seine Liebe vertrieben Penelopes Selbstzweifel. Nicht für immer, aber doch für diesen wunderschönen Augenblick. »Ja, du kannst wirklich gut argumentieren«, stellte sie atemlos fest, als er sich von ihr löste. »Doch vielleicht könntest du mir den Mittelteil noch einmal näher erläutern?«

»Oh, sehr gern!«, erwiderte Kris und beugte sich erneut über sie. Dieser zweite Kuss erdete Penelope und brachte ihr zurück ins Gedächtnis, was wirklich zählte. Kris war hier bei ihr, noch war nichts verloren. Sie sollte die Zeit mit ihm genießen und nicht Angst vor etwas haben, das vielleicht irgendwann kommen würde.

»Ja, den Mittelteil habe ich jetzt auch verstanden. Obwohl wir da später noch tiefer ins Detail gehen könnten«, sagte sie mit einem Augenzwinkern, nahm sich einen der Teller und drapierte Falafel-Bällchen, Sticks aus Karotten, Gurke, Kohlrabi und Sellerie darauf. Das Ganze dekorierte sie mit einem großen Klecks Humus-Dip und legte noch ein Sandwich mit Käse und Chili-Mayo obendrauf. »Später!« Sie legte Kris einen Finger auf die Lippen, als er sie erneut küssen wollte. »Jetzt habe ich Hunger. Und du weißt, dass ich zur Diva werde, wenn ich hungrig bin«, zitierte sie den Werbeslogan eines Schokoladenriegelherstellers. Lächelnd schob sie sich ein weiteres Falafel-Bällchen in den Mund und biss von dem Sandwich ab. »Boah, ist das gut!«, nuschelte sie kauend und leerte ihren Teller. Seit dem Morgen hatte Penelope nichts gegessen, weshalb dieser spontane Ausflug ein doppelter Segen war. Ohne Kris hätte sie jetzt immer noch am Schreibtisch gesessen und neben dem lästigen Papierkram Trübsal geblasen. Und das mit leerem Bauch. Stattdessen saß sie jetzt hier, wo ihr der sanfte Wind durch ihr Haar wehte, und sie war satt und zufrieden. Ein Picknick im Spätherbst war zwar etwas schräg, aber durchaus auch wohltuend.

»Uff, jetzt kann ich aber wirklich nicht mehr«, stöhnte sie nach einer Weile und ließ sich nach hinten fallen. Wahrscheinlich wäre Penelope auf der Stelle eingeschlafen, wenn Kris sie nicht zärtlich geküsst und dann auf die Beine gezogen hätte.

»Warum lässt du mich nicht einfach hier liegen?«

»Weil ich etwas mit dir vorhabe«, raunte er mit kehliger Stimme.

»Aha! Was denn?« Penelope strich sich das Haar aus der Stirn, dann ruckte ihr Kopf zum See. Ein Schrei war zu hören gewesen, dann noch einer.

Beide rannten in die Richtung, aus der die Schreie kamen. Flammen und Rauch stiegen aus einem der Boote. Hektisch deutete Penelope auf einen kleinen Jungen, der im Wasser paddelte und immer wieder unterging.

»Ruf den Notruf!«, rief sie zu Kris, der bereits sein Telefon gezückt hatte. Penelope schlüpfte aus ihren Schuhen, schälte sich aus ihrer Jacke, streifte sich Schuhe und Hose ab, zog den Pulli über den Kopf und sprang ins Wasser.

»Hey, Kleiner, ganz ruhig!«, sprach sie auf den Jungen ein, der panisch um sich schlug. »Ich hole dich raus. Leg deine Arme um meinen Hals.«

Penelope schwamm zurück zum Steg. Die Rauchschwaden ließen den Jungen husten, und sie spürte die Hitze der Flammen auf ihrem Gesicht.

»Lass uns hier verschwinden!«, meinte sie zu dem ungefähr sieben Jahre alten . Kris übernahm den Jungen, zog ihn auf den Steg und half Penelope aus dem Wasser. Tropfnass beugte sie sich über den Jungen, dessen kindliches Gesicht blass war. Sie bemerkte, dass sich sein T-Shirt an der Schulter rot verfärbte. Scharf zog Penelope die Luft ein, überlegte keine Sekunde, riss das Kleidungsstück auseinander und blickte auf eine tiefe Wunde.

»Ich hol den Verbandskasten aus dem Auto!«, rief Kris ihr zu. Penelope nickte und war dankbar, dass er ihre trockene Kleidung mitgebracht hatte. Während Kris zum Parkplatz spurtete, rollte Penelope ihren Pullover zusammen und drückte ihn auf die klaffende Wunde.

»Das wird jetzt etwas wehtun, aber es muss sein«, sprach sie besonnen auf den Jungen ein, der nur flach atmete und sie aus angsterfüllten Augen anstarrte. Sie presste weiter ihren Pulli auf die Wunde und hoffe, so die Blutung in Schach halten zu können, bis die Profis eintrafen. Kris kam mit dem Verbandskasten, öffnete ihn und holte eine sterile Kompresse heraus. Penelope griff danach und versorgte die Wunde des Jungen.

»Du machst das prima. Woher kannst du das so gut?«, fragte Kris und half dabei, den Verband um die Schulter des Kindes zu wickeln.

Da in dem Yogakurs, den Yara nebenher immer noch leitete, mal innerhalb von einem Monat zwei Teilnehmer ohnmächtig geworden waren und sich den Kopf gestoßen hatten, hatte sie beschlossen, ihre Erste-Hilfe-Kenntnisse aufzufrischen. Da sie nicht allein gehen wollte, begleitete Penelope sie und nutze das dabei erlernte Wissen nun. Sie atmete erleichtert auf, als sie hinter sich die typischen Geräusche der eintreffenden Rettungssanitäter hörte.

»Wir machen weiter«, sagte ein breitschultriger Mann in Uniform und kniete sich neben den Jungen. »Hey,

Kumpel, alles klar? Ich bin Andrew. Wie lautet dein Name?«

»Frederick«, flüsterte der Junge und blinzelte das Wasser aus den Augen, während Penelope zusammenzuckte. Wie bitte? Hatte sie sich verhört? Für einen Moment fühlte sie sich zurückversetzt zu jenem unglücklichen Moment, als sie ihren Bruder Frederick leblos in seinem Bett vorfand. Ihn hatte sie nicht mehr retten können. Stattdessen einen kleinen Jungen, der seinen Namen trug. Was wollte ihr das Schicksal damit sagen? Oder gab das Leben ihr damit eine zweite Chance? Ein Zittern durchlief ihren Körper und sie schwankte.

»Daddy«, wimmerte der kleine Frederick.

»Was ist mit deinem Dad?«, erkundigte sich Andrew und fühlte den Puls des Jungen.

»Er ist auf unserem Boot«, keuchte der Junge und setzte sich auf. »Ich muss zu ihm!«, meinte er und machte Anstalten von der Trage runterzuspringen, auf die ihn die Rettungssanitäter inzwischen gelegt hatten.

»Du bleibst, wo du bist!«, sagte der Rettungssanitäter mit fester Stimme, während er zu dem brennenden Boot schaute. Die Feuerwehr war bereits dabei, das Feuer zu löschen, zwei Kollegen legten eine Person auf eine Trage.

»Dein Dad ist von eurem Boot runter und wird jetzt ins Krankenhaus gebracht. Dort seht ihr euch dann«, beruhigte er den Jungen und hob ihn vom Steg.

»Danke«, murmelte Frederick, der Mühe hatte, seine Augen offen zu halten. »Es ist alles meine Schuld. Nur wegen mir waren wir heute hier«, schluchzte er und sackte an die Brust des Rettungssanitäters.

»So was passiert. Keiner hat Schuld. Und jetzt fahren wir.«

Penelope lief mit Kris hinter den beiden her, bis sie die Rettungswagen erreichten.

»Was ist mit Ihnen, sollen wir Sie mitnehmen und durchchecken?« Eine Frau in Uniform, deren Haare so rot wie die untergehende Sonne leuchteten, legte Penelope routiniert eine Decke über die Schultern.

»Was? Nein, danke. Mir geht es gut«, erwiderte sie und zog die Decke um ihren zitternden Körper.

»Das haben Sie super gemacht«, lobte sie Andrew, der Rettungssanitäter. »Sie ahnen ja nicht, wie viele Menschen einfach wegsehen« Er schob den kleinen Patienten ins Innere des Rettungswagens. »Sie haben heute ein Leben gerettet«, sagte er, schüttelte Penelope die Hand und setzte sich dann hinters Steuer.

»Komm, meine Heldin!« Kris legte einen Arm um sie und führte Penelope zurück zur Picknickdecke. Penelope merkte erst jetzt, wie die Kälte von ihr Besitz ergriffen hatte, und sie zitterte. Kris zog seinen Pulli aus, zog ihn Penelope über den Kopf und half ihr wie ein kleines Kind in die Jacke rein. Während sie durstig direkt aus der mitgebrachten Wasserflasche trank, legte Kris die goldglänzende Rettungsdecke um sie, die die Sanitäter über Frederick und Penelope gelegt hatten. Penelope sehnte sich nach einer heißen Dusche. Sie wickelte die Decke enger um ihren Körper.

»Können wir bitte fahren?«, fragte Penelope und plötzlich wurden ihre Gliedmaßen schwer wie Blei.

»Könntest du jetzt vielleicht was Stärkeres vertragen?«, fragte Kris mit Blick auf die Wasserflasche, als er mit ihren Sachen zurückkam.

Penelope sank müde auf den Rasen und zog sich ihre Schuhe an. »Keine schlechte Idee. Hast du etwa was dabei?«

Kris öffnete den Picknickkorb und zog zwei schmale Gläser sowie eine Champagnerflasche hervor.

»Wow! Haben wir was zu feiern?«, fragte Penelope erstaunt. Eigentlich wollte sie so schnell wie möglich nach Hause, heiß duschen und dann diesen seltsamen Tag im Bett vergessen. Aber Kris' Pläne sahen wohl anders aus. Moment mal ... Penelope traute ihren Augen nicht. Holte Kris da gerade wirklich ein kleines Kästchen aus der Hosentasche und kniete sich vor sie hin? Penelope schnappte nach Luft.

Nein! Das konnte doch nicht ... Dieses Picknick hätte definitiv anders verlaufen sollen. Kris wollte ...

Er öffnete das Kästchen. Penelope stockte der Atem, als sie den schmalen silbernen Ring mit einem Diamanten darauf sah. Bevor sie realisieren konnte, was gleich unweigerlich geschehen würde, begann Kris auch schon zu sprechen: »Meine Superheldin, Manchmal fallen Sterne vom Himmel und erhellen unser Dasein für Momente. So wie du mein Leben erhellst und jede Sekunde davon bereicherst, sogar wenn wir streiten und sauer aufeinander sind. Du bist die Quintessenz dessen, was ich in meinem Leben will. Du bist mein Antrieb, der mir zeigt, wo es langgeht, aber zugleich auch mein Anker, der mir Halt gibt. Du bist mein Leuchtturm, der mich sicher durch Untiefen und Strömungen des Lebens führt. Du bist mein Licht, meine Hoffnung. Deswegen frage ich dich jetzt: Willst du das alles für immer sein?«

Mit der Rettungsdecke um die Schultern und dem Sektglas in der Hand saß Penelope im Gras und fing an zu lachen. Im nächsten Augenblick tropften ihr die Tränen aus den Augen und sie heulte wie ein Schlosshund. Die verschiedenen Gefühle überrollten sie wie eine riesige Welle – unvorbereitet und brachial.

»Fuck, ich bin so ein Trottel! Wie konnte ich nur so unsensibel sein?« Kris war anzusehen, dass er mit der Situation genauso überfordert war wie Penelope – nur eben aus anderen Gründen. »Du hast gerade ein Leben gerettet. Da ist es kein Wunder, dass du erschöpft bist. Und jetzt überrumple ich dich hier. Entschuldige bitte!«

Penelope schüttelte ihre nassen Haare. Wie sollte sie reagieren? In ihr tobte ein Orkan aus so vielen Emotionen. Einerseits war sie glücklich, andererseits erschöpft, und dann war da auch noch die Angst, dass Kris sie verlassen würde, wenn er erfuhr, dass sie keine Kinder bekommen konnte. Deshalb war es ihr unmöglich, jetzt einfach Ja zu sagen.

»Nein? Das habe ich mir gedacht.« Kris senkte traurig den Blick und schluckte.

»Hör mir zu!«, sagte Penelope, nahm seine Hand und

verschränkte ihre Finger mit seinen. Penelope blickte in das Gesicht, welches sie so liebte.

»Es sind so viele Zweifel in mir, Kris. Aber vor wenigen Minuten wurde ich daran erinnert, dass unser Leben viel zu kurz ist, als es mit Angst und Skepsis zu verbringen.« Penelope atmete tief durch, das Adrenalin pumpte noch durch ihre Adern, aber sie war sich sicher. »Also, wann heiraten wir?«

»Ich wusste, dass du ablehnst«, murmelte Kris, doch dann erhellte sich sein Gesicht, als ob ihre Worte zeitverzögert seine Gehirnwindungen erreicht hatten. »Kannst du das wiederholen?«

Statt einer Wiederholung, schaute sie Kris tief in die Augen, dann kroch sie zu ihm, kletterte auf seinen Schoß und küsste ihn mit einer Hingabe, die mehr sagte als tausend Worte.

»Wow!«, keuchte er, als sie von ihm abließ. »Ich denke, das kann ich als Antwort gelten lassen. Obwohl«, sagte er und grinse, »könnte ich den Mittelteil noch einmal hören?«

»Ich heirate einen Clown, na ganz toll!« In gespielter Verzweiflung hob Penelope die Hände zum Himmel, der sich mittlerweile in den Farben des Sonnenuntergangs färbte.

»Aber du machst diesen Clown zum glücklichsten Mann im Universum.« Sein Gesicht leuchtete, als er sie umarmte und schwungvoll hochhob.

»Lass mich runter! Was sollen denn die Leute denken?«, zierte sich Penelope und kicherte.

»Erst wenn ich einen Kuss bekomme.« Kris wirbelte sie herum und blieb dann stehen. Sein Blick war so voller Liebe und Hoffnung, als er seine Lippen auf ihre senkte. Ja, mit diesem Mann war alles möglich. Oder?

Drei

BERNADETTE

»So ein Mist!«, meckerte Penelope, ihre cognacfarbene Tasche polterte krachend auf den Tisch. Sie zog ihren Mantel aus und plumpste auf ihren Schreibtischstuhl, der quietschend gegen diese rüde Behandlung protestierte.

Seit sie heute Morgen aus dem Bett gestiegen war, verlief der Tag nach ihren Vorstellungen. Penelope hatte einiges von ihrer To-do-Liste abhaken können. Doch das drehte sich in den vergangenen zwei Stunden. Sollte es, oder besser, durfte es nicht sein? Oder war es ein Zeichen, dass sie sich auf das konzentrieren sollte, was sie schon hatte? Übernahm sie sich? Penelope war sehr dankbar für das, was sie erreicht hatte. Aber konnte sie deshalb nach den Sternen greifen? Im Moment kam es Penelope eher so vor, als würde sie sich nach Steinen bücken, um sie aus dem Weg zu räumen. Für einen Moment ließ sie den Kopf sinken, dann huschte ein Lächeln über ihr Gesicht. Kris wollte sie heiraten. Sie spulte die Szene noch mal vor ihrem inneren Auge ab. War das vor drei Tagen wirklich passiert? Sie schaute auf ihren Finger, an dem der Ring funkelte. Das war der Beweis, dass sie es nicht geträumt hatte. Sie konnte ihr Glück kaum fassen, doch sobald sich Penelope diesem unbeschreiblich schönen Gefühl hingab, nagten auch schon die Zweifel an ihr. Musste sie Kris nicht endlich reinen Wein einschenken? In dem Moment fiel ihr wieder etwas ein. Schwungvoll zog Penelope die Schreibtischschublade auf, in der sie die letzten Zeilen ihrer Tante gelegt hatte. Sie wollte endlich wissen, was sie ihr noch hatte sagen wollen. Es klopfte und Penelope seufzte genervt. Würde sie jemals erfahren, was in diesem Brief stand?

»Herein!«, rief sie und sah, wie sich der blonde Lockenschopf von Matt ins Zimmer schob.

»Hey, ich dachte mir, du könntest etwas Aufmunterung gebrauchen.« Erwartungsvoll hielt er ihr einen Teller hin.

»Was ist das?«

»Wonach sieht es denn aus?«, konterte ihr Geschäftsführer, dessen Hauptaufgabe das Zaubern leckerer Kuchenkreationen war. »Lass uns mal überlegen ...«

»Quatschkopf!« Penelope griff zur Gabel, die seitlich im Tortenstück steckte. »Was werde ich gleich essen?«

»Eine Orangen-Limetten-Buttermilch-Torte. Meine neueste Kreation.« Matt verschränkte die Arme und wartete auf Penelopes Feedback. Dabei glitt sein Blick auf den Schreibtisch und zu Bernadettes Brief.

»Du hast ihn noch gar nicht geöffnet?«

Entschuldigend hob sie die Schultern. »Das wollte ich jetzt gerade tun.«

»Dann will ich mal nicht länger stören.« Er zeigte auf die Torte. »Lass sie dir schmecken und sag mir, ob ich diesen Traum aus Biskuit, Orangen, Limetten und Buttermilch auf die Karte setzen soll.« Er drückte ihr einen kleinen Kuss auf die Wange. »Wenn du mich brauchst, weißt du, wo du mich findest.«

Dankbar bogen sich ihre Lippen nach oben zu einem Lächeln, als Matt ihr Büro verließ. Den Teller mit der Torte stellte sie jedoch auf den Schreibtisch. Eins nach dem anderen.

Mit einem silbernen Brieföffner öffnete sie den Umschlag, faltete das Papier sorgsam auseinander, das dabei leicht knisterte, und inhalierte den eigentümlichen Duft. »Ach, Bernie!«, seufzte sie und legte den Brief vor sich hin. Auch wenn sie ihre Tante unendlich vermisste, war sie froh um die Zeit, die sie hier zusammen mit ihr verbracht hatte. Einen Augenblick lang betrachtete sie Bernadettes schnörkelige Handschrift und ein Bild baute sich vor ihrem inneren Auge auf, das Bernadette zeigte, wie sie am Küchentisch saß und diese Zeilen schrieb. Penelope blinzelte und schluckte den Kloß in ihrem Hals runter.

Wenn nicht jetzt, wann dann?

Meine liebe Pen,

bis vor zehn Minuten saßt du noch vor mir, mit deiner ganz bestimmten Art zu lächeln und dem Blitzen aus deinen Augen. Dich umgab ein Ring aus Lebensfreude und Hoffnung. Du strahltest, wie es nur eine frisch Verliebte tut. Ich kann dir gar nicht sagen, wie glücklich und froh es mich macht, dich so zu erleben.

Du fragst dich jetzt, während du dein Ohrläppchen reibst und dein Näschen kräuselst, warum ich dir den Brief nicht selbst gegeben oder dir seinen Inhalt einfach gesagt habe.

Ich gab ihn deinem besten Freund, damit er entscheiden kann, wann du die Unterstützung deiner Tante am nötigsten brauchst. Und da du diese Zeilen jetzt liest, ist dieser Moment wohl gekommen.

Liebes, es tut mir so leid, was du gerade durchmachen musst. Ich wünsche so sehr, dass ich dir einen Teil deiner Sorgen abnehmen könnte, *aber mir bleibt nur, von oben auf dich aufzupassen.*

Weißt du, in jeder Lebenskrise, die uns unvorbereitet trifft und wehrlos zu Boden sinken lässt, steckt eine Botschaft, die positiv ist, wenn wir uns darauf einlassen. Jeder Schicksalsschlag birgt die Chance, dass wir gestärkt daraus hervorgehen.

Ach, Darling, wie gern würde ich dir jetzt gegenübersitzen, bei einer Tasse Kaffee und einem Stück Kuchen, das zwar keine Probleme löst, aber dir Kraft und Energie gibt.

Penelope lachte auf und stach mit der Gabel in Matts neueste Kreation, schob sie sich in den Mund und kaute verzückt. Das war gut, die perfekte Harmonie aus sauer und süß.

Dann las sie weiter.

Leider bin ich nicht in der Lage, dir zu helfen, die Hindernisse deines Lebens zu überwinden, aber ich kann dir das Gefühl geben, nicht allein zu sein. Du hast tolle Freunde, liebevolle Menschen, die dir zuhören werden. Aber falls mal niemand zur Stelle ist, dann nimm diesen Brief zur Hand oder erinnere dich an unseren Ausflug, als wir den Sonnenaufgang betrachteten …

. . .

Penelope dachte an diesen Tag zurück und die Erinnerung daran ließ sie lächeln und gleichzeitig schluchzen. Sie wischte sich über die tränennassen Augen und las weiter.

Weißt du noch, was ich damals zu dir sagte? So wie jeder neue Tag sein Erscheinen mit einer solchen Farbenpracht ankündigt und neu startet, als wäre der gestrige nicht gewesen, kannst auch du neu anfangen. Wir bekommen zwar kein frisches Leben, aber einen neuen Tag, um Dinge anders zu sehen, aus verschiedenen Blickwinkeln zu betrachten und es besser zu machen.

Wenn du dich daran erinnerst, wirst du eine andere Perspektive oder eine neue Herangehensweise und damit eine Lösung finden, wie du mit deiner jetzigen Situation umgehen kannst.

Penelope legte einen Finger an die Schläfe und überlegte. Hatte sie sich zu sehr fokussiert, zu energisch auf ihren Kinderwunsch versteift? Sodass sie keine Alternativen oder wenigstens andere Möglichkeiten sah, um mit ihrem Schicksal damit gut umzugehen?

Weißt du, mein Schatz, manchmal kommt es uns so vor, als wären unsere Probleme riesige

Felsbrocken, die uns den Weg versperren, uns die Sicht nehmen und düstere Schatten werfen. Aber du könntest daraus auch etwas Schönes bauen, anstatt dich nur darüber zu ärgern, dass sie dir den Weg versperren.

Erneut hielt Penelope inne und überlegte. Ja, das würde sie tun. Aber mindestens einer dieser Felsbrocken war zu schwer, um ihn allein aufheben zu können. Denn ein zweiter Gynäkologe, bei dem sie gestern spontan einen Termin bekommen hatte, bestätigte die Meinung von seiner Kollegin zwar nicht zu hundert Prozent, aber leider war auch er zu der Einschätzung gekommen, dass es für Penelope sehr schwer werden würde, eigene Kinder zu bekommen. Sie musste Kris davon erzählen, gemeinsam könnten sie ihn aus dem Weg räumen oder tatsächlich etwas Schönes daraus bauen. Sie rieb sich die Augen, bevor sie sich wieder dem Brief widmete.

Kommst du an den Punkt, dass du dich seufzend fragst, was du tun kannst, frage dich eher, was du bereit bist, in die Waagschale zu werfen, damit es dir besser geht und du die Lösung findest. Oft ist es nämlich das, wovor wir Angst haben. Angst, etwas zu riskieren, loszulassen und einen neuen Weg einzuschlagen.

Frage dich also nicht, was du konkret tun sollst, sondern wofür du bereit bist.

• • •

Lächelnd hob Penelope den Kopf. Bernadette und ihre Küchenpsychologie. Aber es stimmte schon. Was war sie bereit zu tun, um das zu erreichen, wovon sie träumte? Es war egal, ob sie Angst davor hatte, ihren Verlobten – bei dem Wort musste sie lächeln – einzuweihen. Sie musste bereit sein, ihre Sorgen und Zweifel mit einem Menschen zu teilen, der sie liebte. Sie musste ihm vertrauen. Denn vor allem dieses wirklich große Problem betraf nicht nur sie, sondern auch Kris. Er hatte ein Recht darauf, mit ihr gemeinsam eine Lösung zu finden.

Kind, ich weiß, das ist unglaublich viel, was du zu bewältigen hast. Doch denk daran, du hast diese besondere Stärke, und dein Herz leuchtet. Lass nicht zu, dass dieses Leuchten erlischt!

Weißt du, Liebes, unsere Vergangenheit ist gelebt. Daran können wir nichts mehr ändern, außer sie zu akzeptieren. Aber unsere Gegenwart dürfen wir nicht aus den Augen verlieren, wenn wir permanent zurückblicken. Denn nur für die Zukunft können wir etwas ändern und bewirken.

Seufzend legte Penelope ihre Hände über den Brief. Genau dieses Loslassen und Akzeptieren fiel ihr so verdammt schwer, aber vielleicht war es einen Versuch wert. Sie schaute wieder auf die Zeilen vor ihr.

In den meisten Fällen können wir nicht bestimmen, was und wie uns etwas passiert. Das Leben ist wie eine Lotterie. Aber wir haben es in der Hand, was wir mit dem Gewinn oder der Niete machen. Stehst du vor einer wichtigen Entscheidung oder überlegst, wie es weitergehen soll, vertraue auf dein Bauchgefühl und spüre in dich hinein, wie es sich anfühlt, mit deiner Entscheidung zu leben. Fühlt es sich gut an, dann zögere nicht. Im gegenteiligen Fall denke noch einmal darüber nach. Falls du dann doch mal eine falsche Entscheidung getroffen hast, verzeihe dir selbst, mein Kind. Nicht weil du es vergessen willst, sondern um Frieden zu finden.

Denn was hinter dir liegt, wird zwar immer ein Teil von dir bleiben, aber es hat keine Macht mehr über dich. Also stürz dich hinein ins Leben, genieße jeden Augenblick und erlaube dir, trunken vor Glück zu sein! Geh mutig voran und habe Vertrauen in dich, in die Menschen, die dich umgeben, und in die Liebe. Dann wird das Licht in dein Leben zurückkommen. Erinnere dich an deine Flügel und nutze sie, mein Kind!

In Liebe
Deine Tante Bernadette

Das Gesicht von tränennassen Spuren bedeckt, ließ Penelope ihre Hände auf den kostbaren Schatz sinken. Schniefend zog sie ein Taschentuch aus der Box, die auf ihren Schreibtisch stand, und putzte sich die Nase. Immer noch schniefend zog sie den Teller mit Matts Torte zu sich heran, stach mit der Gabel in ein Stück der süßen Köstlichkeit, doch als sie es schon fast im Mund hatte, musste sie würgen. Nein, sie konnte das süße Zeug jetzt nicht essen. Eher war ihr nach einem deftigen Schnitzel. Das war noch nie vorgekommen bei Matts Kreationen. Sie würgte erneut.

Vier

ÜBELKEIT

»Und?« Die Tür quietschte, als Matt seinen Lockenkopf ins Büro steckte. »Konntest du den Brief lesen?«

»Ja.« Penelope nickte erst, dann schüttelte sie den Kopf, um ihre Benommenheit loszuwerden.

»Was jetzt? Ja oder nein?«, fragte Matt nach.

»Entschuldige, ich bin noch etwas verwirrt.«

»Stand was Interessantes drin?«, erkundigte er sich und im gleichen Augenblick winkte er ab. »Entschuldige bitte! Geht mich nichts an.«

»Ich erzähle es dir, wenn ich so weit bin. Okay?«

Matt schaute auf das nahezu unberührte Tortenstück. Er sagte nichts, aber Penelope wusste auch so, dass er enttäuscht war.

Sie nahm die Gabel wieder auf. »Sorry, ich kann das gerade nicht essen.«

»So schlecht?«

»Was? Nein!« Penelope schluckte, um die Übelkeit irgendwie unter Kontrolle zu kriegen. »Wir setzen sie auf jeden Fall auf unsere Karte. Es liegt nicht an deiner Torte.«

»Woran dann, kann ich dir irgendwie helfen?«

»Entschuldige«, presste sie hervor und rannte aus dem Büro zur Toilette, wo sie sich erbrach. Was war los mir ihr?

Waren ihr Bernadettes Brief oder gar der Heiratsantrag auf den Magen geschlagen?

Sie spülte sich den Mund aus und betrachtete sich im Spiegelbild. Erst als sie sicher war, dass sie ihren Magen unter Kontrolle hatte, ging sie zurück ins Büro.

»Alles in Ordnung?«, erkundigte sich Matt besorgt.

»Ja, sicher. Ich muss was Falsches gegessen haben«, beruhigte sie ihn.

»Soll ich dich zum Arzt bringen?«, fragte Matt, doch Penelope schüttelte den Kopf.

»Wenn es bis morgen nicht besser ist, gehe ich. Versprochen!«

Eigentlich hatte sie mit Matt über die Möglichkeit einer neuen Filiale sprechen wollen. Neulich hatte sie eine passende Location gefunden und war sich auch schon mit dem Besitzer einig geworden. Es wären nur noch ein paar Details zu klären und die Verträge zu unterschreiben gewesen, aber dann hatte der Typ angerufen und gesagt, dass er seinen Laden an jemand anders verkauft hat. Die Idee war trotzdem nicht vom Tisch, und weil Penelope doch eben noch durch den Brief ihrer Tante motiviert war, ihre Probleme ab sofort zu teilen, wollte sie mit Matt darüber reden. Nur streikte jetzt ihr Magen, warum auch immer.

»Ich werde dich morgen daran erinnern«, versicherte Matt ihr und schaute nach unten, wo sich ein braunes Köpfchen zeigte, dessen krause Löckchen heute zu kleinen Zöpfen gebunden waren. Hinter ihr tauchte Tabea auf, die sich schüttelte:

»Was für ein Wetter.«

»Tante Leope!«, gluckste das Mädchen und rannte auf sie zu.

»Trisha, mein kleiner Engel!«, rief Penelope, breitete einladend die Arme aus und nahm das süße Wesen in Empfang.

»Du bist schon wieder gewachsen«, stellte sie fest und drückte Trisha an sich. Sie hatten sich zwar erst vor drei Tagen gesehen, aber Penelope erstaunte es jedes Mal wieder, wie schnell sich die Tochter ihrer Fast-Schwägerin innerhalb so kurzer Zeit veränderte. Kinder waren ein Wunder, definitiv! Bei dem Gedanken zuckte Bitterkeit in ihrem Inneren auf, doch die Freude über Trishas Besuch verdrängte den Schmerz. Penelope liebte die Kleine und war dankbar, sie aufwachsen zu sehen. Seit Trisha auf der Welt war, zog ihre Mutter sie allein groß. Es gab nur noch das Team Mom and Daughter. Die ganze Geschichte dahinter kannte Penelope noch nicht, aber Tabea würde sie ihr erzählen, wenn sie so weit war.

Ein Zupfen holte Penelope aus ihren Gedanken und sie bemerkte, dass Trisha sie mit ihren großen braunen Augen anschaute. Es fiel ihr nicht schwer, die Bitte darin zu lesen.

»Na komm!«, sagte Penelope. Sie wusste genau, was Trisha wollte, und klopfte einladend auf die graue Sitzfläche ihres Schreibtischstuhls. Auf Trishas Gesicht Trishas erschien ein Strahlen und so schnell sie ihre Beinchen trugen, war sie bei ihrer Patentante und erklomm den Stuhl. »Alles einsteigen! Wer hat noch nicht? Wer will noch mal?«, schmetterte sie mit verstellter Stimme wie ein Karussellbetreiber auf einem Rummelplatz, und Trishas freudiges Glucksen erfüllte den Raum.

»Bist du bereit?«, fragte sie und zwinkerte. Das Köpfchen ihres Patenkindes nickte energisch. »Na dann, auf geht's!«

Penelope nahm Schwung und ließ den Stuhl drehen. Trisha kreischte und lachte. Wie immer übertrug sich ihre kindliche Freude auf Penelope. Doch auf einmal drehte sich alles in ihr und plötzlich wurde ihr schwarz vor Augen. Krampfhaft krallte Penelope ihre Finger in die Lehne des Stuhls, ihr wurde heiß und im gleichen Moment kalt. Als sie ihre Beine wieder spürte und der Nebel sich langsam aus ihrem Kopf verzog, hörte sie Trishas Kichern. »Noch mal! Bitte, noch mal, Leope!«

»Heute nicht mehr«, bestimmte ihre Mutter. »Komm mit und hilf mir, wir besorgen Penelope etwas Kaltes zu trinken!«

Einladend hielt sie ihrer kleinen Miniaturausgabe die Hand hin und Trisha ergriff sie.

Penelope schnappte nach Luft und setzte sich. Irgendetwas stimmte nicht mit ihr. Wenn es morgen nicht besser war, würde sie tatsächlich zum Arzt gehen. Durch die Erkrankung von Bernadette war Penelope sensibler geworden und ging lieber einmal zu viel zum Doktor als zu wenig.

»So hier, bitte schön!« Tabea hielt ihr ein Glas mit einer braunen Flüssigkeit hin, in der Eiswürfel schwammen. Dankbar nahm Penelope die Cola an und trank das Glas zur Hälfte aus. Der Zucker und das Koffein darin puschten ihren Kreislauf, sodass sie wieder einigermaßen klar denken konnte und spürte, wie ihre Lebensgeister zurückkehrten.

»Ist das Glas jetzt halb leer oder halb voll?«, fragte Penelope, um ihre Unsicherheit zu überspielen. Wovon nur war ihr so hundeelend?

»Ich denke, dass kommt immer auf die jeweilige Perspektive an. Aber auf jeden Fall ist es nachfüllbar«, meinte Tabea und hielt ihre Tochter davon ab, den Schreibtisch als Klettergerüst zu benutzen.

Es dauerte einen Moment, bis die Aussage bei Penelope ankam, doch dann schmunzelte sie.

»Das ist ein Grund, warum ich dich so mag. Deine positive Sicht auf die Dinge ist bemerkenswert und du steckst andere damit an. Danke dafür«, meinte sie ernsthaft und trank das Glas leer.

»Du musst mir nicht dafür danken«, sagte Tabea. »Bist du bereit oder musst du noch arbeiten?«

»Äh, was hast du vor?«, fragte Penelope verwirrt.

»Du hast es vergessen«, stelle Tabea fest und zog einen Schmollmund. »Wir wollten das kleine Goldstück bei meinem Bruder lassen, etwas essen gehen und dann endlich mal wieder ins Theater.«

Innerlich seufze Penelope, nach Theater war ihr jetzt gar nicht, nach Essen auf keinen Fall. Sie wollte auf ihre Couch und sich von dort nicht mehr wegbewegen, bis Kris im Bett nach ihr rief. Andererseits war Chicagos Theaters-Szene ein kleines Highlight. Penelope hatte schon zweimal mit Tabea eine Aufführung besucht und es war jedes Mal ein Erlebnis gewesen. Heute wollten sie das Chicago Dance tTheatre Ensemble besuchen, das in der Ebenezer Lutheran Church im historischen schwedischen Stadtviertel Andersonville seine Auftritte für einen guten Zweck bestritt. Penelope fiel es gerade wieder ein. Wie hatte sie das nur vergessen können?

»Ich sehe schon, du hast keine Lust. Dann bestelle ich uns beiden eben eine Pizza und vergammle vor dem Fernseher.«

»Nein!« Penelope stand auf und knallte das leere Glas auf den Schreibtisch. »Wir gehen aus, der Abend verläuft nach Plan!«

Eifrig schaltete sie den PC aus, schob Bernadettes Brief zurück in die Schreibtischschublade, schnappte ihre Tasche und machte sich mit Trisha und Tabea auf den Weg nach Hause. Die Übelkeit legte sich, nach einer kurzen Dusche fühlte sich Penelope schon besser und machte sich ausgehfein. Sie hatte mit Tabea bereits das erste Glas Prosecco mit Minzsirup getrunken, was ihre Stimmung spürbar hob. Und als ihr Kris und Trisha einen Abschiedskuss gaben, freute sie sich sogar auf den Abend.

»Das nenne ich Girlpower«, sagte Tabea, während sie gemeinsam mit Kelly, Ellie und Monica im Taxi nach Andersonville fuhren.

Fünf

SHOPPING

Drei Wochen später stand Penelope morgens verzaubert vor dem Fenster in der Küche, nippte an ihrem Kaffee und schaute den weißen Flocken bei ihrem Tanz zu. Es war mittlerweile Anfang November, während der Nacht war frischer Schnee gefallen und hatte alles mit einer pudrigen Schicht überzogen, als wäre die Welt ein riesiger Donut. Der Winter hatte Chicago fest im Griff. Das machte Penelope nichts aus. Im Gegenteil. Sie genoss die klirrende Kälte, das Glitzern und die Friedfertigkeit der Schneelandschaft. Das Einzige, was ihr etwas ausmachte, war die Tatsache, dass ihre Übelkeit noch nicht weg war. Ihr geliebter Kaffee schmeckte nicht, was Matt längst aufgefallen war. Seit Tagen löcherte er sie, endlich zum Arzt zu gehen. Aber die vergangenen Tage waren einfach zu stressig gewesen, und so richtig hatte sie sich nicht aufraffen können, ihren Hausarzt zu konsultieren. Aber es war bestimmt nur eine leichte Magenverstimmung, nichts Dramatisches. Penelope schaltete das Radio ein und begann zu den Klängen eines Popsongs ihre Hüften zu bewegen und zu tanzen. Heute wollte sie den Tag genießen.

Sie hatte sich freigenommen, um mit ihrer Schwägerin in spe die Brautläden zu durchstreifen, ein paar Kleider anzugucken und ein wenig Christmas Shopping zu machen. Tabea war zu einer guten Freundin geworden. Genau wie die anderen Frauen, die nun in ihrem Leben eine Rolle spielten. Zwar konnte keine von ihnen Yara ersetzen, aber darauf kam es auch nicht an. Kelly, deren rote Haare an die untergehende Sonne erinnerten und die sich neben ihrem Beruf als Feuerwehrfrau der Wache 70 für Minderheiten und Frauenrechte einsetzte. Oder die schüchterne Ellie, deren Großeltern aus Japan in die USA gekommen waren, die sich selbst nichts zutraute, im Job aber Entscheidungen über Leben und Tod treffen musste. Oder die lebensfrohe Monica, die die komplette emotionale Bandbreite nicht bloß lebte, sondern auskostete. Sie war der Meinung, dass jedes Gefühl es wert war, wahrgenommen zu werden. Und dann die zarte Yui, deren Hautfarbe an dünnes Porzellan erinnerte. So zerbrechlich wie sie auch schien, so hartnäckig war sie in ihrem Job als Journalistin. Sie alle waren großartige Frauen, so unterschiedlich und wunderschön wie ein bunter Blumengarten. Penelope war sehr stolz und glücklich, mit ihnen befreundet zu sein.

»Leope?«, drang die zarte Kinderstimme ihrer Nichte durch die Klänge des Popsongs. Penelope schaltete das Radio aus, umarmte Trisha und hob ihren kleinen Körper hoch. Als sie anfing, sich zu drehen, kreischte ihre Nichte vor Glück. Kinderlachen erfüllt dieses Haus und belebt es, dachte Penelope und wurde gleichzeitig traurig, weil es nie ihre eigenen Kinder sein würden, die hier glücklich lachten.

»Was ist denn hier los?« Kris betrat die Küche und spielte den strengen Lehrer.

»Das war ich«, piepste Trisha.

»Wer? Ich sehe dich gar nicht«, brummte Kris und tat so, als wäre seine Nichte unsichtbar.

»Aber ich bin doch hier«, protestierte diese und stellte sich direkt vor Kris.

»Wo hier?« Kris breitete die Arme aus und ging wie ein Blinder durch die Küche.

Trisha gluckste und hängte sich an sein Bein.

»Oh nein, was ist mit meinem Bein los? Warum ist es plötzlich so schwer?«, rätselte Kris und humpelte mit Trisha in den Flur.

»Weil ich auf deinem Fuß stehe«, behauptete Trisha stolz. Sie war mit dem Sprechen schon ziemlich weit für ihr Alter, meinte zumindest Tabea.

»Ach so!« Kris beugte sich hinunter und schnappte sich das glucksende Menschenkind. »Hab ich dich endlich!« Er kitzelte Trisha, die sich wand und lauthals lachte.

»Stopp!« Kris beendete seine Kitzelattacke und wirbelte Thrisha durch die Luft.

»Ihr seid ja immer noch da«, beschwerte er sich. »Seht ihr nicht, dass wir unsere Ruhe haben und ungestört sein wollen?«

»Ist ja gut, Bruderherz. Wir sind schon weg. Danke fürs Aufpassen.« Tabea hauchte ihm einen Kuss zu, während Penelope ihre Lippen auf seine drückte.

»Bis später im Bett«, flüsterte sie ihm zu und biss sanft in sein Ohrläppchen.

»Ich kann es kaum erwarten«, erwiderte er leise und sagte dann etwas lauter: »Viel Spaß, ihr beiden Hübschen!«

Schnell schnappte sich Penelope ihre Tasche, band sich den Schal mit den verschiedenen Blautönen um den Hals und setzte eine dazu farblich passende Mütze auf. Handschuhe und Stiefel waren genau wie ihre Handtasche ebenfalls blau. Jetzt war Penelope bereit für die Kälte und riss die Haustüre auf.

»Brrr!« Tabea schüttelte sich, bis die Bommel auf ihrer bunten Mütze wackelte. An ihr war alles farbenfroh. Kein wildes Durcheinander, sondern jeder Ton präzise aufeinander abgestimmt. Gerade nestelte sie an ihrem dunkelgrünen Schal herum, mit Fingern, die in knallroten Handschuhen steckten. Ihre Stiefeletten strahlten in einem fröhlichen Pink. So gewagte Farbkombinationen würde sich Penelope niemals trauen, aber zu Tabea passten sie.

»Da kommt der Bus!« Sie rannten zur Haltestelle und

hatten Mühe, nicht im frischen Schnee auszurutschen. Keuchend erreichten die beiden Frauen den Bus und konnten gerade noch einsteigen, bevor er wieder anfuhr und sie auf direktem Wege zur Shoppingmall brachte. Da nicht klar war, ob sie vielleicht noch irgendwo einen Drink nehmen wollten, hatten sie sich gegen das Auto entschieden. Außerdem waren lediglich die Hauptstraßen vom Schnee geräumt, weshalb es sicherer war, mit dem Bus zu fahren.

»Kommst du nächstes Wochenende mit?«, erkundigte sich Tabea, zog die Mütze vom Kopf und ließ sich auf einen freien Sitz fallen.

»Wohin denn?«, fragte Penelope und tat es Tabea gleich.

»Hab ich das nicht erzählt?« Als Tabea das Kopfschütteln von Penelope sah, sprach sie weiter: »Es findet eine Demonstration und Kundgebung für Frauenrechte statt. Ellie hat sich als Rednerin eintragen lassen, das will ich mir anhören.«

»Auf keinen Fall verpasse ich das, wenn unsere schüchterne Feuerwehrfrau sich was traut«, erklärte Penelope und schlug in die offene Hand von Tabea ein. Auch wenn sie sich fragte, warum es noch Kundgebungen für Frauenrechte geben musste. Lebten sie nicht an einem Ort und in einem Jahrhundert, in dem die geschlechtliche Gleichstellung eine Selbstverständlichkeit sein sollte – jedenfalls dem Gesetz nach? Aber so lange Frauen, die die gleichen Jobs erledigten wie Männer, weder die gleiche Bezahlung erhielten noch gleichwertig behandeln wurden, war das wohl oder übel notwendig. Niemand sollte sich damit zufriedengeben, was bereits erreicht war. Natürlich konnte Penelope froh sein, dass sie in einer Zeit und in einem Land lebte, wo Mädchen die gleichen Bildungschancen wie Jungs hatten und Tabea neben ihr im Bus sitzen durfte. Es war noch keine siebzig Jahre her, da saßen Menschen mit dunkleren Hautfarben separiert im Bus und mussten aufstehen, wenn ein Mensch mit heller Haut sich hinsetzen wollte. Anno 1955 blieb Rosa Parks einfach auf einem der vorderen Plätze sitzen, die für die weiße Bevölkerung vorbehalten waren. Der Busfahrer hatte sie wiederholt aufgefordert, diesen Sitzplatz zu verlassen und sich in den hinteren Teil des Busses zu setzen. Aber Rosa Parks hatte sich hartnäckig geweigert und war keinen Millimeter zurückgewichen. Ihre anschließende Festnahme und Inhaftierung war der Startschuss für weitere Protestbewegungen und das Ende der sogenannten Jim-Crow-Gesetze gewesen, die die Rassentrennungen in öffentlichen Institutionen regelte.

Aus dem Augenwinkel beobachtete Penelope ihre Schwägerin und stellte sich vor, wie es wäre, wenn sie nicht zusammen im Bus sitzen dürften. Wahrscheinlich würden sie sich nicht mal kennen, weil auch Kris kein Teil ihres Lebens wäre. Und das alles nur, weil sie in manchen Augen leider immer noch die falsche Hautfarbe hatten. Das war nicht gerecht. Keiner konnte sich seine Hautfarbe aussuchen. Warum war die eine besser als die andere?

Penelope war es völlig egal, wie jemand aussah. Für sie zählte nur, was unter der Haut steckte. Ob er oder sie ein guter Mensch war, der faire Gedanken hatte und ein großes Herz. Sie interessierte es nicht so sehr, woher dieser Mensch kam, eher wohin er gehen wollte, woran er oder sie glaubte, ob es etwas gab, für das er sich begeisterte, was er liebte, wovor der sich fürchtete, was er verurteilte und was seine Träume und Ziele waren. Die Kunst war es doch, mit der Vielfältigkeit umzugehen, die das Leben bereithielt.

Nicht alle konnten das. Auch in aufgeklärten Zeiten wie diesen erlebten People of Color oft Ausgrenzung, Polizeigewalt und wurden angefeindet. Erst im Frühjahr war es passiert, dass ein afroamerikanisch aussehender Mann bei einem Polizeieinsatz gestorben war. Penelope schüttelte sich. Es war furchtbar, dass manche Eltern ihren Kindern beibringen mussten, wie sie sich gegenüber Polizisten zu verhalten hatten, damit sie am Leben blieben. Ob Tabea dieses Gespräch auch würde führen müssen, wenn Trisha alt genug war?

»Kommst du?« Verwirrt blickte Penelope auf. »Sag mal,

wo bist du nur mit deinen Gedanken?«, amüsierte sich Tabea. »Wir müssen aussteigen!« Resolut packte sie ihre Tasche in die eine Hand und nahm Penelope an die andere.

»Na, haste keinen echten Kerl abbekommen?«, höhnte ein Typ auf der Straße, als die beiden Frauen aus dem Bus stiegen.

»Nee, sonst würde sie es sich doch nicht von so 'ner Niggerschlampe besorgen lassen«, tönte ein anderer und lachte kehlig auf. Seine Füße steckten in klobigen Stiefeln.

»Ich stehe gern zur Verfügung, um dich von der da zu erlösen«, erklärte ein dritter, schlaksiger Typ mit eindeutigen Symbolen auf der Jacke. Er leckte sich über seine gelben Zähne und machte eine anzügliche Bewegung mit seiner Hand

»Danke, kein Bedarf«, entgegnete Penelope und stoppte Tabea, die mit wütender Miene auf die drei Kerle losgehen wollte. Für den Bruchteil einer Sekunde zögerte Penelope, dann gab sie sich einen Ruck und küsste Tabea. Die dunkelbraunen Augen ihrer Schwägerin wurden groß, goldene Sprenkel blitzten auf. Penelope zwinkerte Tabea zu, warf ihre Mähne über die Schulter und sagte zu den drei Gestalten: »Ich muss das Angebot leider ablehnen, Jungs. Ihr habt nichts, was ihr mir bieten könntet.« Tabea reagierte prompt, nahm Penelopes Hand und rief: »Komm, Darling, jetzt suchen wir Brautkleider für uns!« Dann rannte sie los. Sicher war sicher. Mit solchen Rassisten war nicht zu spaßen.

»Ich wusste schon immer, dass du 'ne coole Socke bist, aber wie cool, war mir bis eben noch nicht klar«, sagte Tabea, als sie das Einkaufszentrum betraten. »Und wenn ich nicht eindeutig auf das männliche Geschlecht stehen würde, wäre ich jetzt verknallt.«

In Penelope rumorte die Wut auf diese Kerle, aber jetzt verflog das miese Gefühl. »Dann wäre das ja auch geklärt. Falls es mit deinem Bruder nicht klappt, bleibt die Liebe wenigstens in der Familie. Und jetzt lass uns den nächsten Brautladen stürmen. Ich brauche einen Traum in Weiß. Und für dich als Brautjungfer einen rosaroten Albtraum mit viel Tüll.«

Tabea warf ein weiteres Mal ihre Mähne kokett über die Schulter. »Okay, ich ziehe dieses pinke Ungetüm an, wenn du das gleiche Model in Weiß anziehst. Deal?«

»Gut, abgemacht!« Penelope lief los. Bisher hatten sie noch nicht darüber geredet, dass Tabea ihre Brautjungfer sein sollte, aber letztlich lag das ja wohl auf der Hand. Sie betraten den ersten Laden für Hochzeitsbedarf und wurden schier geblendet von weißen Rüschen, Tüll und Spitze. Auf gut Glück zog Penelope eines der Kleider hervor, ein hartweißes Stück der Extravaganz, auf dessen ausladendem Rock lauter dunkelrote Rosenblüten aus Stoff prangten.

»Genau das war schon immer mein Traum«, kicherte Penelope und ihnen wurde klar, dass sie hier nichts finden würden, also verließen sie den Shop.

Am anderen Ende der Mall war noch ein weiterer Brautladen und diesen steuerten sie jetzt an. Ihr Weg führte die beiden Frauen an einem großen Weihnachtsbaum vorbei, der voll beladen mit bunten Kugeln, Zuckerstangen und elektrischen Kerzen war. Davor saß der Weihnachtsmann in einem Anzug aus rotem Samt und goldenen Knöpfen. In einer langen Schlange warteten zahllose Kinder darauf, Santa Claus ihre Wünsche mitzuteilen und auf seinen Schoß zu klettern, damit ihre Eltern das perfekte Erinnerungsfoto schießen konnten. Vielleicht sollte sich Penelope ebenfalls auf den Schoß des Weihnachtsmannes setzen und ihm ihren sehnlichsten Wunsch ins Ohr flüstern. Vielleicht ging er so in Erfüllung.

Aber sie verwarf diesen absurden Gedanken und folgte Tabea durch die weihnachtlich geschmückte Shoppingmall. Überall glitzerte und blinkte es, an den Geländern und Rolltreppen hingen große Schleifen in Rot und Grün und von den Decken riesengroße bunte Kugeln. Der Duft nach gebrannten Mandeln, Zimt und geschmolzener Schokolade waberte durch die Luft und plötzlich vermisste Penelope ihre alte

Heimat. Aber auch dieses Gefühl verdrängte sie in die letzte Ecke ihres Verstandes. Lieber beschäftigte sie ihre Gehirnwindungen damit, welchen Kuchen Matt im Soul Cake über Weihnachten servieren konnte.

Auf Penelope machten die Menschen den Eindruck, als ziehe sie der Inhalt der vollgepackten Tüten, die sie trugen, nach unten. Ihre Gesichter waren vom Stress gezeichnet und sie hetzten aneinander vorbei. Dabei sollte doch gerade die Vorweihnachtszeit eine besinnliche Zeit sein, dachte sie, aber wenn sie sich so umschaute, wurde sie eines Besseren belehrt.

»Versuch Nummer zwei«, holte Tabea sie aus ihren Gedanken und machte eine ausladende Geste. Sie hatten den Brautladen erreicht. Eine junge Frau mit platinblondem Kurzhaarschnitt begrüßte die beiden freundlich.

»Kommt herein! Ich heiße Peggy. Wer von euch ist denn die Glückliche?«

»Ich«, sagte Penelope kleinlaut.

»Wir werden bestimmt etwas Passendes finden. Was hast du dir denn vorgestellt?«

»Elfenbeinfarben, glatt, schulterfrei, ohne Rüschen, mit Reifrock und Korsage«, rasselte sie ihre Vorstellungen herunter.

»Ah ja! Da weiß ich schon was«, meinte Peggy und rauschte davon. Kurze Zeit später kam sie mit einem Tablett wieder, auf dem jeweils zwei langstielige Gläser mit einer durchsichtigen und runde Gläser mit einer orangen Flüssigkeit standen. In allen vier Gläsern war der Boden mit einer roten Substanz bedeckt.

»Während ich die Kleider raussuche, habe ich euch was zur Überbrückung der Wartezeit mitgebracht. Entweder Prosecco oder Orangensaft mit Cranberry-Sirup«, erklärte die Verkäuferin und zog wieder los.

»Auf uns!« Tabea nahm eines der schmalen Gläser, Penelope ebenfalls. Die beiden stießen an und gönnten sich einen großen Schluck Prosecco.

»Jetzt mal im Ernst. Pink für die Brautjungfern fällt definitiv aus!«

Verwirrt schaute Penelope sie an.

»Der rosarote Albtraum?« Tabea schüttelte den Kopf. »Du weißt schon, die Farbe der Dekoration richtet sich nach der Kleiderfarbe der Brautjungfern und Blumenkinder.«

»Ach so, klar«, murmelte Penelope. Sie rief im Kopf ihre imaginäre To-do-Liste auf und setzte den Punkt mit drauf.

»Du hast dir darüber noch keine Gedanken gemacht, oder?«, fragte Tabea und trank noch einen Schluck Prosecco.

»Nein«, gab Penelope zu. Die Vorbereitungen wuchsen ihr allmählich über den Kopf. Sie wollte doch nur heiraten.

»Wie gut, dass du mich hast. Also wenn du willst, übernehme ich die Farbauswahl.«

Penelope nickte dankbar.

»So, da hätten wir schon die ersten Träume in Weiß.« Peggy karrte einen Kleiderständer vor die Sofaecke, wo Penelope und Tabea saßen.

»Wie wäre es, wenn du mit dem hier anfängst?«, schlug die Verkäuferin vor und reichte Penelope ein cremefarbenes Kleid, das gerade geschnitten war und so ziemlich nichts mit dem zu tun hatte, was sie über ihre Vorstellungen geäußert hatte. Mit einem gequälten Gesichtsausdruck, sie wollte kein Spielverderber sein, verzog sich Penelope in eine Umkleidekabine. Wie erwartet hing das Kleid an ihr wie ein Sack. Lustlos trat sie vor die Kabine und grinste, als Tabea vehement mit dem Kopf schüttelte und sie mit einer schnellen Handbewegung wieder zurück zum Umziehen schickte. Also griff Penelope zum nächsten Kleid, das Peggy ihr hinhielt. Dieses Modell ging schon eher in die Richtung ihrer Vorstellungen, aber für Penelopes Geschmack war es zu pompös und der Reifrock zu ausladend.

»Du siehst aus, als wärst du die Dekoration für die Hochzeitstorte.« Tabea lachte, aber Penelope nahm es ihr nicht übel. Sie wusste, dass ihre Schwägerin recht hatte, denn genauso fühlte sie sich. Deshalb zog sie das Kleid schnell wieder aus und probierte das nächste und nächste und nächste. Als der Kleiderständer beinahe leer war, wollte sie genervt aufgeben. »Am besten ich heirate in meiner Lieblingsjeans und Sneakern.«

»Niemals!«, protestierte Tabea. »Probiere das hier noch an!« Sie legte den Kopf schief und zog einen Schmollmund. »Oh, bitte, tu es für mich!«

Ergeben seufze Penelope und griff nach dem Kleid. Sie hatte keine Lust mehr, dafür ein Loch im Magen, das dringend gefüllt werden wollte. »Aber nur, weil du es bist. Danach fliehe ich und stopfe mir den Bauch voll.«

»Abgemacht!« Tabea streckte beide Daumen und in Höhe.

Penelope zog den schweren Vorhang der Umkleidekabine zu. Schon als sie den elfenbeinfarbenen Stoff über ihren Körper hüllte, spürte sie, dass etwas anders war. Dieses Kleid fühlte sich an wie eine zweite Haut. Tabea kam zu ihr und zog den Reißverschluss nach oben.

»Sieh dich bloß an!«

Sanft strich Penelope über den Reifrock, der Stoff knisterte unter ihren Fingern und sie spürte die filigranen Stickereien. Auch ohne in den Spiegel zu schauen, wusste sie, dass es das Kleid der Kleider war. Die Korsage zauberte ein tolles Dekolleté, sie lag eng an ihrem Oberkörper und zwackte ein wenig. Hatte sie etwa zugenommen?

Penelope trat aus der Umkleidekabine und vor den Spiegel. Ihr stockte der Atem, dieses Kleid war einfach magisch.

»Ich glaube, du hast es gefunden«, kommentierte Tabea, was Penelope dachte. »Wie gut, dass wir nicht aufgegeben haben. Es steht dir fantastisch.«

Penelope glaubte ihrer Schwägerin. Tabea war niemand, der anderen überschwänglich schmeichelte. Außerdem fühlte sie es selbst: In diesem Kleid würde sie Kris heiraten. Schade nur, dass Bernadette es nicht mehr sehen konnte.

»Ja, das sieht super aus«, stimmte Peggy mit ein. »Man muss auch gar nichts mehr ändern. Normalerweise gibt es immer ein, zwei Dinge, die geändert werden müssen, aber das hier sitzt perfekt, als wäre es für dich angefertigt worden.«

Penelope bezahlte das nicht gerade günstige Kleid und drückte beim Preis mehr als ein Auge zu, schließlich heiratete man nur einmal. Vielleicht konnte sie es einfärben und zu besonderen Anlässen anziehen.

»Lust auf Lunch?«, fragte Tabea und lächelte, als Penelope eifrig nickte.

Sechs

ERINNERUNGEN

Sie liefen nach draußen, wo ein Foodtruck stand, der Sandwiches anbot und andere leckere Kleinigkeiten. Penelope holte tief Luft. Die frische, vor Kälte klirrende Luft tat gut nach dem Shoppingmarathon in der stickigen Mall.

»Ich nehme das Pastrami-Sandwich mit doppelt Käse«, erklärte Penelope, als sie sich hinter zwei Männern, die sich an den Händen hielten, in die Warteschlange einreihten. »Und was nimmst du?«, fragte sie Tabea, die das Angebot auf einer Tafel studierte.

»Einmal bitte die Quinoa Bowl mit Roter Beete, Grillgemüse und Veganer Chili-Lime-Mayo«, bestellte Tabea bei der Frau im Foodtruck, als das Pärchen vor ihnen sein Essen erhalten hatte. Dabei stieß sie Dampfwolken aus.

»Früher hätte ich mir jetzt eine Zigarette angesteckt«, gab Tabea zu.

»Und warum hast du mit dem Rauchen aufgehört?«

»Weil ich schwanger werden wollte und es sich bekanntlich nicht gut verträgt.«

Das Essen war fertig. Sie holten es ab und setzten sich an einen der Tische im Shoppingcenter. Tabea versenkte ihren Löffel in die Bowl und kaute. Penelope biss in ihr Sandwich und seufzte vor Wonne. Es schmeckte fantastisch. Noch war sie nicht so weit, auf tierische Produkte zu verzichten wie Tabea, die gerade zu erzählen begann.

»Als ich Adam kennenlernte, war es sprichwörtlich ein Funke, der uns beide entzündete. Nichts ging mehr ohne den anderen. Es dauerte nicht lange und wir zogen zusammen. Nach einiger Zeit wünschte er sich ein Kind von mir. Es sollte ein Sohn sein. Ich war so verknallt in ihn, in uns und die Idee einer kleinen Familie.«

Tabea lächelte verträumt, aß ein paar Happen vom Gemüse und richtete ihren Blick dann auf Penelope, die aufmerksam zuhörte. »Es war die Art von Liebe, die schnell auflodert und deren Flammen in Windeseile alles verzehren, was sie bekommen. Eine Naturgewalt sozusagen, ein Flächenbrand. Jeder merkte das und warnte mich. Aber ich war blind. Jedes Warnsignal überhörte ich, jedes dumpfe Gefühl drückte ich weg«.

Wieder machte sie eine Pause, schob sich einen Löffel voll Gemüse in den Mund, kaute und sprach weiter.

»Ich setzte die Pille ab, aber es passierte nichts. Jedes Mal, wenn ich meine Periode bekam, wuchs meine Traurigkeit. Organisch war bei mir alles in Ordnung, bestätigte mir mein Frauenarzt. Also musste es an Adam liegen. Da ich ihn aber unbedingt in meinem Leben halten wollte, sagte ich nichts und ging ich die Sache optimistisch an. Nach gut einem Jahr war der Schwangerschaftstest positiv. Die Freude war riesig. Am liebsten hätte ich jedes Geschäft leer gekauft, das Babysachen anbietet. Meine Euphorie wuchs mit jedem Tag, bis ich in der neunten Woche war. Eines Morgens wurde ich von Schmerzen geweckt, das Laken, meine Schenkel, einfach alles war voller Blut.«

Penelope spürte förmlich den Schmerz, sie konnte ahnen, wie es Tabea ergangen sein musste. Sanft legte sie eine Hand auf den Arm ihrer Schwägerin, die jetzt Mühe hatte, weiterzureden.

»Adam und ich trauerten um das kleine Wesen, doch ich wollte nicht aufgeben. Diesmal fruchtete es ein wenig schneller. Alles war gut bis zur zwölften Woche. Bei einer der Routineuntersuchungen stellte der Arzt unregelmäßige Herztöne fest. Er machte verschiedene Test und es stellte sich heraus, dass unser kleiner Bauchbewohner so schwer behindert war, dass er nicht lebensfähig sein würde. Unser Baby nahm uns die Entscheidung ab, indem sein Herz eine Woche später aufhörte zu schlagen.«

Tabea stoppte erneut, legte ihr Besteck beiseite und kämpfte mit den Tränen. Penelope streichelte weiter ihren Arm, bis Tabea nach ihrer Hand griff und sie festhielt.

»Trotzdem wollte ich, dass unser Traum von einer Familie kein Traum blieb. Jetzt erst recht, dachte ich mir. Und das Resultat ist das kleine Mädchen, das momentan euer Haus auf den Kopf stellt«, beendete sie ihre Geschichte und ein Lächeln zog über ihr Gesicht. »Trisha hat zwei Geschwister im Himmel, die dort oben auf sie aufpassen.« Sie zog den Ärmel ihres Mantels hoch und zeigte Penelope ihren Unterarm mit zwei tätowierten Sternen. »Okay, der Plan war nicht, dass ich Trisha allein aufziehe. Ich war im achten Monat, da klingelte es morgens und die Polizei durchsuchte unser Haus. Die Beamten stellten irgendwelche Beweise sicher und nahmen Adam sofort mit. Natürlich versicherte er mir, dass er unschuldig sei. Ich glaubte ihm und engagierte einen Anwalt. Doch es stellte sich heraus, dass er Teil einer Gang war und beteiligt an einem Raubmord mit Todesfolge.«

»Puh! Da hast du echt was mitgemacht«, stellte Penelope fest. »Wie hast du es nur geschafft, ein so positiver Mensch zu bleiben?«

»Vielleicht nicht trotzdem, sondern gerade deswegen habe ich meinen Optimismus«, erwiderte Tabea. »Ich dachte immer, es kann nicht mehr schlimmer werden und habe an meinem Glauben an das Gute festgehalten. Dieser Glaube ließ mich die dunkelsten Täler durchschreiten und meine Liebe zu meinem Mini-Mädchen sorgte dafür, dass ich ihn nie verlor.«

Penelope bewunderte ihre Schwägerin. Sie wusste nicht,

ob sie die Kraft dazu hätte, aber wahrscheinlich bekam man das erst mit, wenn man in einer solchen Situation steckte.

»Genug geredet!«, beschloss Tabea. »Jetzt lass uns Weihnachtspiraten sein und ein paar Geschenke, Lichterketten und kitschigen Dekokram erbeuten!« Ihre Augen leuchteten, als sie aufstand und freudig in die Hände klatschte, als wollte sie damit ihre Vergangenheit verjagen.

»Aye, Capitan!« Penelope stand ebenfalls auf und salutierte im Spaß. »Ich bringe schnell das Geschirr weg.« Tabeas Telefon klingelte, während Penelope Teller und Besteck zusammensammelte und zurück zum Foodtruck brachte. Als sie an den Tisch zurückkehrte, bemerkte sie, dass etwas nicht stimmte.

»Was ist los?«

»Mein Bruder hat eben angerufen. Trish fiebert hoch.« Sie steckte ihr Telefon in die Manteltasche und zog sich die Handschuhe über. »Bleib du doch da und erledige deine Besorgungen. Dann kannst du auch besser ein Geschenk für mich aussuchen, wenn ich nicht dabei bin.« Tabea verzog den Mund zu einem schiefen Grinsen, doch die Sorge stand ihr ins Gesicht geschrieben. Penelope fand die Idee absurd.

»Ich lass dich jetzt nicht allein. Komm, wir fahren mit dem Taxi nach Hause«, sagte sie bestimmend, griff nach der Hand ihrer Schwägerin und zog sie zum erstbesten Yello Cab.

Sieben

FIEBER

»Wo ist sie?« Tabea hatte während der Fahrt keinen Mucks von sich gegeben, jetzt stürmte sie ins Haus. Kris deutete auf das Sofa, wo Trisha lag. Ihre Beine waren mit Handtüchern umwickelt.

»Mommy?«, murmelte Trisha mit matter Stimme und hob schlapp ihre kleine Kinderhand.

»Ich bin da, mein Schatz«, beruhigte Tabea ihr Kind, das die kleinen Ärmchen nach ihr aussteckte.

»Du hast schon Wadenwickel gemacht, das ist gut«, sagte Tabea und nickte ihrem Bruder anerkennend zu. »Wie hoch war das Fieber zuletzt?«

»Bei neununddreißig Komma fünf«, antwortete Kris.

»Das ist nicht gut. Ich bringe sie nach Hause und gebe ihr ein Zäpfchen. Wenn die Temperatur dann nicht sinkt, müssen wir zum Arzt.«

»Wie wäre es, wenn ihr erst mal hierbleibt«, schlug Kris vor. »Das Zäpfchen kannst du Trisha auch hier geben. Mach mir schnell eine Liste, was du brauchst, und ich hole die Sachen. Dann musst du die Kleine nicht durch die halbe Stadt schleppen.«

»Ja, bleibt doch bitte! Ihr könnt im Gästezimmer übernachten und wenn es heute Nacht nötig werden sollte, weil

Trisha unruhig ist, übernehme ich eine Schicht, sodass du wenigstens ein bisschen Ruhe bekommst.«

Tabea wollte etwas entgegnen, aber Penelope streckte den rechten Zeigefinger in die Luft. »Keine Wiederrede!«

»Okay, ihr habt mich wohl überstimmt.« Tabea lächelte dankbar und erneuerte die Wadenwickel ihrer Tochter.

»Braves Mädchen!« Penelope holte Zettel und Stift aus der Küche, damit Tabea aufschreiben konnte, was sie brauchte. Auf halbem Weg zurück stoppte sie, das altbekannte Ziehen war zurück. Hastig legte sie den Notizblock auf den Couchtisch. »Ich bin gleich wieder da.« Ein Krampf sauste durch ihren Unterleib, als sie sich auf die Toilette setzte und das Blut in ihrem Slip bemerkte. Also doch bloß meine Periode, dachte Penelope und versorgte sich. Als sie aufstand, drehte sich plötzlich alles. Instinktiv beugte sie sich über das Waschbecken und erbrach im hohen Schwall das Foodtruck-Sandwich. Angeekelt spülte sie ihr Mittagessen im Ausguss herunter und putze sich die Zähne. Nachdem sie sich mit kaltem Wasser das Gesicht gewaschen hatte, fühlte sich Penelope etwas besser und bereit, zurück ins Wohnzimmer zu gehen.

»Alles in Ordnung?«, fragte Kris, der bereits seine Jacke übergezogen hatte und mit Trishas Bestellliste aus dem Wohnzimmer kam. Zwischen seinen Augen hatte sich der Sorgen-Canyon gebildet, wie Penelope jene Falte nannte, die immer dann auftrat, wenn er sich um sie sorgte.

»Ja, alles gut«, beruhigte sie ihn, aber Kris war nicht dumm.

»Vielleicht lässt du dich endlich mal durchchecken!«, brummte er und griff nach den Autoschlüsseln.

»Ja, ich rufe morgen meinen Arzt an und mache einen Termin aus. Aber jetzt müssen wir uns um diese kleine Patientin kümmern.« Penelope zeigte ins Wohnzimmer zu Trisha und stellte sich auf die Zehenspitzen, um Kris zu küssen. Er war so fürsorglich und wäre ganz sicher der beste Vater, den sich ein Kind wünschen konnte. Ein weiterer Krampf durchzuckte Penelopes Unterleib, diesmal begleitet vom traurigen

Schmerz der Erkenntnis, dass Kris wohl niemals für ihr Kind sorgen könnte.

»Wie geht's ihr?«, erkundigte sie sich und betrat das Wohnzimmer.

»Na ja, könnte besser sein.« Tabea legte ihrer Tochter einen kalten Lappen auf die Stirn. »Immer wenn die Kleine krank ist, würde ich ihr das am liebsten abnehmen.« Sie schaute zu Penelope, der immer noch ein wenig schwindlig war. »Aber du siehst auch nicht aus wie das blühende Leben. Eigentlich wollte ich doch selbst nach Hause fahren, aber jetzt kann ich euch beide wohl kaum allein lassen.« Sie blickte von Penelope zu Trisha, die leise stöhnte.

»Das ist doch Quatsch!«, entgegnete Penelope. »Ich bin weder krank noch sonst was. Außerdem geht es schneller, wenn du fährst, dann muss Kris nicht ewig suchen. Du weißt doch, ohne das richtige Lieblingskuscheltier und den bevorzugten Schnuller wird die Nacht erst recht ungemütlich.«

»Du hast recht.« Tabea gab ihrer Tochter einen Kuss auf die vom Fieber gezeichnete Wange, griff nach ihrer Handtasche, riss Kris den Autoschlüssel aus der Hand und stürmte aus dem Haus.

»Was war das denn jetzt?«

»Mutterliebe«, resümierte Penelope. »Deine Schwester wird schon das Richtige tun.«

»Hm, bestimmt«, sagte Kris und schaute durch das Küchenfenster nach draußen, wo Tabea in ihrem roten Chevrolet mit quietschenden Reifen davonraste.

»Okay, du bleibst bei unserem kleinen Gast und ich kümmere mich darum, dass wir heute Abend satt und zufrieden in die Kissen fallen.« Er schaltete das Radio ein und begann zu einem Hit von Lady Gaga mit dem Kochen, während sich Penelope zu Trisha setze.

»Mommy?«, murmelte die Kleine und streckte sich.

»Deine Mommy kommt gleich wieder. Ich passe so lange auf dich auf«, flüsterte Penelope und strich der Kleinen das feuchte Haar hinter die Ohren.

»Durst«, wimmerte Trisha.

Schnell griff Penelope nach dem gelben Trinkbecher und hielt ihn an die geöffneten Lippen der Kleinen, die fünf Minischlucke trank und dann wieder auf das Kissen sank. Der Waschlappen auf ihrer Stirn rutschte, Penelope tauchte ihn ins mittlerweile lauwarme Wasser und legte ihn Trisha zurück auf die heiße Stirn. Dann erneuerte sie die Wadenwickel und rief nach Kris, der frisches Wasser und ein paar Eiswürfel in die Schüssel geben sollte. Kurz darauf kam Kris ins Wohnzimmer mit einer weitaus kleineren Schüssel, in der ein lila Löffel steckte.

»Das ist Bananenbrei mit Zwieback. Versuch mal, ob sie das essen möchte.«

Erstaunt sah ihn Penelope an.

»Ja, ich habe viele Qualitäten. Aber du hast ein Leben lang Zeit, sie alle herauszufinden, kennen und lieben zu lernen.« Kris nahm die Wasserschüssel und grinste. »So, ich muss wieder an die Töpfe.«

Penelope reckte die Nase Richtung Küche, es roch tatsächlich schon sehr lecker. Ihr war zwar immer noch übel, aber gleichzeitig verspürte sie Appetit. Das war schon irgendwie seltsam, doch konnte sie sich jetzt nicht damit befassen. In der Hoffnung, dass ihre Nichte etwas von dem Brei essen würde, hielt sie Trisha den lila Löffel an die Lippen und staunte, als die Kleine den Mund aufmachte und eifrig schluckte. So ging das zehnmal, bevor Trisha ihr Köpfchen schüttelte und müde die Augen schloss. Penelope konnte nichts weiter tun, als bei ihr zu sitzen und ihr mit Körpernähe zu signalisieren, dass sie das nicht allein durchstehen musste. Sie betrachte das zarte Wesen, und nach dem, was Tabea ihr vorhin erzählt hatte, wurde Penelope bewusst, welches Wunder dieses Kind war. Trishas Haut hatte den Farbton von hellem Schokoladeneis. Sie war so wunderschön und perfekt. Eine Träne stahl sich aus Penelopes Auge und lief ihr über die Wange. Eigentlich ist jedes Kind ein Wunder, dachte sie und wischte die Träne weg, doch dann tropfte die nächste ungefragt aus ihrem Auge. Was war denn nur los mit ihr?

»Ich weiß, mir geht es auch so, wenn ich sie ansehe und nicht fassen kann, dass dieser Mensch in mir entstand und gewachsen ist. Es ist ein absolutes Wunder.«

Tabea war zurück und kniete sich neben Penelope vor die Couch.

»Ja, das ist es.« Penelope blickte verträumt auf die schlafende Trisha. »Schade, dass ich es nie erleben werde, wie ein kleiner Mensch in mir entsteht. Diesen magischen Moment der Geburt, wenn ich mein Kind das erste Mal sehe«, sagte sie resigniert, ließ ihren Kopf auf die Brust sinken und legte eine Hand auf ihren Bauch.

»Ach, so magisch ist eine Geburt auch wieder nicht. Es sei denn, man steht auf viel Blut, Schleim und Schmerzen«, murmelte Tabea, doch dann ruckte ihr Kopf zu Penelope. »Moment mal! Warum bist du der Meinung, dass du das nicht selbst erleben wirst?«

Penelope erschrak über ihre eigenen Worte, zuerst wollte sie abwehren, doch dann brach alles aus ihr heraus und endlich teilte sie ihren Schmerz. Dabei hinterließen die Tränen glitzernde Spuren auf ihren Wangen und Schluchzer schüttelten ihren Körper, während Tabea ihre Arme um sie schlang und sie einfach nur hielt.

»Was ist los? Warum weint sie«, fragte Kris, der mit einer frisch gefüllten Wasserschüssel ins Wohnzimmer eilte.

»Sie wird es dir sagen, wenn sie so weit ist«, antwortete Tabea und scheuchte ihren Bruder zurück in die Küche. Kris ging nur widerwillig und nicht, ohne vorher Bescheid zu geben, dass sie bald essen konnten.

»Was ist mit Tante Leope«, fragte Trisha schläfrig, die gleich darauf in die Arme von ihrer Mutter geschlossen wurde.

»Weißt du, Darling, manchmal müssen auch große Menschen weinen. Und das dürfen sie dann auch«, erklärte ihr Tabea ihrer Tochter, die sie aus fieberglänzenden Augen anschaute. »So wie ich, wenn ich mir wehgetan habe oder mich etwas traurig macht?«

»Ganz genau. Und jetzt leg dich wieder hin.« Tabea drückte ihrer Tochter das mitgebrachte Kuscheltier in den Arm und gab ihr einen Kuss. Doch Trisha hob die Meerjungfrau aus Plüsch hoch. »Dann gib Alea Leope, sie kann mit Alea kuscheln und das tröstet sie«, murmelte die Kleine, bevor sie wieder den Weg ins Schlafland einschlug.

»Sie ist ein Engel«, sagte Penelope und schniefte.

»Ja, das ist sie.« Tabea lächelte. »Und das muss ich jetzt sagen, ich bin ihre Mama.«

»Du machst einen verdammt guten Job«, lobte Penelope ihre Schwägerin, die verlegen ihren Kopf senkte.

»Essen ist fertig«, unterbrach Kris aus der Küche die Vertrautheit.

»Wir kommen gleich«, erwiderten beide wie aus einem Munde.

»Sollen wir sie hier schlafen lassen?«, Penelope deutete auf Trisha.

»Ich bringe sie schnell ins Gästezimmer, da kann sie bequemer und sicherer schlafen«, antwortete Tabea und hob ihre Tochter von der Couch. »Wir sind ja nicht weit weg.« Penelope drückte die Meerjungfrau an sich, seltsamerweise fühlte sie sich wirklich etwas getröstet, und trug die Wasserschüssel samt Lappen und Handtücher ins Gästezimmer, wo Tabea die kleine Trisha ins Bett legte und noch einmal Fieber maß, das allmählich sank. Nachdem sich beide vergewissert hatten, dass alles in Ordnung war, liefen sie gemeinsam in die Küche.

»Das riecht köstlich!«, sagte Tabea zu ihrem Bruder, streckte sich und gab ihm einen Kuss auf die Wange. »Danke.«

»Lass uns essen, bevor es kalt wird!«, brummte er verlegen und zeigte zum Tisch.

Die drei setzten sich und Penelope war überrascht, dass ihr nach der Brechattacke vorhin das Essen schon wieder schmeckte. Tabea aß gierig ein paar Happen, dankte ihrem Bruder noch einmal und lief dann zurück zu ihrer Tochter ins Gästezimmer.

»Willst du mir sagen, was vorhin los war?«, fragte Kris, der jetzt lustlos auf seinem Teller herumstocherte.

Penelope straffte die Schultern und seufzte leise. Irgendwann musste er es erfahren. Es ging schließlich auch um sein Leben.

Sie erzählte ihm alles, ließ nichts aus – trotz der Angst, dass er sie verlassen könnte.

»Wenn du dich jetzt von mir trennen willst, weil du eigene Kinder willst, die ich dir nun mal nicht schenken kann, verstehe ich das«, sagte sie tapfer, blickte ihm in seine wunderschönen Augen, schaffte es aber nicht, seinem Blick standzuhalten. Nervös stand sie auf und räumte das Geschirr vom Tisch.

»Hey, Honey!« Kris stand ebenfalls auf, stellte sich hinter Penelope und nahm sie in den Arm. »Du bist mein Lebensmittelpunkt. Du bist die Frau, mit der ich morgens aufwachen und abends einschlafen will. Du bist die Frau, mit der ich in fünfzig Jahren auf einer Bank sitzen, auf unser Leben zurückblicken und feststellen will, dass zwar nicht alles so war, wie wir es uns vorgestellt haben, aber doch gut.«

«»Du schickst mich nicht fort?«

Kris drehte Penelope zu sich und schaute sie verwirrt an. Er brauchte eine Sekunde, um zu realisieren, wovor sie die meiste Angst hatte. »Also erstens müsste ich gehen, denn das ist dein Haus. Und zweitens wäre ich ziemlich bescheuert, eine Traumfrau wie dich gehen zu lassen.« Sein Blick wurde ernst, was Penelopes Herzschlag beinahe aussetzen ließ. »Und was das Thema Kinder angeht. Da draußen gibt es so viele kleine Seelen, die keinen guten Start ins Leben hatten. Wir könnten adoptieren oder probieren zuerst künstliche Befruchtung aus«, schlug er vor und kratzte sich unsicher am Kinn. »Es gibt viele Wege. Und wir finden den einen, der zu uns passt«, versprach er und zog sie an sich. »Es sei denn, du willst mich nicht mehr heiraten.«

»Bitte? Bist du übergeschnappt? Jetzt erst recht. In guten wie in schlechten Zeiten.«

Wow! Spätestens jetzt hätte sich Penelope in Kris verliebt. Innerlich atmete sie auf, dann seufzte sie laut. Jene Last, die wie ein Felsbrocken wochenlang ihr Herz zerquetscht hatte, löste sich plötzlich den Worten ihres Verlobten auf. Kris würde sie nicht verlassen, er stand zu ihr. Das war so viel mehr, als Penelope erwartet hatte.

Dankbar ließ sie sich in seine Arme sinken und seufzte ein weiteres Mal. »Du bist toll«, hauchte sie in sein Ohr und legte den Kopf an seine starke Schulter.

»Du bist toller«, antwortete er und ließ seine Hände auf Penelopes Hintern gleiten. Ihre Lippen fanden seine, der Kuss zwischen ihnen wurde leidenschaftlich.

Wann hatten sie das letzte Mal Sex gehabt? Penelope wollte nicht darüber nachdenken, sondern ihren Kris jetzt und hier spüren.

»Ähm, entschuldigt bitte! Ich wollte nur was zu trinken holen. Macht ruhig weiter, ich schaue nicht hin!« Tabea kniff die Augen zusammen und tastete sich zum Kühlschrank. Es dauerte nicht lange und alle drei brachen in schallendes Gelächter aus.

»Danke fürs Bescheid sagen«, gluckste Penelope, öffnete die Kühlschranktür und reichte Tabea eine Wasserflasche. »Ich löse dich gegen Mitternacht für ein paar Stunden ab.«

»Eigentlich brauchst du das nicht«, begann ihre Schwägerin, doch Penelope unterbrach sie. »Eigentlich, aber das ist Familie.«

»Was macht das Fieber?«, fragte Kris.

»Ach, geht schon.« Tabea zuckend mit den Schultern. »Die Temperatur ist ein bisschen gesunken. Ich meine, Kinder fiebern oft mal hoch. Das ist normal. Wenn es morgen noch so hoch ist, werde ich um einen Arztbesuch nicht herumkommen. Aber jetzt macht ihr mal hübsch weiter, wo ihr gerade aufgehört habt!«

Am nächsten Morgen wachte Penelope auf, weil sie einen kleinen Fuß im Rücken spürte. Überrascht drehte sie sich um, und als sie die schlummernde Trisha sah, fiel es ihr wieder ein. Sie hatte sich mit Tabea alle zwei Stunden abgewechselt. Verschlafen streckte sie sich, die Tür ging auf und Tabeas brauner Wuschelkopf kam zum Vorschein. In der Hand hielt sie eine Tasse mit bunten Sternen darauf. »Kaffee?«

Penelope nickte, setzte sich auf und nahm die Tasse dankbar entgegen. Genüsslich inhalierte sie den wunderbaren Duft des Kaffees, trank einen Schluck und lehnte sich zurück.

»Wie geht's ihr?« Tabea setzte sich aufs Bett zu ihrer Tochter und griff nach dem Fieberthermometer.

»Weißt du, was das ist?«, fragte Penelope und zeigte auf die roten Pusteln in Trishas Gesicht.

»Ich tippe auf Windpocken«, erklärte Tabea.

»Oha!« Penelope presste eine Hand vor den Mund und rannte ins Bad. Dort spuckte sie den Kaffee wieder aus und würgte grüne Galle. Keuchend ließ sie sich auf den Toilettensitz sinken.

»Alles okay?« Tabea klopft an die geschlossene Badezimmertür.

»Ja, alles gut. Ich komme gleich«, antwortete Penelope.

»Nein, lass mich bitte kurz rein!«, bat Tabea.

»Ist offen«, murmelte Penelope, hievte sich hoch und ließ kaltes Wasser über ihre Unterarme laufen.

»Alles gut, ja?« Tabea hockte sich neben ihre Schwägerin

vor das Waschbecken, kramte im Schrank darunter und zog den letzten Schwangerschaftstest aus einer Fünferpackung, den Penelope längst vergessen hatte.

»Und was soll ich damit machen?«, erkundigte sie sich und schaute in den Spiegel. Was sie dort sah, war alles andere als optimal.

»Draufpinkeln, kurz abwarten und dann wissen wir Bescheid«, erklärte Tabea und rollte genervt mit den Augen.

»Wozu? Ich habe dir doch gestern gesagt, dass ich keine Kinder bekommen kann.« Penelope hatte Mühe, ihre Tränen zurückzuhalten. »Warum streust du noch Salz in die Wunde? Lass mich allein!«

»Nein!«, wiederholte Tabea energisch. »Ich warte vor die Tür.«

»Also gut, wenn du dann endlich Ruhe gibst«, stöhnte Penelope und riss die Packung mit dem Schwangerschaftstest auf.

Tabea verließ das Bad, lehnte die Tür aber nur an. »Geht doch! Warum nicht gleich so?«

»Das habe ich gehört!« Missmutig zog Penelope den Teststreifen aus der Packung. Die ellenlange Gebrauchsanweisung in mindestens zwölf Sprachen fiel heraus. Sie musste nicht nachlesen, was dort geschrieben stand, Penelope kannte sie auswendig. Der Test zeigte sogar an, in welcher Schwangerschaftswoche sie sich befand. Aber das war sinnlos, denn dafür musste man schwanger sein. Genervt zog Penelope ihre Pyjamahose nach unten und pinkelte auf den Teststreifen, den sie anschließend vorschriftsmäßig mit einer Kappe versah und auf den Badewannenrand legte. Wartend massierte sie sich die Schläfen, hinter denen es pochte, und dachte darüber nach, wie oft sie diesen Test schon gemacht hatte. Das war doch völlig bescheuert. Zwei Ärzte hatten Penelope mittlerweile erklärt, dass durch ihre streikenden Eierstöcke die Chancen, auf natürlichem Wege schwanger zu werden, bei etwa zwei Prozent lagen. Also aussichtslos. Oder doch nicht? In ihrem

Bauch kribbelte es. Sie schob die Hoffnung schnell beiseite, bisher hatte sie ihr nichts genutzt.

»Darf ich wieder reinkommen?«, fragte Tabea und öffnete vorsichtig die Tür.

»Kann ich dich von abhalten?«, reagierte Penelope mit einer Gegenfrage.

»Und?« Tabea linste zum Teststreifen, der unschuldig auf dem Badewannenrand lag.

»Ich habe noch nicht geguckt«, antwortete Penelope, massierte weiter ihrer Schläfen und schloss dabei die Augen.

»Na, dann guck doch mal!«, hörte sie ihre Schwägerin sagen.

»Nein, mach du! Ich habe schon zu oft der blöden Realität ins Gesicht geblickt, die mir sagte, dass nichts in mir wächst. Jedenfalls kein Kind.«

»Tja, heute meint es die Realität aber gut mit dir.«

Penelope blickte auf, ließ die Hände in der Luft schweben und schaute zu Tabea, die ihr den Teststreifen vor die Nase hielt.

»Du bist schwanger, Sweetheart. Sechste bis siebte Woche. Glückwunsch!«

»Bitte was?« Irritiert schüttelte Penelope den Kopf, dass ihre rotblonden Locken flogen. Sie schloss die Augen und öffnete sie wieder, aber das Ergebnis des Tests war immer noch dasselbe. Träumte sie? Gleich würde ihr Wecker klingeln, ganz bestimmt.

»Ich sage doch, wir alle sind Wunder.« Tabea berührte sanft ihre Schulter. Anscheinend träumte Penelope doch nicht.

»Was soll ich denn jetzt machen?«, fragte sie immer noch ungläubig. »Vielleicht ist der Test auch kaputt.«

»Dann wiederholen wir ihn. Warte!« Tabea verschwand und kam mit einem neuen Test wieder.

»Wo hast du den her?«, wunderte sich Penelope.

»Na ja, von zu Hause.« Ihre Schwägerin grinste. »Als du gestern dein Lunch-Sandwich wieder von dir gegeben hast und Kris mir erzählte, dass du seit Wochen beinahe täglich kotzen musst, zählte ich eins und eins zusammen.«

»Aha!« Penelope griff nach dem Test. »Der zeigt bestimmt was anderes an.«

»Wieso?«, konterte Tabea und kratzte sich am Nacken. Das tat sie immer, wenn sie ratlos war. »Willst du jetzt ein Kind oder nicht?«

»Was? Ja, natürlich«, murmelte Penelope. »Es ist nur ... Wie konnte das geschehen?«

»Na, die Sache mit den Blumen und Bienen muss ich dir jetzt nicht erklären, oder?«, sagte Tabea feixend.

»Blödfrau!«, erwiderte Penelope.

»Gut! Ich will mir meinen Bruder nämlich nicht beim Kindermachen vorstellen.«

»Ach, ich kann dir gern ein paar Details erzählen.« Jetzt grinste auch Penelope.

»Danke, aber ich verzichte.«

»Gut, dann eben nicht. Angenommen, ich bin schwanger, ist das ein absolutes Wunder«, resümierte Penelope und packte energisch den Test aus, mit dem sie bisher auf ihrem Bein herumgeklopft hatte. Es knisterte sprichwörtlich zwischen ihren Fingern, als sie die Prozedur wiederholte.

»Wunder geschehen«, trällerte Tabea und blieb mit verschränkten Armen im Bad stehen.

»Alles in Ordnung da drin, Ladys?«, hörten sie plötzlich Kris fragen und beide zuckten zusammen. Penelopes Herz klopfte plötzlich laut in ihrer Brust. Wie sollte sie ihm das beibringen? Vor wenigen Stunden noch hatte sie Kris gebeichtet, dass sie keine eigenen Kinder bekommen könne, und jetzt war sie schwanger? Also, vielleicht. Er würde doch denken, dass sie verrückt war.

»Bloß Frauensachen. Wir kommen gleich, Bruderherz«, rief Tabea nach draußen, während Penelope den Test mit zittrigen Händen hielt. Sie holte tief Luft und schluchzte dann leise. Dieser Test bestätigte das Ergebnis des ersten.

»Wow!«, entfuhr es Penelope. Instinktiv legte sie eine

Hand auf ihren Bauch, als wollte sie das kleine Wesen dort drinnen begrüßen. Sollte es kein Traum mehr bleiben?

»Ja, so kann man es auch ausdrücken. Jedenfalls hast du offenbar kein Magengeschwür und kennst den Grund für deine Übelkeit«, erklärte Tabea und legte ihre Arme um Penelope. »Aber ich versichere dir, dass wird irgendwann besser werden. Jedenfalls war es bei mir so und bei meinen Freundinnen und Bekannten. Hey, ich werde Tante! Wie cool ist das denn? Trish wird eine tolle Cousine sein«, rief Tabea überschwänglich und tanzte vor Freude durch das kleine Bad.

Penelopes Mundwinkel zogen sich zu einem Lächeln nach oben und gleichzeitig liefen ihr die Tränen über die Wangen. Es war so, als ob es regnete und gleichzeitig die Sonne schien. Das Ergebnis war ein Regenbogen, an dessen Ende bekanntlich ein Schatz wartete.

»Wow!«, flüsterte sie noch einmal. Mindestens eine Million Gefühle prasselten gleichzeitig auf sie ein. Und dann waren da plötzlich tausend Fragen. Was, wenn sie der Verantwortung nicht gewachsen war? Was, wenn sie diesem Kind keine Liebe schenken konnte? Was, wenn sie eine schlechte Mutter war?

»Was soll ich denn jetzt machen?«, fragte Penelope laut, hob vollkommen aufgelöst beide Arme in die Luft, ließ sie aber gleich wieder kraftlos fallen.

»Einen Schritt nach dem anderen gehen. Nichts überstürzen. Du rufst am besten gleich deinen Frauenarzt an und machst einen Termin. Nach dem Ultraschall bekommst du das erste Foto. Willst du es Kris jetzt sagen oder nach dem Termin?«

»Ich weiß es nicht.« Hilflos zuckte Penelope die Schultern.

»Okay, wenn du es schaffst, warte bis nach dem Termin. Dann ist es sicher.« Tabea legte einen Finger unter Penelopes Kinn und hob es an, bis sie sich in die Augen schauten. »Hey, ich bin da. Ich lass dich nicht allein. Zusammen bekommen wir das Kind schon groß. Und jetzt lass uns frühstücken! Ich habe Hunger und du brauchst Kraft.«

»Guten Morgen, meine Schöne!«, wurde Penelope von Kris begrüßt, der sie zärtlich küsste und ihr dann ins Ohr flüsterte: »Alles in Ordnung bei euch?«

»Wieso bei euch?«, fragte sie erschrocken.

»Na, bei dir und Tabea. Was hattet ihr denn so Wichtiges im Bad zu besprechen?«, hakte Kris unwissend nach. »Ihr wart ja eine gefühlte Ewigkeit da drin.«

»Ach, du weißt schon. Frauenprobleme und so«, sprang ihr Tabea zu Hilfe.

Kris zog eine Augenbraue hoch.

»Und jetzt ...«, Tabea schnappte sich einen Bagel, beschmierte ihn mit Frischkäse und trank ihren Kaffee im Stehen aus. »Jetzt schnappe ich mir meine Tochter und gehe zum Kinderarzt. Falls es wirklich Windpocken sind, muss ich wenigstens nicht stundenlang im Wartezimmer sitzen. Danke für eure Hilfe und habt einen schönen Tag!«, flötete sie und verschwand aus der Tür.

Penelope winkte ihrer Schwägerin und stocherte im Rührei herum. Hunger hatte sie keinen, aber um Kris nicht gänzlich zu beunruhigen, schob sie ab und zu eine Gabel voll in ihren Mund, kaute und trank Orangensaft.

»Ich muss dann auch los. Bis später, mein Schatz«, sagte Kris irgendwann, räumte das Geschirr in die Spülmaschine und küsste Penelope zum Abschied.

Acht

NIKOLAUS

Beschwingt ging Penelope die Straße entlang. Sie hatte ihr Auto etwas weiter weg abstellen müssen, weil vor dem Haus alle Parkplätze belegt waren. Doch das war egal, sie hätte die Welt umarmen können, fühlte sich frei, wie eine gute Fee, die über den Dingen schwebte.

»Ja, Sie sind wirklich schwanger. Herzlichen Glückwunsch, Miss Swan!«, bestätigte die Frauenärztin wenig später das kleine Wunder in ihrem Bauch. »Sie haben das Schicksal überlistet. Sehen Sie hier!« Penelope hob den Kopf und schaute zu der winzigen Bohne auf dem Ultraschallbild. »Das ist Ihr Baby.«

Es war also wahr. Penelope konnte es immer noch kaum fassen. Sie war Trägerin eines kleinen Mieters, der es sich in ihrem Bauch gemütlich eingerichtet hatte. Mit einer Mischung aus Freude und Nervosität wischte sie das Gel für den Ultraschall ab, zog ihr Shirt nach unten und streichelte über ihren Bauch, in dem ein Wunder heranwuchs. »Bleib schön da, wo du bist!«, murmelte sie liebevoll. »Jetzt überraschen wir erst mal deinen Daddy.«

Nach ihrer Nachmittagsschicht im Soul Cake betrat Penelope schwungvoll ihr Zuhause. Ein Lächeln stahl sich auf ihr Gesicht, als sie sich vorstellte, wie ein kleiner Junge dieselbe Tür öffnete und mit voller Energie ins Haus gepoltert kam.

»Wer oder was ist denn für dieses zauberhafte Lächeln zuständig?«, fragte Kris, der ihr entgegenkam, aus der Jacke half und sie dann zärtlich küsste.

»Ach, es war einfach ein schöner Tag, der noch schöner werden könnte.« Sie zog Kris an sich und vergrub ihre Finger in seinem Haar.

»Mmh!«, schnurrte er wie ein Kater. Penelope liebte dieses Geräusch und genoss die Berührungen seiner Hände, die fordernd unter ihr Shirt wanderten. Auf dem Weg ins Schlafzimmer hinterließen sie eine Spur aus Kleidungsstücken. Sie liebten sich schnell und heftig. Auch das mochte Penelope – genau wie das Gefühl, von Kris begehrt zu werden.

»Was ist los?«, fragte Kris nach einer Weile.

»Gar nichts. Es war schön.« Penelope sich auf dem Bett und kuschelte sich an ihn.

»Heißt das, es gibt noch Nachschlag?«

»Wenn du brav bist«, antwortete Penelope kokett und schob sich vom Bett. »Aber erst brauche ich eine Dusche und etwas zu essen. Ich habe Hunger wie ein Wolf.«

»Wohl eher wie eine Wildkatze«, brummte Kris und schaute ihr nach.

Als Penelope mit feuchten Haaren die Küche betrat, stand ein kleines Päckchen auf ihrem Platz, sie trat näher und deutete drauf.

»Was ist das?«

»Mach es auf, dann weißt du mehr«, antwortete Kris.

Vorsichtig zog sie an dem Geschenkband und das Papier knisterte unter ihren Fingern, als sie eine dunkelgraue Schachtel freilegte. Gespannt hob Penelope den Deckel und blickte auf einen sternenförmigen, weißgoldenen Anhänger mit einem roten, einem blauen und einem grünen Stein.

»Der da«, Kris deutete auf den roten Stein, »steht für dich. Der blaue bin ich und der grüne ist für den kleinen Menschen, der, wie auch immer, in diese Familie kommt.«

In Penelopes Augen sammelten sich Tränen. Sie fühlte sich wie im siebten Himmel! Dieser Mann war schon Geschenk genug, aber das hier verschlug ihr den Atem.

»Der Anhänger ist wunderschön! Danke, Kris. Machst du mir die Kette um?«

»Sie passt perfekt zu dir«, sagte er, als sie sich umdrehte und die Haare hochnahm. »Eigentlich wollte ich sie dir zu Weihnachten schenken, aber Nikolaus geht doch auch.«

»Oh nein! Heute ist Nikolaus?« Entsetzt legte sie eine Hand auf den Mund. »Sorry, ich habe gar kein Geschenk für dich.«

»Das macht doch nichts. Das Leben mit dir ist für mich Geschenk genug.«

Penelope hörte zwar, was Kris sagte, doch sie erkannte, dass er trotzdem traurig war. Es ging nicht um irgendein Geschenk, sondern die Geste, dass sie an ihn ebenso gedacht hatte, wie er an sie.

»Oh, warte!«, sagte Penelope schnell und lief in den Flur, wo ihre Handtasche stand. »Natürlich habe ich was für dich. Nicht unbedingt vom Nikolaus, aber ich schwöre, du wirst dich freuen.« Sie zog ein längliches Päckchen aus ihrer Handtasche, lief zurück in die Küche und reichte es Kris.

»Was ist das?«, wollte er wissen.

»Um das herauszufinden, musst du es schon aufmachen«, konterte Penelope augenzwinkernd. Kris durchschnitt die bunte Kordel, die sie darumgebunden hatte, und hob langsam den Deckel an. Verwirrt guckte er auf den Inhalt, dann zu Penelope. Schließlich nahm er das graue Stäbchen heraus, streifte die zweite Kordel ab und rollte das Foto auseinander. Es dauerte ein paar Sekunden, bis er das Ausmaß dieses kleinen Wunders realisierte. Auf seinem Gesicht breitete sich ein Strahlen aus, das Penelope so sehr liebte.

»Du bist«, er räusperte sich, »schwanger?«

»Ja, wir bekommen ein Baby. Ist das nicht großartig?«

Ohne ein weiteres Wort schloss er Penelope in seine Arme und wirbelte sie abrupt durch die Luft. Einen Augenblick später setzte er sie wieder ab und grinste verlegen. »Nein, das geht jetzt nicht mehr. Ich muss vorsichtiger werden.«

»Aber ich bin kein rohes Ei«, beschwerte sie sich.

»Hm, richtig. Das Ei befindet sich in deinem Bauch und muss wachsen.« Kris kniete sich vor sie hin, legte erst beide Hände auf ihren Bauch, zog dann ihren blauen Pulli hoch und küsste die Haut darunter. »Hallo, Baby! Hier ist dein Daddy. Schön, dass du da bist. Genieß die Zeit da drin. Wir warten auf dich und sehen uns«, dann legte er sein Ohr auf ihren Bauch.

»Und, was sagt das Baby?«

»Warte, pssst!« Kris legte einen Zeigefinger auf seine Lippen und nickte mehrfach. »Alles klar.« Beim Aufstehen erklärte er: »Also, ich soll dir ausrichten, dass du dir nicht allzu viele Sorgen machen sollst. Ihm geht es gut da drin. Er hat es warm und bekommt genug zu essen. Und er freut sich darauf, dich zu sehen.«

»Er?«, fragte Penelope schmunzelnd. »Bist du sicher?«

»Na klar! Und er möchte Jonathan genannt werden.«

»Das hat er dir alles verraten?«

Eifrig nickte Kris.

»Und was ist, wenn es doch eine Johanna wird?«

»Die nehmen wir dann auch.« Mit einem breiten Lächeln zog er Penelope wieder in seine Arme. »Das ist das schönste Nikolausgeschenk meines Lebens. Danke.«

Auch Penelope strahlte vor Glück. »Es ist unglaublich, oder? Aber ganz ehrlich? So ein Wunder macht verdammt hungrig. Gibt es jetzt was zu essen und dann Nachschlag? Du weißt schon.« Sie zwinkerte kokett und gab Kris einen Klaps auf den Hintern.

Er wandte sich ab und begann mit den Vorbereitungen ihres Abendessens. »Was ist los?«, fragte sie irritiert.

»Na ja, ich weiß nicht«, druckste er herum und holte Zutaten für einen Salat aus dem Kühlschrank. »Sollten wir jetzt nicht auf Sex verzichten? Ich meine, wir sollten vorsichtig sein.« Penelope lachte auf.

»Hey, mach dir keine Gedanken! Ich habe extra die Frauenärztin gefragt«, beruhigte sie ihn, »Sex schadet dem Baby nicht.«

Kris schüttelte den Kopf. »Ich kann das nicht, während er da drin ist.«

»Aha!«, grummelte Penelope. »Das heißt also, ab sofort keinen Sex mehr?«

Als Antwort zuckte Kris mit seinen Schultern.

»Zumindest nicht, wenn das bedeutet, dass ich Körperteile von mir in dich stecke.«

»Und das beschließt du einfach so für dich?«

Ihre Freude über das Wunder in ihrem Bauch hatte einen Dämpfer bekommen und obwohl sie wusste, dass dieser kleine Mensch, der in ihr gerade entstand, gar nichts für konnte, war sie sauer auf ihn.

Hilflos schaute Kris sie an. Penelope wusste nicht genau, ob sie ihn küssen oder anschreien sollte. Waren das die Schwangerschaftshormone? Sie konnte doch unmöglich neun Monate auf Sex verzichten. Wie sollte das gehen? Nein, das konnte er nicht ernst meinen. Oder?

Neun

FRAUENRECHTE

»Meint ihr wirklich, dass diese Demonstrationen etwas bringen?« Tabea bremste ab und hielt sich an der Bande der Eislaufbahn fest. Für ihre Bemerkung kassierte sie natürlich fragende Blicke.

»Ob sie etwas bringen?«, wiederholte Kelly und kratzte sich am Kopf, sodass ihre pinke Bommelmütze beachtlich ins Wanken kam. »Gegenfrage: Was sollen sie denn deiner Meinung nach bewirken?«

Tabea verzog die Augenbrauen, zwischen denen sich eine Furche bildete, die zwar nicht ganz so tief wie bei ihrem Bruder war, aber dennoch beachtlich. »Na ja«, fing sie an und zog den Reißverschluss ihrer Jacke höher. »Ich frage mich nur, wenn diese Demonstrationen wirklich etwas nützen würden, wären wir dann nicht schon viel weiter und die Frau wirklich gleichgestellt gegenüber dem Mann?«

»Warum warst du dann letztes Wochenende und die Male davor mit dabei, wenn du meinst, dass es wirkungslos ist?«, mischte sich Monica ein und schabte mit ihren Schlittschuhen über die Eisfläche.

Kelly seufzte. »Wirf mal einen Blick in die Geschichte! Es ist noch nicht allzu lange her, dass Frauen nicht wählen durften oder studieren konnten. Und heute?«, fragte sie und in ihrem Gesicht war die Erwartungshaltung zu sehen.

»Ja, du hast recht«, stimmte Tabea ihr zu.

»Und du weißt ganz genau, dass früher Menschen mit deiner Hautfarbe noch mehr ausgegrenzt und rassistisch beleidigt wurden als heute. Oder etwa nicht?«

Penelope zog hörbar die Luft durch die Zähne, doch Tabea nickte bloß.

»Na siehst du, Veränderung ist ein Prozess«, argumentierte Kelly weiter. »Das Patriarchat der weißen Männer dauerte Jahrtausende, also müssen wir Geduld haben, immer wieder daran erinnern und dafür kämpfen, dass dieser Scheiß sich endlich ändert. Und wenn es noch hundert Jahre dauert, bis auch der letzte Holzkopf kapiert hat, dass alle Menschen dieselben Rechte haben, dann ist das trotzdem ein Wimpernschlag in der Weltgeschichte. Denke mal fünfzig Jahre zurück und dann noch mal fünfzig Jahre in die Zukunft. Deine kleine Zuckerfee wird es besser haben, ganz sicher.« Kelly schaute von Tabea zu Kris, der mit Trisha auf den Schultern vor ihnen bremste, dass das Eis hoch spritze und das Mädchen vor Freude quietschte.

»Was macht ihr denn für betretende Gesichter? Stimmt was nicht? Kaum lässt man euch allein, schon bekommt ihr euch in die Haare«, scherzte er und schaute hoch zu Trisha, die ihre Mutter und die übrigen Frauen aus ihren großen braunen Augen aufmerksam beobachtete.

»Deine Schwester wollte wissen, warum wir immer noch auf diese Demos gehen, auf ihnen reden und sie zum Teil organisieren, wenn sie doch nichts bringen und die Frau immer noch benachteiligt ist«, klärte Monica ihn auf.

»Uh!«, machte Kris und verzog sein Gesicht. »Schwesterherz, es waren immer starke Frauen, die sich für die Rechte anderer einsetzten. Gerade du solltest doch wissen, dass sich der Kampf dafür lohnt.« Kris schaute wie hoch zu Trisha. »Na, Prinzessin, wollen wir noch eine Runde drehen?«

»Jaaa! Und dann Kakao!«

»Wenn wir wieder hier ankommen, bekommst du ihn«, versprach Kris und reihte sich mit der Miniausgabe von Tabea in die schlittschuhfahrende Menge ein.

»Er wird ein toller Dad werden«, flüsterte Tabea Penelope ins Ohr. Sie sprach extra leise, denn Kelly und Monica wussten noch nichts von dem kleinen Wunder in ihrem Bauch. Penelope wollte es ihnen heute sagen. Sie hatte brav die Dreimonatsfrist abgewartet, die gestern abgelaufen war. Da sie erst in der siebten Schwangerschaftswoche von ihrem Glück erfahren hatte, war es nicht so schwer gewesen, bis jetzt den Mund zu halten. Wobei sie sich schon manchmal auf die Zunge beißen musste.

»Ich habe Hunger«, hörte Penelope Kris sagen, als er wieder bei ihnen ankam, »und diese kleine Lady besteht auf ihren Kakao.«

»Den soll sie bekommen.« Tabea zog ihre Tochter in ihre Arme und Penelope legte unwillkürlich eine Hand auf ihren Bauch. Wie es sich wohl anfühlen musste, den kleinen Menschen, den man über ein Dreivierteljahr in sich trug, erst loszulassen und dann wieder in seine Arme zu schließen? Sie freute sich darauf, es selbst zu erfahren. Auf dem Weg ins nächstbeste Café lächelte Penelope still in sich hinein und bestellte ebenfalls Kakao und ein Stück Apfelkuchen.

»Einen Sekt für jeden!«, orderte Tabeas Freundin Yui beim Kellner.

»Für mich bitte nicht!«, warf Penelope ein und rieb sich die kalten Hände.

»Oookay«, sagte Yui irritiert. »Dabei wollte ich heute mit euch anstoßen.«

»Anstoßen kann sie auch mit Kakao. Was ist denn der Grund?«, fragte Tabea und zwinkerte Penelope verschwörerisch zu.

»Meine Reportagen über Frauen dieser Welt wird gedruckt«, antworte Yui stolz. Sie war fast ein ganzes Jahr in diversen Ländern unterwegs gewesen, um Frauen zu ihren Lebensgeschichten zu befragen. Alte und junge Frauen, aber auch Mädchen. Das, was Yui darüber erzählte, klang beeindruckend und berührend.

»Wow, das ist absolut fantastisch!« Penelope beugte sich über den Tisch, umarmte Yui und wurde dabei von einer blumigen Wolke Parfum eingehüllt. Auch die anderen gratulierten Tabeas Freundin und wollten alles wissen.

Als sich die Aufregung etwas gelegt hatte, wandte sich Kelly an Penelope. »Du verhältst dich irgendwie seltsam, lächelst die ganze Zeit und trinkst keinen Alkohol. Was ist los, bist du krank?«

»Wer ist krank?«, fragte Monica erschrocken.

»Keiner! Jedenfalls nicht ich«, stellte Penelope klar und lächelte schon wieder. Ein paar Sekunden wartete sie ab, bis sich die Gesichter ihrer Freundinnen entspannten, dann holte tief Luft und ließ es raus. »Ich bin schwanger.«

»Du bist was?«, fragte Ellie.

»Mensch, sie sorgt dafür, dass unsere Art nicht ausstirbt«, knurrte Kelly wütend.

»Ist ja gut. Warum pampst du mich jetzt so an?«

»Immer machst du einen auf begriffsstutzig und schüchtern. Dabei bist du weder das eine noch das andere. Also was soll die Show?«, stichelte Kelly weiter. Mit einem unguten Gefühl beobachtete Penelope ihre Freundinnen, die wirkten wie zwei Wölfinnen – bereit, sich jederzeit an die Kehle zu gehen.

»Und du tust immer so verständnisvoll, aber wenn es drauf ankommt, gönnst du keinem auch nur die Butter auf dem Brot«, giftete Ellie zurück.

Was ging denn hier ab? Verwirrt schaute Penelope von einer zu anderen und wusste nicht recht, was sie sagen sollte. Eben war doch noch alles okay gewesen. Was war zwischen Eisfläche und Café passiert?

»Wollt ihr darüber reden?«, fragte sie zaghaft und schaute in zwei kampfeslustige Gesichter. Hastig tastete sie nach ihrer Kakaotasse, um einen Schluck daraus zu trinken, griff jedoch daneben, weshalb eine Welle über den Rand schwappte und auf dem Tisch landete.

»Leope große Sauerei«, kommentierte Trisha und schaute sie mit großen Augen an.

»Sorry, ich kann das nicht!« Kelly sprang so abrupt von ihrem Stuhl auf, dass dieser nach hinten umfiel. Mit zusammengebissenen Lippen streifte sie sich ihren weißen Mantel über und verließ das Café.

»Was war das denn jetzt?«, wandte sich Tabea an Ellie.

»Na ja, ich ...«, druckste diese herum, seufzte und spielte mit einer Haarsträhne.

»Los, sag schon!«, hakte jetzt Penelope zerknirscht nach, die sich diesen Nachmittag anders vorgestellt hatte.

»Ach, hört doch auf zu bohren!«, maulte Elli und nippte an ihrem Sekt.

»Entschuldige mal, aber ihr zerfleischt euch, als ich euch sage, dass ich ein Baby erwarte. Normalerweise freut man sich als Freundin und geht sich nicht gegenseitig an die Kehle«, erwiderte Penelope enttäuscht.

»Ja, du hast recht. Entschuldige!«

»Also was ist passiert?« Penelope ließ nicht locker.

»Na gut, also ...« Ellie holte tief Luft und begann mit ihrer Erklärung. »Erinnert ihr euch noch an den Typen, von dem Kelly so angetan war?« Fragend schaute Elli in die Runde und grinste dann verlegen. »Ich bin mit ihm im Bett gelandet, und bevor ihr fragt: Es war toll!«

Fassungslos saßen die drei anderen da. Es war wie ein unausgesprochener Ehrenkodex, dass die Männer der anderen Freundinnen tabu waren.

»Sag mal, spinnst du?« Tabea hatte Mühe, nicht die Beherrschung zu verlieren. »Konntest du deine Beine nicht zusammenhalten?«

»Hey, ich bin auch bloß ein Mensch!« Ellie verdrehte genervt die Augen. »Ja, ich habe vielleicht einen Fehler gemacht. Aber der Typ wollte mich, nicht Kelly. Sonst wäre er bei ihr. Oder?« Triumphierend schaute sie von Tabea zu Penelope.

»Und nur weil er sie nicht wollte, dachtest du, bevor er gar nicht zum Zuge kommt, lässt du ihn ran. Wie überaus selbstlos von dir!«, höhnte Tabea.

»Ist es wenigstens was Ernstes?«, wollte Penelope wissen und stöhnte auf, als Ellie den Kopf schüttelte. Jetzt wurde auch sie wütend. »Für einmal Rein-Raus setzt du deine langjährige Freundschaft mit Kelly aufs Spiel?«, fragte sie fassungslos und verschränkte die Arme. »So gern ich dich hab, aber du kannst schon ein Biest sein.«

»Ich wollte doch auch einfach nur mal wieder Sex haben«, schluchzte Ellie und zeigte auf sich. »Das ist mit diesem Körper wirklich nicht einfach.«

»Du spinnst echt!«, murrte Tabea und winkte ab.

»Jaja, du hast gut reden«, konterte Ellie und schniefte. »Als hätte ich massig Erfolg beim anderen Geschlecht. Ich tauge lediglich als Kumpel, nicht aber als Betthäschen. Da zählen halt keine inneren Werte«, sagte sie resigniert und seufzte. »Es hat einfach mal gutgetan, dass einer an mir interessiert war und nicht an der schlanken und wunderschönen Kelly.«

»Ich verstehe dich besser, als du ahnst«, bekannte Penelope und erntete irritierte Blicke.

»Willst du mich veräppeln?« Auf Ellies Stirn war wieder die Falte zu sehen, und sie wurde stetig tiefer.

»Ganz bestimmt nicht. Ich weiß, wie das ist, wenn dich keiner so richtig wahrnimmt, weil du nicht der Norm entsprichst. Dabei lassen sich Menschen nicht in Normen pressen. Wir sind alle verschieden, einzigartig und unperfekt perfekt. Doch vor allem sind wir eines. Ein Wunder.« Penelope guckte liebevoll auf ihren Bauch herunter, der sich bereits leicht wölbte.

»O mein Gott! Ich bin wirklich ein Biest und eine verdammt miese Freundin.« Ellie stützte ihren Kopf in beide Hände. »Du lässt uns an etwas Wundervollem teilhaben, und was mache ich? Es tut mir so leid, bitte verzeih mir! Ich freue mich wahnsinnig für dich und werde dir die tollste Babyparty organisieren. Einverstanden?« Dabei blickte sie zu Tabea, die immer noch wütend war.

»Mommy, ich bin müde«, murmelte Trisha und gähnte herzhaft.

Penelope schloss die Augen. Sie musste aufpassen, dass ihr nicht die Tränen überliefen. Sie war ja schon immer näher am Wasser gebaut als andere, doch zurzeit wohnte sie quasi darin und heulte sogar bei rührseligen Werbespots.

»Oje! Ich wollte dich ehrlich nicht zum Weinen bringen«, sagt Ellie erschrocken.

»Schon okay, das sind die Hormone«, sagte Penelope und zog ein Taschentuch aus der Hosentasche.

»Seid nicht böse, aber dieses kleine Wesen muss ins Land der Träume und ich bin auch müde. Lass uns morgen telefonieren, ja?«, wandte sich Tabea an Penelope, umarmte ihren Bruder, nahm ihr Kind und verschwand in den Abend hinaus.

»Wollen wir noch was essen?«, fragte Penelope, um die gedrückte Stimmung irgendwie aufzulockern. Außerdem hatte sie schon wieder Hunger.

»Das heißt, du verdammst mich nicht?«, erkundigte sich Ellie mit zittriger Stimme.

»Nein«, versicherte ihr Penelope. »Und das mit Kelly biegen wir schon wieder hin. Lasst uns bestellen, sonst werde ich zur Diva!«

Zehn

SCHNEEENGEL

Penelope streckte sich ausgiebig, bevor sie ans Fenster trat und den schweren Vorhang beiseite schob. Ihr Herz absolvierte Freudensprünge bei dem Anblick. Der kleine Garten hinter dem Häuschen lag unter einer dicken Schicht Schnee. Es sah aus, als wäre ein Zuckerbäcker am Werk gewesen. Mit einem Ruck öffnete sie das Fenster und ließ die frische Luft ins Schlafzimmer.

»Wieso machst du das?«, nölte Kris. »Es ist saukalt!« Mit einer ruckartigen Bewegung zog er sich die Decke bis zu Nasenspitze.

»Ich bin die Eisprinzessin«, sagte Penelope und schloss das Fenster.

»Kommt die Eisprinzessin wieder ins Bett?«

»Nö, die muss was erledigen.« Penelope rannte ins Bad, um sich schnell die Zähne zu putzen und sich anzuziehen. Im Flur klaubte sie im Vorbeigehen ihren großen Schal mit den verschiedenen Blautönen von der Garderobe, band ihn um und setzte die dazu farblich passende Mütze auf. Hastig stieg sie in ihre Stiefel, riss sie die Terrassentür auf und wurde von einem Schwall kalter Luft begrüßt. Mit der Vorfreude eines Kindes trat sie nach draußen.

Den Kopf in den Nacken gelegt, schaute sie in den

Himmel und spürte, wie die herabfallenden Schneeflocken auf ihrem Gesicht landeten und sofort schmolzen. Es schneite immer noch. Ein Glucksen entwich ihrer Kehle. Kaum jemand mochte den Winter, Penelope schon. Mit einem Grinsen im Gesicht ließ sie sich in den Schnee fallen und bewegte ihre Arme und Beine. Das hatte sie schon als Kind geliebt.

»Meine verrückte Eisprinzessin!«, sagte Kris, als er auf die Veranda kam.

»Ist das Kaffee in deiner Hand?«

Doch da war Kris schon neben ihr und ließ sich ebenfalls in den Schnee fallen. Als sie aufstanden, sah Penelope zwei Schneeengel. Kris nahm ihre Hand und verschränkte seine Finger mit ihren. »Ich kann es kaum erwarten, bis da noch ein kleiner Schneeengel dazukommt«, sinnierte er, küsste sie zärtlich und reichte ihr dann die Tasse mit dem mittlerweile lauwarmen Kaffee. Penelope trank davon und horchte in sich. Ja, sie hatte alles, was sie brauchte, und das ließ sie glücklich sein.

»Fröhliche Weihnachten!«, wünschte sie Kris und rieb ihre Nasenspitze an seiner.

»Merry Christmas! Es ist schön, dieses Weihnachten mit dir zu feiern. Aber jetzt lass uns bitte wieder reingehen!«

Penelope folgte Kris, der schnell in die Küche lief und mit einem Päckchen wiederkam.

»Was ist das?«

»Ein Teil meines Weihnachtsgeschenks.«

Penelope schüttelte die quadratische Box, hörte es klimpern, zog am goldenen Geschenkband und als sie die anthrazitfarbene Schachtel aufklappte und sich der Inhalt offenbarte, juchzte sie auf. »Hey, das habe ich mir gewünscht!« Strahlend trat sie auf ihn zu und bedankte sich mit einem Kuss.

»Das hast du oft genug betont.« Kris band ihr das Armband um, an das man verschiedene Anhänger befestigen konnte. »Zwei habe ich schon anbringen lassen.«

Penelopes Finger glitten über die Anhänger, der eine war ein Geschenk, der andere ein kleiner Mensch.

»Du bist das Geschenk meines Lebens und unser Baby ist der Bonus«, sagte Kris und schloss sie in seine Arme.

»Du bist so lieb! Danke.« Penelope freute sich, war aber auch ein bisschen überfordert von ihren Gefühlen und denen von Kris. »Es gibt noch viel zu tun, bevor die anderen kommen. Wollen wir loslegen?« Penelope lehnte an seiner Schulter und schaute durch das dekorierte Haus. Eigentlich waren sie beinahe fertig mit den Vorbereitungen für den heutigen Weihnachtsbrunch. Der Esstisch war bereits gedeckt, überall standen Weihnachtsmänner, Engel und Schneemänner. Lichterketten verströmten ihren Glanz und das Highlight war sicher der Weihnachtsbaum, der mit Zuckerstangen, Lebkuchenmännern und bunten Kugeln geschmückt war. Penelope hatte erst hier in den Staaten festgestellt, wie sehr sie das liebte. In ihrer Familie war Weihnachten eher eine nüchterne Angelegenheit gewesen, aber hier bei Kris genoss sie diese bunte und lebensfrohe Art zu feiern mit jeder Faser ihres Körpers.

»Du kümmerst dich um euch«, Kris streichelte ihren Bauch, »und ich kümmere mich um das Essen. Deal?«

Das ließ sich Penelope nicht zweimal sagen. Sie war so aufgeregt und hibbelig. In einer Stunde würden all ihre Freunde kommen, und bis dahin war noch viel zu tun. Kris hatte zwar gestern schon vorgekocht, die kalten Platten standen perfekt angerichtet im Kühlschrank und um die Getränke würden sich die Mädels kümmern. Eigentlich musste nur noch alles auf den Tisch, trotzdem hatte Penelope den Eindruck, dass sie nicht rechtzeitig fertig wurden. Deshalb rannte sie erneut ins Bad, stieg unter die Dusche, machte anschließend das Bett und zog ihr Weihnachtsoutfit an. Das war das Wichtigste und konnte durchaus zur Tradition werden.

Und pünktlich eine Stunde später klingelte es.

Kelly war die Erste. Als hätte es den Streit neulich nicht

gegeben, hielt sie Penelope eine lila Thermoskanne zur Begrüßung hin. »Extra für dich habe ich alkoholfreien Punsch gemacht. Der ist da drin«, erklärte Kelly und zeigte Penelope ihren Beutel, in dem mehr als nur eine Thermoskanne war. »Damit du nicht ganz ohne leben musst.« Sie stellte den Beutel ab und zog sich die dicken Stiefel und ihren Wintermantel aus.

»Ja, der Verzicht auf deinen göttlichen Eierlikör und Apfelpunsch fällt mir schon schwer«, gab Penelope zu. »Aber was tut Frau nicht alles.« Sie tätschelte ihren Bauch, spielte aber vielmehr auf ihr knallrotes Kleid an, auf dem kitschige Christbaumkugeln und Zuckerstangen abgebildet waren. Nie im Traum hätte sie gedacht, dass sie einmal so ein Kleid tragen würde, doch Kris und seine Schwester überzeugten sie vom Gegenteil. Für die beiden gehörten lustige Weihnachtsoutfits zur Tradition, also machte sie den Spaß mit. Kris hatte sich dieses Jahr für ein Sweatshirt entschieden, auf dem ein Rentier mit einem Geweih aus Laserschwertern abgebildet war, im dazugehörigen Schlitten saßen statt des Weihnachtsmannes Luke Skywalker mit R2-D2 und C-3PO. Tabea trug einen lila Rock mit einem pinken Oberteil, auf dessen Mitte ein silberner Weihnachtsbaum aus Pailletten aufgedruckt war. Doch das war noch alles harmlos im Gegensatz zu dem Outfit von Kelly. Auf ihrem Kopf thronte ein Haarreif mit zwei wackelnden Sternen. An ihren Ohren baumelten Ohrringe in Form von Christbaumkugeln, rechts eine lilafarbene und links eine grüne. Auf ihrem schwarzen Kleid war ein großer Engel aus goldenen Pailletten abgebildet. Strich man darüber, wurden sie rot.

So gab es einiges zu sehen an diesem Weihnachtsmorgen. Und zu hören. Nach dem auch Matt und Chadwick, Yui, Georgia, Ellie und Monica mit ihren Familien eingetroffen waren, wurde gelacht, gesungen, viel gegessen und nicht weniger getrunken. Im Anschluss hatte die komplette Truppe einen Spaziergang durch den Schnee unternommen.

Es war bereits Nachmittag, als sie zurückkehrten.

»Ist das nicht herrlich?«, sagt Penelope und schloss die Haustür auf. Der Schnee glitzerte in einem Lichtermeer, das über die gesamte Straße reichte.

»Hm, und saukalt!« Kris rieb sich die Hände, um sie zu wärmen.

»Ja, aber herrlich« Monica schüttelte den Schnee von ihrer Mütze, während die anderen ihre Jacken aufhängten.

»Wer hat Lust auf Kaffee oder einen heißen Kakao? Es ist auch noch Punch da«, fragte Penelope in die Runde. Alle riefen quer durcheinander, aber Kris schaffte es, abzuzählen, wer was trinken wollte. Typisch Lehrer halt, der im größten Chaos noch den Durchblick bewahrte. Eine weitere Tradition war, nach dem Weihnachtsbrunch und Spaziergang einen typischen Weihnachtsfilm zu gucken.

»Kann ich was helfen?«, wollte Yui wissen.

»Ja, das könntest du tatsächlich«, antwortete Penelope. »Du setzt dich zu den anderen und genießt das Leben. Ich folge gleich. Der Truthahn will noch mit Brühe begossen werden und die Plätzchen müssen auf die bunten Teller, dann setze ich mich zu euch.«

»Lass mich das mit den Keksen machen!« Yui folgte Penelope in die Küche und verteilte auf zwei Tellern jede Menge bunte Plätzchen, die sie vor einer Woche gemeinsam gebacken hatten.

Penelope ging zum Ofen und gönnte dem Vogel noch eine Kelle der glänzenden Flüssigkeit und der veganen Variante des Weihnachtsbratens für Tabea ebenso.

»Darf ich dich was fragen?«, sprach Yui sie an, als Kris mit der Kaffee-Kakao-Bestellung die Küche verließ. Bevor sich Penelope fragen konnte, was Yui wohl auf dem Herzen hatte, klingelte es an der Haustür.

»Ich geh schon«, rief Kris. Und als die Stimmen von Matt und seinem Verlobten zu hören waren, die nach dem Brunch einen Abstecher ins Soul Cake gemacht hatten, grinste sie und meinte: »Sehr gut, unser Nachtisch ist da. Matt ist für die X-Mas-Torte zuständig.«

»Ganz recht, meine Schöne. Und hier ist das Meisterwerk. Ich hoffe, du hast Platz in deinem Kühlschrank.« Penelope öffnete den Deckel und staunte nicht schlecht, als sie die Kostbarkeit aus Biskuit und grüner Creme in Form eines Tannenbaumes betrachtete, der mit essbaren Zuckerstangen, Christbaumkugeln, Sternen, Lebkuchenmännern, Glitzer und ein paar kleinen Geschenken dekoriert war.

»Wow, du bist ein wahrer Meister!«, kommentierte Yui das Kunstwerk.

»Wer hat, der kann«, sagte Matt und zwinkerte.

»Nehmt euch was zu trinken und setzt euch zu den anderen. Wir kommen gleich nach.« Penelope schloss den Karton und jonglierte ihn in den Kühlschrank, wo Kris vorsorglich ein Fach freigeräumt hatte.

»Alles klar, Chefin!« Matt tippte sich an die Stirn wie ein Matrose und gesellte sich mit seinem Verlobten Chadwick zu den anderen.

»Komm, lass uns in den Keller gehen, sonst haben wir keine Ruhe«, sagte Penelope und zog Yui mit sich.

»Also, was wolltest du mich fragen?«

Yui stieg die Treppe nach unten und schaute sich um.

»Jetzt rück schon raus damit!«

»Was würdest du machen, wenn sich dir beruflich eine großartige Chance bieten würde?«

»Zugreifen«, sagte Penelope resolut. »Aber wo ist der Haken?«

»Dass diese Chance in Deutschland liegt.«

»Du weißt schon, wer da vor dir steht?«

»Deswegen frage ich dich ja.«

Penelope verschränkte die Arme und dachte kurz nach. »Natürlich ist es ein riesengroßer Schritt und ein einschneidendes Erlebnis. Aber wenn du das wirklich willst, bin ich sicher, dass du das schaffst. Wo wäre das denn in Deutschland?«

»Frankfurt am Main«.

Penelopes Augen leuchteten auf. »Wenn das nicht

Schicksal ist? Ich bin um die Ecke aufgewachsen, mein Heimatstädtchen liegt nur siebzig Kilometer entfernt. Also kann ich dir gut helfen.«

»Das ist schon fast kurios, oder? Du kommst von dort, wir treffen uns hier, und ich gehe dorthin«, bestätigte Yui. »Also, wenn ich gehe. Es ist nicht so, dass ich hier keinen guten Job finden würde, aber die Firma in Deutschland bietet mir eine tolle Chance. Ich dürfte mein eigenes Team aufbauen, wäre die Chefin und könnte on top über meine Lieblingsthemen schreiben.«

»Das hört sich fantastisch an. Warum überlegst du dann noch?«

Yui seufzte. »Keine Ahnung, Frankfurt am Main ist nicht Chicago.«

Penelope nickte. »Ja, das stimmt. Es ist ein verdammt großer Schritt, und ich weiß, wovon ich spreche, aber wenn du es nicht versuchst, wirst du nicht wissen, ob du es schaffst.« Sie musste an ihren Start in Chicago denken. Am liebsten wäre sie nach den ersten zwei Tagen wieder abgehauen, aber dann war sie geblieben und hatte ihr Glück gefunden. »Du packst das, Yui!«, fügte sie hinzu. »Und wenn es mal schwer wird und du einen Seelenstreichler, konstruktive Kritik oder Feenstaub brauchst, bin ich für dich da.«

»Seid ihr verloren gegangen?«, fragte Tabea von oben. »Wir wollen den Film anfangen. Trish wird schon ganz unruhig.«

»Ja, wir kommen«, rief Penelope die Treppe hinauf und sagte dann zu Yui: »Ich wünsche dir, dass alles so kommt, wie es für dich passt. Und jetzt los, wir sollten die anderen nicht länger warten lassen!«

»Ah, da seid ihr ja!« Kris nahm Penelope in den Arm. »Ich wollte schon die Polizei rufen.«

»Keine Sorge, ich gehe dir nicht mehr verloren.« Penelope küsste ihn und Kris legte seine Arme enger um sie. »Mmh, das hast du schon lange nicht mehr gemacht.«

»Könnt ihr damit aufhören? Du bist mein Bruder und hier

sind Kinder anwesend!« Tabea hob ihren Zeigefinger, als wäre sie der Lehrer in der Familie.

»Okay, dann muss ich mir das für heute Nacht aufheben«, meinte Kris mit einem Seitenblick auf Penelope, der ihre Libido zum Schwingen brachte. Seit Kris wusste, dass sie ein Kind erwarteten, waren sie nicht mehr intim gewesen. Vielleicht vergisst er heute mal seine Überfürsorglichkeit, dachte sie und spürte ein Kribbeln in ihrer Mitte.

»Film gucken, bitte!«, quengelte Trisha, die einen Becher mit warmen Kakao und einer üppigen Portion Marshmallows in ihren kleinen Händen hielt.

»Ihr habt alles, was ihr braucht?«, fragte Penelope und schaute in die Runde. Es saß kein Blutsverwandter von ihr im Raum, dennoch fühlte es sich mehr nach Familie an als während der trostlosen Weihnachtsfeste in Deutschland.

Ich werde es anders machen als meine Eltern und dir die Geborgenheit geben, die du brauchst, versprach sie im Stillen ihrem Baby.

»So, wer ist bereit für Annabell und die Rentiere?«, fragte sie laut und erhielt ein kieksendes »Iiiich!« von Trisha, die begeistert in die Hände klatschen wollte und beinahe zu spät erkannte, dass dort der Kakaobecher war. Tabea half ihr und zeigte Penelope einen Daumen nach oben. Kris startete den Film und setzte sich dann zu Penelope auf den letzten freien Platz. Das Wohnzimmer war gefüllt mit Freunden, Herzlichkeit und Wärme. Penelope kuschelte sich an Kris und genoss ihr Glück.

Elf

FREUNDE

»Das war wirklich lecker«, sagte Georgia nach dem Abendessen und lehnte sich zurück. »Jetzt passt die nächsten Tage nichts mehr rein.«

»Das glaube ich nicht«, erwiderte Penelope und lachte. »Wer will, kann sich gern was mitnehmen. Ist noch genug da.« Zufrieden schaute sie über den Esstisch, den Kris für die vielen Gäste ausgezogen hatte. Chadwick stand auf und tippte mit dem Messer an sein Weinglas. Was kam jetzt, eine Rede?

»Jetzt, da wir alle für mindestens drei Monate gesättigt sind, möchten wir uns bedanken. Für das gute und reichhaltige Essen, für eure Gesellschaft und euren Rückhalt. Wir wissen ziemlich genau, dass das hier nicht selbstverständlich ist.« Chadwick räusperte sich, blickte zu Matt und nahm seine Hand, bevor er fortfuhr. »Wisst ihr, wie immens gut es tut, euch als Familie zu haben?«

Penelope nickte, denn vor ein paar Stunden noch hatte sie das Gleiche gedacht.

»Können wir euch etwas fragen?« Chadwick schaute nacheinander in die Gesichter der Anwesenden.

»Unseren Segen habt ihr doch schon«, rief Penelope und sprach auf deren Hochzeit an, die im Mai stattfinden sollte.

»Wirklich für alles?«, wollte Chadwick wissen.

»Natürlich«, antwortete Penelope bestimmt. »Es sei denn, ihr wollt euch trennen.«

»Nein, das ist zumindest jetzt nicht der Plan.« Chadwick lachte und schaute wieder zu Matt, dann zu Penelope und Kris. »Wie würdet ihr ein Geschwisterchen für euren Zwerg finden?«

Irritiert schaute Penelope auf ihren Bauch. »Ähm, können wir erst mal das eine auf die Welt bringen und dann sehen, ob wir ein zweites machen wollen oder können?«

»Natürlich«, beeilte sich Matt zu sagen. »Geschwisterkind ist das falsche Wort. Spielkamerad trifft es besser.«

»Was habt ihr vor?«, erkundigte sich Kris.

»Tabea ist eine Mama, ihr werdet bald Eltern, also wollen wir auch eine Familie gründen.« Matt erhob sich ebenfalls und griff nach seinem Rotweinglas.

»Das ist ja großartig!« Penelope war so überwältigt, dass sie aufsprang und erst Matt und dann Chadwick umarmte. »Meine Unterstützung habt ihr.«

»Das sind wundervolle Neuigkeiten. Glückwunsch!«, ergänzte Tabea und prostete den beiden zu. »Dann bekommt Trisha nicht nur einen neuen kleinen Freund, sondern gleich zwei. Wie kann ich euch helfen oder unterstützen?«

»Lieb, dass du fragst. Bestimmt gibt es reichlich Gelegenheit zum Händchenhalten, wenn wir auf der Suche nach der geeigneten Leihmutter sind«, ließ Matt sie wissen.

»Das heißt also, einer von euch stellt sein Sperma zur Verfügung, mit dem dann eine Frau künstlich befruchtet wird«, stellte Georgia nüchtern fest und lehnte sich wieder zurück.

»Ja, das trifft es ziemlich genau«, bestätigte Matt.

»Könnt ihr euch die Frau aussuchen?«, wollte Kris wissen. Als er sah, dass beide nickten, fragte er weiter: »Macht ihr dann einen Vertrag über die Schwangerschaft und deren Ergebnis, oder wie läuft das?«

»Ja, so in etwa. Das ist leider nötig«, antwortete Chadwick.

»Hm, klingt irgendwie nicht so romantisch. Aber hey, immerhin ist es möglich. Das ist toll! Euer Kind wird hier immer willkommen sein und ihr natürlich sowieso«, sagte Kris und erhob sein Glas: »Lasst uns anstoßen auf alle Veränderungen, die unser Leben noch positiver gestalten werden.« Gläser klirrten, Penelope lief zurück zu ihrem Platz und auch Matt und Chadwick setzten sich.

»Da wir gerade dabei sind: Ich werde gehen«, sagte Yui und schaute erwartungsvoll in die Runde.

»Äh, werden wir das nicht alle, Süße?«, entgegnete Kelly und Penelope bemerkte, wie sie verwirrt zu ihr schaute.

»Stimmt«, sagte Yui, »aber da bleibe ich nicht lange. Ich werde nämlich bald nach Deutschland umziehen.« Penelope nickte ihr zu und lächelte.

»Was willst du denn da?«, fragte Monica.

Und dann erzählte Yui, was sie Penelope bereits im Keller berichtet hatte.

»Oha! Und das steht fest? Also ... Wow! Das ist ...«

»Großartig!«, fiel Penelope Kelly ins Wort. »Unser schüchternes Küken wird flügge und breitet seine Flügel aus. Ich finde das sehr mutig und unterstütze dich, so gut ich kann.«

»Danke.« Yui setzte sich wieder und wirkte erleichtert.

»Ich hätte da auch noch etwas.« Georgia räusperte sich und alle lenkten ihre Aufmerksamkeit auf sie. »Ich werde nach meiner Tochter suchen, mich bei ihr entschuldigen und hoffen, dass sie mir verzeiht. Das Leben ist zu kurz, um die Zeit ungenutzt verstreichen zu lassen.« Georgia senkte den Kopf und wischte sich eine Träne von der Wange.

»Uff!«, entwich es Matt. »Also, natürlich im absolut positiven Kontext gemeint«, beeilte er sich zu sagen. »Wie willst du das anstellen?«

»So genau weiß ich das noch nicht. Vielleicht engagiere ich einen Privatdetektiv«, sagte Georgia und seufzte.

»Nicht jetzt schon seufzen«, rief Penelope über den Tisch. »Wir werden dich dabei unterstützen. Wofür sind Freunde da? Hoffentlich kannst du dein Kind bald in die Arme nehmen und wir lernen sie kennen.«

»Was würde ich ohne euch nur machen?«

»Andere Freunde haben?«, fragte Kelly mit einem Augenzwinkern.

»Nie im Leben! Ihr seid die Besten«, versicherte Georgia.

»Ich sehe schon, es wird für uns alle ein aufregendes neues Jahr werden mit vielen Herausforderungen, die wir meistern werden, denn wir sind ein Team und passen aufeinander auf«, sagte Penelope und erhob ihr Glas mit dem alkoholfreien Punsch. »Auf uns und die Veränderungen!«

»Auf uns und die Veränderungen!«, riefen alle bis auf Trisha, die ihren kleinen Kopf auf den Schoß ihrer Mama gelegt hatte und eingeschlafen war.

Noch lange saßen sie beisammen und sprachen über das, was das neue Jahr bringen würde. Sie alle waren voller Hoffnung und positiver Gedanken, die wie Schmetterlinge um sie herumflatterten.

Zwölf

MUTTERFREUNDEN

»Nein, du kleiner Freund gehörst hier nicht rein. Hier gibt es nichts zu fressen für dich und schon gar nichts zu bestäuben«, klärte Penelope das schwarz-gelb gestreifte Insekt auf und bugsierte es sanft zur Tür hinaus, die sie von außen schloss. Dann kramte sie in ihrer Handtasche und zog eine Sonnenbrille hervor, die sie mit einem zufriedenen Blick in den blauen Himmel aufsetzte. Es wurde unverkennbar Frühling, die Sonne hatte zwar noch nicht die Power wie im Sommer, dafür war ihr Licht grell und einladend. Penelope lief durch den Garten und erfreute sich an gelben Narzissen, blauen Veilchen und rosa Hyazinthen. An den Bäumen und Sträuchern spross das erste zarte Grün. Die Natur erwachte aus ihrem Winterschlaf. Für Penelope war das die schönste Zeit im Jahr, wenn ihr bewusst wurde, dass nach jedem Ende ein Anfang kam – egal wie düster die Zeit davor gewesen war. Sanft strich sie über ihren mittlerweile deutlich gewölbten Bauch.

»Ich bin so gespannt, welche Jahreszeit du am liebsten magst«, sagte sie zu ihrem ungeborenen Kind, als ein melodisches Klingeln einen Anruf ankündigte.

»Hey, Tabea! Wie geht's dir?«, begrüßte sie ihre Schwägerin und hielt sich das Handy ans Ohr.

»Nicht so gut. Ich habe eine wichtige berufliche Fortbildung und ausgerechnet heute musste der Kindergarten schließen. Kannst du Trisha nehmen? Bitte! Du hast auch zehnmal Babysitting gut«, bettelte Tabea.

»Kein Problem.« Penelope schaute auf die Uhr an ihrem Handgelenk. »Ich muss nur kurz ins Café. Kannst du Trisha dort vorbeibringen?«

»Klar. Danke, du bist ein Goldschatz. Bis gleich ...«

Penelope hörte nur noch das Tuten. Als berufstätige und alleinerziehende Mutter hatte Tabea es nicht gerade leicht, aber Kind und Job unter einen Hut zu bringen war definitiv möglich. Penelope würde nach der Geburt ihres kleinen Schatzes auch so schnell wie möglich wieder arbeiten, weshalb sie demnächst ebenfalls auf Hilfe angewiesen war. Insofern klang das Versprechen ihrer Schwägerin für zehnmal Babysitting nicht verkehrt.

Auf dem Weg ins Soul Cake begegneten ihr die ersten Menschen mit grünen Hüten oder Shirts mit Kleeblättern. Es war der 17. März, Saint Patrick's Day. Der ultimative irische Feiertag, den die Einwanderer von der Insel mit in die USA gebracht hatten.

Auch das Soul Cake war mit Kleeblättern und mit dem irischen Kobold Leprechaun dekoriert. Es gab grünen Kuchen und heiße weiße Schokolade, die grün eingefärbt war.

Georgia trug eine grasgrüne Perücke auf dem Kopf, die andere Kellnerin hatte sich in diesem Jahr für eine Brille in Form eines Kleeblattes entschieden. Penelope schmunzelte. Auch an diesem irischen Feiertag galt das amerikanische Motto: »Big is better!«

»Tante Lelope!« Trisha stürmte wie ein kleiner Wirbelwind auf Penelope zu. Auch sie war komplett in Grün gekleidet und brachte die geballte Ladung Leben ins Café.

»Tausend Dank.« Tabea gab ihrer Tochter einen Kuss, drückte Penelope den Einhorn-Rucksack von Trisha in die Hand und warf ihr noch einen Kuss zu und verschwand.

»Immer gern«, rief Penelope ihr nach. Dann beugte sie sich zu ihrer Nichte. »So, mein Engel, worauf hast du Lust?«

»Spielplatz«, jauchzte Trisha.

»Das ist eine sehr gute Idee«, lobte Penelope die Kleine und schaute in den Einhorn-Rucksack, ob Tabea etwas zu trinken eingepackt hatte. »Und davor schauen wir uns noch den grünen Fluss an, ja?«

Trisha machte große Augen. Mit ihren drei Jahren war heute wohl ihr erster Saint Patrick's Day, den sie in Erinnerung behalten würde.

»Seit 1962, also schon furchtbar lange, wird der Chicago River grün eingefärbt«, erklärte Penelope und schob sich Trishas Rucksack über die Schulter.

»Damit die Fische gesund bleiben, macht man das heute mit pflanzlicher Farbe«, ergänzte

Georgia, die einen Picknickkorb brachte.

»Tschüss, Prinzessin!«, rief Matt aus der Küche. »Pass gut auf Penelope auf!«

Trisha hob den Daumen in die Luft und stürmte zur Tür hinaus. Penelope schnallte den kleinen Wirbelwind auf dem Kindersitz fest, während Georgia den Picknickkorb im Kofferraum verstaute.

»Danke. Wenn was ist, ruf an!« Penelope setzte sich auf den Fahrersitz, startete den Motor und reihte sich in den Verkehr ein. Sie kamen ein Stück voran und dann standen sie. Typisch Chicagoer Stadtverkehr, dachte Penelope, die es schon bereute, nicht zu Fuß gegangen zu sein. Der Verkehr war beinahe täglich ein Desaster, aber heute das reinste Chaos. Sie schaute durch den Rückspiegel nach hinten zu Trisha, die gedankenverloren zwei Spielzeugautos hin und her schob. Es würde bestimmt ein schöner Tag werden und das war ein bisschen Stau doch wert. Und wie zur Bestätigung spürte Penelope einen Tritt durch die Bauchdecke von ihrem Baby.

Zärtlich strich sich über die Stelle und fragte sich, ob der kleine Racker das spürte. Mittlerweile war klar, dass sie einen Sohn bekam. Kris hatte recht behalten.

Die Antwort auf ihre Überlegung folgte in Form von weiteren Tritten. Penelope lachte laut, weil die Füße ihres kleinen Sohnes kitzelten.

»Was hast du?«, fragte Trisha von hinten.

»Ach, das Baby freut sich, weil es bald mit dir gemeinsam auf den Spielplatz kann.«

»Oh, super! Das nächste Mal?«

»Nein, ganz so schnell geht das dann doch nicht.«

»Ach, schade«, murmelte Trisha und zog ihren bekannten Schmollmund. Der Verkehr kam wieder ins Rollen und Penelope trat aufs Gaspedal. Irgendwie hatte sie das einzige Schlagloch in der Straße übersehen, der Wagen rumpelte heftig. Schmerzhaft stöhnte sie auf, als ein Ziehen im Unterleib ihr sagte, dass sie ab jetzt besser vorsichtig fahren sollte.

»Sind wir da?«, fragte Trisha. Penelope atmete den Schmerz weg und lenkte den grünen Dodge in eine Parklücke, die eben frei geworden war. Man muss auch mal Glück haben, dachte sie, setzte sich Trisha auf die Schultern, verschloss das Auto und schob sich durch die vielen grün gekleideten Menschen der Saint-Patrick's-Day-Parade. Nach einer kleinen Ewigkeit erreichten sie das Flussufer und blickten auf grasgrünes Wasser.

Trisha quietschte vor Vergnügen und begann, irgendein erfundenes Lied zu singen, in dem es hauptsächlich um die Farbe Grün ging. Penelope schoss einige Fotos und machte ein Selfie von Trisha und sich, das sie sowohl an Tabea als auch an Kris schickte.

Es war ein Spektakel der ganz besonderen Art, und Penelope wäre gern noch geblieben, aber Trisha quengelte, weil sie auf den Spielplatz wollte. Und so drängelte sich Penelope wieder durch die Menschenmassen, ein Mann mit einer riesigen grünen Brille und einer roten Koboldperücke rempelte sie an, dass sie ins Wanken geriet und Trisha beinahe von ihren Schultern rutschte. »Oh, sorry! Geht es euch gut?«

Penelope horchte kurz in sich hinein. Es war so weit alles gut, bis auf ein leichtes Bauchgrummeln, aber das schob sie auf die Tritte ihres Babys.

»Ja, danke«, antwortete sie, wünschte dem Mann noch einen schönen Tag und setzte ihren Weg zum Auto fort.

»Trisha Durst«, kam es piepsend aus dem Mund ihrer Nichte. Penelope dachte an ein schutzloses Vogeljunges und beschleunigte ihre Schritte so gut es ging. Als sie wieder am Auto waren, holte sie die Trinkflasche aus Trishas Einhorn-Rucksack und reichte sie dem Mädchen. Dann stieg sie wieder ins Auto und lenkte den grünen Dodge aus dem City-Verkehr. Etwa zwanzig Minuten später erreichten sie den Parkplatz am Michiganee. Hier war zum Glück nicht viel los, weil ganz Chicago in der Innenstadt feierte.

»Rutschen! Nein, schaukeln!« Die Händchen in ihre Seiten gestützt, stand Trish da und schüttelte eifrig den Kopf, sodass die Perlen am Ende ihrer Zöpfe klackerten. Penelope lächelte. »Wer die Wahl hat, hat die Qual«, zitierte sie das deutsche Sprichwort.

Da erhellte sich Trishas Gesicht.

»Ich habe Geburtstag«

»Ja, Darling, nächste Woche. Wie alt wirst du denn?«

»Ich werde drei Jahre alt«, sagte Trisha und, hob stolz ihren Kopf, als sie drei Finger in die Luft hielt.

Wann passierte es eigentlich, dass wir aufhören voller Stolz unsere Lebensjahre zu zählen und uns stattdessen darüber grämen überlegte Penelope.

»Ich weiß es!«, triumphierte Trisha.

»Was weißt du?«

»Ich klettere«, rief die Kleine und rannte zu einem riesigen Klettergerüst, das aus lauter roten Seilen bestand. Innerlich stöhnte Penelope, denn das bedeutete, dass sie erst Trisha halten und dann ihr nachklettern musste, damit das Mädchen nicht herunterfiel.

»Okay, wir klettern zweimal und dann machst du was anderes. Komm her«, Penelope packte Trisha, stellte sie auf ein Seil und machte es ihr nach. So erklommen sie das gesamte Gerüst.

Als sie wieder unten waren, hielt Trisha ihr kleines Händchen hoch, in das Penelope einklatschte. »Super, Tante Lelope! Noch mal!«

Penelope staunte immer wieder, welche Energie in so einem kleinen Menschen steckte. Nach einer weiteren Runde auf dem Klettergerüst jubelte Trisha erneut und rief: »Hunger!«

»Na, dann komm! Suchen wir uns ein schönes Plätzchen und schauen, was Georgia Leckeres eingepackt hat.«

Trishas kleine Hand schob sich in ihre große und gemeinsam schlenderten sie am See entlang zurück zum Parkplatz. Amüsiert beobachtete Penelope ihre Nichte, wie sie jedem Menschen zuwinkte und jedes Tier, war es noch so klein, begrüßte. Tun das alle Kinder? Wann geht diese wunderbare Empathie verloren?, fragte sie sich und holte den Picknickkorb aus dem Kofferraum. Sie erreichten den Platz, an den Penelope wollte. Er lag windgeschützt und dennoch hatte man einen guten Blick über den See.

Sie ließen sich frisches Brot, Gemüsesticks, Hähnchensalat und kleine Frikadellen mit Trishas geliebtem Ketchup schmecken. Zum Nachtisch gab es saftig glänzende Brownies. Trisha aß mit allen Sinnen und ihr Mund war bald mit Schokolade verschmiert und ihre Augen leuchteten mit der Sonne um die Wette. Penelope zupfte ein Feuchttuch aus ihrer Handtasche und wischte Trisha den Schokomund sauber.

Ein Piepsen ihres Handys kündigte eine Nachricht an. Kelly erkundigte sich, wie es ihr geht und ob sie heute Abend schon was vorhätte. Penelope antwortete dass alles okay sei und sie Trisha bei sich hatte, aber für den späteren Abend noch nichts geplant sei. Gerade wollte sie das Gerät wegstecken, da meldete es erneut eine Nachricht an, und als sie die warme, tiefe Stimme vom Kris hörte, der sie fragte wie es ihr und seiner Nichte ging, kribbelte es ganz leicht in ihrer Bauchgegend.

»Kann ich Eis haben?«, fragte die Kleine, als hätte sie nicht gerade erst gegessen.

Penelope überlegte, ob es ratsam wäre, ihre Nichte randvoll zu stopfen. »Okay, weißt du was? Wir bringen den Korb zum Auto und gucken, ob der Eismann schon da ist«, schlug sie vor und hoffte, dass Trisha bis dahin eine Ablenkung gefunden hatte. Und tatsächlich fand die Kleine jede Menge Interessantes zu erkunden. Erst die Rutsche, dann die Schaukel und schließlich ein paar Enten auf dem See.

»Kann ich mit den Füßen rein?«

Wieder überlegte Penelope, ob sie Trisha ihren Wunsch erfüllen sollte. Es war gerade mal Mitte März und das Wasser alles andere als warm. Doch wozu waren Tanten sonst da, als nicht auch mal Blödsinn mitzumachen?

»Aber nicht ohne mich!« Penelope streifte sich die grünen Turnschuhe von den Füßen, bevor sie Trisha half. Hand in Hand rannten sie mit nackten Füßen zum Ufer, stoppten kurz vorher und sprangen dann mit einem Satz ins kalte Wasser. Trisha kreischte vor Glück. Es war eine reine Freude, diesem Energiebündel dabei zuzuschauen, wie es selbstbewusst durch sein Leben sprang, tanzte, rannte, immer Volldampf voraus mit einem Lachen im Gesicht und einem Lied auf den Lippen. Trisha flitzte durch das Wasser, bis ihre Zähne klapperten und ihr kleiner Körper zitterte wie ein Grashalm im Wind.

»Na komm, du kleines Seeungeheuer!«, rief Penelope und zog Trisha aus dem Wasser.

»NEIIIIN!«, kam prompt ein energisches Veto.

»Doch!«, blieb Penelope diesmal standhaft. »Sonst wird aus dem kleinen Seeungeheuer eine grüne Eisprinzessin«. Während sie sprach, unterdrückte sie ein Schmunzeln. Penelope erinnerte sich an ihre Kindheit und ihre Mutter, die sie auch immer viel zu früh von den wirklich spannenden Dingen weggezogen hatte.

Mit einem Taschentuch trocknete sie Trishas eiskalte Füße ab und rubbelte sie warm. Ihre eigenen schob sie noch feucht in die Turnschuhe, weil der kleine Wirbelwind schon wieder auf der Suche nach dem nächsten Abenteuer war.

»Fang mich!«, rief Trisha und lief los.

Das war natürlich auch eine Idee, wieder warm zu werden

»Na warte, ich krieg dich!« Penelope rannte hinter ihrer Nichte her. »Hab ich dich. Oh nein, doch nicht.« Trishas Glucksen erfüllte die Luft. »Du bist einfach zu schnell für mich«, keuchte Penelope und ließ sich ins Gras fallen.

»Du bist dran!« Dieses Mädchen kannte kein Erbarmen. Lachend stand Penelope wieder auf und lief in Schlangenlinien über die Wiese. Kurz vor dem Parkplatz verlangsamte sie das Tempo, und als Trisha auf ihren kleinen Beinen angerannt kam, packte sie ihre Nichte und wirbelte sie durch die Luft.

»Ich hab dich sooo lieb!« Trisha schlang ihre Ärmchen um Penelopes Hals. Ihr kleines Herz polterte, sie duftete himmlisch nach Sonne, Sand und Leichtigkeit. Für einen Moment blieb Penelope einfach stehen, drückte das Mädchen an sich und genoss diesen Augenblick, den sie tief in sich verinnerlichte. Da war plötzlich so ein Gefühl, als ob genau dieser Moment wichtig sein könnte.

»Ich hab dich auch lieb. Einmal um die Erde und so wieder zurück«, erwiderte Penelope.

»Was hältst du von Pizza zum Abendessen?«, fragte sie, als Trisha wieder in ihren Kindersitz saß.

»Juhu!«, jubelte die Kleine und klatschte in die Händchen.

»Gut, dann ist das abgemacht«, versprach Penelope, als sie den Zündschlüssel drehte und der Motor blubbernd zum Leben erweckte. Sie fuhr rückwärts aus der Parklücke und reihte sich in den Verkehr ein. Kurze Zeit später hielt sie an einer roten Ampel. Ihr Handy klingelte, sie nahm ab und stellte auf Freisprechanlage.

»Hey, Tabea!«, begrüßte sie die Anruferin.

»Mama«, kreischte Trisha dazwischen.

»Wie geht's euch?«

»Alles super. Wir sind gerade auf dem Heimweg und wollen zu Hause Pizza bestellen.« »Pizza, Pizza, Pizza«, sang Trisha.

Die Ampel wurde grün. »Bis gleich«, verabschiedete sich Penelope und Trisha rief von hinten: »Kussi, Mommy!«

Penelope legte ihr Handy wieder auf den Beifahrersitz und gab Gas. Ein Krachen zerriss die Leichtigkeit, ihm folge ein ohrenbetäubendes Knirschen. Metall traf auf Metall. Penelopes Kopf schleuderte hin und her, Schmerzen durchfluteten ihren Körper, ein seltsamer Geschmack breitete sich in ihrem Mund aus und dann war da nur noch Stille. Ihr letzter Gedanke galt Trisha, bevor sie in eine alles einnehmende Dunkelheit versank.

Dreizehn

DUNKELHEIT

Was piepste denn da so? Warum stellte Kris seinen Wecker nicht ab? Penelope öffnete vorsichtig die Augen und bereute es sofort. Ein scharf stechender Schmerz wallte hinter ihrer Schläfe auf. Stöhnend schloss sie die Augen wieder. Ja, das war besser.

Als sie erneut aufwachte, gähnte sie herzhaft und wollte sich strecken, zuckte aber sofort zusammen. Schmerz wütete in ihrem Körper. Die Augen noch geschlossen, dachte sie darüber nach, warum ihr alles wehtat. Dann stieg ihr ein seltsamer Geruch in die Nase, der absolut nichts mit ihrem Schlafzimmer zu tun hatte. Krankenhausmief. Eine Mischung aus schlechter Luft, Gemüsebrühe und Desinfektionsmittel. Angewidert verzog sie das Gesicht. Warum roch es zu Hause so?

»Hey, willkommen zurück!«, begrüßte sie eine Stimme, die sie unter tausenden Tausenden erkennen würde. Warum zurück? War sie weg gewesen?

»Kris, was ist passiert?« Ihre Zunge tat sich schwer, die Worte zu formen. Als Penelope instinktiv schluckte, fühlte sich ihre Kehle so rau an wie derbes Schleifpapier. Jetzt öffnete sie die Augen.

Kris hielt ihr ein Wasserglas an die Lippen, erst trank sie in ganz zögerlichen Schlucken, doch dann immer gieriger, bis ein Hustenanfall dafür sorgte, dass die Kopfschmerzen noch extremer in ihrem Schädel wummerten. Ihre Finger zuckten, hektisch griff sie sich an den Bauch. Panik erfüllte sie, tilgte die Schmerzen für eine Weile. Aber dann trat ihr Sohn gegen die Bauchdecke, so als ob er sagen wollte: Mommy, ich bin hier und es geht mir bestens. Mach dir keine Sorgen. Alles wird wieder gut.

Die Schmerzen kamen zurück, gesellten sich zu der tiefen Dankbarkeit, die ihren Körper durchflutete. Aber nur kurz. Ihr innerer Radar sprang an und signalisierte, dass eben nicht alles gut war.

Kris lächelte, doch Penelope bemerkte die Traurigkeit in seinen Augen. »Dem Kleinen geht es gut. Ihr hattet wahnsinniges Glück und offenbar einen munteren Schutzengel, der euch gut behütet hat.« Er legte seine Hand auf ihre und erzählte stockend, dass ein Auto in ihren geliebten Grasshopper gerast war.

»Liegt Trish auf der Kinderstation? Sind ihre Verletzungen sehr schlimm? Oder ist sie schon zu Hause? Geht es ihr gut?«, erkundigte sich Penelope. Sie hatte immer noch Mühe zu sprechen, aber diese Fragen mussten gestellt werden. Sie dachte an den wunderschönen Tag mit ihrer Nichte, wie die kleine Trish in ihrem Kindersitz gespielt und gesungen hatte.

Eine Krankenschwester betrat den Raum. Kris hatte gerade etwas sagen wollen, überlegte es sich dann aber anders.

»Wie fühlen Sie sich?«, fragte die Schwester.

»Müde, verwirrt und alles tut weh«, gab Penelope zu.

»Ja, das glaube ich gern. Wir können Ihnen wegen der Schwangerschaft keine hohe Dosis Schmerzmittel geben«, erklärte sie und machte sich an der Flasche zu schaffen, über die eine klare Flüssigkeit in Penelopes Venen tropfte. »Jetzt messe ich noch Ihren Blutdruck und die Temperatur, dann bin ich wieder weg. Sie sollten sich ausruhen, Miss Swan!«, sagte sie mit einem schiefen Seitenblick zu Kris.

»Können Sie mir sagen, ob meine kleine Nichte noch im Krankenhaus liegt?«, platzte Penelope mit der Frage heraus, die ihr unter den Nägeln brannte. Sie bemerkte den Schatten, der sich daraufhin über das Gesicht der Krankenschwester legte.

»Erhöhte Temperatur haben Sie keine. Ihr Blutdruck ist ein bisschen niedrig«, sagte diese, ohne auf die Frage einzugehen. Sie notierte die Messdaten auf einem Klemmbrett, das am Fußende des Bettes hing, und lächelte dann mechanisch. »Ich gucke später noch mal nach Ihnen.« So schnell, wie die Schwester gekommen war, verschwand sie auch wieder.

»Jetzt erzähl mal! Wie geht es Trisha?«

Kris senkte den Blick und starrte auf irgendeinen Punkt auf dem Boden. Irgendetwas stimmte nicht.

»Hey, rede mit mir! Was ist los?«, fragte Penelope. Ein ungutes Gefühl breitete sich in ihr aus, Panik kroch ihr die Kehle hoch. Wie schlimm stand es um Trisha? Lag sie im Koma? Hatte sie arge Schmerzen? War Tabea bei ihr? Fragen über Fragen, die in ihrem schmerzenden Kopf umhertanzten. »Kris, bitte!« Er schaute sie nicht an, aber sie erkannte trotzdem die Tränen in seinen Augen.

»Ihre Verletzungen waren so stark, die Ärzte gaben ihr Bestes. Aber das reichte nicht. Letztendlich hatte ihr kleiner Körper nicht die Kraft, gegen die inneren Blutungen anzukämpfen. Gott hatte wohl andere Pläne mit ihr.« Tränen tropften von seinen Wangen, Kris wischte sie nicht weg. Er legte seinen Kopf in beide Hände und Penelope sah, wie seine Schultern zuckten. Sie war außerstande, ihn zu trösten. Apathisch lag sie da, konnte nichts tun. Nicht mal denken. Es kam ihr vor, als hätte sie ihren Körper verlassen und würde die Situation von oben betrachten. Wie ein Engel. Trisha war jetzt ein Engel. Nein, das durfte nicht sein! Penelope bemühte sich, fand aber keinen Rahmen für dieses hässliche Bild. Es konnte doch nicht sein, dass dieser kleine und sehr lebendige Körper, der immer in Action war, jetzt nicht mehr springen, hüpfen, rennen konnte und gute Laune verbreitete! Wie war es möglich, dass sie nie mehr Trishas fröhliches »Tante Lelope« und ihr glockenhelles Lachen hören sollte? Kris erlaubte sich bestimmt einen Scherz mit ihr. Einen ganz schlechten, das musste sie zugeben, aber nur so ergab dieses furchtbare Bild einen Sinn. Und sie fing an zu lachen. Erst zaghaft, dann steigerte sie die Lautstärke und zum Schluss klang sie wie eine hysterische Bergziege, die keine Luft mehr bekam. Schließlich verebbte ihr verzweifeltes Lachen, als sie bemerkte, dass Kris nicht mit einstimmte. Im Gegenteil. Er blickte sie mit einer Mischung aus Verzweiflung und Liebe an.

»Unsere Sonne geht nicht mehr auf«, hauchte sie leise mit einem Funken Hoffnung in ihrer Stimme, dass er ihr widersprach. Doch Kris nickte stumm, und das schien ihn alle Kraft zu kosten.

Penelope sackte in sich zusammen. »Was habe ich getan?«, schluchzte sie. »Ich habe die kleine Trish getötet. Wegen mir ist unser kleiner Schatz nicht mehr da«, verzweifelt legte sie die Hände auf ihr Gesicht, konnte aber den Sturzbach aus Tränen, der aus ihren Augen schoss, nicht aufhalten.

»Wie kommst du denn auf so was?«, fragte Kris, der sich auf ihr Bett setzte und seine Arme schützend um sie legte. »Du bist nicht schuld, sondern dieser Idiot, der über Rot gefahren und in euch reingerast ist.«

»Sie ist nicht mehr da, weil ich mit ihr zum Spielplatz am See fahren musste, statt bei uns zu bleiben oder auf einen Spielplatz in der Nähe zu gehen.« Die Erkenntnis sammelte sich in Penelope, nahm Anlauf und explodierte in einem markerschütternden Schrei. Ihr Körper wurde von Weinkrämpfen geschüttelt. Immer wieder rief sie: »Ich bin schuld!« Dann nestelte sie an der Nadel in ihrer Armbeuge herum und wollte sie herausziehen.

»Ich muss hier weg!«

»Wohin denn?«, erkundigte sich Kris, der sie sanft aber bestimmt wieder aufs Bett drückte.

»Lass mich!«, fauchte Penelope und schlug um sich. »Ich muss zu Tabea.«

»Das ist keine gute Idee.«

»Natürlich ist das eine gute Idee. Ich habe ihre Tochter auf dem Gewissen. Also muss ich zu ihr. Oder willst du mir das verbieten?«, fragte sie provokant und hasste sich dafür. Als die Kanüle endlich aus ihrem Arm war, schlug sie die Bettdecke zurück und stand auf. Ihre Beine sackten sofort weg. Kris stützte sie, half ihr zurück ins Bett, deckte sie zu und griff nach ihrer Hand. Aber Penelope war unfähig, jetzt irgendeine Art von Körperkontakt zu ertragen. Sie zog ihre Hand weg, ballte sie zur Faust und presste sie gegen ihre Zähne, während sie begann, eine Melodie zu summen. Das aktuelle Lieblingslied von Trisha. Obwohl der Schmerz sie von innen zerfraß, spürte sie nichts, aber Penelope wollte etwas fühlen.

»O mein Gott! Was machst du da?« Kris zerrte an ihrem Unterarm drückte gleichzeitig auf den Alarmknopf für das Pflegepersonal.

Während Kris ihre Faust von ihren Zähnen zog, realisierte Penelope, dass sie viel zu fest hineingebissen hatte. Blut hinterließ rote Spuren auf ihrem Arm und fiel tropfend auf die weiße Bettdecke. Sie schrie stumm, die Woge des Schmerzes wallte über sie und zog Penelope mit sich in die Dunkelheit.

Vierzehn

ABSCHIED

Die Sonne schickte ihre hellen Strahlen auf die Erde. Am blauen Himmel zeigte sich keine einzige Wolke. Vögel flatterten durch die warme Luft, pfiffen ihre Melodien und huschten zwischen den Ästen der Bäume hin und her. Es hätte ein schöner Tag sein können, doch Penelope zog die schwarzweiße Stummfilmvariante vor. Mit feuchten Augen, aus denen eigentlich gar keine Tränen mehr tropfen konnten, so viel wie sie in den letzten Tagen geweint hatte, starrte sie auf die vielen Menschen. Frauen und Männer von der Wache 70. Kinder, die still an der Seite ihrer Eltern standen. Freunde, Verwandte. Sie alle hatten sich um ein kleines Grab versammelt in das gleich der kleine Sarg, der mit lauter bunten Handabdrücken verziert war, hineingelassen werden sollte. Penelope drehte die zart rosa Rose in ihrer Hand. Jeder von den Trauergästen hatte entweder eine rosa Rosa und Lilie bekommen um sie mit ins Trishas Grab zu geben. Penelopes Beine kribbelten, als würden hunderte Hunderte Ameisen durch ihre Blutbahnen krabbeln. Wie sich wohl Trisha verhalten hätte? Hätte auch sie eingeschüchtert neben ihrer Mutter gestanden oder wäre sie herumgelaufen – der kleine Wirbelwind? Es war müßig, darüber nachzudenken, denn Trisha lag in diesem kleinen Sarg. Der Pfarrer hatte zwar etwas von Engel, Himmel und Aufgabe geredet, aber Kinder sollten keine Engel sein, sondern mit klebrigen Gesichtern und schmutzigen Händen herumtollen und das Leben entdecken, statt in Gräbern zu liegen oder auf Wolken zu sitzen. Beinahe war es so, als könnte Penelope das glockenhelle Lachen ihrer Nichte hören. Sie drehte sich um, doch da war kein süßer Fratz, dessen Mund niemals stillstand. In Penelopes Kehle stieg ein Schluchzer auf. Sie presste die linke Hand vor ihren Mund, mit der rechten tastete sie nach der von Kris. Er fand sie und hielt ihre Finger fest. Er war ihr Leuchtturm und Fels in der Brandung. Ohne ihn wäre sie längst in diesem düsteren Strudel aus Vorwürfen, Schuldgefühlen und Schmerz untergegangen. Die Blutergüsse vom Unfall waren verblasst, die Flecken auf ihrer Seele blieben. Dankbar blickte sie zu ihm auf. Kris gab ihr so viel, obwohl auch er um seine Nichte und mit seiner Schwester trauerte. Gemeinsam mit Matt, Georgia, Kelly, Monica und Ellie – Yui war schon in Deutschland – sorgte Kris dafür, dass sowohl Tabea als auch Penelope wenigstens einmal am Tag etwas aß. Dort, wo eigentlich der Hunger entstand, fühlte sie nur einen harten Klumpen. Nur war Penelope nicht mehr nur allein für sich verantwortlich, sondern auch für ihren ungeborenen Sohn. Und er war der beste Grund, nicht aufzugeben.

Mit tränennassen Augen schaute sich Penelope um und fand Tabea – umringt von Trauergästen. Sie hatte ihre kleine Tochter verloren, das dritte Kind, ihr Herz musste irreparabel gebrochen sein, und doch strahlte Tabea eine unbändige Kraft aus. Penelope hatte seit diesem dunklen Tag kein einziges Wort mit ihr gesprochen. Auch jetzt hielt Kris sie davon ab, zu ihrer Schwägerin zu gehen.

»Penelope, bitte! Sie will dich nicht sehen. Sie wollte nicht mal, dass du hier bist.«

Seine Worte bohrten sich wie Pfeile in ihr Herz. Kris hatte sie mehr als einmal gesagt, und doch tat es immer noch verdammt weh. Sie vermisste Tabea, ihr fehlte das fröhliche und unerschütterliche Gemüt jener Frau, die ihre Schwägerin werden sollte. Doch seit dem Unfall tat diese so, als wäre Penelope ebenfalls gestorben. Und bei Gott, sie hätte den Tod gewählt, wenn Trisha dadurch wieder lebendig geworden wäre.

Bei diesem Gedanken fraß sich der Schmerz noch tiefer in ihr Herz. Als der kleine Sarg Stück für Stück in die Erde gelassen wurde, kam es Penelope so vor, als würde ein Teil von ihr mit Trisha in der Dunkelheit verschwinden. Tränen rannen stumm über ihre Wangen, Penelope hob den Blick und schaute in den unverschämt blauen Himmel. Er hätte grau sein sollen, wolkenverhangen.

Bernadette, wie soll ich nur weitermachen?, fragte Penelope lautlos. Und es war fast so, als würde ihre Tante neben ihr stehen und aus ihrem Brief vorlesen.

Geh mutig voran und habe Vertrauen in dich, in die Menschen, die dich umgeben, und in die Liebe. Dann wird das Licht in dein Leben zurückkommen.

Fünfzehn

SELBSTHASS

Wippend saß Penelope im Schaukelstuhl, auf ihren Beinen lag eine karierte Decke. Auch ohne Licht wusste sie, dass links von ihr die Wickelkommode stand, daneben der Kleiderschrank vor der Wand, die in einem leuchtenden Türkis gestrichen war. Sie erkannte die Umrisse eines Schaukelpferds, die Wiege mit dem Mobile aus Schmetterlingen darüber. Ein perfektes Zimmer für eine behütete Kindheit.

Alles war bereit für den kleinen Menschen, der dieses Zimmer einmal bewohnen sollte. Der Haken an der Sache war nur, dass Penelope noch nicht bereit war. Es ging alles so schnell, sie war noch nicht fertig mit schwanger sein und doch lag ein fertiges Menschlein in ihren Armen, nachdem es seine Milch getrunken hatte. Jonathan hatte sich am 28. Juni auf den Weg gemacht. Die Geburt war recht unspektakulär verlaufen. Penelope staunte immer noch darüber, dass er so plötzlich bei ihnen war. Ja, sie hatte neun Monate gehabt, sich vorzubereiten und dennoch erschien es ihr nicht genügend Zeit gewesen zu sein.

Aus Augen, die vor Müdigkeit brannten, schaute sie auf ihren winzigen Sohn herunter, der endlich eingeschlafen war.

Seine Haut erinnerte an Milchkaffee. Er glich seinem Vater bis aufs Haar, sogar das Grübchen saß an derselben Stelle. Nur die unterschiedlichen Augenfarben aufgrund einer Störung der Pigmentierung, eine sogenannte Iris-Heterochromie, hatte er von ihr geerbt. Ein dunkelbraunes und ein dunkelgrünes Auge. Jonathan war ein niedliches Baby, das hatte auch die Hebamme im Krankenhaus gesagt. An ihm war alles dran und er war gesund. Penelope hätte überschäumen müssen vor Glück, aus jeder Pore ihres Körpers sollte das Glück tropfen. Jedenfalls las sie davon überall und irgendwie glaubte sie auch, dass genau das von ihr erwartet wurde. Aber sie vernahm immer noch keine Fanfarenklänge, keinen Trommelwirbel, keine Jubelschreie. Da war kein Strahlen in ihrem Gesicht, das der Welt sagte: Schaut her, ich bin eine stolze und glückliche Mutter. Nein, im Gegenteil! Penelope war keinesfalls stolz oder gar glücklich darüber, dass sie vierundzwanzig Stunden am Tag fremdbestimmt funktionieren musste. Von Muttergefühlen war sie meilenweit entfernt. Als man ihr Jonathan auf die Brust gelegt hatte, damit er trinken konnte, war ihr dieses kleine Häuflein Mensch wie ein Fremdkörper vorgekommen. Endlich war die Mini-Ausgabe auf der Welt, das Sinnbild ihrer Liebe und Hoffnung. So sehr hatte sich Penelope dieses Kind gewünscht und jetzt war sie nicht fähig, ihren Sohn zu lieben und sich um ihn zu kümmern? Was zur Hölle stimmte nicht mit ihr?

Bei Trisha war alles so leicht gewesen. Wieso konnte Penelope für ihren eigenen Sohn nicht mal ansatzweise diese tiefe Liebe empfinden, die sie bei ihrer Nicht gefühlt hatte? Der kleine Wirbelwind fehlte ihr so unendlich.

Zu dem Gefühl der Schuld für Trishas Tod, das wie ein Felsbrocken auf ihrer Seele lastete, kam jetzt noch Scham und Wut über ihre eigene Unfähigkeit, das zu tun, was Milliarden Mütter tagtäglich taten. Warum war da in ihrem Kopf nur noch Watte? Wieso schien in ihren Muskeln Blei zu sein? Weshalb konnte sie nicht einfach so glücklich und dynamisch sein wie alle anderen Mütter? Seit vier Wochen saß sie Nacht für Nacht wie ein ferngesteuerter Zombie in diesem Zimmer und machte kein Auge zu. Denn Jona wachte Nachts so oft auf und das Einzige, was half, war ihre Körperwärme. An Arbeit war nicht zu denken. Nur gut, dass sie Rücklagen gebildet und ein Team hatte, auf das sie sich verlassen konnte.

Woher nahm Kris nur die Kraft? Er musste arbeiten gehen, die anderen Lehrer und vor allem die Schüler verließen sich auf ihn. In jeder freien Minute kümmerte er sich hingebungsvoll um seinen Sohn, um den Haushalt, um seine trauernde Schwester und nicht zuletzt um Penelope. Wie schaffte er das nur?

Penelope fühlte nichts als Leere, als tauchte sie durch dunkles Wasser in einem riesigen See. War sie überhaupt fähig, ihr Kind bedingungslos zu lieben? War Gefühlskälte vielleicht vererbbar?

Gähnend warf sie einen Blick auf ihr Handy, wo die Ziffern sie informierten, dass es halb fünf Uhr morgens war. Seit Jonathan gegen drei lauthals nach einer Mahlzeit geschrien hatte, saß sie hier – gefangen in einer Endlosschleife aus Selbsthass und Lethargie. Vorsichtig legte sie Jonathan in seine Wiege und setzte sich zurück in den Schauckelstuhl. Todmüde kippte ihr Kopf gegen die Lehne des Stuhles. Wenn sie doch nur wenigstens zwei Stunden schlafen könnte.

»Leg dich hin, ich übernehme.« Kris strich ihr eine Haarsträhne aus dem Gesicht.

»Wie spät ist es?«

»Gleich sechs.«

»Echt?« Müde stemmte sich Penelope hoch. Im Dämmerlicht sah sie, wie Kris seinen Sohn liebevoll anblickte und seine klitzekleinen Finger mit seiner großen Hand umschloss. Die beiden waren eine Einheit. Das Bild ließ Tränen in Penelope aufsteigen und sie schluckte schwer. Wieso schaffte Kris diesen spielerisch leichten Umgang mit ihrem Sohn, wohingegen es sich für sie wie Schwerstarbeit anfühlte? Sie hatte sich das Leben als Mama bunt und blütenweich vorgestellt.

Doch für sie war es dunkel und hart wie Stein. Sie warf einen letzten Blick zu Kris, der ihr zuwinkte.

»Schlaf gut. Wir lieben dich.«

Ohne etwas zu erwidern, schlurfte Penelope ins Bett, kuschelte sich unter die noch warme Decke und war binnen Sekunden eingeschlafen.

Sechzehn

ÜBERWINDUNG

Als Penelope erwachte, stieg ihr himmlischer Kaffeeduft in die Nase. Sie streckte sich und auf ihrem Gesicht erschien ein Lächeln. Doch dann raste die Realität auf sie zu. Der Schmerz war wieder da, der Selbsthass und die Dunkelheit.

»Aufstehen, Darling!«, schnurrte eine Stimme.

»Ja«, murmelte Penelope, die kaum in der Lage war, die Augen offenzuhalten. Sie warf einen Blick auf ihre Uhr. Immerhin hatte sie zwei Stunden ungestörten Schlaf bekommen. Aber ihr war, als hätte sie tagelang durchschlafen können. Vor dem Bett stand Kris mit ihrer Lieblingstasse in der einen Hand, aus der es verführerisch dampfte. Auf dem anderen Arm, im sogenannten Fliegergriff, lag Jonathan.

»Hat er wieder Blähungen?«

»Er hört sich an wie eine Harley mit Fehlzündung. Aber jetzt trink erst mal deinen Kaffee und werde wach. Ich trage ihn noch zehn Minuten rum und dann muss ich los.«

Penelopes Enthusiasmus, den ganzen Tag mit ihrem Sohn allein zu verbringen, fiel auf Keller-Niveau. Sie hatte keine Ahnung, was sie mit ihm anstellen oder wie sie sich ihm gegenüber verhalten sollte. Bei Trisha war das anders gewesen, da hatte sie immer genau gewusst, was sie zu tun und wie sie zu reagieren hatte.

O Trisha! Wie dieser kleine Mensch ihr fehlte. Manchmal stieg ihr Trishas Geruch nach frischer Zuckerwatte in die Nase und spürte die kleinen klebrigen Hände auf dem ihrem Gesicht, als sie diese auf Penelopes Wangen legte um ihr einen Kuss zu geben. Wenn sie mal schlief, erschien Penelope im Traum ihr kleiner Wirbelwind, sie hörte Trishas fröhlichen Singsang, ihr Geplapper und ihr unbeschwertes Lachen. Dann bohrte sich der Schmerz tief in ihr Herz und sie wachte schweißgebadet auf. Wie es wohl Tabea erging? Penelope fehlte die zupackende, aber herzliche Art von Fast-Schwägerin. Oft fragte sich Penelope, was ihr Tabea in ihrer jetzigen Situation raten würde. Immerhin hatte sie auch die richtigen Worte gefunden, um ihr damals den Kopf zu waschen. Wer weiß, ob sonst Kris und Penelope zueinandergefunden hätten. Tabea Gabe war, der Person, die ihr gegenüber stand zu vermittelte, dass alles gut werden würde.

Doch seit der Beerdigung hatte sie ihre Schwägerin nicht mehr gesehen. Schwägerin! Kris hatte die Hochzeit verschoben, wofür Penelope ihm dankbar war. Wo vor wenigen Wochen noch die Freude ihre Seele gewärmt hatte, klaffte jetzt ein schwarzes Loch.

»Hey, warum weinst du?«, fragte Kris, der sich mit dem schlafenden Jonathan auf dem Arm neben sie setzte.

»Sie fehlen mir so!«, schluchzte Penelope, schlug die Hände vors Gesicht und ließ den Tränen freien Lauf.

»Mir fehlt sie auch«, brummte Kris und seufzte.

»Wenn wenigstens Tabea wieder mit mir sprechen würde.« Penelope zog geräuschvoll die Nase hoch. »Aber ich kann sie verstehen. Mir geht es schon beschissen, dabei habe ich alles, einen tollen Mann, einen gesunden Sohn. hat nichts mehr. Ich würde sie so gern trösten.«

»Meine Schwester kann stur sein, aber irgendwann wird sie aus ihrem Loch kriechen und merken, dass sie nicht allein ist. Gibt ihr Zeit!« Kris legte den schlafenden Jonathan in ihre

Arme. »Viel wichtiger ist, dass dein Sohn dich braucht. Ich muss los zum Unterricht. Kommst du klar? Oder soll ich Georg und Maria Bescheid sagen??«

Der kleine Mensch in ihrem Arm fühlte sich falsch an, aber Penelope verlor kein einziges Wort darüber. Sie zwang sich zu einem Lächeln und nickte tapfer. »Klar. Geh schon! Wir zwei schaffen das.«

Kris ging zögerlich zur Tür. »Habt einen schönen Tag! Ich liebe euch.«

Er wusste genau, dass mit ihr etwas nicht stimmte. Aber sollte sie ihm nun auch noch zur Last fallen und sein Leben zerstören? Nein, sie musste sich zusammenreißen. Doch das war leichter gesagt als getan.

Neid besetzte jede Zelle ihres Körpers, als Kris ihr eine Kusshand zuwarf und verschwand. Missmutig beäugte sie die Tür und streckte die Zunge heraus, als sie hörte, wie er das Haus verließ.

Warum durfte er eigentlich arbeiten gehen, während sie zu Hause blieb? Klar, sie hatte die Brüste. Aber die taugten nichts. Obwohl sie genügend Milch produzierten, weigerte sich ihr Sohn, daraus zu trinken. Penelope hatte alles versucht, sogar eine Stillberatung absolviert, doch sobald sich ihre Brustwarze Jonathans Mund näherte, schrie er wie am Spieß und hörte erst auf, wenn sich seine Lippen um den Sauger der Milchflasche schlossen und er zufrieden daraus trank. Konnte er fühlen, dass seine eigene Mutter ihn ablehnte? Erschrocken zuckte sie zusammen. Durfte sie so etwas auch nur ansatzweise denken?

Herrgott, sie musste sich endlich zusammenreißen und mit diesem jämmerlichen Selbstmitleid aufhören! Sie hatte doch alles. Ein gut laufendes Café, tolle Mitarbeiter, auf die sie sich verlassen konnte. Einen Mann, der sie wirklich liebte. Ein hübsches Dach über dem Kopf, genügend zu essen, Unterhaltungsprogramm und jetzt auch noch einen gesunden Sohn. Warum konnte sie nicht einfach glücklich sein?

Jonathan rührte sich, streckte seine kleinen Fingerchen aus

und öffnete die Augen. Es war, als blicke er direkt in ihre Seele. Penelope konnte diesem Blick nicht standhalten, weil Tränen ihr die Sicht nahmen. Ganz ruhig lag ihr Sohn da, und der Moment hätte schön sein können, wenn Penelope bereit gewesen wäre, sich darauf einzulassen. Aber aus irgendeinem Grund war sie das nicht.

»Ich mach dir dein Fläschchen«, murmelte sie, legte ihn in sein Bett, lief in die Küche und wärmte ihre abgepumpte Muttermilch auf. Als sie die Flasche auf den Tisch neben dem Schaukelstuhl gestellt hatte, klingelte ihr Telefon. Sie ignorierte den Anruf und beugte sich über das Kinderbettchen. Das Klingeln hörte auf, nur um kurz danach wieder von vorn anzufangen. Penelope riskierte einen Blick auf das Display ihres Handys, das zwei verpasste Anrufe ihrer Mutter anzeigte. Einen kurzen Blick zu Jons, der gleich losbrüllen würde, nahm ihr die Entscheidung ab. Penelope gab ihrem Sohn die Flasche, wechselte seine Windeln und gab sich Mühe, ihn in den Schlaf zu wiegen. Erst dann erbarmte sie sich und griff zum Telefon.

»Hallo!«, sagte sie genervt und lief zurück in die Küche.

»Kind, warum lässt du mich so lange warten?«, legte ihre Mutter sofort los. »Meinst du, ich habe nichts anderes zu tun?«

»Entschuldige bitte, ich habe mein Kind versorgt.«

»Und da kannst du nicht kurz rangehen und sagen, dass du gleich zurückrufst? Stattdessen lässt du mich ewig probieren.«

Penelope ignorierte das Zetern ihrer Mutter. Es brachte nichts, mit ihr zu diskutieren.

»Was kann ich für dich tun?«

»Darf ich mich denn nicht erkundigen, wie es meiner Tochter und meinem Enkel geht?«

Natürlich, wenn es dich wirklich interessieren würde.

»Doch, klar«, sagte Penelope laut und überlegte, ob sie ihrer Mutter etwas über ihren wahren Zustand erzählen sollte. Vielleicht würde sie dann zur Abwechslung mal zuhören.

»Also mir geht es ja momentan gar nicht gut«, begann ihre Mutter den üblichen Monolog. Penelope stellte auf laut, legte das Telefon beiseite und stellte Jonathans Fläschchen in die Spüle um es später auszuspülen. »Ich schlafe so schlecht und habe deswegen Kreislaufprobleme.«

Penelope verbiss sich einen Kommentar. Welcome to my live, hätte sie am liebsten geantwortet. Sie ging von der Küche ins Wohnzimmer, um dort etwas aufzuräumen. Vor dem Spiegel über der Kommode guckte ihr ein sehr müder Pandabär entgegen, mit einem Zopf auf dem Kopf, der aussah, als hätte ein Vogel drin gebrütet. Wann hatte sie zum letzten Mal ihre Haare gewaschen?

»Langweile ich dich?«, fragte ihre Mutter spitz.

»Natürlich nicht«, antwortete Penelope. »Ich bin nur ein klein wenig müde.«

»Wovon denn? Du bist doch den ganzen Tag zu Hause.«

»Mit Baby.«

»Ja, und? So schwer ist das nicht. Ich hatte zwei Kinder. Und Jonathan schläft doch die meiste Zeit.«

Stimmt, Mutter. Aber Papa hat alles gemacht, während du … Penelope dachte den Gedanken nicht zu Ende.

»Jonathan schläft eben nicht die meiste Zeit«, bekannte sie und bereute es gleich wieder.

»Dann machst du was falsch«, erwiderte ihre Mutter. Natürlich!

»Also die Tochter von Gerda hat ja auch ein Baby bekommen, ein wahrer Goldschatz, und die schläft durch. Aber gut, die Bettina macht auch viel mit dem Kind.«

Was soll das denn jetzt heißen?

»Deinen Bruder und dich haben wir hingelegt und ihr habt geschlafen. Ich kenne das gar nicht anders. Gehst du denn raus mit Jonathan? Das Kind braucht viel frische Luft.«

Wahrscheinlich hatten wir damals schon Angst, dich zu

stören. Du mochtest uns doch nur, wenn wir unsichtbar und lautlos waren.

»Und überhaupt, wann kommt ihr mal wieder vorbei? Ich will meinen Enkel endlich sehen. Warum musstest du nur in dieses furchtbare Amerika ziehen?«

Und jetzt frage dich ernsthaft, warum ich einen Ozean zwischen uns bringen musste? Penelope hätte ihrer Mutter gern all das gesagt, aber sie wusste, dass es nichts brachte. Jedenfalls kein produktives Ergebnis, mit dem sich gut leben ließ.

»Wie wäre es, wenn Paps und du uns besuchen kommt? Dann könnt ihr euren Enkel kennenlernen und sehen, wie wir wohnen«, ging Penelope in die Offensive.

»Du weißt doch, dass ich seit dem Vorfall in kein Flugzeug mehr steige.«

Der Vorfall, wie ihre Mutter es nannte, waren ein paar heftige Turbulenzen gewesen, als sich ihre Eltern auf dem Rückweg einer Ferienreise befanden. Nicht mehr und nicht weniger.

»Ihr müsst schon zu uns kommen, das gehört sich auch so. In drei Wochen hat dein Vater Urlaub.«

»Du, ich weiß nicht, ob Kris so spontan wegkann«, versuchte es Penelope, aber ihre Mutter blieb wie immer hartnäckig.

»Dann komm halt allein!«

»Wie du weißt, leite ich ein recht erfolgreiches Café.«

»Und weiter?«, fragte ihre Mutter irritiert. »Willst du etwa schon wieder arbeiten und dein Kind irgendwelchen Fremden überlassen? Das wird doch nichts! Du warst noch nie belastbar. Genauso wenig wie dein Bruder. Was der uns damit angetan hat, unglaublich.«

Penelope fing an, mit den Zähnen zu knirschen. Hatte sie vorhin nicht noch daran gedacht, sich zusammenzureißen? Wenn sie jetzt nicht aufpasste, würde sie explodieren.

»Wenn du wenigstens in der Nähe wärst. Dann könnte

Jonathan zu seinen Großeltern, während du einer richtigen Arbeit nachgehen könntest«, sinnierte ihre Mutter.

Alles, nur das nicht!

»Wäre ich bei euch geblieben, hätte ich weder das Café noch ein Kind«, startete Penelope einen weiteren Versuch, sich gegen ihre Mutter zu behaupten. Sie schäumte vor Wut, was wenigstens ihre Lebensgeister ein Stück weit zurückbrachte. Und dann hörte sie etwas, worüber sie zum ersten Mal froh war. Jonathan weinte.

»Was hat er denn jetzt?«, fragte ihre Mutter mit einem pikierten Unterton in ihrer Stimme, der für Gänsehaut bei Penelope sorgte.

»Ich werde es herausfinden. Bis bald!«

»Denk über meinen Vorschlag nach und geh mit dem Kind an die frische Luft!«, beeilte sich, ihre Mutter zu sagen, bevor Penelope auf das rote Hörersymbol drückte.

Die Stille nach einem Gespräch mit ihrer Mutter war unfassbar wohltuend. Wobei still war es nicht. Jonathan schrie alles raus, was ihn belastete.

Guter Junge!, dachte Penelope und überlegte, ob sie endlich mal duschen sollte. Aber als sie in das rote Gesicht ihres Sohnes schaute, entschied sie sich dagegen, legte Jonathan in seinen Kinderwagen und zog eine Jogginghose über den Schlafanzug. Beides war nicht mehr taufrisch, aber das interessierte weder Jonathan noch die Vögel da draußen. Eilig prüfte Penelope, ob sie alles hatte, öffnete dynamisch die Haustür und fühlte sich wie ein Vampir, der ins Tageslicht trat. Okay, sie würde nicht zu Staub zerfallen, aber die Sonne blendete so extrem, dass sie die Augen zukneifen musste. Ihre spontane Lust auf einen Spaziergang wurde von der seichten Spätsommerbrise davongetragen. Ihre Beine wurden bleischwer und sie war sich sicher, dass jemand eine tonnenschwere Decke auf ihre Schultern gelegt hatte.

Lethargisch starrte Penelope auf das schreiende Bündel mit dem hochroten Gesicht und wusste, dass sie keine Wahl hatte.

Das Ruckeln im Kinderwagen würde ihn einschlafen lassen und die frische Luft nicht nur ihm guttun. Ein kurzes Schmunzeln huschte über ihr Gesicht, als sie daran dachte das ihre Mutter bestimmt nicht ahnte, wie schnell sie ihren Ratschlag befolgte. Seufzend setzte sie sich ihre Sonnenbrille mit den großen Gläsern auf, die auch Augenringe der Größe XXL verdeckten, schob den stylischen Kinderwagen die kleine Rampe hinunter, die Kris gebaut hatte, und lief los. Sie übersah die überraschten und teilweise entsetzten Blicke der Passanten. Wahrscheinlich überlegten sie, was diese schlimme Mutter ihrem ach so süßen Baby angetan hatte, dass es so erbärmlich schrie. Am liebsten hätte Penelope diese Menschen angebrüllt und ihnen erklärt, dass sie wohl kaum das Haus verlassen würde, wenn sie vorher ihr Kind vermöbelt hätte. Doch sie beherrschte sich, senkte den Kopf und schob den Kinderwagen weiter. Jonathans Schreien wurde zum Glück leiser und verebbte völlig, als sie in einem kleinen Park angekommen war. Penelope atmete erleichtert auf, schob den Kinderwagen noch etwas weiter und entdeckte eine Bank. Konnte sie es wagen, einfach stehenzubleiben, oder würde ihr Sohn ohne das Ruckeln des Kinderwagens gleich wieder aufwachen und losschreien? Sie entschied sich, das Risiko einzugehen und setzte sich. Einmal kurz durchatmen und entspannen.

Bernadette, was soll ich tun?, dachte sie und schaute hinauf in den Himmel. Obwohl sie wusste, dass es Quatsch war, denn ihre Tante saß ganz bestimmt nicht auf einer Wolke und antwortete. Trotzdem hörte sie ihre Stimme.

Aller Anfang ist schwer. Auch der Start zwischen Kind und Mutter. Geh mutig und zuversichtlich immer Schritt für Schritt. Du machst das gut.

Immerhin eine, die fand, dass sie es gut machte. Auch wenn diese imaginär war und die Stimme lediglich Penelopes Fantasie entsprang. Leise vor sich hin kichernd schaukelte sie den Wagen ein bisschen hin und her, aber Jonathan hatte sich wohl entschieden, endlich mal länger als ein paar Minuten zu schlafen. Mit geschlossenen Augen lehnte sich Penelope zurück und genoss die warmen Strahlen der Sonne. Sie hätte für immer hier sitzen können oder wie Dornröschen hundert Jahre schlafen. Als sie daran dachte, was sie alles verpassen würde, öffnete sie abrupt die Augen und nahm zum ersten Mal seit Monaten ihre Umgebung wahr. Die Natur bereitete sich allmählich auf den Herbst vor. In drei Wochen etwa würden die Blätter der Bäume in einem kräftigen Rot, Gelb oder Orange leuchten. Penelope mochte die Übergänge der Jahreszeiten. Das Alte war noch da, aber das Neue stand schon vor der Tür – bereit, seinen Vorgänger abzulösen.

Wo war nur der Sommer geblieben? Wie viel Zeit hatte sie versäumt, weil ihr die Kraft gefehlt hatte, aus dem dunklen Loch zu kriechen, das sie umgab? Sie atmete tief ein und vernahm eine Nuance des würzigen Duft des Herbstes. So merkte sie jetzt noch die Strahlen der Sonne auf ihrer Haut, aber eben auch, dass sie schon deutlich in ihrer Intensität verloren. Es war Spätsommer in Chicago und alles war mit diesem goldfarbenen Licht überzogen. Sonst liebte Penelope das, aber momentan war ihr das zu viel Schönheit auf einmal und blendete sie, anstatt dass sie es genießen konnte. Sie wusste, dass da keiner was für konnte. Es lag an ihr, dass sie sich momentan nicht mochte und ablehnte. Und somit das Gefühl der Ablehnung das vorherrschende in ihr war.

Eine Frau joggte mit den leichtfüßigen Bewegungen einer Gazelle vorbei. Wehmütig schaute Penelope ihr nach. Wann war sie das letzte Mal so gelaufen? Gerade, als sie daran dachte, wieder in Bewegung zu kommen, setzte ihr Herz für einen Schlag aus. Noch jemand joggte an ihr vorbei. Aber nicht irgendjemand. Für den Bruchteil einer Sekunde schaute sie ihm in die Augen. Das war doch nicht möglich! Oder doch? Wie hoch war denn bitte die Wahrscheinlichkeit, in der drittgrößten Stadt der USA, in der es wahrlich genug Platz gab, ausgerechnet ihrem heimlichen Schwarm aus der elften Klasse zu begegnen? Aus der elften Klasse in Deutschland! Aber das passte zu ihrem derzeitigen Leben. Wie ein Zombie im Schlabberlook auf einer Parkbank gammeln und Logan wiedersehen. Gott, sie war damals mit Haut und Haar in ihn verschossen gewesen, wie übrigens die meisten Mädchen an der Schule. Unglücklich natürlich. Ob er sie überhaupt erkannt hatte? Nein! Superstar Logan würde sich bestimmt nicht an sie erinnern. War er es überhaupt, oder spielte Penelopes Wattehirn ihr einen Streich? Neugierig schielte sie durch ihre Sonnenbrille und erkannte, dass dieser gut aussehende Kerl an der nächsten Bank ein Stretching absolvierte.

Was kann ich verlieren? Ich sehe beschissen aus und habe die furchtbarste Zeit meines Lebens hinter mir. Ohne weiter darüber nachzudenken, stand Penelope auf. Wenn nicht jetzt, wann dann?

Für einen Augenblick genoss sie diese Vorstellung, dann setzte sie sich wieder hin. Zwei perfekt geschminkte und akkurat gekleidete junge Frauen liefen an ihr vorbei und musterten Penelope mit einer Mischung aus Mitleid und Abscheu, was absolut nachvollziehbar war.

So kann das nicht weitergehen!, schimpfte sie im Stillen und packte den Griff des Kinderwagens. Penelope wusste, dass ihr Innerstes einer unaufgeräumten Wohnung glich, in der sie dringend Ordnung schaffen musste. Ihr war danach, alle Fenster aufzureißen, frische Luft reinzulassen, das Chaos zu beseitigen, den ganzen alten Krempel, der eh kaputt war, endlich rauszuschmeißen und ordentlich durchzuwischen. Sie war sich nur nicht sicher, ob sie wusste, wie das funktionierte.

Kaum war sie ein paar Schritte gegangen, sackten ihre Beine weg und all die Zweifel waren wieder da, die sie seit Monaten in dem dunklen Loch hielten. Warum war sie nicht fünf Minuten früher oder später losgefahren? Dann wäre ihr Leben jetzt vollkommen, sie würde nicht so schmuddelig fühlen und müsste sich vor allem nicht permanent diese Standardsprüche ertragen. »Wer weiß, wozu es gut war.« oder »Solche Situationen machen uns stärker.« Was sollte das? Ein Kind war tot. Wo war da der Sinn? Und wenn man nur durch solche Situationen stark werden konnte, war sie lieber schwach. Warum erfand niemand eine Pille, die es ihr erlauben würde, in der Zeit zurückzureisen, um ihren Fehler wiedergutzumachen?

Kind, lass es zu und nimm den Schmerz an! Er ist trotzdem da – egal wie oft du ihn wegdrückst. Akzeptiere ihn und versuche, damit zu leben. Erst dann wirst du wieder du selbst sein.

Und wieder einmal war der vertraute Geruch von Vanillezucker, Rosen und einer Prise Kardamom in ihrer Nase. Drehte sie jetzt komplett durch? Anders war es nicht mehr zu erklären, warum sie andauernd meinte, Bernadette hören und riechen zu können.

Aber letztlich halfen Penelope diese seltsamen Visionen. Vielleicht sollte sie tatsächlich akzeptieren, was geschehen war. Sie konnte sich noch so sehr dafür hassen, aber die Schuldgefühle würden Trisha nicht wieder lebendig machen. Sie musste es irgendwie schaffen, sich dem Schmerz zu stellen und ihn zu verarbeiten. Nur wie?

Siebzehn

INNOVATION

Schwungvoll betrat sie das Soul Cake, blieb für einen Moment stehen und ließ die Atmosphäre auf sich wirken. Überall um sie herum wuselte es und hatte den Anschein, als ob Chaos herrschte. Allerdings war das Gegenteil der Fall. Jeder Handgriff folgte einer gewissen Ordnung. Penelope spürte, wie sehr sie dieses geordnete Chaos vermisst hatte.

»Hey!«, wurde sie von Georgia begrüßt, die ein Tablett zu Tisch drei balancierte. »Schön, dass du wieder da bist. Warte! Ich bringe die Bestellung hier schnell weg, dann kümmere ich mich um dich.« Georgia lief zu zwei Frauen an einem Tisch und servierte das gewünschte Frühstück.

»Wie geht's dir?«, fragte sie und strahlte Penelope an, nachdem sie sie umarmt hatte. »Du wolltest doch erst in ein paar Wochen wieder anfangen zu arbeiten?«

»Das stimmt. Aber ich wollte etwas mit euch besprechen, mit dir und Matt.«

»Du willst das Café verkaufen?«, schoss es aus Georgia heraus, Panik blitzte in ihren Augen auf. »Klar, jetzt mit Kind und so hast du nicht mehr die Zeit und willst dich nur noch um Jonathan kümmern. Hab ich recht? Na ja, ich verstehe das, aber ...«

»Drück mal den Pausenknopf!« Penelope machte sich an der Kaffeemaschine zu schaffen. Sie sah gut aus, fast wie früher. Die Haare waren gewaschen, ihr Outfit war das einer Geschäftsfrau, nicht einer überforderten Mutter mit postnataler Depression. »Nichts dergleichen, im Gegenteil«, beruhigte sie Georgia, deren Gesichtszüge sich wieder entspannten. Die ehemalige Wohnsitzlose hatte hier eine Heimat gefunden, die sie nicht verlieren wollte. Penelope verstand ihre Panik.

»Puh!« Georgia stieß jede Menge Luft aus ihren Lungen. »Das ist gut. Sehr gut! Denn du bist die tollste Chefin, die ich mir vorstellen kann.«

»Danke für das Kompliment«, antwortete Penelope aufrichtig und merkte, wie ihr das Blut in die Wangen schoss. Diese paar Worte taten ihr unendlich gut und ihre Seele fühlte sich gestreichelt. Vielleicht war sie doch keine totale Versagerin. »Dann lass uns mal dafür sorgen, dass es so bleibt. Kris versorgt heute Vormittag Jonathan, also habe ich noch ein wenig Zeit. Ist noch etwas von dem gefüllten Zitronenkuchen da?«

Georgia nickte.

»Sehr gut. Ich nehm mir ein Stück davon und den Cappuccino mit ins Büro. Wenn du und Matt euch loseisen könnt, dann kommt dazu!«

Penelope schaute sich noch einmal im Café um. Ja, dieses geordnete Chaos war das, was sie jetzt brauchte. Daran konnte sie sich festhalten, auf gewisse Weise hochhieven aus dem dunklen Loch, das sie die letzten Monate vom Leben abgehalten hatte.

Das erste Mal seit Langem fühlte sie sich fast gut. Lächelnd balancierte sie ihre Kaffeetasse ins Büro und schloss die Tür zu ihrem Reich. Beinahe war es so, als wäre die Zeit nicht vergangen und immer noch Frühling. Der 17. März. Tabea würde gleich Trisha bringen, Penelope würde mit ihrem kleinen Wirbelwind zur Saint-Patrick's-Day-Parade gehen, das Auto stehenlassen und ...

Die Dunkelheit rauschte auf sie zu und wollte sie mit ihren langen Krallen umklammern. Für einen Moment bliebt Penelope die Luft weg. Doch anstatt dass Penelope sich von der dunkeln Woge mitreißen ließ, stach sie heftig mit der Gabel in den Zitronenkuchen, sodass die Füllung aus Lemon Curd und Frischkäse an den Seiten herausquoll, und ließ sich trotzig auf ihren Schreibtischstuhl fallen. NEIN! Sie, Penelope Swan, hatte die Wahl. Es gab mehr als die Dunkelheit, mehr als diesen Teufelskreis aus Schuld und Scham. Und sie hatte eine solche Sehnsucht nach Licht und Leichtigkeit. Sie würde ihr Leben sortieren, den verwüsteten Kleiderschrank in ihrem Inneren aufräumen und Ordnung ins Chaos bringen. BASTA!

»Hey, wer schippert denn da wieder in alten Gefilden?« Matt strahlte über das ganze Gesicht, als er ins Büro trat und Penelope umarmte. »Du siehst gut aus!«

Penelope seufzte innerlich. Genau das wollten depressive Menschen hören. Aber sie entspannte sich gleich wieder und merkte, wie gut ihr das alte Leben tat. Sie müsste nur öfter hier sein, da wäre alles wieder gut.

»Du wolltest uns sprechen?«, fragte Matt und schaute unsicher zu Georgia.

Verdutzt hob Penelope den Kopf. Sie musste sich offenbar erst wieder daran gewöhnen, mit ihren Gedanken nicht mehr allein zu sein. »Ja, klar. Setzt euch doch bitte!«

»Worum geht es denn?« Matt setzte sich neben Georgia auf einen der beiden Stühle, die vor dem Schreibtisch standen. Nervös zupfte er einen imaginären Fussel von seinem blauen T-Shirt, auf dem ein Buckelwal ins Meer platschte.

»Wie geht es euch? Gibt es irgendwelche Neuigkeiten? Wie ist es denn hier gelaufen? Gab es Beschwerden oder so? Sollen wir was verändern?«, startete Penelope das Gespräch und beobachtete Georgia und Matt dabei, wie sie die Köpfe einander zuwandten.

»Na ja, wie du weißt, war der Anfang etwas holprig, so ganz ohne Leitung, aber als wir dann besser eingespielt waren, lief es ganz gut. Und einen neuen Kellner haben wir auch. Der hat zwar die ersten Tage einiges Geschirr zerbrochen, aber jetzt macht er sich echt gut. Na ja, ähnlich wie du am Anfang. Nachdem der letzte nur zerbrochenes Geschirr hinterließ, der stellte sich noch ungeschickter an als du.« Matt zwinkerte ihr zu und Penelope verzog das Gesicht. Ja, ihre ersten Tage waren nicht ruhmreich gewesen, aber sie saß hier, und nur das zählte.

»Tja, und verändern ... na ja ...« Matt kratzte sich am Kinn und überlegte. »Wir bekommen immer mehr Anfragen, wie nachhaltig wir sind und ob wir regionale Zutaten verwenden Auch die veganen Alternativen werden stärker nachgefragt. Ich weiß, dass ich Bedenken hatte, aber wenn es sein muss, beuge mich dem Wandel.«

»Ich verstehe. Das trifft sich hervorragend.« Penelope verschränkte die Finger und beugte sich über den Schreibtisch. »Also, dann will ich euch mal erlösen, bevor ihr mir hier vor lauter Neugierde platzt.« Sie schaute in zwei überraschte Gesichter, als sie fortfuhr. »Was würdet ihr von der Idee eines Foodtrucks halten?«

»Du meinst, als mobile Erweiterung des Cafés?«, erkundigte sich Matt.

»Ja, genau«, bestätigte Penelope. »Das mit der Zweitfiliale habe ich erst mal ad acta gelegt. Die Investitionen wären momentan zu hoch. Aber ein mobiles Soul Cake könnte ich mir leisten. Das wäre tolle Werbung und entspricht dem aktuellen Trend.«

»Eine interessante Idee. Und was willst du anbieten?«

»Das, was gewünscht wird«, antwortete Penelope und schaute ihre beiden Mitarbeiter herausfordernd an. In den vergangenen Tagen hatte sie sich aufgerafft und so einiges über Trends im Gastro- und Foodbereich sowie das veränderte Konsumverhalten gelesen. Das bot Raum für jede Menge Innovation. »Vegetarisch, vegan, nachhaltig, umweltschonend, saisonal, regional und mobil.« Matt nickte angespannt, während Georgias Augen funkelten.

»Grandios!«

»Wir können es ja mal versuchen«, knurrte Matt weitaus weniger begeistert als seine Kollegin.

»Nein, Matt! Wie werden es nicht irgendwie und irgendwann mal versuchen, sondern tun. Jetzt!« Penelope knallte die flache Hand auf die Tischplatte. »Versuchen impliziert Versagen. Und ich bin keine verdammte Versagerin! Kapiert? Und ich brauche Menschen, die genauso denken wie ich, die mir helfen und mir den Rücken stärken. Wenn ihr dazu keine Lust habt, dann sagt es mir. Wir müssen eh noch Leute einstellen. Aber ihr seid mein Team, und ihr seid gut, deshalb will ich es lieber mit euch durchziehen.«

Damit beendete sie ihre Rede und schaute zu Matt. Was sie jetzt in seinem Gesicht las, gefiel ihr bedeutend besser.

»Alles klar. Was sollen wir machen?«, erkundigte er sich tatkräftig.

»Das ist die Frage, die ich hören wollte.« Penelope zog die Hand vom Tisch und lehnte sich zurück. Es tat so gut, endlich wieder nicht nur zu wissen, was sie wollte, sondern auch, wie sie es bekam. Wieso gelang ihr das zu Hause nicht? Mit einem Kopfschütteln schob sie den unangenehmen Gedanken weit weg.

»Also, ich hätte gern, dass ihr zwei ein Konzept ausarbeitet. Ich kümmere mich um den Rest.«

»Das ist der Wahnsinn«, sagte Georgia entzückt und erhob sich. »Ich beziehungsweise wir setzen uns gleich nach Feierabend dran.«

Matt blieb sitzen. Penelope zog eine Augenbraue nach oben. Sie hatte gewusst, dass er sich mit Veränderungen schwertat. Aber sie brauchte ihn. Matt war ein Meister.

»Spuck es aus, Matt!«, forderte sie ihn auf und bemühte sich um ein aufmunterndes Lächeln.

»Ach, der ganze Umweltkram geht mir auf die Nerven. Diese Foodfaschisten und Ökohipster wollen uns doch nur ihre Lebensart aufzwingen, die aus Verboten besteht. Wer nicht mitmacht, ist der Feind. So sieht's doch aus!«

Wow! Das war starker Tobak. Penelope überlegte fieberhaft, wie sie Matt umstimmen konnte. Dass er so festgefahren in seinen Überzeugungen war, war ihr bislang gar nicht aufgefallen. Sie hatte ihn immer als aufgeschlossen empfunden. Wo kam denn dieser offene Hass plötzlich her?

»Foodfaschisten, dein Ernst?«, erkundigte sich Georgia und verstand offenbar die Welt nicht mehr. »Du nennst Menschen, die weniger oder keine tierischen Produkte konsumieren und dadurch sowohl Massentierhaltung als auch Treibhausgasemissionen, Monokulturen und Wasserverschwendung verringern und somit nachfolgenden Generationen die Chance auf eine lebenswerte Zukunft gewährleisten, als Foodfaschisten und Ökohipster? Sag mal, hast du zu viel Gelatine gegessen?«

»Ach, macht doch, was ihr wollt!« Matt sprang auf, dass der Stuhl nach hinten kippte und polternd zu Boden fiel. Einen Moment blieb er stehen, machte dann eine abfällige Handbewegung und stürmte aus dem Zimmer.

»Was war das denn?«, fragte Georgia fassungslos.

»Ich kläre das und gebe dir Bescheid«, sagte Penelope und machte sich auf die Suche nach Matt. Schließlich fand sie ihn in sich zusammengesunken an einer Wand lehnend in der Gasse am Hinterausgang. Zwischen seinen Finger hielt er zitternd eine Zigarette.

»Seit wann rauchst du?« Penelope trat auf ihn zu.

»Eigentlich gar nicht, aber es soll wohl beruhigen.« Matt hob den Kopf und schaute mürrisch zu ihr auf. Er hatte geweint. Warum?

»Was ist wirklich los?« Penelope bückte sich, um auf Augenhöhe mit ihm zu sein. »Und jetzt sag mir nicht nichts, dafür kennen wir uns zu gut!«

»Chadwick betrügt mich.« Matt starrte auf seine Schuhe und zog schniefend die Nase hoch.

»Wie bitte? Der gleiche Chadwick, der dich vergöttert? Bist du sicher?«

Statt einer Antwort hielt Matt ihr sein Handy hin. Penelope erkannte auf dem Schnappschuss zwei Menschen in eindeutiger Position, einer davon war definitiv Chadwick.

»Fuck!«, sie.

»Das kannst du laut sagen!« Er zog das Foto auf dem Display größer, bis zu erkennen war, dass zwischen Chadwicks Beinen eine Frau hockte. »Das ist Peggy Green, die angesagteste Veggie-Bloggerin von Chicago.«

»Aber ich dachte, Chadwick wäre schwul.« Jetzt war ihr klar, warum Matt auf das Thema Vegan so aggressiv reagierte. Penelope nahm Matt die Zigaretten aus der Hand, überlegte kurz, ob sie dran ziehen sollte, warf sie stattdessen auf den Boden und trat sie aus.

»Tja, Überraschung!« Matt hob beide Hände und wedelte damit in die Luft herum wie Fred Astaire. »Er hätte seine bisexuelle Seite entdeckt, sagte er.« Matt ließ den Kopf hängen und vergrub seine Hände in den blonden Locken.

»Ach, herrje!«, entwich es Penelope. »Das fällt ihm ja früh ein.«

»Besser so, als nach der Hochzeit«, knurrte Matt und nestelte an seinem Ringfinger. Er zog seinen Verlobungsring ab und hielt ihn Penelope hin. »Bist du so gut und hebst ihn für mich auf? Ich befürchte, wenn ich ihn noch länger trage, werfe ich ihn in den Lake Michigan.« Penelope nahm den silbernen Ring, in dessen Mitte ein dünnes Band Roségold verlief, flankiert von zwei Streifen Gelbgold.

»Ein edler Ring. Gute Wahl!«, stellte sie Penelope fest.

»Ja, der Ring. Aber nicht der Kerl!«, sagte Matt und versuchte zu lächeln. Doch alles, was er zustande brachte, war, einen Mundwinkel hochzuziehen. Seine Augen füllten sich erneut mit Tränen. »Was soll ich denn jetzt machen? Er war doch mein ein Ein und Alles . Mein Hafen, in den ich einlaufen und andocken konnte. Jetzt ist der Leuchtturm ausgefallen, ich bin auf Grund gelaufen und leckgeschlagen, ich alte Fregatte.«

Penelope musste sich aufgrund des Vergleiches ein Lachen verkneifen.

»Ach, Darling!«, seufzte sie, legte ihren Arm um seine Schultern und ihren Kopf darauf. Sie spürte, wie er zitterte und weinte. Daraufhin konnte sie ihre Tränen auch nicht mehr zurückhalten und weinte um alles, was sie verloren hatte.

Achtzehn

WIEDERSEHEN

»Wollen wir was trinken gehen? Ich könnte zu Hause anrufen. Kris wird Jona ins Bett bringen«, schlug Penelope vor und hoffte, dass Matt zustimmte. Wann war sie das letzte Mal in einer Bar gewesen – einfach so? Seit heute Morgen hatte sie nicht einmal an Jonathan gedacht. War das normal? Durfte sie das als Mutter?

»Das ist lieb. Aber mir ist gerade nicht nach Party. Ich werde ein paar Sachen packen und zu meiner Schwester ins Gästezimmer ziehen, mich dort verkriechen, meine Wunden lecken und über mein Leben nachdenken.« Entschlossen stand Matt auf und wischte sich über die Augen.

Penelope war enttäuscht und zugleich erschrocken über ihren Egoismus. Sie liebte Matt, er war nicht nur Kompagnon, sondern ein guter Freund, der beste.

»Okay, wenn du willst, nimm dir ein paar Tage frei.«

»Um Gottes willen! Noch mehr Zeit zum Heulen? Nein danke!«

»Alles klar.« Penelope lächelte und strich ihren Rock glatt. »Dann bis morgen, Matt. Und falls du doch meine Schulter brauchst, ich bin da. Immer!« Sie umarmte ihn und flüsterte: »Es tut mir sehr leid!« Dass sie damit nicht ausschließlich Matt gemeint hatte, war ihr klar. Es kostete Kraft, auf der hellen Seite zu bleiben. Deshalb musste sie zurück an die Arbeit, um Halt zu finden für ihren Drahtseilakt über dem Abgrund. Noch war sie nicht wieder die Alte, vielleicht würde sie das nie wieder sein. Aber sie würde es schaffen, sich aus ihrem Loch zu kämpfen. Und Matt schaffte es auch.

Sie winkte ihm, drehte sich um und ging zurück ins Café. Im Büro setzte sich an den Rechner, überlegte und erstellte eine To-do-Liste. Ihre Idee mit dem Foodtruck war nicht nur zeitgemäß, sondern weckte in ihr die Hoffnung, dass das Leben weiterging. Schritt für Schritt.

Etwa drei Stunden später hatte sie den groben Entwurf eines Businessplans erstellt, alles durchgerechnet und bei der Konkurrenz nach innovativen Konzepten geschaut. Sie vertraute darauf, dass Matt seinen Liebeskummer mit kreativem Backen kompensieren konnte. Vielleicht brauchte er noch ein paar Tage, aber dann würde er wieder aufstehen, stolz sein Kinn recken und nach vorn schauen. Vielleicht renkte sich das mit ihm und Chadwick wieder ein. Die beiden waren füreinander geschaffen.

Ob es was brachte, wenn sie mal mit Chadwick redete? Oder sollte sie sich lieber nicht einmischen? Warum brach momentan alles zusammen? Es fühlte sich an, als ob ein großer Riss durch ihre Seele ging. Gab es eigentlich Seelenpflaster? Sie dachte an Kris. Er war ihr Seelenpflaster, der eine besondere Mensch, der die Fähigkeit besaß, die Wunden des Lebens zu heilen. Und deshalb würde sie jetzt nach Hause gehen. Morgen könnte sie vom Laptop aus weiterarbeiten. Sie schob sich die Datei mit dem Businessplan und ihre neue To-do-Liste in die Dropbox und schaltete den PC aus.

Wir müssen manchmal kämpfen, damit wir feststellen, was uns wichtig ist, was wir wirklich wollen und brauchen. Deswegen stellt uns das Leben oft auf eine Probe und gibt uns Herausforderungen, an denen wir wachsen können, hörte sie Bernadettes Stimme. Sie war in den vergangenen Monaten ein Teil von ihr geworden, deshalb wunderte sich Penelope nicht mehr darüber. Im Gegenteil, sie lächelte und betrat den Gastraum des Cafés, wo noch vereinzelt Menschen saßen. Sie hob den Kopf und wollte gerade ein paar übrig gebliebene Sandwiches für das Abendessen mit Kris einpacken, als ihr der Atem stockte.

Erschrocken und gleichermaßen faszinierend schaute sie in stechend grüne Augen, die umrahmt waren von langen, beinahe schwarzen Wimpern. Während ihr Herz wild pochte, glitt ihr Blick über dunkles Haar und einen gepflegten Kinnbart, der seinem Besitzer etwas Wildes verlieh. Es gab Männer, bei denen die pure Männlichkeit aus jeder Pore tropfte. Logan gehörte zu dieser Sorte.

Wie in Trance lief sie zu ihm. Er saß an Tisch sechs. Neulich im Park hatte sie noch an eine Fata Morgana geglaubt, aber jetzt saß ihre heimliche Jugendliebe leibhaftig vor ihr.

»Hallo, Penelope Swan!« Logan war älter geworden, sinnlicher, männlicher. O mein Gott! Seine markante Stimme besaß eine weiche Nuance, wie Butterkaramell. Penelopes Knie wurden weich. War die Klimaanlage ausgefallen oder warum wurde ihr immer heißer?

»Logan Waldmann, wenn das keine Überraschung ist!«, sagte sie so tough wie möglich. In Wahrheit schmolz sie dahin wie damals in der Schule. Er hatte nichts von seiner Anziehungskraft eingebüßt, die damals schon magisch war. Und heute?

Steh nicht rum wie ein verknallter Teenager!, schimpfte sie in Gedanken mit sich selbst und schaute schnell zu Georgia, die gerade Tisch vier abwischte und Logan neugierig fixierte.

»Georgia, packst du mir bitte die restlichen Sandwiches ein?«

Diese nickte und verschwand in der Küche. Ein älteres Pärchen verließ Tisch vier und verabschiedete sich. Penelope dankte den beiden für ihren Besuch und widmete sich wieder ihrem Überraschungsgast.

»Schön, dich zu sehen. Was machst du in Chicago?«, säuselte sie viel zu lasziv und setzte sich zu ihm. Sofort stiegt ihr der Duft seines herben Rasierwassers in die Nase. Sie wäre gern näher gerutscht, um zu schnuppern und ...

Hey, du bist fast verheiratet und hast ein Kind!, rief sie sich selbst zur Ordnung. Ein kleiner Seufzer kroch aus ihrer Kehle.

»Dann warst du das wirklich im Park?«, fragte Logan und präsentierte sein unwiderstehliches Lächeln. »Ich war mir nicht sicher. Ist lange her und irgendwie siehst du heute anders aus..«

Sie nickte, immer noch berauscht von dem Gedanken, dass ihr alter Schwarm aus Deutschland jetzt hier neben ihr saß. Träumte sie das alles nur? Vielleicht lag sie in ihrem muffligen Pyjama auf der Couch und ihr Unterbewusstsein ließ einen romantischen Film ablaufen, der all ihre Sehnsüchte und Wünsche wahrwerden ließ.

»Seit wann lebst du in Chicago?«, erkundigte er sich, griff zu dem Glas hausgemachte Limonade, das vor ihm stand, und trank einen Schluck.

Penelope beobachtete gebannt seinen Adamsapfel, der sich beim Schlucken bewegte. Er war perfekt – wie alles an Logan. Seine Finger, seine Arme und ganz sicher auch sein Körper. Früher war er durchtrainiert gewesen und daran hatte sich offensichtlich nichts geändert.

»Das ist eine längere Geschichte«, säuselte sie verträumt.

»Ich habe Zeit.« Er lächelte wieder und zeigte eine Reihe gerader weißer Zähne.

Himmel! Was war an diesem Mann nicht perfekt?

Penelope vergaß, dass sie nach Hause wollte, und erzählte die Kurzfassung.

»Dann ist das Café also hier deins?«

»Richtig. Und ich spiele gerade mit dem Gedanken, mich zu vergrößern.« Warum zur Hölle erzählte sie ihm das jetzt?

»Inwiefern?«, fragte er interessiert nach.

»Ich habe vorhin mit meinen Mitarbeitern über einen Foodtruck gesprochen«, klärte sie ihn auf.

»Oh, das ist bestimmt eine gute Idee. Wann soll es losgehen?«

»Na ja, da ich gerade Mama geworden bin …« Auch das wusste er, schließlich war sie mit einem Kinderwagen im Park gewesen.

»Ich verstehe.« Er wandte sich ab und zeigte auf das Paket mit den Sandwiches, das Georgia gerade vor Penelope auf den Tisch legte. »Dann sind die hier für dein Kind und deinen Mann?«

»Für meinen Verlobten«, betonte Penelope extra und schimpfte im Stillen mit sich.

»Na, dann lasst es euch schmecken!«, sagte Logan schmallippig. Was war los, störte es ihn, dass sie nicht mehr zu haben war?

»Du hast mir noch nicht erzählt, was dich in diese tolle Stadt verschlagen hat«, hakte sie nach und strich kokett ihre rotblonden Locken über die Schulter.

»Joggst du immer noch?«, reagierte er mit einer Gegenfrage.

Was sollte das? Wieso sagte er nicht einfach, warum er in Chicago war, ausgerechnet in ihrem Café?

»Ich bin etwas aus der Übung, aber heute laufe ich deutlich besser und schneller als damals.« Das war nicht mal gelogen, aber auch keine Kunst.

»Ja.« Logan unterdrückte ein Grinsen. »Deine Art zu joggen war schon sehr«, er überlegte einen Moment, »speziell.«

»Hey, lachst du mich aus?«, übermütig boxte sie ihn auf den Oberarm.

»Hilfe, das würde ich mich nie wagen!« Aus dem unterdrückten Grinsen wurde ein Lächeln, in das Penelope schon damals verknallt gewesen war.

»Wenn du mir nicht glaubst, dann überzeuge dich doch selbst!«, konterte sie in der Hoffnung, dass er nicht drauf einging. Oder doch?

»Nur zu gern. Übermorgen?«

Joggen ist kein Fremdgehen. Ich laufe einfach nur im Park ... mit einem alten Bekannten.

Zaghaft nickte Penelope, besann sich aber eines Besseren und sagte: »Sorry, geht nicht.« Als sie Logans enttäuschten Blick sah, stiegen in ihrer Bauchgegend kleine Blubberbläschen auf. O my Goodness! Was hätte sie früher für diesen Blick getan?

»Aber einen Tag später«, hörte sie sich sagen.

»Prima! Dann treffen wir uns im Park, gegen acht? Dann klären wir auch, warum ich hier bin.« Er beugte sich zu ihr und gab Penelope einen sanften Kuss auf die Wange. Die Stelle fing sofort an zu kribbeln. »Ich wünsche süße Träume später«, raunte er mit seiner Karamellstimme und verschwand so augenblicklich wie ein Geist, dass Penelope sich fragte, ob diese Begegnung überhaupt stattgefunden hatte. Verträumt strich sie über die Stelle, wo er sie geküsst hatte. Wow! In ihrem Bauch erhob sich ein Schwarm Schmetterlinge.

»Penelope Swan, mach mal halblang!«, zischte sie und räumte Logans Limonadenglas vom Tisch.

»Ach, du bist doch noch da! Wer soll halblang machen und wolltest du nicht längst zu Hause sein?«, rief Georgia überrascht. Sie trat aus der Küche, ihr Mundwinkel zuckte. »Sag mal, wer war das eigentlich?«

»Wen meinst du?«, tat Penelope unwissend.

»Ach, komm schon! Der Typ gerade. Verdammt sexy! Nur warum habt ihr in einer anderen Sprache miteinander gesprochen?«

Erst jetzt fiel Penelope auf, dass sie mit Logan Deutsch gesprochen hatte. Sie würde Georgia davon erzählen. Sie hatte keinen Bedarf danach, sich irgendeine Geschichte auszudenken. Aber nicht mehr heute. Sie musste jetzt schleunigst nach Hause. Auch wenn sie es scheute. Im Soul Cake war sie keine Versagerin. Im Gegensatz zu ihrem Zuhause, wo sie mit ihrem eigenen Sohn nicht umgehen konnte.

»Warte mal!«, hielt Georgia sie auf.

»Was kann ich für dich tun?«, fragte Penelope und griff nach dem Päckchen mit den Sandwiches.

»Na ja«, druckste Georgia herum.

»Spuck es aus!«

»Legst du die Idee des eigenen Foodtrucks jetzt ad acta?«

»Warum sollte ich das tun?« Penelope runzelte die Stirn.

»Na ja, weil Matt doch dagegen ist und du bisher noch nie etwas über Matts Kopf entschieden hast.«

»Ist das so?«, fragte Penelope irritiert.

Es war Georgia anzusehen, dass sie überlegte, wie sie reagieren sollte. Doch schließlich nickte sie bloß.

»Weißt du«, begann Penelope und überging Georgias letzte Bemerkung, »manchmal ist es Zeit für eine Veränderung. Wärst du gern dabei?«

Das Leuchten in ihren Augen war Penelope Antwort genug.

»Super! Ich freue mich. Dann wirf mal deine Gedankenmaschine an und berichte mir. Aber jetzt machst du endlich Feierabend!« Sie wedelte mit den Händen, bis Georgia aus der Tür war. Penelope verabschiedete sich, schloss ab, holte ihre Sachen aus dem Büro und lenkte ihre Schritte nach Hause.

Neunzehn

VERÄNDERUNG

Penelope genoss die Ruhe, als sie durch den Vorgarten lief. An der Haustür blieb sie stehen und zögerte einen Moment, weil sie das Schreien ihres Kindes hörte. Unmut aber auch ein schlechtes Gewissen wichen dem Gefühl von Freiheit. Ein desolat aussehender Kris, dem sein T-Shirt nur halb in der Hose steckte, stand im Flur mit Jonathan auf dem Arm.

»Na, habt ihr beide Krach?«

Mit einem Lächeln, das ihr sonst so viel Wärme gab, Penelope heute aber merkwürdig kalt ließ, trat Kris auf sie zu und gab ihr einen Kuss.

»Ja, wir sind uns ein wenig uneins«, antwortete er und wischte sich mit dem freien Handrücken über die Stirn.

»Das ist nicht zu überhören. Gib mal her!« Kris legte ihr das Baby in die ausgestreckten Arme. Jonathan hörte tatsächlich auf zu brüllen, schaute sie aus seinen verschiedenfarbigen Augen an, als wollte er sie genau studieren. Seine kleine Hand berührte ihre Wange. Kris trat hinter Penelope und umarmte sie.

»Meine kleine Familie«, sagte er voller Stolz und drückte einen Kuss auf Penelopes Hals. Normalerweise feuerte das ihr Verlangen an, doch seltsamerweise spürte sie jetzt nichts.

Jonathan holte Luft und schrie wie am Spieß, sein Gesicht färbte sich rot und die Ader an seiner Schläfe pulsierte. Es liegt an mir. Der Kleine spürt, dass seine Mutter ihn nicht so liebt, wie es sein soll, dachte sie und reichte Kris ihr Baby zurück.

»Ich bin einfach keine gute Mutter.« Sie gab sich wirklich Mühe, aber die Tränenflut war nicht mehr zu stoppen. Jedes positive Gefühl aus den letzten Stunden war wie weggeblasen. Am liebsten hätte sie ihren Sohn wieder zurück in ihren Bauch gestopft. Es fühlte sich alles so falsch an. Nicht so weich, warm und mit rosa Zuckerguss überzogen, wie sie immer las. Was war falsch mit ihr?

»Sag doch so was nicht!« Kris streichelte ihr den Rücken. Es sollte sie beruhigen, aber Penelope konnte momentan keine Nähe aushalten. Kris merkte das, hielt inne und trat zurück. »Du fühlst dich überfordert mit deiner neuen Rolle, bist deswegen angespannt und das merkt dieser kleine Kerl hier.« Kein Schwert der Welt hätte Penelope tiefer verletzen können als diese Worte. Sie wollte kontern, irgendetwas Gemeines erwidern, doch in den Tiefen ihres Inneren blinkte ein Licht auf und signalisierte ihr, dass Kris recht hatte. Ihr Herz krampfte sich zusammen, ihr Magen rebellierte. Die Hand auf den Mund gepresst, rannte sie ins Bad und würgte, bis nur noch grüne Galle kam. Ermattet ließ sie sich auf den Badewannenrand sinken und rollte sich eine ihrer Locken um den Finger. So konnte es nicht bleiben! Sie brauchte Hilfe. Jemanden, der eine andere Perspektive hatte und ihr sagen konnte, was und wie sie es ändern konnte. Schließlich war es keine Schande, um Hilfe zu bitten, wenn man selbst nicht weiterkam.

Es ging hier um nichts Geringeres als die Bindung zu ihrem Sohn, die sie ja wollte, aber aus irgendeinem Grund nicht herzustellen vermochte, geschweige denn zu festigen. Jona war ihr nicht nur fremd, er fühlte sich auch fremd an, obwohl er in ihr entstanden und gewachsen war. Aber immer, wenn sie ihn anguckte oder er in ihren Armen lag, war da nichts als Leere, wo eigentlich die übersprudelnden Muttergefühle wohnen sollten. Doch das taten sie nicht, und Penelope hatte keine Ahnung, wie sie das ändern konnte. Hoffentlich war es noch nicht zu spät.

Sie streifte ihre Sachen ab und stieg unter die Dusche. Dort lag das neue Stück Haarseife. Penelope hatte gelesen, dass es umweltschonender war, sich mit fester Seife die Haare zu waschen. Es fühlte sich ungewohnt an, anders als mit ihrem Shampoo.

Aber waren Veränderungen nicht immer ungewohnt?

Logan kam ihr den in den Sinn. Warum konnte sie diese Veränderung in ihrem Leben zulassen, warum die Seife oder ihre Idee mit dem Foodtruck? Wieso zur Hölle konnte sie sich nicht um ihr eigenes Kind kümmern? War das nicht wichtiger als alles?

Morgen würde sie sich Hilfe suchen. Professionelle Hilfe. Nicht bloß irgendeinen Ratgeber, den sie eh nicht lesen würde.

Penelope wusste, dass sie sich um ihr Kind kümmern musste. Und auch um Kris, den sie mit all der Verantwortung alleinließ. Sie wollte sich nicht mehr im Selbstmitleid suhlen und in ihrer Opferrolle aufgehen. Sie hatte genug davon, sich schlecht zu fühlen. Doch was half ihr, wieder mehr wie sich selbst zu fühlen?

Es gab gute Tage. Es gab schöne Tage. Es gab Tage, die nach Abenteuern schmeckten. Und dann gab es Tage wie diesen. Der von einem grauen Schleier überzogen war. Der alles träge machte und zu Boden drückte. Es kam ihr alles so schwer vor. Selbst die leichtesten Aufgaben fielen ihr dann unsagbar schwer.

An diesen Tagen fiel ihr sogar ein »Hallo!« schwer, und sie konnte sich beim besten Willen nicht vorstellen, aus dem Haus zu gehen und sich unter all die gut aussehenden und fröhlichen Menschen zu mischen. An solchen Tagen musste sie zufrieden sein, wenn sie sich aufrecht halten konnte und nicht stundenlang Löcher in die Luft starrte. Da half auch alles Gerede über die berühmte Selbstliebe und deren zickige Schwester, die Selbstakzeptanz, nichts.

»Bin ich depressiv?«, flüsterte sie und schaute nach oben auf die Wasserstrahlen der Dusche. Die Wogen des Selbstmitleids schlugen über Penelope zusammen. Sie ballte die Fäuste zusammen. Am liebsten hätte sie jetzt geschrien – all den Frust über sich selbst und die Welt, so, wie ihr Sohn es tat. Der kleine tapfere Kerl machte es besser als sie. Erwachsene fraßen alles in sich hinein, weil sie niemandem zur Last fallen wollten. Penelope hatte neulich etwas über Depressionen gelesen. Die meisten Betroffenen sprachen nicht darüber, weil sie befürchteten, dass sie als Wichtigtuer oder Hypochonder abgestempelt wurden. Und oft genug reagierte das Umfeld auch unsensibel, was mitunter sogar nachvollziehbar war, denn viele Depressive waren keine Langweiler oder Heulsusen, sondern Menschen, die mit beiden Beinen fest im Leben standen. Eine Depression fiel nicht auf, wie ein gebrochenes Bein. Deshalb war es auch so schwer, die Krankheit als solche zu akzeptieren.

»Nein«, widersprach sie sich selbst, »ich bin nicht depressiv. Oder doch?«, fragte Penelope noch einmal und brach erneut in Tränen aus. Sie wollte nicht schwach sein, sie wollte kein Mitleid, sie wollte einfach nur, dass alles wieder so war wie vorher. Aber wann war dieses vorher? Vor dem Unfall, vor dem Tod der kleinen Trisha? Vor ihrer Angst, nicht schwanger werden zu können? Vor der Erkenntnis, es ihrer Mutter niemals rechtzumachen? Wann?

Zwanzig
VERSUCHUNG

»Oh! Du willst wieder joggen gehen?« Kris saß am gedeckten Frühstückstisch, als sie in Sportklamotten auftauchte und sich seinen Kaffeebecher schnappte und sogleich das Gesicht verzog. Kris hatte es heute besonders gut gemeint mit dem Zucker.

»Komm, setz dich«, er stand auf, ihren Kaffeebecher und ließ ihr einen frischen Kaffee durchlaufen. Als sie ihn dabei betrachtete, traf sie das schlechte Gewissen und setzte feine Nadelstiche. Er hatte keine Ahnung von Logan und ihrer Verabredung im Park. Wie hätte Penelope ihm davon erzählen sollen, ohne dass er misstrauisch geworden wäre? Es war ewig her, dass Penelope die Joggingschuhe geschnürt hatte. Ihr hatte schlichtweg die Kraft dafür gefehlt. Aber heute hatte sie einen Termin, der ihr auf widersinnige Weise Motivation gab. War das nicht verrückt? Weder Kris noch der kleine Jonathan konnten ihr diese Kraft schenken, obwohl diese beiden Menschen die wichtigsten in ihrem Leben waren. Wie also hätte Penelope glaubhaft erklären sollen, dass ein Kerl, den sie von früher kannte, der sie in der Schule keines Blickes gewürdigt hatte, jetzt der Anlass dafür war dass sie wieder in Bewegung kam und es ihr nur um den Sport ging?

»Okay.« Kris trank seinen Kaffee aus und griff nach der

Lunchbox, die er sonst immer mit in die Schule nahm. »Finde ich gut. Sport ist immer eine Option.«

Penelope fragte sich, ob sie noch ihren Verlobten vor sich hatte oder den Lehrer. Er wirkte so distanziert und sachlich. Aber eigentlich musste sie sich darüber nicht wundern, schließlich war sie es, die sich seit Tagen ... nein, seit Monaten zurückzog und niemanden an sich heranließ.

»Und du hast die süßeste Begleitung dabei, die man sich wünschen kann.« Kris lächelte und zog sich die Schuhe an.

»Aber hast du heute Vormittag nicht frei?«, fragte Penelope überrascht. Die Lunchbox war tatsächlich für seinen Tag in der Schule, nicht für den geplanten Ausflug mit Jonathan.

»Leider nicht. Ich muss wieder mal für einen Kollegen einspringen. Und George und Maria haben einen Termin. Aber das habe ich dir doch gestern erzählt.«

Hatte er? Penelope konnte sich nicht daran erinnern. Mit einem Blick auf Jonathan, der in seiner Wippe auf dem Küchentisch stand und friedlich an seinen Fingern kaute, überlegte sie, was sie tun sollte. Eigentlich hatte sie jetzt im Park laufen wollen. Ohne Jona! Warum hatte sie nicht nach der Telefonnummer von Logan gefragt? Dann hätte sie absagen können.

»Leg ihn am besten gleich in den Kinderwagen und geh los. Er ist müde und wird schnell einschlafen«, sagte Kris und griff nach seiner Jacke. »Sorry, ich muss los.« Sein Abschiedskuss war nicht mehr als ein Hauch. Mit eiligen Schritten verließ Kris das Haus und winkte nicht mal mehr wie früher. Wann war aus dem Jetzt ein Früher geworden?

Penelope hatte keine Zeit, darüber nachzudenken. Es war fast acht, sie musste los.

Für einen Moment schwankte sie und dachte daran, die Verabredung mit Logan einfach sausen zu lassen. Was hatte sie sich nur dabei gedacht? Und warum sollte Jonathan ein Problem sein? Er war ihr Sohn, auf den sie stolz sein sollte, der ihre Aufmerksamkeit brauchte und dem ein paar Stunden im Park guttun würden. Also alles easy, oder?

Mit diesen Gedanken verließ sie das Haus, umklammerte den Griff des navyblauen Kinderwagens, als wäre er ein Rettungsanker. Jonathan schlief, Kris hatte recht behalten. Penelope blieb stehen und sah ihren Sohn einfach nur an. Er wirkte so friedlich und war wunderschön. Eine perfekte Kombination von Kris und ihr. Penelopes Herz schlug schneller. Ihr Gewissen nagte an ihr. Es war nicht fair, was sie tat. Oder? Eigentlich ging sie nur joggen. Gut, mit einem Bekannten von früher. Mit einem attraktiven Bekannten, den sie in der Schule angehimmelt hatte. Einem verflucht attraktiven Mann, der lässig wie James Dean und sexy wie Jason Momoa am Eingang des Parks stand und auf sie wartete.

»Guten Morgen!«, begrüßte er sie mit einer Ausstrahlung, die der Sonne Konkurrenz machte. »Bist du bereit?«, fragte er mit einem schiefen Blick auf den Kinderwagen.

»Aber so was von!« Penelope spürte, dass sie genauso dümmlich grinste wie früher. »Sorry, ich musste ihn mitbringen.« Hatte sie sich gerade dafür entschuldigt, dass ihr Sohn dabei war?

»Wir können es auch gern verschieben«, schlug Logan vor.

Penelope war nahe dran, das Angebot anzunehmen, stattdessen nickte sie tapfer. »Du hast ja nur Angst, dass ich dir davonlaufe.« Sie wartete nicht auf seine Reaktion, sondern lief einfach los.

Logan holte sie natürlich ein, und Penelope schnaufte bereits nach ein paar Metern wie eine alte Dampflok. Sie war schlecht in Form und musste neidlos zugeben, dass er außerordentlich fit war. Während sie hinter ihm herlief, starrte Penelope auf das Muskelspiel seiner Waden. Logan wandte den Kopf zur Seite, wurde langsamer und lief dann neben ihr. »Es ist ja ganz nett, dass du mir den Vortritt lässt und mein Selbstbewusstsein nicht erschüttern willst, indem du mir nicht die Illusion raubst, ich wäre schnell. Aber das ist unnötig, ich komme mit starken Frauen klar.« Er grinste charmant, dass Penelope die Knie weich wurden.

»Okay«, keuchte sie, »denn das war nur die Aufwärmphase.«

»Ach! Der richtige Spaß kommt also noch?«, gab er mit kehliger Stimme zurück.

Tja, das wäre schön, dachte Penelope. Ihre Oberschenkel brannten. Was machte sie hier, wem wollte sie etwas beweisen? Logan, der aus dem Nichts erschienen war und jetzt mit ihr flirtete, als hätte er in der Schule für sie geschwärmt und nicht umgekehrt? Das war doch alles Bullshit!

»Vorschlag«, sagte Logan, der kein bisschen aus der Puste war. »Wir laufen im Walkingtempo noch eine Runde durch den Park und lassen es dann für heute gut sein.« Er verlangsamte bereits seine Schritte, als würde er davon ausgehen, dass Penelope nichts einzuwenden hatte. Na ja, im Grunde hatte sie das auch nicht, trotzdem konnte sie es nicht leiden, wen jemand über sie bestimmte. Das ungute Gefühl wurde stärker. Was hatte sie geglaubt, was hier heute passieren würde?

Unschlüssig blieb Penelope stehen. Und wie auf Kommando machte Jonathan lautstark deutlich, dass ihm etwas nicht passte. Oder anders ausgedrückt: Er schrie wie am Spieß.

»Was hat er denn?«, erkundigte sich Logan, blieb ebenfalls stehen, trank einen Schluck aus seiner Trinkflasche, kippte einen Teil des Wassers über seinen Kopf, schüttelte sich wie ein Hund und wischte sich übers Gesicht.

Warum macht er das?, fragte sich Penelope und meinte damit nicht ihren Sohn. Warum flirtete Logan mit ihr und benahm sich so sinnlich wie der sexy Kerl in der Limo-Werbung?

»Willst du ihn schreien lassen?«

»Um Himmels Willen willen, nein!«, protestierte sie einen Tick zu heftig. »Wie kommst du denn darauf?«

»Na, weil der Kleine immer noch brüllt.«

»Er hat einfach nur Hunger!«, zischte sie wütend und steuerte den nächsten Picknicktisch an, griff in den Korb vom

Kinderwagen, holte alle Utensilien heraus und gab Jona sein Fläschchen.

Penelope bemerkte Logans Blick, konnte ihn jedoch nicht einschätzen. Sie hätte sich unwohl fühlen sollen, aber das tat sich nicht. Jonathan fühlte sich gut auf ihrem Arm an. Während er kräftig saugte, fühlte Penelope zum ersten Mal etwas. Stolz, Wärme, Mutterliebe? Irritiert senkte sie den Kopf und betrachtete ihren Sohn.

»Du wolltest mir erzählen, warum du hier bist«, sagte sie schnell, bevor sie von ihren eigenen Gefühlen übermannt wurde.

»Ich denke nicht, dass das der richtige Zeitpunkt ist«, wich Logan aus.

»Ja mach es doch nicht so spannend!«, blieb Penelope beharrlich. »Oder handelt es sich um ein Staatsgeheimnis? Bist du beim BND gelandet oder bei der CIA?«

»Vielleicht.«

Penelopes Augen weiteten sich. »Ehrlich?«, flüsterte sie beeindruckt, doch als sie Logans verräterisches Zucken um die Mundwinkel sah, motzte sie: »Du Fiesling! Okay, gut. Ich will es gar nicht mehr wissen.«

»Es wäre toll, wenn mein Leben wirklich so spannend wäre wie das eines Agenten in geheimer Mission«, gab Logan von sich und schaute irgendwo in die Ferne. »Aber es steckt etwas ziemlich Banales dahinter. Für andere, nicht für mich. Meine kleine Schwester wurde bei einem Unfall so schwer verletzt, dass ihr die Ärzte keine Chance mehr gaben. Alle hatten sie abgeschrieben. Alle, bis auf eine.«

»Oh je, das ist ja furchtbar!«, entfuhr es Penelope, die kurz zu Logan und dann wieder zu ihrem Sohn blickte, der schmatzend seine Milch trank.

»Ja, das wäre es auch gewesen. Wenn es sie nicht gegeben hätte.«

»Sie?«, fragte Penelope.

»Ja, eine alte Freundin meiner Mutter, die wiederum mit einer Ärztin hier in Chicago befreundet ist, die sich zugetraut hat, Cassandra zu behandeln. Und heute spielt meine kleine Schwester Liga-Hockey und lebt ein selbstbestimmtes Leben in Chicago. Zwar im Rollstuhl, aber besser als gar nicht. Sie kämpfte sich mit aller Macht ins Leben zurück. Es dauerte eine Weile, bis sie die Umstände akzeptierte, doch heute ist sie glücklich damit. Und wenn sie zufrieden ist, bin ich es auch.« Logan schluckte, bevor er weitersprach. »Hauptsache ist, dass ich sie noch habe. Es war wirklich knapp gewesen.«

»Und wie habt ihr das geschafft?«, wollte Penelope wissen und hoffte, dass es nicht zu neugierig klang.

»Das ist die Eine-Millionen-Dollar-Frage.« Logan schaute zu ihr. Sein Blick wirkte verklärt und doch intensiv. Wann war aus dem verwöhnten Sunnyboy ein ernster Mann geworden? »Wir trauerten lange dem Verlorenen hinterher, bis Cassandra uns klarmachte, dass wir damit aufhören sollten. Denn was sie verloren hatte, war kein Schlüssel, den man irgendwann wiederfand, wenn man nur lange genug suchte. Nein, ihr gewohntes Leben war unwiederbringlich vorbei, geplatzt wie eine Seifenblase. Und während wir noch darüber jammerten, nahm meine kleine Schwester ihr Schicksal an. Cassandra 2.0 war klüger als wir alle. Sie hat viel verloren, aber auch viel gewonnen. Diese Erkenntnis hat uns wachgerüttelt und aus der Lethargie gerissen.« Damit beendete Logan seine Geschichte und schaute Penelope ernst, aber auch mit einem Blick an, der sie umarmte.

Sie schluckte.

»Um das Ganze abzuschließen«, fuhr Logan fort, als sie nicht reagierte, »ich habe damals meine Schwester mit begleitet. Unsere Eltern sind irgendwann wieder nach Deutschland zurückgekehrt. Wir haben uns in diese pulsierende Stadt verliebt und konnten bleiben. Auch weil ich schnell einen Job in der IT-Branche fand, von dem ich gerade drei Tage frei habe«, erklärte er und schaute sie musternd an. »Was ist mit dir?«

»Mit mir?« Sie verstand die Frage nicht. Das lag doch wohl klar auf der Hand. »Was soll sein? Alles in Ordnung«, wich sie Logan aus und legte Jonathan zurück in den Kinderwagen.

»Aha!«, brummte er. »Dann ist ja gut.«

Aus seinen grünen Augen blitzte es. Was meinte er damit? Penelope war überrascht von seiner Bemerkung und zugleich wütend. Nach so vielen Jahren tauchte er einfach in Chicago und ihrem Leben auf, erzählte eine rührende Geschichte und glaubte jetzt zu wissen, wie es ihr ging? Wollte er allen Ernstes, dass sie hier mit ihm über ihren Gemütszustand sprach? Nicht mal mit Kris konnte sie darüber reden, auch nicht mit Kelly, Monica oder Ellie, geschweige denn mit Matt oder Georgia, die nicht nur Gesprächsbereitschaft signalisierten, sondern auch nicht mit leeren Händen kamen. Immer hatte einer von ihnen etwas zu essen dabei. Aber Penelope konnte nicht reden. Auch Yara fragte in regelmäßigen Abständen nach, schickte WhatsApp, rief an wann immer sie konnte, und bot sogar an zu kommen. Doch Penelope hatte abgelehnt. Sie wusste, dass sie Yara damit wehtat, aber ihr war auch bewusst, das sie zusammenbrach, wenn ihre beste Freundin bei ihr sein würde. Aber sie durfte nicht zusammenbrechen, sie musste stark sein. Doch war stark sein zu müssen immer die beste Wahl, fragte sie sich. Und dennoch war Logan die absolut letzte Person, gegenüber der Penelope ihr Innerstes nach außen kehren wollte. Aber trotzdem war da plötzlich dieses verlockende Gefühl, endlich all ihren Frust, ihre Selbstzweifel und Ängste auszuspucken. Sie hatte das Bedürfnis, sich jemandem anzuvertrauen, um nicht mehr alleine damit zu sein. Aber war Logan der Richtige dafür? Energisch presste sie die Handballen gegen ihre Augen in der Hoffnung, die Tränenflut damit zurückzuhalten.

Logan stand auf und breitete seine starken Arme aus. Einem Impuls folgend, überlegte Penelope, wie es wohl war, sich an ihn zu lehnen und einfach mal schwach zu sein. Er bot sich als Seelentröster an, und nach seiner Geschichte war er durchaus qualifiziert.

»Nicht, bitte!«, flüsterte Penelope kraftlos. Wenn sie jetzt nachgab, würden alle Dämme brechen. Also stand sie auf und tat das, was sie gut konnte. Ohne ein Wort rannte Penelope los. Sie floh regelrecht vor Logan und der süßen Versuchung. Weit fort von ihren Ängsten. Doch ihr Schatten verfolgte sie – egal wie schnell sie rannte.

Einundzwanzig

ERKENNTNIS

»Alisha, kommst du bitte?«, hörte sie eine männliche Stimme. Panisch rannte Penelope aus dem Park, die Straße entlang. Sie wollte nur nach Hause, stoppte dann aber abrupt, als sie das Mädchen sah, nach dem der Mann rief. Alles drehte sich, die Geräusche der Straße drifteten ab, als wäre sie in einen Nebel gelaufen. Das Mädchen stand mit dem Rücken zu ihr, es hatte die gleiche Größe, dieselben Zopfhalter. Wie war das möglich?

Penelope stand wie erstarrt da, ihre Hände krallten sich um den Griff des Kinderwagens. Die Buchstaben formten sich wie von selbst in ihrem Mund.

»Trisha? Bist du das?«

Als das Mädchen nicht reagierte, trat Penelope einen Schritt auf die Kleine zu und hockte sich hin. »Ich bin es. Deine Tante Lelope. Erkennst du mich nicht mehr?« Sie griff nach der Hand des Mädchens und hielt sie fest. »Deine Mommy wird sich so freuen, dich zu sehen. Komm, lass uns nach Hause gehen!«

»Meine Mommy ist nicht mehr hier«, antwortete die Kleine und drehte sich um.

»Lassen Sie meine Tochter sofort los«, befahl jemand mit donnernder Stimme.

»Ihre Tochter?«, fragte Penelope und schaute nach oben. War das etwa Adam? Soweit sie wusste, saß er im Gefängnis. Oder war er freigelassen und … Penelope schnappte nach Luft. In ihr entstand ein furchtbarer Verdacht. »Haben Sie Trisha aus dem Krankenhaus entführt und Tabea gesagt, dass sie gestorben ist? Ja, waren Sie das? Warum?« Wütend stand Penelope auf und stemmte beide Arme in die Hüften. Sie hatte es gewusst: Trisha war nicht tot, das war einfach unmöglich!

»Ich soll was gemacht haben?«, brüllte der Mann. »Sind Sie verrückt? Das ist meine Tochter Alisha. Und Sie lassen sie jetzt auf der Stelle los, sonst rufe ich die Polizei!«

»Ja, rufen Sie die Polizei! Dann wird sich alles aufklären.«

»Ich denke, das wird nicht nötig sein.« Penelope merkte, wie sich eine Hand beruhigend auf ihren Arm legte. Sie wollte gerade etwas erwidern, als sich ihr Blick erst Logans grüne Augen legte und dann auf eine Uniform traf.

»Kann ich Ihnen helfen? Werden Sie von diesen Männern bedroht?«, fragte der weibliche Cop.

»Was?« Die Geräusche der Straße waren jetzt wieder lauter, der Nebel lichtete sich. Penelope schaute hinunter zu dem Mädchen und erkannte, dass es nicht Trisha war. Ihr kleiner Wirbelwind lag in seinem Grab. Das war die bittere Realität. Wann würde sie diese akzeptieren können, sodass die Wunde heilen konnte? Vor ihr stand Alisha, die sich ängstlich an ihren Vater drängte.

»Also, was ist hier los?«, fragte die Polizistin.

Penelope schaute verwirrt von dem Mädchen, das nicht Trisha war, zu dessen Vater. »Es tut mir leid, ich … ich bin … es war eine Verwechslung.«

Mechanisch schob sie den Kinderwagen weiter, hörte die aufgebrachte Stimme des Mannes hinter sich, der glauben musste, dass sie verrückt war. Die Polizistin rief Penelope etwas hinterher, aber ihre Stimme verhallte im Nebel. Wann bin ich so irre geworden?, ging es Penelope durch den Kopf, der sich anfühlte, als wäre er vollgestopft mit Watte.

»Jetzt warte doch!« Es war Logan, der ihr folgte. Auch er musste sie für eine Wahnsinnige halten. Erst rannte sie davon, dann brüllte sie einen Fremden an und verängstigte ein Kind.

Jetzt fiel es ihr wie Schuppen von den Augen. Nichts, absolut gar nichts in ihrem Leben war so, wie es sein sollte. Sie brauchte Hilfe. Dringend! Jetzt gab es keine Ausreden mehr, dass alles schon irgendwie gut werden würde. Nein, nichts war gut!

»Pen, jetzt bleib doch mal stehen!«

Logan war immer noch da. Warum? Was wollte er von ihr? Sie war ein psychisches Wrack. Das war ihr jetzt klar. Mit tränennassen Augen schaute Penelope auf Jonathan, der friedlich schlief. Das war doch alles irre!

»Pen?«, rief er erneut. Es lag Zärtlichkeit in seiner Stimme und Penelope lief ein Gänsehautschauer über ihren Körper. Kurz vor dem Ausgang des Parks stoppte sie.

»Was?«, fauchte sie.

Logan antwortete nicht. Er legte einfach seine starken Arme um sie und drückte ihren bebenden Körper an sich. Seine Wärme, seine Unbefangenheit wirkten wie ein Katalysator. Plötzlich fühlte Penelope alle Vorbehalte schwinden. Und das Verblüffendste war, dass es ihr nichts ausmachte. Im Gegenteil, sie merkte, wie alle Mauern in ihr brachen. Es kostete so viel Energie, die Fassade aufrecht zu halten. Kraftlos sackte sie zusammen. Logan hielt sie, fing sie auf.

»Du schleppst ein ordentliches Päckchen mit dir herum. Willst du darüber reden?«

Reden. Bisher hatte sie mit niemandem darüber geredet. Warum also ausgerechnet mit Logan? Unsicher schaute sie zu Jonathan, der wieder wach war und lediglich ein leises Schmatzen von sich gab. Spucke blubberte durch seine rosigen Lippen. Wahrscheinlich war er schon wieder hungrig.

»Ich ... nein, ich ...«, begann Penelope, doch dann hörte sie Bernadettes Stimme, die ihr riet, endlich Hilfe anzunehmen. Logan war kein Profi, aber er kannte sich mit kaputten Seelen aus.

»Wollen wir uns setzen?«, bot er an und entließ Penelope aus seiner Umarmung. Kaum war er wieder auf Abstand, gierte sie nach seiner Wärme.

»Ja, gern«, sagte sie kleinlaut. Dann hob sie erschrocken den Blick und spähte nach vorn. »Ist der Mann noch da oder die Polizistin?«

»Nein, die Luft ist rein. Soll ich?«

Logan schaute auf den Kinderwagen, aber den gab Penelope nicht her. Sie fand es süß, dass er ihn für sie schieben wollte, aber sie musste sich irgendwo festhalten. Ihr war immer noch schwindlig, weshalb sie sich dankbar auf die erstbeste Parkbank setzte. Und kaum hatte sich Logan neben ihr niedergelassen, sprudelte es aus ihr heraus. Sie erzählte ihm alles. Wie sie nach Chicago gekommen war, von Kris und ihrer Angst, ihm kein Kind schenken zu können. Von Tabea und der kleinen Trisha. Und als die Tränen wie ein Wasserfall aus ihren Augen rannen, erzählte sie Logan von der Leere in ihrem Inneren, von Jonathan und ihrer Angst, keine gute Mutter zu sein. Als sie endete, fühlte sich ihre Kehle an wie eine staubtrockene Wüstenlandschaft. Penelope schluckte schwer und wischte sich über das nasse Gesicht.

Logan hatte zugehört und sie kein einziges Mal unterbrochen. Jetzt atmete er tief ein und seufzte. »Da hast du einen ganz schön harten Brocken zu schlucken.«

Penelope atmete hörbar aus und schaute zu ihm auf. Verurteilte er sie oder konnte er sie verstehen?

»Aber du bist nach all dem immer noch da. Gib ihnen nicht die Macht, dir das zu nehmen.«

Kaum merklich nickte sie, dachte an Frederick und erschrak. »Doch in welchem Zustand bin ich da? Und wer bin ich überhaupt?« Hatte sie es wirklich vergessen oder nie herausgefunden?

»Lebenskrisen können einen ganz schön umhauen«, sagte er und griff nach ihrer Hand, die kalt war. »Glaube mir, ich habe es erlebt. Aber Krisen können uns nicht nur von den

Füßen ziehen, sie haben auch die Fähigkeit, uns neu erfinden zu lassen und zeigen uns andere Wege auf.«

Penelope schwirrte der Kopf. Sie musste das erst mal einsortieren, dass sie sich mit Logan über die tiefsten Abgründe ihrer Seele unterhielt. Eigentlich hatte sie mit ihm bloß joggen gehen wollen. Ja, sie hatte sich auch geschmeichelt gefühlt, dass er sie gefragt hatte, ob sie mit ihm laufen gehen wollte. Und jetzt saß sie hier und stülpte tatsächlich ihr Innerstes nach außen.

»Es tut mir leid, dass ich dich mit meinen Problemen belaste«, fing sie an und brach ab. Die Kälte kroch in ihr hoch und breitete sich in ihrem Körper aus. Ihre Lippe zitterte, ihr Körper ebenfalls.

»Ich wollte das alles nicht. Entschuldige.«

»Natürlich wolltest du das nicht. Niemand schreit hier, wenn das Schicksal dir einen Kübel Jauche vor die Füße kippt. Du musst dich nicht entschuldigen, Pen.«

»Ich weiß nicht, was ich tun soll«, murmelte sie verzweifelt und war angewidert von sich selbst.

»Willst du denn etwas tun?«

Sie nickte heftig. Was dachte er denn, dass sie sich wohlfühlte in ihrem Jammertal?

»Gut. Das ist schon mal der erste Schritt.«

»Und was ist der zweite?«

Er musterte sie eindringlich, bevor er sagte: »Dass du deine Opferrolle endlich aufgibst und Verantwortung für dein Leben übernimmst.. Nimm dein Schicksal an und akzeptierst es. Oder du sitzt weiter breit in deinem Leben und bedauerst dich selbst. Deine Entscheidung.«

BÄHM! Das saß. Eine Ohrfeige hätte Penelope nicht weniger treffen können. Wann war dieser oberflächliche Sonnyboy so einfühlend geworden?

»Ja, ich weiß, das tut weh. Aber es ist so wie bei einer Verletzung. Erst fühlen wir den Schmerz, dann wischen wir den Schmutz aus der Wunde, damit sie heilen kann«, erklärte er und Penelope vergaß irritiert, dass sie eigentlich sauer auf ihn sein müsste. Sie kam sich vor wie ein Kind, das belehrt wurde. Aber sie war eine erwachsene Frau und niemand musste ihr die Welt erklären.

»Ich muss jetzt los.« Penelope zog ihre immer noch klammen Finger aus seiner Hand und stand auf.

»Soll ich ...?« Logan erhob sich ebenfalls.

»Nein! Ich gehe ALLEIN«, sagte sie äußerst bestimmt. Es hatte gutgetan, mal alles rauszulassen, aber jetzt fühlte sie sich unwohl bei dem Gedanken, dass Logan ihre dunkelste Seite kannte.

»Okay. Tut mir leid, wenn ich dir zu nahegetreten bin. Ich wollte nur ehrlich sein, denn das hilft weitaus mehr als geheucheltes Verständnis. Niemand kann wirklich nachvollziehen, wie es dir geht. Du sitzt allein in deinem Loch, und nur du kannst dich daraus befreien, Pen. Ich oder jemand anders kann dir eine Strickleiter hinunterwerfen. Hochklettern musst du selbst.«

»Jaja«, murmelte sie genervt. »Tschüss und komm gut nach Hause!«

Wieder lief sie los, fort von Logan und der bitteren Erkenntnis, dass er recht hatte.

Zweiundzwanzig

HOFFNUNG

Penelope fror erbärmlich, als sie den Kinderwagen ins Haus schob. Es war jene Art von Kälte, die von innen kam und gegen die auch keine Extraschicht Kleidung half.

Am liebsten hätte sie zuerst ein heißes Bad genommen und sich dann unter einem Haufen Decken vergraben. Der einzige Hinderungsgrund war dieser kleine Mensch, dessen Wohlbefinden von ihrer Fürsorge abhing. Aber allein der Gedanke überforderte Penelope. Sie konnte so viel falsch machen. Woher sollte sie wissen, was für ein Kind richtig war und was nicht?

Nein, nicht ein Kind, sondern mein Kind, verbesserte sie sich in Gedanken. In dem Moment schlug Jonathan die Augen auf und schaute sie neugierig an. Vorsichtig streckte Penelope ihren Zeigefinger in den Kinderwagen, kurz zuckte Penelope zusammen, als ihr Sohn tatsächlich danach griff und ihren Finger festhielt.

Seit wann konnte er das? Oder war das von Anfang an so? Sie wusste es nicht. Die letzten Monate lagen verschwommen und im Dunkeln hinter ihr. Was hatte sie dadurch alles verpasst?

Das wollte sie nie mehr. Sie wollte wieder auf die helle

Seite kommen. Sie wusste nicht genau, wie, aber der Gedanke fühlte sich gut an.

Auch wenn sie es nicht wollte, kamen Penelope Logans Worte in den Sinn. Ja, es stimmte. Sie hatte es sich bequem gemacht in ihrer Opferrolle. Warum, weil es einfacher war? Aber wenn es tatsächlich einfacher wäre, läge ihr Leben nicht in Trümmern. Dann wäre die Beziehung mit Kris intakt und sie müsste nicht einerseits froh darüber sein, dass die Hochzeit verschoben worden war, und sich andererseits heimlich mit ihrer Jugendliebe treffen. Diese beiden Tatsachen stanken doch schon zum Himmel. Und dann war da eben auch noch Jona, vor allem Jona. Ihr Sohn war hilflos ohne sie. Kris kam allein klar, er konnte einfach gehen, aber nicht der kleine Jonathan. Er wurde langsam unruhig, offenbar brauchte er dringend eine neue Windel.

Penelope hob ihren Sohn aus dem Kinderwagen. Oh ja, er brauchte definitiv eine neue Windel! Sie lief mit ihm zum Wickeltisch und spürte in sich hinein. Was empfand sie? Verantwortung, ja. Und sonst? Musste sie denn überhaupt etwas empfinden, war das wichtig? Reichte es nicht aus, wenn sie funktionierte und ihr Sohn weder hungerte noch verwahrloste?

»Nein!«, sagte sie laut und zuckte zusammen. Sie hatte befürchtet, dass Jonathan gleich wieder schreien würde, aber er war ruhig, seltsam ruhig. Wurde er krank?

»Auf jeden Fall hast du die Hosen gestrichen voll, richtig?«, fragte Penelope, obwohl sie natürlich genau wusste, dass ihr Sohn noch nicht antworten konnte. Obwohl, eigentlich schon. Jonathan schenkte ihr ein Lächeln, das dem seines Vaters auf verblüffende Weise ähnelte. Und es hatte auch eine ähnliche Wirkung. Ein warmer Strahl Liebe durchflutete Penelope, der erste in dieser Form.

»Wow! So fühlt sich das also an?«

Ein weiteres Lächeln ihres Sohnes war Antwort genug. Sie putzte ihn mit Feuchttüchern sauber und beschloss, dass sie auch mit ihm gemeinsam ein Bad nehmen konnte. Sie hob Jonathan vom Wickeltisch, legte erst ein Handtuch und dann ihn in die Trageschale und lief mit ihrem Sohn ins Badezimmer.

Unschlüssig stand sie vor der Badewanne. Sollte sie es wirklich wagen? Es stand auf mehreren Ratgeberseiten im Internet, dass Babys ab der achten Woche mit den Eltern gemeinsam baden konnten. Aber nicht nur das. Es stärkte auch die Bindung zwischen Eltern und Kind. Und darum ging es ihr doch gerade. Sie wollte ihren Sohn nicht bloß versorgen, sondern ihn lieben und Freude an seinem Dasein erleben. Sie hatte keinen Bock mehr, ihre Traurigkeit zu leben. Sie wollte wieder Freude, Fröhlichkeit und Leichtigkeit spüren.

Während Jonathan neugierig seine Umgebung betrachtete, ließ Penelope Wasser in die Wanne laufen. Sie verzichtete auf Badesalz oder sonstige Zusätze und zog sich aus. Im Netz stand, dass man zu zweit sein und sich gegenseitig helfen sollte, aber Penelope war momentan allein. Irgendwie würde sie es schon schaffen. Es gab so viele Alleinerziehende da draußen, die schafften es doch auch, mit ihrem Kind zu baden.

Sie drehte das Wasser ab, prüfte die Temperatur, hob Jonathan aus der Trageschale und kletterte in die Wanne. Der Kleine vergaß vor lauter Neugier das Brüllen. Vielleicht war es auch der Körperkontakt oder Penelopes neuentdeckte Konsequenz, die Jonathan still sein ließ.

»Oder bist du etwa starr vor Angst?«, fragte Penelope und legte sich ihren Sohn bäuchlings auf die Brust. Sie hatte keine Ahnung, woher plötzlich ihre Selbstsicherheit kam. Vielleicht war es auch eine Art Leck-mich-am-Arsch-Stimmung. Ihr Tag war bisher ziemlich anstrengend gewesen. Ihre Gedanken wanderten zu Logan, der ihr klargemacht hatte, dass nur sie allein aus ihrem Jammertal kriechen konnte. Und auch wenn diese Wahrheit sie schmerzte, wusste sie tief in ihren Inneren, dass Logan recht hatte. Noch hockte Penelope darin, aber jetzt riskierte sie wenigstens einen Blick über den Abgrund. Und das war ein verdammt gutes Gefühl. Die Wärme des Badewassers löste ihre verspannten Muskeln und auch Jona schien sich wohlzufühlen. Seine winzigen Finger tasteten über Penelopes Haut. Vorsichtig, als wäre er zerbrechlich, streichelte sie über seinen Kopf und ein Schluchzer entwich ihrer Kehle. Es war das erste Mal, dass sie sich wohlfühlte in ihrer Rolle als Mutter. Sie wusste, dass sie nicht ewig in der Wanne sitzen konnte, umso mehr genoss sie diese paar Minuten. Erneut schlich Logan sich in ihre Gedanken, doch Jona holte sie in die Gegenwart zurück.

»Ja, Mommy ist hier«, sagte sie, während sie ihren Sohn mit Babyseife wusch und immer wieder warmes Wasser über seinen kleinen Körper schöpfte. Gern wäre sie untergetaucht, um sich der Stille des Wassers und ihren Gedanken hinzugeben, aber das ging nicht.

»Ich bin keine Rabenmutter«, sagte sie mehr zu sich selbst. Jonathan konnte noch nicht verstehen, was sie sagte. Und doch glaubte Penelope fest daran, dass ihr Sohn spüren konnte, welches Wunder hier gerade geschah. Zum ersten Mal verbrachte sie bewusst Zeit mit ihm, ließ körperliche Nähe zu und fühlte sich dabei gar nicht mal so schlecht.

»Was meinst du, soll ich Logan noch mal wiedersehen?« Natürlich war ihr klar, dass es völlig absurd war, ihrem Sohn diese Frage zu stellen. Sie griff unter seine Ärmchen und hob ihn über ihr Gesicht. »Logan war früher ein ziemlich arrogantes Arschloch gewesen, weißt du. Aber heute hat er mir geholfen.«

Penelope musste über sich selbst lachen. Logans Worte hatten tatsächlich etwas in ihr geweckt – ihren Stolz, ihren Kampfgeist. Da musste erst ihr alter Jugendschwarm in ihrem Leben auftauchen, dass sie etwas wahrnahm.

Logan hatte ihr heute zugehört, sie nicht verurteilt oder

mitleidig angesehen. Nein, er hatte ihr die Wahrheit ins Gesicht gesagt, ohne auch nur einen Gedanken daran zu verschwenden, ob sie ihn dafür lieben oder hassen würde. Er war auf gewisse Weise rücksichtslos gewesen und doch verständnisvoll und hatte sie dabei nicht nur angesehen, sondern tatsächlich gesehen. Sie, wie sie wirklich war, nicht irgendeine Vorstellung, wie sie sein sollte. Das war es wohl, was ihr Kraft gegeben hatte. Sie musste nicht Logan genügen, nicht Kris oder ihrer Mutter, nicht den Tipps irgendwelcher Ratgeber, nicht der Gesellschaft, sondern ausschließlich sich selbst. Das hatte Logan ihr sagen wollen, oder? Mit seiner ehrlichen und fordernden Art hatte er erste Fragmente ihres Selbstbewusstseins wieder zusammengefügt. Und vielleicht war das der Grund für jene Veränderung, die sich in sich wahrnahm. Und dann seine Blicke, die Erinnerung an dieses intensive Grün seiner Augen ließ Penelope förmlich dahinschmelzen. In ihrem Bauch begann es zu prickeln.

»Nein!«, flüsterte sie in die Stille des Badezimmers und beugte sich nach vorn. Jonathan lag auf ihren Unterarmen, die sie jetzt langsam durch das warme Wasser gleiten ließ. »Dein Papa ist der tollste Mann der Welt.«

Vorsichtig stieg Penelope aus der Wanne und wickelte ihren Sohn in ein Handtuch. Dann legte sie ihn zurück in die Trageschale und trocknete sich ab. Sie durfte Logan nicht wiedersehen, so viel stand fest. Es gab schon genügend Baustellen in ihrem Leben, da war es keine gute Idee, weitere aufzumachen. Erst durch die Begegnung mit Logan wurde ihr bewusst, dass es zwischen Kris und ihr nicht bloß eingerostet war, sondern heftig knirschte. Es fühlte sich verfahren an und sie kam sich vor, als wäre sie auf einer Einbahnstraße unterwegs. Aber es funktionierte in einer Beziehung eben nicht, wenn bloß einer weiterkommen wollte, während der andere immer nur auf die Bremse trat. Doch wie sollte sie das ändern? Kris sah sie nicht. Für ihn war Penelope unsichtbar, im Schatten jener Vorstellung, die er von ihr als Frau und Mutter hatte. Wie schaffte sie es, aus diesem Schatten herauszutreten, sodass er sie wieder wahrnahm? Sicher, vollgeschissene Windeln zu wechseln war nicht gerade sexy. Vielleicht sollte sie aktiver werden und die Initiative übernehmen? Warum immer nur warten? Mit diesem Plan im Kopf und einem kleinen Lächeln auf den Lippen griff Penelope zum Aloe-Vera-Gel und begann ihren Körper damit einzureiben. Als sie ein Geräusch hörte, drehte sie sich um und ein Kiekser verließ ihren Mund.

»Huch, jetzt hast du mich aber erschreckt«, meinte Kris und legte eine Hand auf seine Brust.

»Ich dich? Du hast dich hier reingeschlichen!«, stellte sie klar und schaute zu Jonathan, der in seiner Trageschale brüllte.

»Ich konnte ja nicht wissen, dass du am helllichten Tag eine Schaumbadorgie veranstaltest«, verteidigte sich Kris. In seiner Stimme lag eine Schärfe, die Penelope zusammenzucken ließ. »War Jona mit dir in der Wanne?« Er packte die Trageschale mit dem weinenden Jonathan und schaute sie fassungslos an.

»Hey, mir war kalt und ich war alleine. Es war schön. Im Ratgeber stand, dass ...« Doch Kris war bereits aus der Tür.

Warum mussten sie sich so angiften? Was war mit ihnen passiert? Es gab Zeiten, da hätte er sie charmant angelächelt und hätte zu dem Gel gegriffen und ihr geholfen, sich einzucremen. Sie hätten sich leidenschaftlich geliebt und der Streit wäre vergessen gewesen. Aber diese Zeiten schienen Ewigkeiten her zu sein. Was war mit ihnen passiert?

So konnte es jedenfalls nicht weitergehen!

Penelope hüllte sich in ihr Lieblingsbadetuch. Noch vor Kurzem wäre sie nackt auf Kris zugegangen und hätte das Gefühl, das seine bewunderten Blicke auf ihrer Haut hinterließen, genossen. Durch Kris sonderbares Verhalten verunsichert lief sie zu Kris, der ihren Sohn fertig anzog. Jonathan hatte aufgehört zu weinen. Müde schaute er zu Penelope und schenkte ihr erneut dieses magische Lächeln. Innerlich atmete Penelope auf. Dem Kleinen schien es gut zu gehen.

»Hat er schon sein Fläschchen bekommen?«, knurrte Kris.

»Wir waren im Park«, begann Penelope und ließ bewusst all die Details aus. »Jona geht es gut. Die frische Luft und das warme Bad haben ihn müde gemacht. Ich wollte ihn jetzt hinlegen und später füttern. Warum bist du schon hier?«

»Weil ich die Mittagspause zu Hause verbringen wollte. Außerdem ...«

»Was? Traust du mir nicht zu, dass ich einen Tag lang auf meinen Sohn allein aufpassen kann?«, fragte Penelope schnippisch. Sie hatte sich um einen ruhigen Tonfall bemüht, aber jetzt kochte sie vor Wut. »Ich entspreche vielleicht nicht deinen Vorstellungen einer guten Mutter, aber ich gebe mein Bestes.«

»Nein, so habe ich das doch gar nicht gemeint«, rief Kris ihr nach. Penelope hörte nicht mehr hin, sie marschierte zurück ins Bad und ließ das Wasser aus der Wanne. Dann kämmte sie ausgiebig ihre Haare und hoffte, dass die Wut sich legen würde. Wenn sie sich weiter so zofften, konnten sie die Hochzeit auch gleich endgültig abblasen.

»Jona schläft. Du hattest recht, er ist müde. Das Fläschchen kannst du ihm auch später geben«, sagte Kris leise hinter ihr. Penelope schaute durch den Spiegel über dem Waschbecken.

»Was ist nur mit uns geschehen?«, fragte sie und legte den Kamm beiseite.

»Niemand hat gesagt, dass es leicht wird«, erwiderte Kris und trat näher. Sollte sie jetzt die Initiative ergreifen? Jonathan schlief, sie hätten ein bisschen Zeit für sich.

Jetzt oder nie!, dachte Penelope und ließ das Handtuch von ihrem Körper gleiten.

»Hoppala!«, entfuhr es ihr. Als sie sich nach vorn beugte, um es aufzuheben, spürte sie Kris hinter sich.

»Lass es weg«, raunte er und legte seine starken Arme um ihre Taille. Penelope richtete sich auf, Kris schmiegte sich an sie und vergrub seinen Kopf in ihrer Halsbeuge. Als er sanfte Küsse auf ihrer Schulter verteilte, kribbelte es seit Langem wieder in ihrem Bauch. Angenehme Schauer überzogen ihren

Körper, als er seine Finger Kreise ziehen ließ. Ihr Atem wurde schwerer, während Kris ihre Brüste massierte. Keuchend drehte sie sich um, ihre Lippen fanden seine und verschmolzen zu einem leidenschaftlichen Kuss. Verlangen flammte in Penelope auf. Gott, wie hatte sie das vermisst! Sie ließ ihre Finger unter seinen Pullover gleiten, fühlte die Wärme seiner Haut und seine Erregung. Doch in dem Moment klingelte sein Handy in der Hosentasche.

»Oh nein, da muss ich rangehen!«, knurrte Kris.

»Musst du nicht!«, bestimmte Penelope und zog ihn wieder an sich.

»Sorry, das ist wichtig.« Kris schob sie von sich. Der Anruf und diese Geste hatten die gleiche Wirkung wie eiskaltes Wasser. Die aufsteigenden Schmetterlinge sanken zurück in die Dunkelheit.

»Okay, ich komme«, sprach Kris ins Telefon und zog seinen Pullover nach unten.

»Du willst jetzt echt gehen?«, fragte Penelope fassungslos.

»Ja, tut mir leid. Ich mache es wieder gut«, versprach er, drückte ihr einen eiligen Kuss auf die Wange und verschwand aus dem Bad.

»Klar, geh ruhig und genieße deine Freiheit!«, brüllte sie ihm nach, stürmte nackt in den Flur und warf den erstbesten Schuh gegen die Haustür. Doch Kris war schon weg und der gewünschte Effekt verpuffte, denn es war nur einer ihrer Plüschpantoffeln gewesen.

Mit geballten Fäusten stieß sie ein genervtes »Grrr!« aus. Wie eine Rachegöttin stand sie da und verfluchte Kris für seinen Abgang. Dann klingelte es plötzlich. Wütend riss Penelope die Haustür auf und vergaß, dass sie nackt war. Erschrocken trat sie einen Schritt zurück, als nicht Kris, sondern George vor der Tür stand.

»Alles klar bei euch?«, erkundigte sich der ältere Mann. Penelope schob ihren nackten Körper hinter die Haustür und fragte: »Was kann ich für dich tun?«

»Ähm, na ja, ich wollte fragen, ob ich mir dein Auto

ausleihen kann. Maria geht es nicht so gut, ich würde sie gern zum Arzt fahren. Und unser Wagen ist in der Werkstatt. Ach, das hier ist für euch. Curry mit Reis. Das hat Maria gekocht, bevor es ihr schlecht ging«, erklärte er und reichte die Tüte an Penelope.

Penelope angelte nach den Autoschlüsseln, die hinter der Tür am Haken hingen, und tauschte Schlüssel gegen Essen. George war ein feiner Kerl und seine Frau ein liebenswerter Mensch. Penelope war sehr dankbar, diese zwei Menschen in ihrem Leben zu haben. Nicht nur, dass sie immer ein liebes Wort für Penelope übrig hatten, sie ließen auch Taten folgen und betreuten manchmal Jonathan.

»Klar, hier! Was ist denn mit Maria?«

»Ach, wahrscheinlich das Herz oder der Kreislauf. Ihr war erst schwindlig und ist dann kurz ohnmächtig geworden.« Penelope mochte sich nicht vorstellen, was passierte wenn. Nein, der Gedanke war zu furchtbar, um ihn weiterzudenken. Mit einem schiefen Lächeln nahm George dankbar die Autoschlüssel entgegen und winkte Penelope. »Ich bringe sie nachher wieder. Bist du zu Hause?«

»Wo soll ich sonst sein?«, erwiderte sie zynisch. »Grüß Maria von mir und sag ihr gute Besserung!«

Seitdem Penelope hier und Bernadette bei den Sternen wohnte, waren Maria und George so eine Art Ersatzeltern für sie geworden. Die beiden gaben ihr das Gefühl, nicht vollkommen mit Jona zu versagen. George winkte noch einmal, bevor er sich umdrehte und zu ihr zurückging. Er steckte eine Hand in die Hosentasche und zog einen Zettel heraus.

»Ruf da an! Das ist eine Bekannte von uns. Sie kann dir helfen.« Er reichte Penelope den Zettel, hielt ihre Finger einen Moment lang fest und lächelte warm, als er ging. Mehr Worte waren nicht nötig. Penelope wusste, was er meinte. Sie hatten zwar kaum im Detail über ihren Zustand gesprochen, aber Maria und auch George waren feinsinnige Menschen, die Probleme erkannten und nicht endlos darüber palaverten.

Penelope schloss die Tür und starrte auf den Zettel.

Jetzt oder nie, ging es ihr durch den Sinn. Doch dann meldete sich Jonathan, der Hunger hatte.

Nachdem sie Jona versorgt hatte, knurrte ihr eigener Magen und sie erwärmte sich eine Portion des Gerichts das George ihr gegeben hatte. Alleine der Duft von Curry, Kreuzkümmel und etwas Süßlichem das sie nicht näher definieren konnte, der durch ihre Küche zog, sorgte schon für Wohlfinden. Hoffentlich war nichts Schlimmes mit Maria, ging es ihr durch den Kopf, bevor sie die Gabel ins Essen steckte. Der erste Bissen sorgte für eine Geschmacksexplosion in ihrem Mund und sie genoss ihr Essen, soweit dies möglich war, während Jona auf ihrem Arm lag und dabei war, ins Reich der Träume zu gleiten. Nachdem sie gegessen hatte, fiel ihr Blick auf den Zettel, den George ihr gegeben hatte. Darum konnte sie sich morgen kümmern. Ihr fielen fast die Augen zu. Sie legte sich ins Bett, drapierte ein paar Kissen um Jona, zog die Decke über die Schultern und schlief auf der Stelle ein.

Dreiundzwanzig

TABEA

Es war ein tolles Gefühl, den Foodtruck durch die Straßen zu lenken. Der Verkehr war wie üblich stockend, aber das machte Penelope heute nichts aus. Sie saß auf dem erhöhten Sitz und klammerte sich an die Vorstellung, frei zu sein. Der Truck war ein unglaubliches Angebot gewesen und sie freute sich auf Matts Urteil, der sich ein wenig mit Autos auskannte. Georgia würde Luftsprünge machen.

Doch Penelopes Enthusiasmus verflog, als sie Tabea am Straßenrand erblickte, die gerade aus einem Gebäude trat. Wie lange hatten sie sich nicht gesehen, sechs Monate? Ein ganzes halbes Jahr? Tabea wirkte müde, ihre Haare hingen verfilzt um ihren Hals. Den Kopf zwischen die Schultern gezogen, ging sie die Straße entlang. Sie trug einen labbrigen Jogginganzug, der so grau war wie ihr Gesicht. Diese lebenslustige Frau, die dafür gesorgt hatte, dass sich Kris und Penelope aussprachen und ein Paar wurden, war nur noch ein Schatten ihrer selbst. Penelopes Herz krampfte sich zusammen. Es tat ihr weh, Tabea so zu sehen und zu wissen, dass sie verantwortlich für ihren Zustand war.

Und wieder raste die Dunkelheit auf sie zu, angefüllt mit Schuldgefühlen und Selbsthass. Das Schwert des Schmerzes wühlte in Penelopes Eingeweiden. Sie wollte sich gerade etwas Neues aufbauen, während Tabeas Leben den Bach runterging. Plötzlich war der Verkehr wieder nervig, ihre eben noch so gute Laune näherte sich dem Nullpunkt. Wie konnte Penelope glücklich sein, sich aus dem Jammertal befreien, wenn die Schwere der Schuld auf ihr lastete? Sie musste dringend mit Tabea reden und versuchen, ihr irgendwie zu helfen. Mit diesem Vorsatz fuhr sie weiter bis zum Soul Cake, wo Matt und Georgia nicht schlecht staunten.

»Was haltet ihr davon?«, fragte Penelope und stieg aus dem Truck.

»Hm, von außen sieht das Teil ganz gut aus«, brummte Matt und strich über seinen Kinnbart, den er sich seit Neuestem wachsen ließ. Liebeskummer sorgte also nicht nur bei Frauen für Veränderungen, stelle Penelope fest.

»Wir müssen vielleicht noch ein paar Kleinigkeiten verändern, aber ansonsten wirkt er solide. Mach mal die Haube auf!« Matt holte sie es ihren Gedanken raus.

»Na, dann lass uns mal gucken!« Georgia stieg auf den Beifahrersitz und streckte auffordernd ihre Hand aus. Penelope war immer wieder aufs Neue von der quirligen Energie fasziniert, die diese fünfzigjährige Frau ausstrahlte. Sie war so froh, dass sie damals, als sie die verwahrloste Georgia auf der Straße liegen sah, nicht einfach weitergelaufen war wie so viele, sondern ihr Essen und eine Chance gegeben hatte.

»Hier!«, sagte Penelope und reichte Georgia einen Autoschlüssel, an dem ein Hotdog als Anhänger befestigt war. »Schaut ihn euch an und berichtet mir von euren Vorstellungen.«

»Kommst du nicht mit?«, erkundigte sich Matt, der bereits seinen Kopf unter die offene Kühlerhaube schob.

»Warum sollte ich? Ich vertraue eurem Urteil. Derweil sehe die Post durch und beantwortete ein paar E-Mails.« Penelope gab Matt einen Klaps auf den Hintern und lief in ihr Büro. Sie ließ sich in ihren Stihl fallen, der unter der rüden Behandlung quietschte, und ihr Blick fiel auf den leeren Platz, neben dem Foto von Kris. Dort stand bis vor Kurzem ein Foto von Tabea und Trisha. Ruckhaft zog sie die Schreibtischschublade auf und da lag der umgedrehte Bilderrahmen. Sofort wurden ihre Hände leicht schwitzig und ihre Finger zitterten, als sie danach griff. Ihr Bauch fühlte sich an, als würde sie Achterbahn fahren. Und obwohl sie wusste, was auf dem Foto drauf war, schluchzte sie auf, als sie es umdrehte und das breite Lächeln ihrer Schwägerin sah. Dieses Lächeln, das sie so vermisste und welches jetzt erloschen war. Sachte strich sie mit dem Finger über das Glas, unter dem Trishs Abbild war. Ihr Herz krampfte sich vor Sehnsucht zusammen, scharf zog sie die Luft in ihre Lunge. Nein, sie würde jetzt nicht die Welle der Dunkelheit über sich schwappen lassen. Sie konzentrierte sich darauf, an der Oberfläche zu bleiben. Es musste etwas geschehen. So konnte es nicht weitergehen. Bestimmt stellte sie das Bild an seinen Platz. Schon besser. Es funktionierte eben nicht, dass Menschen, die Erinnerungen und Gefühle in eine Schreibtischschublade packten in der Hoffnung, dass sie vergessen wurden. Tatkräftig griff sie zum Handy, schrieb Kris eine Nachricht und fragte, ob es möglich wäre, Tabea zum Abendessen einzuladen. Sie wollte ihren Vorsatz nicht auf die lange Bank schieben, sechs Monate waren Zeit genug. Dann ging sie die Post und anschließend die E-Mails durch. Rechnungen, Werbung, das Übliche. Von Kris kam keine Antwort. Wahrscheinlich unterrichtete er gerade oder besprach sich mit seiner Schwester. Penelope hoffte so sehr, dass Tabea zusagte.

»So, da sind wir wieder.« Matt wartete, bis Georgia sich gesetzt hatte, und schloss dann die Tür.

Penelope war immer noch in Gedanken bei Tabea, konzentrierte sich aber jetzt auf das Feedback ihrer Mitarbeiter. »Und, was meint ihr?«

Matt verzog das Gesicht zu einem gequälten Lächeln, sagte aber nichts.

»Ich wusste es! Der Wagen ist Schrott, oder?« Penelope

schlug mit der flachen Hand auf ihren Schreibtisch. »Überall nur Lug und Trug.«

Matts Lächeln wurde breiter und Penelope erkannte, dass er sie reingelegt hatte. »Nein, der Truck ist prima in Schuss und für den Preis ein echtes Schnäppchen. Okay, ein paar kleine Umbauarbeiten wären fällig, aber das kriegen wir hin.«

»Echt jetzt?«, fragte Penelope mit einer Mischung aus Unsicherheit und Vorfreude.

»Wir haben uns auch Gedanken über das Angebot gemacht.« Georgia schob eine Mappe über den Tisch. »Das ist eine provisorische Speisekarte und die Ergänzungen zu deinem Businessplan.«

Penelope merkte, dass ihr Mund vor Staunen offen stand. Sie griff nach der Mappe und studierte flüchtig deren Inhalt. »Dann wagen wir es also?«

»Wir wären dumm, würden wir es nicht tun«, sagte Georgia.

»Voll und ganz«, bestätigte Matt.

»Oh, das ist super!« Penelope sprang auf und setzte sich wieder. Das Angebot las sich fantastisch, es entsprach genau ihren Vorstellungen. Sie besprach mit Georgia und Matt einige Details, notierte sich Termine für Bewerbungsgespräche und erste Maßnahmen in Bezug auf die Werbung. Der Truck musste neu gestaltet werden, ein Aushang mit den angebotenen Speisen erstellt und so vieles mehr. Euphorisch planten die drei ihr Vorhaben, als Penelopes Handy blinkte. Sie hatte es lautlos gestellt, war nun aber doch neugierig, ob Kris sich gemeldet hatte.

Als sie einen Blick darauf warf, sah sie Logans Nummer aufleuchten und seufzte. Was hatte sie dazu veranlasst ihm eine Nachricht zu schicken, als er ihr seine Nummer gegeben hatte? Nein, dafür hatte sie jetzt weder Lust noch Zeit. Oder doch? Was war schon dabei? Sie hatten alle wichtigen Details besprochen, da war es doch möglich, mit einem alten Bekannten zu telefonieren.

»Willst du nicht rangehen?«, fragte Matt und erhob sich.

»Wir sind so weit durch, den Rest können wir auch noch später besprechen.«

»Okay«, sagte Penelope und schielte wieder auf ihr Handy. Dann riss sie sich zusammen und wandte sich an Georgia. »Du bist ab jetzt verantwortlich für alles, was mit diesem Truck zu tun hat. Such dir passende Leute, erstelle eine Liste, was du brauchst, und denke bitte über einen Standort nach. Um den Papierkram kümmere ich mich.«

»Was, ich allein? Aber ich kann das nicht«, stammelte Georgia.

»Und ob du das kannst!«, brummte Matt und schob sie aus dem Büro.

Skeptisch schaute Penelope auf die geschlossene Tür. Hatte sie sich etwa geirrt? Mutete sie ihrer Mitarbeiterin doch zu viel zu?

Bevor Penelope weiter darüber nachdenken oder endlich ans Telefon gehen konnte, klopfte es energisch und Juan trat ungefragt ins Büro. Die Enden seines Schnurrbarts zitterten: »Was habt ihr mit meinem Mädchen gemacht?«, fragte er mit mexikanischem Akzent und südamerikanischem Temperament.

»Entspann dich, Juan! Georgia wurde nur gerade befördert. Nichts Schlimmes also«, sagte Penelope und klärte ihn auf.

»Klingt interessant«, murmelte er. »Braucht ihr noch einen Koch?«

Penelope überlegte. Die Idee war vielleicht gar nicht verkehrt.

»Besprich das mit Georgia, sie ist ab sofort die Foodtruck-Chefin. Aber wenn, musst du deinen Nachfolger einarbeiten. Ich brauche auch weiterhin gute Leute hier im Café.« Penelope seufzte, als Juan sie allein ließ. Es würde sich hier einiges ändern und für alle eine intensive Zeit werden, aber Penelope war überzeugt, dass sich die Mühe lohnen würde. Nicht nur für das Soul Cake, sondern vor allem für Georgia.

Gemeinsam konnten sie das schaffen. Jetzt packte sie erst

mal die Unterlagen zusammen, ging durch den Gastraum und blieb vor der Vitrine mit Kuchen stehen. Ein mit dicken Schokostückchen bedeckter Muffin zog ihre Blicke an. Sie trat hinter die Theke, griff zu einer Tüte und packte zwei davon ein. Kris mochte diese Sorte am liebsten, hoffentlich konnte sie ihm damit eine kleine Freude machen. Es waren noch zwei Stunden, bis zur Schließung des Cafés. Penelope wusste, dass Matt noch eine Ladung backen würde, falls es nötig war. Blieb doch etwas übrig, wurde das Essen an Wohnsitzlose gespendet. Penelope hatte diese gute Sitte eingeführt, kurz nachdem sie im Café angefangen hatte zu arbeiten. Es konnte nicht sein, dass Sandwiches, Kuchen und anderes Gebäck am Ende des Tages entsorgt wurden. Seither packten sie auch immer mal kleine Päckchen mit Hygieneartikeln, die sie entweder selbst besorgten oder gespendet bekamen, und versorgten die Obdachlosen in der Nachbarschaft. Es war Penelope bewusst, dass es ein Tropfen auf den heißen Stein war, aber sie wollte den Menschen wenigstens das Gefühl geben, dass sie nicht ganz übersehen wurden.

Mit der petrolfarbenen Papiertüte aus ihrem Café trat Penelope auf die Straße. Der Tag heute war heiß, obwohl es bald Herbst wurde. Aber noch hatte die Sonne Kraft und Penelope tankte ihre Wärme. Beschwingt machte sie sich auf den Weg nach Hause. Kris hatte sich noch nicht zurückgemeldet, aber er würde bald aus der Schule kommen. Dann könnten sie gemeinsam eine Tasse Kaffee trinken und die Muffins essen. Mit einem Stück Kuchen ließen sich doch fast alle Probleme lösen.

Da sie merkte, wie gut ihr das Laufen tat,entschloss sich Penelope, einen kleinen Umweg zu machen. Sie dachte an Logan, die sie immer noch nicht zurückgerufen hatte. Aber seine Worte kamen ihr in den Sinn. Ja, sie hatte sich zumindest ein Stück weit aus ihrer Opferrolle herausgekämpft. Die Erkenntnis war der erste Schritt gewesen. Penelope hatte erkannt, dass vor allem sie selbst sich den nötigen Respekt entgegenbringen musste, bevor sie es von anderen erwarten konnte. Sich zu bemitleiden, war definitiv der falsche Weg.

Gedankenversunken lief sie an Joggern und Hundebesitzern vorbei, an Kindern und Rentnern. Plötzlich hielt sie inne. Was machte Tabea hier? Sie saß auf einer Bank und starrte auf zwei Mädchen, die auf dem Rasen eines Grundstückes eine Decke ausgebreitet hatten und mit ihren Puppen spielten.

Es war, als streckte eine eiskalte Hand ihre Finger nach Penelopes Seele aus, griff zu und wollte sie in die Tiefe reißen. Das kannte sie schon, doch diesmal ließ sie es nicht zu und blieb an der Oberfläche. Sie atmete bewusst und konzentrierte sich darauf, mit sich und der realen Welt in Verbindung zu bleiben. Der Klammergriff ließ nach. Als sie imstande war, wieder ruhig zu atmen, sammelte sie all ihren Mut und lief auf Tabea zu. Sie waren schließlich erwachsene Leute, die in der Lage sein sollten, miteinander zu reden, ohne sich gleich an die Gurgel zu springen. Wobei, vielleicht war das manchmal gar nicht so verkehrt. Immerhin wären dann die Fronten geklärt und man hatte die Chance, offen aufeinander zuzugehen. Sie legte sich zurecht, was sie sagen wollte. Doch als sie vor Tabea stand, war Penelopes Hirn leer.

»Hey!«, war alles, was sie herausbrachte.

Tabea schaute mit einem schiefen Seitenblick nach oben. »Was willst du? Lass mich in Ruhe!«

»Mit dir reden und dich fragen, ob du etwas brauchst«, stotterte Penelope.

»Bringt mir ein Gespräch mit dir meine Tochter zurück?« Tabea starrte wieder auf die zwei spielenden Mädchen auf dem Rasen.

»Nein, das leider nicht«, gab sie zu. »Aber wir könnten gemeinsam trauern und uns an Trisha erinnern. Ohne Groll, sondern im Guten.« Penelope hielt Tabea die Tüte mit dem Muffin hin.

»Du hast meine Tochter getötet und denkst, dass und diese beschissenen Muffins helfen?«, warf Tabea ihr hin und es war so, als hätte sie einen Felsbrocken auf Penelope geworfen, der alles unter sich begrub. »Es ist meine Trauer. Ich brauche niemanden, dich schon gar nicht!«

Penelope blieb beharrlich. Sie würde jetzt nicht einfach gehen, nur weil Tabea aggressiv reagierte. Diese Frau trauerte um ihr Kind, sie war ihre Freundin. »Ich weiß, was ich getan habe. Und genau deshalb möchte ich gern den Schmerz mit dir teilen. Denn ich habe nicht nur Trisha geliebt, sondern liebe auch dich, Tabea.« Mit diesen Worten stellte Penelope die Tüte mit den Muffins neben ihre Freundin, drehte sich um und ging weiter. Bis sie zu Hause ankam, war ihr Gesicht tränennass. Sie hatte so oft um Trisha geweint, sich selbst verflucht und ihr Leben infrage gestellt, aber kaum eine Träne um Tabea vergossen. Und genau das tat unfassbar weh.

Aufgewühlt betrat Penelope die Veranda und zitterte so sehr, dass es ein paar Sekunden dauerte, bis sie die Tür öffnen konnte. Schließlich schaffte sie es und ließ sich an der Wand im Flur auf den Boden gleiten. Schluchzend lehnte sie ihren Kopf an die Wand und weinte um ihre Freundin. Aufschluchzend lehnte sie ihren Kopf an die Wand und spürte die Kühle, die von ihr ausging, während sie um ihre Freundin weinte. Doch Kälte war jetzt nicht was, wonach ihr war. Sondern sie spürte das Verlangen nach Wärme, der Art Wärme, wie sie von einem menschlichen Wesen ausging. »Honey.«, rief sie und wartete. Als nach einem Moment keine Antwort kam, rief sie ihn erneut, doch wieder bloß dröhnende Stille als Antwort. Das war typisch. Kris war wieder einmal nicht da. Dabei hätte sie ihn jetzt dringend gebraucht. In dem Moment klingelte ihr Telefon und Penelope nahm den Anruf entgegen, ohne auf das Display zu schauen.

»Wann kommst du?«, fragte sie und erwartete, dass Kris ihr antworten würde.

»Ich bin zu Hause, wenn du es genau wissen willst.«

Sie zuckte zusammen und beinahe hätte ihr Handy einen Freiflug unternommen.

»Wenn es unpassend ist, kann ich später noch mal anrufen«, hörte sie Logan sagen.

»Nein, alles gut. Ich war nur gerade ... Ach, egal.« Penelopes Gedanken überschlugen sich. War es gut, gerade jetzt mit Logan zu telefonieren? War es überhaupt richtig, oder sollte sie ihm sagen, dass er aus ihrem Leben verschwinden sollte?

»Wie geht es dir?«

Da sie wusste, dass es keinen Sinn hatte, ihn anzulügen, sagte sie ihm die Wahrheit.

»Weißt du, was da hilft?«

»Verrate es mir.«

»Eine ausgedehnte Joggingrunde. Ich hole dich in zwanzig Minuten ab.«

Penelope wollte protestieren, sie bereute es, dass sie ihm auch ihre Adresse verraten hatte, hörte aber nur noch ein Tuten. War dieser Kerl denn noch zu retten? Zwanzig Minuten! Sie müsste George und Maria fragen, ob Jonathan noch etwas länger bei ihnen bleiben konnte. Ihrer Nachbarin ging es wieder besser. Penelope hatte sich mit ihr und George darauf verständigt, dass die beiden immer dann auf Jonathan aufpassten, wenn sie ins Café musste. Aber jetzt wollte sie sich mit einem Mann treffen, einem Mann, der definitiv nicht Kris war. Würden ihre Nachbarn das verstehen?

Während Penelope ins Schlafzimmer rannte, um in ihre Joggingsachen zu schlüpfen, rief sie Maria an. Penelope blieb relativ dicht bei der Wahrheit, verschwieg jedoch, dass Logan umwerfend aussah und sie als Teenager in ihn verknallt gewesen war. Zum Glück stellte Maria keine weiteren Fragen, nur wann sie ungefähr zurück sein würde, da heute Abend ihr Bridgeabend stattfand. Penelope versprach, bis sechs zurück zu sein.

Kaum hatte sie die Turnschuhe zugebunden, hupte es draußen. Abgehetzt riss Penelope die Tür auf. Logan winkte ihr aus einem dunkelblauen Cabrio freudig entgegen.

»Keine Lust mehr, joggen zu gehen?«, fragte sie mit einem Augenzwinkern.

»Spring rein oder willst du da Wurzeln schlagen?«

Vierundzwanzig

ULTIMATUM

»Bereit?«, fragte Logan, der sich abschließend dehnte und ihr dabei seine nett aussehende Hinterseite präsentierte.

»Na komm schon!«, lachte Penelope, die an ihm vorbeirannte. »Oder willst du da Wurzeln schlagen?«

»Billige Retourkutsche«, hörte sie Logan, der schnell aufholte.

Schweigend, nur den eigenen Atem und den des anderen im Ohr, joggten sie am Ufer des Michigansees entlang, der ruhig und glitzernd in der Nachmittagssonne lag. Nur ab und zu kräuselte eine Windböe die spiegelglatte Wasseroberfläche. Aus der Ferne konnte Penelope das Riesenrad am Pier sehen und dachte an den Tag, als sie mit Bernadette dort gewesen war. Sie fand ihren Laufrhythmus, genoss die warmen Strahlen der Sonne und spürte zufrieden, wie ganz langsam der Stress aus ihrem Körper wich. Ihr Atem ging etwas zu schnell, weil sie aus der Übung war, trotzdem fühlte sie sich so leicht wie schon lange nicht mehr.

Auf dem Weg vor ihr lag ein Hundehaufen, den sie elegant überspringen wollte, doch irgendwie stolperte sie über ihre eigenen Füße. Wild ruderte Penelope mit den Armen, landete aber nicht auf dem harten Boden, sondern weich. »Hoppala!«, rief sie und schaute direkt in Logans grasgrüne Augen. »Danke fürs Auffangen.« Plötzlich kribbelte es an ihrem ganzen Körper.

»Jederzeit wieder«, antwortete er mit dieser dunklen Karamellstimme. Es lag so viel Unausgesprochenes zwischen ihnen, aber das zählte in diesem Moment nicht, als sich ihre Münder suchten und fanden. Penelope wusste, dass sie ein Tabu brach. Warum aber auch schmeckten verbotene Früchte nur so gut?

Logan küsste sie leidenschaftlich und ließ seine Zunge mit ihrer tanzen. Penelope spürte seine Erregung, als er sie an sich presste. Keuchend schaute sie in seine Augen und fand Begierde darin. Es war noch so viel besser, als sie es sich als Teenager erträumt hatte. In ihrem Bauch wirbelten die Schmetterlinge umher. Sie vergrub ihre Finger in seinen Haaren und küsste ihn erneut.

»Penelope, du bist so wunderschön und verdammt sexy.«

Warum musste er jetzt reden? Entschlossen, sich zu holen, was sie brauchte, drängte sich Penelope an ihn und verschloss seinen Mund mit ihren Lippen.

»Jetzt hör mir doch zu!«, bat er und schob sie ein Stück von sich.

»Ich will jetzt nichts zuhören. Ich weiß was Besseres.«

»Ja, ich auch.«

»Und worauf warten wir dann noch?«, fragte Penelope, zog ihn an sich und schob ihre Hände unter sein Shirt. Als sie ihre Fingernägel über seinen Rücken gleiten ließ, entwich ein Knurren aus seiner Kehle. Logan drückte seine Nase in ihre rot-blonden Locken und stöhnte. »Du riechst so gut.«

Das fand Penelope zwar nicht, schließlich waren sie gerade etwa dreißig Minuten am See entlanggelaufen, aber im Moment hätte sie diesem Mann alles abgenommen. Er konnte diese schreckliche Leere in ihr ausfüllen. Gierig umklammerte sie Logan, als würde sie ohne seinen Halt in die dunkelste Tiefe stürzen und darin ertrinken. Mit ihm war alles so leicht. Sie fühlte sich wie eine verdorrte Blume, die endlich wieder gegossen wurde. In Logans Armen blühte sie auf, reckten sich ihre Knospen der Sonne zu und ihre Wurzeln wurden mit nährendem Wasser durchtränkt.

»Wollen wir zu mir?«, flüsterte sie ihm ins Ohr.

Logan schob sie von sich weg und schüttelte den Kopf. Fragend schaute sie in seine grünen Augen, die jetzt dunkler waren und an einen Bergsee erinnerten. »Wir können auch zu dir oder uns sonst ein ruhiges Plätzchen suchen«, schlug sie vor und beugte den Kopf wieder vor, um seine Lippen zu suchen. Doch Logan hielt sie auf Abstand.

»Ich will nirgendwohin mit dir.«

»Oh!«, entfuhr es ihr. Hatte sie etwas Falsches gesagt?

»Nicht so«, fügte er mit belegter Stimme hinzu.

Wo sie eben noch glühendes Verlangen in seinen Augen gesehen hatte, stand jetzt nur noch abweisende Kälte.

»Was ist los?«, fragte sie verwirrt. »Habe ich was falsch gemacht?«

»Nein, im Gegenteil!«, flüsterte er und wandte sich ab. »Ich bin das Problem.«

Der Klassiker. Penelope stöhnte auf und die Schmetterlinge sanken zu Boden.

»Wieso?«, rief Penelope. Ein älterer Herr mit Hund ging an ihnen vorbei und musterte sie. Es war ihr egal. Sie stellte sich vor Logan und schaute ihn fragend an.

»Ich habe keinen Bock, nur der Lückenbüßer zu sein.« Er stoppte ihre Redeambitionen mit einem Zeigefinger.

»Ich bin mir zu schade dafür nur das Appetithäppchen zu sein, währenddessen Hauptgang und Nachspeise für jemand anderen bestimmt sind. Das hatte ich schon einmal und es ist mir nicht bekommen. Dafür ist mir meine Zeit zu schade und mein Innerstes mittlerweile zu wertvoll.«

Ja, das konnte sie verstehen. Aber weshalb hatte er es dann so weit kommen lassen?

»Du stürzt in mein Leben, gibst mir das Gefühl, wichtig und richtig zu sein, küsst mich hier in der Öffentlichkeit, dass mir die Puste wegbleibt, und dann war es das?«

»Nein, nicht unbedingt. Nur gibt es mich nur ganz oder gar nicht. Und eben nicht in wohldosierten Portionen.«

»Und wie soll das gehen? Ich ... ich habe Familie«, stammelte Penelope, die plötzlich Angst bekam, dass Logan so schnell aus ihrem Leben verschwinden würde, wie er gekommen war.

»Weiß ich. Und wie das gehen soll, liegt bei dir. Es ist deine Entscheidung«, sagte er leise, nahm eine Locke von ihr und wickelte sie sich um den Finger. Penelope stockte der Atem. Wie genau stellte er sich das vor, dass sie Kris den Laufpass gab und Jonathan verließ? Als sie nichts sagte, drückte Logan ihr einen flüchtigen Kuss auf die Wange, drehte sich um und joggte los. Zurück blieb nur verblassende Bild an das, was hätte sein können.

Verwirrt tastete Penelope über ihre Lippen, die Logan eben noch so leidenschaftlich geküsst hatte. Warum war er nur so sexy wie ein junger Gott?

Sie geriet kurz in Versuchung, ihm nachzulaufen, doch stattdessen warf sie stolz ihren Kopf in den Nacken. Nein, sie hatte sich damals geschworen, ihm nie wieder hinterherzulaufen.

Energisch setzte Penelope ihre Füße in Bewegung und rannte los. Das hohe Tempo hielt sie allerdings nicht lange durch, bekam Seitenstechen und presste japsend eine Hand auf ihre linke Seite, während eine Frau in ihrem Alter in rosalila Funktionskleidung elegant an ihr vorbei joggte. Sie hatte sogar noch genügend Luft übrig, um etwas in ihr Headset zu sprechen.

Die Welt ist gemein und das Leben unfair, dachte Penelope schmollend, setzte sich auf eine Bank und stützte ihren Kopf in beide Hände. Warum musste es nur so wehtun? Die Wucht der Verzweiflung traf sie unvorbereitet, dafür mit voller Kraft.

Was soll ich bloß tun?, sprach sie mit sich selbst und ihr

fiel die Zeile in Bernadettes Brief ein: Frag dich nicht, was du sollst, sondern was du in die Waagschale werfen kannst.

Was hatte das zu bedeuten? Wofür sollte sie bereit sein? Penelope grübelte und konzentrierte sich auf ihre Atmung. Vielleicht sollte sie wirklich bei der Nummer anrufen, die George ihr gegeben hatte. Es war wohl an der Zeit, endlich Hilfe anzunehmen.

Fünfundzwanzig

SCHRECKMOMENT

Es regnete Bindfäden, als sie vor der Tür ihrer Nachbarn stand. Sie überlegte, die knapp eine Stunde bis zur verabredeten Zeit mit weiteren Überlegungen zu verbringen, wie sie mit Logans Abfuhr umgehen sollte. Na ja, Streng genommen war es keine Abfuhr gewesen, er hatte sie vor die Wahl gestellt: er oder ihre Familie. Das war absurd! Sie konnte nicht binnen einer Stunde über diese schwerwiegende Entscheidung nachdenken und glauben, eine Lösung zu finden. Ja, mit Kris lief es nicht gut. Aber deshalb – und weil Logan nun mal Logan war – gleich alles kaputt machen, woran sie noch vor Kurzem geglaubt und was sie glücklich gemacht hatte? Nein!

»Hey, Sweetheart, was stehst du denn hier draußen im Regen?«

Maria öffnete die Haustür, obwohl Penelope noch gar nicht geklingelt hatte. Sie hielt eine Mülltüte in der Hand und schaute nach draußen in den Regen. »Was für ein Sauwetter!«

»Gib her, ich bringe sie für dich zum Container.« Penelope griff nach der Mülltüte. Sie war sowieso nass bis auf die Haut, außerdem tat sie Maria diesen kleinen Gefallen gern.

Als sie zurückkam, stand George mit Jonathan auf der

Veranda. »Er hat gegessen, geschlafen und gespielt, seinen Job als Baby also erfüllt.«

Wie er das sagte, klang es so normal.

»Und, hat er viel geschrien?«, erkundigte sich Penelope.

»Ein paarmal vielleicht. Aber das haben wir immer schnell unter Kontrolle. Euer Jona ist wirklich ein süßes Kind«, sagte Maria und schaute fragend. Penelope wusste, was ihr auf der Zunge lag. Nein, sie hatte noch nicht diese Nummer angerufen. Der Zettel von George lag irgendwo herum. Wovor hatte sie eigentlich solche Angst?

»Danke«, quetschte sie sich heraus und nahm Jonathan auf den Arm. Er fühlte sich immer noch fremd an, aber seit ihrem gemeinsamen Bad gab es die ersten Ansätze einer Beziehung. Jona schaute sie an und lächelte. Das war gut.

»Warte! Ich bringe euch rüber.« George spannte einen Schirm auf und hielt ihn über Penelope und Jonathan. Zusammen liefen sie durch den Regen, der immer stärker wurde. Zum Glück war es nicht weit.

»Danke«, wiederholte Penelope und schloss die Haustür auf.

»Honey, geht's dir wirklich gut?«

Am liebsten hätte sie ihm alles erzählt und sich an seiner Schulter ausgeweint. Sie fühlte sich so furchtbar allein; mal abgesehen von dem Kind auf ihrem Arm. Gern hätte sie diesem freundlichen und liebenswerten Mann ihr Herz ausgeschüttet und ihm alles erzählt, von ihren Problemen mit Kris, dass sie mit der Schuld nicht klarkam, davon, dass sie keine Bindung zu ihrem Kind aufbauen konnte und last, but not least dass sie einen anderen Mann als ihren eigenen küsste, es ihr gefiel und dieser ihr ein Ultimatum gestellt hatte. Ihr Mund ging auf und wieder zu, aber nein das konnte sie George nicht zumuten. Also nickte sie stattdessen, bedankte sich und schloss erschöpft die Tür. Kris war nicht da. Wo steckte er eigentlich? Die Schule müsste längst zu Ende sein. Und dieser Anruf neulich war schon seltsam gewesen.

Verheimlichte Kris etwas, hatte er vielleicht eine Affäre? Penelope seufzte und senkte den Kopf. Nein! Sie hatte jetzt nicht die Zeit dafür. Papierkram wartete auf sie und kam ihr gerade recht als Ablenkung. Sie legte Jona in seine Wippe und hing ihm ein buntes Spielzeug hin, er auch ausgiebig betrachtete und das klimperte, wenn er wippte. Eine Zeitlang war er so recht zufrieden und Penelope konzentrierte sich auf ihre Arbeit. Doch nach einer Weile fing Jonathan an zu quengeln und rieb sich die Augen. Als sie nicht darauf reagierte, steigerte er seine Lautstärke und brüllte, die Händchen zu Fäusten geballt, seinen Unmut heraus.

Penelope trug ihn herum, legte ihn dann in sein Bettchen und er schlief tatsächlich ein. Wie schafften Maria und George es nur, dass Jonathan so ruhig und ausgeglichen war?

Nachdenklich schaute Penelope auf ihren Sohn und stellte fest, dass sie vergessen hatte, ihn in seinen Schlafsack zu stecken. Sie überlegte, ob sie es riskieren sollte, dass er wieder wach wird und gar nicht mehr einschlafen würde. Sie entschied sich für Option zwei und legte die leichte Decke mit den bunten Elefanten über Jona. Ihre Finger strichen sanft über seinen Kopf, doch das Gefühl, auf das sie dabei hoffte, blieb aus. Warum konnte sie nicht so unfassbar glücklich sein, so wie die jungen Mütter, die sich in den sozialen Netzwerken präsentierten? Wenn sie die zahlreichen Fotos bei Instagram oder Videos bei TikTok sah, fühlte sie sich noch mieser als sonst.

Trotzdem war es wie eine Sucht, immer wieder zu sehen, wie es anderen Frauen ging, die gerade ein Baby bekommen hatten. Manchmal wünschte sich Penelope, dass mal eine ihre vollgekotzten Klamotten postete oder Selfies ohne Filter, dafür mit ungewaschenen Haaren und Augenringe, so groß wie Autoreifen. Oder Schwangerschaftsstreifen, wunde Brustwarzen – eben all das, was auf der Schattenseite des Mutterseins lauerte. Oder das eine mal ehrlich ausspräche, wie es ihr wirklich ging. Und nicht immer bloß gesäuselte Worte, die von zu viel Goldstaub glänzten und vor Zuckerguss trieften.

Sie lief in die Küche, schenkte sich ein Glas Eistee ein und blickte gedankenverloren in den Garten hinaus. Erst als ihr Handy klingelte, stellte sie fest, dass eine Stunde vergangen war. Kris rief endlich zurück, doch sie schaltete das Telefon auf stumm und ignorierte seinen Anruf. Er hatte ihr die kalte Schulter gezeigt, jetzt machte sie es andersrum.

Was für eine billige Retourkutsche, Miss Swan. Ist das jetzt deine Art?

Ja, vielleicht war es an der Zeit, nicht immer nur zu reagieren. Sie hatte Kris am Vormittag gefragt, ob sie Tabea zum Abendessen einladen. Jetzt war es beinahe sechs. Tabea hatte im Park unmissverständlich klargemacht, dass sie Penelope hasste. Kris hatte sieben Stunden gebraucht, um zurückzurufen.

»Tja, dann eben nicht!«, sagte sie trotzig und starrte in den Regen und ließ ihre Gedanken treiben. Das einzige Wesen, das sich nicht einfach von ihr abwenden konnte, war Jonathan.

Und plötzlich war da so etwas wie ein Muttergefühl. Penelope horchte, doch das Babyphone blieb ruhig. Auf Zehenspitzen betrat sie sein Zimmer. Als sie in sein Bett schaute, sah sie, dass die Decke mit den lustigen Elefanten über dem Gesicht ihres Sohnes lag. Erschrocken zog die Decke weg und fixierte panisch Jonas Brustkorb. Nichts. Er hob und senkte sich nicht wie üblich. Ihr Herz fing an zu hämmern. Sie stupste ihn an und wartete, doch nichts passierte. Jetzt wäre es Zeit für einen Schrei, mein Sohn dachte sie. Doch Jona blieb stumm.

»NEIN!«, rief sie. »Nicht noch einmal!« Es war, als legte sich ein Schalter in ihr um. Sie würde darum kämpfen, dass dieses kleine Wesen nicht seinen letzten Atemzug getan hatte. Jonathan war zum Leben geboren, genau wie Trisha.

Schreiend hob sie ihren Sohn hoch und rannte in die Küche. Dort riss sie ihr Telefon vom Tisch, wählte den Notruf und berichtete, was passiert war. Dann legte sie Jonathan auf den Boden.

Vor seiner Geburt hatte Penelope einen Erste-Hilfe-Kurs für Babys absolviert, dieser spulte sich jetzt in ihrem Kopf ab.

Sie wurde ruhiger und ihr Körper reagierte automatisch. Sie legte ihre Lippen über Nase und Mund ihres Sohnes und atmete aus.

Dann legte sie zwei Finger mittig auf Jonas Brustbein und drückte, ließ wieder los und drückte wieder.

Das wiederholte sie fünfzehnmal und beatmete Jonathan dann fünfmal, bevor sie wieder zur Herzdruckmassage wechselte.

Ihre Tränen tropften auf sein Gesicht, das sich plötzlich regte. Ihr Sohn riss seine Augen auf, hustete und endlich schrie Jona ohrenbetäubend. Erleichtert drückte Penelope seinen kleinen Körper an sich. Er lebte. Sie hatte ihn gerettet, sie war keine Versagerin. In dem Moment klingelte es an der Tür.

Mit ihrem Sohn, der nun ruhig, aber blass in ihren Armen lag, öffnete sie und blickte in die erstaunten Gesichter von Monica und Ellie.

»Was ist passiert?«, erkundigten sich beide Rettungssanitäterinnen der Wache 70 im Chor. »Als wir deine Adresse über Funk hörten, ist uns das Herz in die Hose gerutscht«, sagte Elli und schaute mit routiniertem Blick auf Jonathan. »Ihm geht es nicht gut, oder? Lass mal sehen!« Penelope spürte, dass sie zitterte. Der Schock setzte ein. Sie reichte Elli ihr Kind und hielt sich am Türrahmen fest.

Penelope spürte das Gewicht des Armes vom Monica auf ihren Schultern. Tatsächlich nahm das Zittern, das von ihrem Körper Besitz genommen ergriffen hatte, ein wenig ab, und schluchzend erzählte Penelope was passiert ist.

»Setz dich mal. Es hilft keinem, wenn du jetzt aus den Latschen kippst. Du siehst aus wie ein Gespenst«, resümierte Monica und half Penelope zur Couch, wo Elli den kleinen Jonathan untersuchte.

Plötzlich drehte sich alles und Penelopes Beine knickten weg. Monica hielt sie fest und setzte sie auf einen der Sessel.

»Du bleibst hier sitzen und ich hole dir ein Glas Wasser!«

»Na, du Süßer, was machst du für Sachen?«, sprach Elli mit ihm und prüfte seinen Puls, bevor sie den Body aufknöpfte und nach oben schob. »Jetzt wird es gleich ein bisschen kalt«, erklärte die Rettungsassistentin ihm, als ob Jonathan es verstehen würde, und setzte das Stethoskop auf seine Brust, die sich nun wieder eifrig hob und senkte.

Dieser Umstand sorgte dafür, dass Penelope von einem Glücksgefühl durchflutet wurde.

Penelope war sowieso zu keiner Reaktion mehr fähig. Es fühlte sich an, als wäre ihre Welt aus den Angeln gehoben worden, nichts stand mehr am richtigen Platz. Die Sohlen von Monicas dicken Sicherheitsschuhen quietschten auf dem dunklen Parkett. Penelope hörte, wie in der Küche Schranktüren geöffnet wurden, während Ellie weiterhin säuselnd mit Jona sprach und ihn untersuchte.

Warum bin ich nicht fähig, so mit meinem Sohn zu sprechen? Machen George und Maria das auch? Ist diese Kommunikation etwa das Geheimnis?, fragte sie sich, als Monica mit einem Glas Wasser in der Hand wieder vor ihr auftauchte.

»Trinken!«, forderte sie Penelope im resoluten Tonfall einer Rettungssanitäterin auf. Mit zitternden Fingern nahm sie das Glas und trank einen kleinen Schluck.

»Mehr!«

Penelope tat es, spürte die kühle Flüssigkeit ihren Hals hinunterrinnen und wie gut das tat.

»So, mein kleines Schätzelein, jetzt sind wir fertig«, säuselte Elli und streichelte Jona über den Kopf, während er ihre blonden Haare intensiv betrachtete. Er ließ sie gar nicht mehr aus den Augen, auch nicht, als Ellie sich an Penelope wandte. Ja, offensichtlich war die Kommunikation das Geheimnis. Jona verstand zwar noch nicht, was gesagt wurde, aber er nahm die Worte wahr, spürte die Aufmerksamkeit und fühlte sich geborgen. Das war es, oder? Penelopes Herz wurde ihr so schwer bei dem Gedanken, um was sie sich und ihren Sohn all die Wochen gebracht hatte. Er war keine Last, nicht nur ein schreiendes Bündel, das ihr den letzten Nerv raubte. Dieses kleine Wesen wollte berührt, gesehen und angenommen werden als das, was es war.

Mein Baby!, sagte sie im Stillen und schniefte.

»Du hast das gut gemacht. Und Jona geht es so weit gut«, sagte Elli und zog Jona wieder an. »Aber wir müssen deinen süßen Sonnenschein mit in die Klinik nehmen, damit er gründlich untersucht wird«.

Hastig stand Penelope auf, sie schwankte ein wenig, doch sie wollte ihren Sohn unbedingt in den Arm nehmen. Noch nie war ihr Bedürfnis so groß danach gewesen wie jetzt.

»Schau, da kommt deine Mama«, redete Ellie auf Jona ein, der immer noch eingehend ihre Haare betrachtete und so friedlich wirkte. Wo konnte man lernen, so ruhig auf Kinder einzugehen? Und war noch ein Platz in diesem Kurs frei?

Penelope griff nach ihrem Sohn und inhalierte seinen Duft, als wollte sie ihn bis in die letzte Pore ihrer Nase aufnehmen. Und es war so, als hüpfte ihr Herz. Das ließ sie lächeln. Vielleicht hatte Ellie doch recht und es würde alles gut werden. Oder vielleicht nicht gut, aber so, wie es für sie passte.

»Darf ich bei euch mitfahren?«

»Ja, klar. Du bist die Mama.« Ellie stopfte ihr Stethoskop in die Jackentasche und schaute sich um. »Hast du eine Tasche?«

Penelope war immer noch so fasziniert vom Duft ihres Babys, dass sie sich kaum von ihm lösen konnte.

»Na dann komm!« Monica half ihr ins Kinderzimmer, wo Jonas Tasche mit Wechselkleidung, Windeln und dem üblichen Baby-Equipment stand. Sie hob die Tasche auf und legte die Decke mit den bunten Elefanten über ihren Arm.

Auf wackligen Beinen lief Penelope in die Küche, wo sie nach ihrem Handy griff. Sollte sie Kris anrufen? Nein, später.

Hastig schloss sie die Tür, bevor sie zu viert das Haus verließen. Der Regen hatte aufgehört.

»Was ist passiert? Geht es euch gut?«, erkundigte sich George, dem die Besorgnis ins Gesicht geschrieben stand und es noch faltiger aussehen ließ.

»Denke schon«, meinte Penelope. »Ich komme nachher vorbei.«

»Passt auf euch auf! Wir haben euch lieb«, rief Maria neben ihrem Mann. Penelope wurde warm ums Herz. »Wir euch auch!« Sie drehte sich um und stieg in den Rettungswagen.

»Gibst du ihn mir bitte?« Monica hielt ihr fordernd die Hände entgegen. »Zur Sicherheit muss ich ihn auf der Trage anschnallen. Du kannst dich hier hinsetzen und bitte auch anschnallen.«

Nur widerwillig tat Penelope, was verlangt wurde. Monica schenkte ihr einen liebevollen Blick. »Weißt du, ich habe zwar noch keinen Sohn, aber einen kleinen Neffen, und ihn würde ich auch nicht hergeben wollen. Du bekommst Jonathan wieder, mach dir keine Sorgen.«

Wie hätte Penelope ihr erklären sollen, dass sie sich bisher keine Sorgen gemacht und stets froh gewesen war, wenn ihr jemand Jonathan abgenommen hatte? Vielleicht war diese Erklärung auch gar nicht nötig, denn ihre Welt hatte sich aufgelöst und neu zusammengesetzt. Jetzt war alles anders. Der Platz in ihren Armen, in denen Jona eben noch lag, fühlte sich kalt und leer an. Sie griff nach der kleinen Hand ihres Sohnes und drückte einen Kuss drauf. Diesmal wurde sie von einer gigantischen Welle durchflutet, die sie sprichwörtlich umwarf. Mein Baby!, nichts anderes konnte sie momentan denken.

»Weine ruhig. Mir würde es nicht anders gehen. Jede Träne, die nicht geweint werden darf, sammelt sich in einem Staubecken und irgendwann schwappt das über.« Monica hielt ihr ein Taschentuch hin und Penelope griff danach. Erst jetzt fiel ihr auf, dass die Tränen über ihre Wangen liefen. Na toll, sie saß in einem Rettungswagen und heulte. Gleichzeitig spürte sie, wie sich der riesige Felsbrocken von ihrer Seele löste und das Jammertal hell wurde, in dem sie viel zu lange gehockt hatte.

Da musste erst ein Unglück geschehen, damit sie die Liebe zu ihrem Sohn erkannte. Das war doch verrückt! Geräuschvoll putzte sie sich die Nase.

Der Rettungswagen hielt vor den Toren der Notaufnahme. Ellie und Monica sprangen aus dem Auto, rollten die Trage mit Jona raus und durch Glasschiebetüren, die sich automatisch öffneten. Penelope lief ihnen nach und konnte lediglich zuschauen, wie Pfleger heraneilten, und die beiden Frauen berichteten, was passiert war. So gelangten sie in das betriebsame Innere der Notaufnahme.

»Es wird alles gut. Ich kann deine Sorge verstehen, aber hier arbeiten die besten Ärzte«, hörte sie Monica sagen und spürte die Wärme ihrer Hand, die sie Penelope auf die Schulter gelegt hatte. Sie wurde von der Rettungssanitäterin zu einer Kabine begleitet, in die Jona gerade geschoben wurde. Penelope setzte sich auf einen weißen Stuhl, knetete ihre Hände, während es von überallher piepste, und fühlte sich furchtbar unnütz. Sie stand wieder auf, ging zu Jona und betrachtete dieses kleine Wesen, das in ihr gewachsen war und das sie beinahe verloren hatte.

»Wir sind bald wieder zu Hause. Der Arzt guckt nur schnell nach, ob alles okay ist mit dir«, sprach sie beruhigend auf ihn ein, beugte sich über das kleine Gitterbettchen, in dem er lag, und hob ihn in die Arme. Als sie seine Wärme und seine Lebendigkeit spürte, fühlte Penelope, wie Erleichterung von ihrem Körper Besitz nahm, die jedoch abrupt verflog.

»Was hast du mit ihm gemacht?«, donnerte eine Stimme hinter ihr. Die aggressive Tonlage schnitt Penelope die Luft ab. Kris betrat im Stechschritt den kleinen Raum und wollte ihr Jona aus den Armen reißen.

»Schrei nicht so!«, flüsterte Penelope und wandte sich ab. Sie würde ihren Sohn nicht hergeben, nicht so lange sich Kris wie ein Berserker benahm.

»Gib ihn her! Du brauchst jetzt nicht plötzlich die gute Mutter spielen, nachdem du meinen Sohn misshandelt hast«, schrie er und griff nach Jona. In seiner Stimme lag eine Schärfe, die Penelope nicht kannte und die ihr Gänsehaut bereitete.

»Wenn du das wirklich glaubst, geh bitte!«, entgegnete sie ruhig und wich ihm aus. Es überraschte Penelope selbst, dass keine Wut in ihr war, kein Bedürfnis, sich zu rechtfertigen, sondern nur der Wunsch, dass es Jona gutging. Und dieses Gebrüll war definitiv nicht gut.

»Du hast dich doch nie für ihn interessiert, er war dir immer eine Last. Also hör auf mit dem Theater!«, schrie Kris weiter. »Und jetzt wolltest du ihn eben ganz loswerden, damit du frei bist für deine Affäre.«

Die Worte trafen Penelope wie kleine spitze Nadeln. Jedes einzelne bohrte sich mitten in ihr Herz. Das Schlimme war, dass Kris nicht unrecht hatte. Doch niemals hätte sie Jona etwas antun können.

»Und warum sind wir dann hier? Glaubst du wirklich, ich könnte mein Kind töten?«

»Ach, was weiß ich!«, spuckte Kris ihr entgegen. Er hasste sie, oder?

»Wenn Sie noch länger rumschreien, muss ich Sie bitten zu gehen, und zwar alle beide!«

Penelope drehte sich um und blickte in das Gesicht einer Frau mit indigenen Zügen, deren lange schwarze Haare zu einem strengen Zopf zusammengeflochten waren. Kein Haar lugte vorwitzig heraus.

Ihrem Namensschild zufolge war sie eine Ärztin.

»Sie ist es, die gehen muss!«, giftete Kris weiter, der jetzt vor ihr stand. Penelope entdeckte dunkle Flecken auf seinem Shirt und roch eine unangenehme Wolke aus Schweiß,

Alkohol und penetrantem Parfum. Wo zur Hölle war er gewesen, im Puff?

»Ich habe meinem Sohn nichts getan«, knurrte sie nun doch wütend.

»Wenn Sie nicht gleich aufhören, dieses Krankenhaus zusammenzuschreien, rufe ich den Sicherheitsdienst«, verwarnte die Ärztin beide. Kris öffnete den Mund, aber der durchdringende Blick dieser Frau hielt ihn davon ab, etwas zu sagen oder gar weiter herumzubrüllen.

»Sie haben ihn wiederbelebt?«, wandte sich die Ärztin an Penelope und nahm ihr Jona ab, um ihn zu untersuchen. »Das haben Sie sehr gut gemacht, Miss Swan. Sie können stolz auf sich sein, denn Sie haben das Leben Ihres Sohnes gerettet.«

Penelope fühlte Genugtuung in sich aufsteigen.

»Wie jetzt?«, stammelte Kris sichtlich überrascht und fuhr sich verlegen durch sein kurzes Haar. »Du hast ihm gar nichts getan?«

»Nein, hat sie nicht«, antwortete die Ärztin für Penelope. »Sie war nur etwas unachtsam und hat eine lose Decke über Ihren Sohn gelegt, die dann auf sein Gesicht gerutscht ist.« Penelope schauderte bei den Worten der Ärztin. »Babys können so tief schlafen, dass der Atemreflex aussetzt. Aber Sie waren zum Glück früh genug da, der mütterliche Instinkt ist unbezahlbar, und taten genau das Richtige. Sie ahnen ja nicht, wie viele Menschen keine Wiederbelebungsversuche unternehmen – aus Angst, etwas falsch zu machen.« Die Ärztin hielt kurz inne und blickte von Penelope zu Kris und wieder zurück. »Es gibt so Geräte, die Sensoren haben und die Atembewegungen überwachen. Die können Sie unter die Matratze Ihres Kindes legen. Sollte Ihr Sohn noch einmal aufhören zu atmen, gibt es einen Alarm.«

»Ich werde es gleich morgen besorgen«, erwiderte Penelope und wischte sich eine Haarsträhne aus dem Gesicht. So langsam beruhigte sich ihr Herzschlag wieder.

Die Ärztin nickte zufrieden. »Ansonsten geht es Jonathan gut. Sie können ihn wieder anziehen und mit nach Hause nehmen. Gehen Sie viel mit ihm an die frische Luft und stellen Sie zur Sicherheit sein Bettchen heute Nacht in Ihr Schlafzimmer.

Ihre Atembewegungen regen auch die Ihres Kindes an.«

»Vielen Dank, Frau Doktor«, bedankte sich Penelope, beugte sich zu ihrem Kind und begrüßte es mit einem Kuss auf die Stirn. Schnell zog sie Jona an und nahm ihn auf den Arm.

»Wir nehmen uns ein Taxi«, sagte sie giftig und hängte sich die Wickeltasche über die Schulter. »Du gehst besser dahin, woher du gekommen bist.«

»Bitte, lass uns reden, Baby!«, murmelte Kris und hob hilflos die Hände. Beinahe wäre Penelope schwach geworden, aber nur beinahe.

»Wenn du wieder klar im Kopf bist, melde dich!« Ihre Bemerkung tat nicht nur Penelope weh, aber sie konnte nicht anders. Vor ihr stand ein Kris, der nur noch vage an jenen Mann erinnerte, mit dem sie den Rest ihres Lebens hatte verbringen wollen.

Er hob eine Hand und wollte sie Penelope auf die Schulter legen. Als sie den Kopf schüttelte, verharrte er in der Bewegung und ließ seinen Arm sinken.

Penelope atmete leise aus. Sie hätte seine Berührung jetzt keinesfalls ertragen. Nicht nach dem, was er ihr vorgeworfen hatte.

Sie brauchte ihre Kraft für sich und das kleine Bündel Mensch, das in ihren Armen eingeschlafen war.

Nicht um irgendwelche Kämpfe auszutragen. Zärtlich strich sie ihrem Sohn eine Strähne seiner hellbraunen Haare, die einen rötlichen Schimmer hatten, aus der Stirn.

Kurz runzelte er seine Stirn, zog das Näschen kraus und schlief dann friedlich weiter.

»Lass mich euch wenigstens nach Hause bringen.«

Penelope zögerte. Sie konnte Kris vielleicht aus ihrem Haus werfen, aber ihm nicht seinen Sohn vorenthalten. Dennoch schüttelte sie den Kopf, drehte sich um und eilte mit dem schlafenden Jona aus dem Krankenhaus.

Sechsundzwanzig

LICHT

Es war bereits dunkel, als Penelope vor ihrem Haus aus dem Taxi stieg. Ein Lächeln breitete sich auf ihrem Gesicht aus, als sie den Topf auf der Veranda entdeckte. Es war immer der gleiche Topf, den Maria für ihr berühmtes Chili nahm.

Maria war der Meinung, dass etwas Warmes im Bauch die Welt gleich ein bisschen heller aussehen und sich mit vollem Magen das Leben besser bewältigen ließ. Auch wenn Penelope es ihr noch nie deutlich gezeigt hatte, war sie ihrer Nachbarin mehr als dankbar. Sie brachte erst ihr Kind rein und holte dann den Topf.

Jonathan fing an zu weinen und steigerte sich dann in ein Brüllen rein. Auch für ihn war der Tag aufregend gewesen und er verlangte nach seiner Flasche.

»Ja, mein kleiner Schatz, Mama macht ja schon. Du bekommst gleich etwas«, sprach sie mit ihm und spürte dabei tief in sich ein Glücksgefühl. Sie fühlte sich, als hätte sie ein Wettrennen gewonnen und dafür einen Preis bekommen. Und irgendwie war es auch so. Von einer Mama, die gerade ihr Kind bekommen hatte, wurde sofort erwartet, dass sie es vom ersten Augenblick an bedingungslos liebte. Tat sie das nicht, galt sie als Sonderling, und die Meinung der anderen bewirkte, dass sie sich als ausgestoßener Problemfall betrachtete. Und anstatt ihr zu helfen, dass sie eine Verbindung zu ihrem Kind aufbauen konnte, wurde sie verurteilt und geächtet, was wiederum dazu führte, dass sie sich noch schlechter und ausgeschlossener fühlte.

Penelope schob ihre düsteren Gedanken beiseite, sie hatte genug davon. Sie beobachtete Jona, der zufrieden schmatze. Als der Inhalt seiner Milchflasche in seinem kleinen Bäuchlein war, lächelte er. Penelope nahm ihn hoch, damit er aufstoßen konnte. Als er an ihrer Schulter lehnte, nah an ihrem Gesicht, liefen ihr wieder die Tränen. Diesmal jedoch nicht aus Kummer oder Schmerz, sondern Glückseligkeit.

»Oh Babyboy, ab heute passe ich besser auf dich auf«, versprach sie Jona und hielt ihn fest. Nach einer Weile legte sie ihn in seinen Laufstall, um sich einen Teller Chili warmzumachen. Obwohl sie keinen Hunger hatte, würde sie wenigstens etwas davon essen. Sie wusste, dass es nichts brachte, zumindest nichts Gutes, wenn sie sich vernachlässigte und nicht auf sich schaute. Mit ihrem Teller setzte sich Penelope neben ihren Sohn und beobachte ihn, während sie aß.

»Bist du da?«, rief Matt in den Flur und kam mit Georgia ins Wohnzimmer. »Die Tür war offen.«

»Was macht ihr denn hier?«, fragte Penelope erstaunt, die eigentlich zu fertig war, um sich auf eine Unterhaltung konzentrieren zu können, sich aber insgeheim freute, ihre Freunde zu sehen. »Für euch bin ich immer da.«

Matt räusperte sich und nestelte an seinem grünen Shirt. »Kris kam im Café vorbei und erzählte, was passiert ist. Er drückte mächtig auf die Tränendrüse und hätte einen Oscar für seine Darstellung verdient. Hast du ihn wirklich fortgeschickt?«, wollte Matt wissen, setzte sich auf die Couch, sprang aber sofort wieder hoch. »Sorry, wie geht es dir und dem kleinen Prinzen?« Er beugte sich zu Penelope und drückte sie an sich, dass beinahe das Chili vom Teller gerutscht wäre. Penelope stellte ihren Teller auf den Boden und schluchzte. Alle Dämme brachen, der Tag war definitiv zu viel gewesen. Matt ließ sie weinen, während Georgia sich um Jona kümmerte.

Als Penelope sich beruhigt hatte, erzählte sie stockend, was Kris ihr vorgeworfen hatte. Und weil es sie so sehr an das erinnerte, was seine Schwester im Park von sich gegeben hatte, erzählte Penelope auch von ihrem Zusammentreffen mit Tabea.

»Ach, du ahnst es nicht!«, stieß Matt aus. »Diesen Teil der Geschichte hat uns Kris verschwiegen.«

»So ein Arschloch!«, entfuhr es Georgia und verzog ihr Gesicht zu einer schiefen Grimasse.

»Das hat er nicht wirklich?«, fragte Matt nach.

»Na ja«, wiegelte Penelope ab, »vielleicht war es auch bloß die Sorge um Jona, und hätte ich besser aufgepasst ...« Sie stockte.

»Dennoch hätte er sich diese Vorwürfe sparen können.« Matt hob den Teller mit dem mittlerweile kalten Chili vom Boden, schnüffelte daran, gab aber kein Statement ab, sondern brachte ihn in die Küche. »Wie geht es denn nun dem kleinen Prinzen? Du hast ihn echt wiederbelebt?«

»Es geht ihm gut. Im Krankenhaus hat ihn eine Ärztin untersucht. Alles, was er braucht, ist eine neue Windel und ausreichend Schlaf.« Penelope liebte ihre Freunde und war froh, dass sie zu ihr gekommen waren, aber jetzt brauchte Jona Ruhe und sie ebenfalls.

»Oh, natürlich! Alles klar«, meinte Matt, der aus der Küche kam. »Lass mich nur noch schnell das hier in sein Bett einbauen.« Er hob eine Tüte hoch, die einen Karton beinhaltete. »Das hat Kris dagelassen.«

»Was ist das?«

»Dieses Überwachungssystem, von dem die Ärztin wohl geredet hat. Er meinte, es wäre besser, wenn wir dir es bringen und anschließen.«

»Ach!« Penelope nahm Georgia ihren Sohn ab und folgte Matt ins Kinderzimmer. »Er hat daran gedacht?«

»Hey, Kris ist kein schlechter Mensch. Das weißt du

besser als jeder andere. Er vergaloppiert sich manchmal recht heftig und seine Emotionen stehen ihm im Weg. Aber es tut ihm wahnsinnig leid und er möchte für seine kleine Familie da sein. Lass ihn nicht zu lange schmoren, Pen! Ja, auch wenn er es verdient hat«, reagierte Matt auf ihre unausgesprochene Bemerkung. Sie gingen in das Zimmer von Jona, das in den verschiedensten Grün- und Blautönen gestrichen war. An einer Wand hatte Penelope eine Dschungelszene malen lassen. Jedes Mal, wenn sie das Zimmer betrat, war sie fasziniert von der Lebendigkeit der Tiere. Es schien so, als ob der Jaguar jeden Moment zum Sprung ansetzte. Und wenn man genau hinhörte, konnte man einen roten Papagei kreischen hören. Der Künstler hatte wahnsinnig gute Arbeit geleistet, Zimmer war das reinste Paradies.

»Warte! Bevor du anfängst, das Bett zu verkabeln, lass es uns ins Schlafzimmer schieben.«

»Alles, was du willst«, sagte Matt.

»Sag das nicht zu oft und zu laut!« Penelope wollte gerade mit anfassen, als Georgia dazukam. »Halte du mal deinen Sohn im Arm, wir machen das.«

Im Schlafzimmer angekommen, machte sich Matt ans Werk und erklärte Penelope dann die Funktionsweise. »Hier schaltest du es ein, dann werden Jonas Atembewegungen überwacht. Und sollte es abermals dazu kommen, dass sie aussetzen, macht das Teil hier einen höllischen Lärm.« Matt drückte auf einen Schalter. Erst passierte gar nichts, doch dann piepste es. Dann war Stille, wieder ein Piepen, das kurz aufgehörte, bevor der Alarm losging.

Lachend hielt sich Penelope die Ohren zu: »Na, davon wache ich bestimmt auf. Danke, Matt.« Sie legte eine Hand auf seinen Arm. Matt nahm sie und zog Penelope an sich. Seine Umarmungen waren stets wie ein klitzekleiner Kurzurlaub, in dem sie auftanken konnte. Wäre er nicht schwul, würde sie wahrscheinlich mit ihm zusammen sein und er wäre der Dad von Jona. Diese kuriose Vorstellung ließ sie lächeln. Aber so war er einfach der beste Freund auf der Welt. Und das war verdammt viel Wert.

»Es ist schön, dass du wieder lächeln kannst«, brummte er und räumte die Verpackung zurück in die Tüte. Penelope wollte schon fragen, wie es ihm ging und was sein Liebeskummer machte, aber ihr fehlte die Kraft dazu. »Und jetzt lassen wir euch allein«, sagte Georgia und zog Matt in den Flur. »Wenn du irgendwas brauchen solltest, du weißt, wie du mich erreichen kannst«, bot er an. Als Penelope nickte, versprach Matt, dass er anrufen würde. Bevor er gemeinsam mit Georgia das Haus verließ, wünschte er Penelope schöne Träume und eine gute Nacht.

Die konnte sie gut gebrauchen. Penelope atmete auf, als sie die Haustür schloss. Mit Jona auf dem Arm tigerte sie durch das kleine Häuschen, welches ihr auf einmal ruhig und leer vorkam. Doch nicht so still, dass es nicht in einer Ecke knarrte und in der anderen rauschte. Ein kleiner Teil von ihr bereute es, dass sie Kris vorerst nicht hier haben wollte. Aber sein Benehmen war einfach unterirdisch gewesen. Sie lehnte sich ans Bettende, hielt ihren Sohn im Arm und betrachtete ihn. Jona schaute sie aus seinen verschiedenfarbigen Augen an und es war, als ob er bis auf den Grund ihrer Seele blickte.

»Ja, mein Kleiner, ich war dir bisher keine tolle Mutter, aber das ändert sich jetzt. Ich habe endlich kapiert, worauf es ankommt.« Zärtlich strich sie über seine Wange und spürte die Weichheit seiner Haut.

»Ich liebe dich«, murmelte sie in sein Haar, während ihr erneut die Tränen liefen. »Jetzt fängt unser gemeinsames Leben richtig an.« Penelope wiegte Jona in ihren Armen, bis sich seine Augenlieder senkten und er eingeschlafen war. Und auch dann hielt sie ihn weiter und dachte an die Worte ihrer Tante, dass sie dieses besondere Leuchten hätte, das nicht ausgehen dürfe.

Leider hatte Bernadette in ihrem Brief nicht verraten, wie Penelope das anstellen sollte. Während sie Jona schlafend in sein Bettchen legte und sich auf ihrem ausstreckte, überlegte sie, dass wohl jeder Mensch seine eigene Art finden musste, mit dem Leben umzugehen. Zufrieden beobachtete Penelope das gleichmäßige Heben und Senken des Brustkorbs ihres Sohnes. Seine Nähe und leises Atmen sorgten dafür, dass sie langsam wegdämmerte. Und bevor sie gänzlich ins Traumland schwebte, dachte sie noch, dass Liebe ihr Licht am Leuchten hielt.

Siebenundzwanzig

CHANCEN

»Jetzt fahr doch schon!«, schimpfte sie und drückte ungeduldig auf die Hupe. Heute war wieder einer von diesen Tagen, an dem nichts richtig funktionierte. Am Morgen hatte es schon damit angefangen, dass sie Heilsalbe statt Zahnpasta auf die Zahnbürste schmierte und es erst merkte, als die Zahnbürste in ihrem Mund steckte. Als sie ihren Kaffee zur Hälfte getrunken hatte, fiel ihr ausgerechnet ihr Lieblingskaffeebecher runter. Und nun saß sie in ihrem Auto und befand sich auf dem Rückweg von dem Termin mit der Autofirma, bei der sie den Foodtruck kaufen wollte. Sie hatte sich solche Mühe gegeben, pünktlich zu sein, nur um zu erfahren, dass der Kaufvertrag noch nicht fertig war. Wozu gab es heutzutage moderne Kommunikationsmittel? Genervt fuhr sie zum Café. Oder besser gesagt: Sie bewegte sich im Tempo einer Schnecke. Der Verkehr in Chicago war mal wieder so zähflüssig wie Kleber.

Zähneknirschend suchte sie einen Radiosender, der fröhliche Musik spielte, statt in Dauerschleife Werbung und miese Nachrichten zu verbreiten. Dabei klimperte ihr Armband und sie schaute auf den kleinen Anhänger in Form eines J. Das Lächeln rutschte wie von selbst auf ihr Gesicht. Seit Tagen kam sich Penelope wie verzaubert vor, als hätte eine gute Fee eine große Portion Magie über sie rieseln lassen. Noch war nicht alles gut, die Dunkelheit lauerte noch auf sie. Und Penelope war sich darüber im Klaren, dass sie professionelle Hilfe brauchte, aber die ersten zaghaften Schritte waren gemacht. In einer Woche hatte sie ihre erste Sitzung bei Doktor Carter.

Mit etwas besserer Laune nahm sie den Verkehr einfach hin, sie war eh nicht in der Lage, daran was zu verändern, und fuhr durch den Stadtteil Chicagos, in dem sie seit drei Jahren lebte, arbeitete und wo sie sich verliebt hatte. Bei dem Gedanken zog sich ihr Magen schmerzhaft zusammen. Mit Kris war es im Grunde seit ihrer Schwangerschaft kompliziert, als ob sie auf einem Minenfeld umhertänzelte. Ihre Beziehung bestand nur noch aus Missverständnissen, falschen Erwartungen und neuerdings einer Aggressivität, die kaum auszuhalten war. Wenn sie Rot sagte, verstand er Grün. Erzählte er ihr etwas von Blau, dachte sie, er meinte eigentlich Lila. So ging das die ganze Zeit. Penelope fand das verdammt anstrengend und kräfteraubend. War ihre Beziehung überhaupt noch zu retten? Sie jedenfalls hatte keine Lust mehr darauf, sich zu verbiegen und ständig darauf zu hoffen, dass sie mal einen Tag nicht auf eine Miene oder ins Fettnäpfchen trat.

Im Radio lief endlich Musik. Janet Jackson sang ihren Song Accept me und Penelope trällerte laut mit.

Accept me for who I am
No woman can take my place baby
I'm doing the best I can
So please don't give up on me
Accept me for who I am
Just try and understand
'Cause that's the way it is, baby

In dem Moment fuhr sie an einer großen Tafel vorbei und las dort auch: Accept.

Tja, auf das Verständnis und die Akzeptanz von Kris konnte sie wohl lange warten. Aber das war auch eigentlich gar nicht die Frage, oder? Die Erkenntnis dämmerte in ihr. Wie konnte sie Akzeptanz erwarten, wenn sie sich selbst und ihr Leben mit allem und jedem darin nicht akzeptierte? Mit all den Schatten. Denn dort, wo es Schatten gab, existierte auch Licht. Was, wenn sie akzeptierte, dass sie keine Bilderbuchkindheit hatte? Was, wenn sie akzeptierte, dass sie selbst keine Bilderbuchmutter war und ihre Beziehung zu Kris nicht irgendeiner Liebesschnulze entsprach? Was dann? Könnte sie sich auf diese Weise vom Ballast befreien, den sie tagtäglich mit sich herumschleppte? Was, wenn sie akzeptierte, dass Trishas Tod ein gottverfluchter Unfall gewesen war? Könnte Tabea es dann auch irgendwann akzeptieren?

Penelope schüttelte den Kopf, so weit wollte sie gar nicht denken. Einen Schritt nach dem anderen. Die Erkenntnis war lediglich ein Anfang, keine Wunderpille. Trotzdem fühlte sie sich erleichtert, als ob sie eben zehn Kilometer mit einem schweren Rucksack gewandert wäre und ihn nun absetzen konnte.

Sie parkte ihr Auto, und als sie ausstieg, wehte eine sanfte Brise durch ihre Haare. Es war Herbst geworden, ein goldener Herbst, der noch nicht nach Winter roch. Ein Vogel zwitscherte sein Lied, vielleicht der Song seines Herzens.

Ich sollte mir auch eine Herzensmelodie suchen, dachte Penelope, als sie die Tür zum Café öffnete und sich schlagartig wie in einem Bienenstock fühlte.

»Und, alles klar?«, fragte Georgia, die ein Tablett an den nahezu voll besetzten Tischen vorbeibalancierte.

Penelope verzog den Mund und marschierte in ihr Büro. Kaum hatte sie sich an den Schreibtisch gesetzt und den PC hochgefahren, kam Georgia und servierte ihr eine Tasse Kaffee.

»Das ist jetzt genau das, was ich brauche. Danke. Woher wusstest du ...?«, fragte sie und tippte ihr Passwort in den Computer.

»Na ja, da du weder nach links noch rechts geschaut hast, sondern schnurstracks mit diesem starren Blick, den du immer hast, wenn dich etwas nervt, in dein Büro gegangen bist, war mir klar, dass etwas nicht funktioniert hat. Und gegen schlechte Nachrichten hilft am besten eine schöne Tasse Kaffee mit Macadamia-Sirup und aufgeschlagener Hafermilch.«

»Hafermilch?«, fragte Penelope ungläubig.

»Ja, ich weiß. Aber probiere doch mal! Kuhmilch ist nicht das Nonplusultra.«

Georgia übte offenbar schon für das vegane Angebot im Foodtruck. Penelope hoffte, dass es bald so weit sein würde.

»Mmh, lecker!«, sagte sie und meinte es auch so. »Nur ich fürchte, du musst dich noch ein bisschen gedulden.« Penelope berichtete ihr vom unfertigen Kaufvertrag, versicherte aber, dass sie dranbleiben würde.

»Okay, das ist zwar doof, aber dann bleibt mir mehr Zeit, um alles perfekt vorzubereiten.«

»Das mag ich so an dir.« Penelope lehnte sich zurück und nahm einen zweiten Schluck des wirklich köstlichen Kaffees. »Du hast eine Gabe, dich spontan auf neue Situationen einzustellen und Perspektiven nicht nur zu sehen, sondern auch umzusetzen. Das ist toll!« Georgias Wangen färbten sich rosa. Sie konnte nicht gut mit Komplimenten umgehen. Aber ehrlich, welche Frau konnte das schon?

»Dürfte ich etwas vorschlagen?«, fragte sie und knetete ihre Hände, als wären sie frischer Brotteig.

»Aber sicher. Worum geht es?«, erkundigte sich Penelope und beugte sich etwas vor.

»Also, na ja«, stotterte Georgia und pulte nervös an ihrem Daumennagel.

»Egal was es ist, wenn du es mir nicht sagst, kann ich

nicht wissen, ob dein Vorschlag gut ist«, machte Penelope ihr Mut.

»Stimmt.« Georgia holte tief Luft. »Ich wüsste eventuell jemanden für die freie Kellnerstelle.«

»Äh, okay. Das ist prima. Und wen?«, wollte Penelope wissen, die keine Ahnung hatte, weshalb Georgia daraus so ein Drama machte.

»Ja, genau das ist der Haken.« Georgia steckte ihre Hände in die Hosentaschen und grinste. »Aber da du ja eine Meisterin darin bist, Chancen zu erkennen, ist es vielleicht gar kein Problem.«

»Aha! Und?«

»Also, er kommt von der Straße. Aber er ist gepflegt, zuverlässig und liebenswert. Pen, er braucht nur eine Chance wie ich damals.«

»Hm«, machte Penelope und sah, wie Georgia den Blick senkte. »Wie heißt er denn?«

»Carlos da Santos.«

»Das ist ja ein klangvoller Name«, sagte Penelope und beobachtete, wie sie Georgia mit ihrer Bemerkung zum Lächeln brachte.

»Ja, das stimmt. Und so klangvoll wie sein Name ist auch sein Innerstes. Und nicht nur das«, beeilte sie sich zu sagen, als sie bemerkte, dass Penelope sie fragend ansah. »Seine fachlichen Qualifikationen sind auch nicht ohne. Vor seinem Absturz war er Oberkellner in einem Nobelrestaurant in New York.«

»Und was hat ihn dann nach Chicago verschlagen?«

»Das Übliche.« Georgia winkte ab. »Seine Tochter war sehr krank. Erst gab es Hoffnung, doch dann verschlechterte sich ihr Zustand und sie starb. Seine Frau verließ ihn kurze Zeit später für einen anderen und er meinte, dass er seine Sorgen und seinen Kummer in Alkohol ertränken müsste. Als ihm dann alles egal wurde, verlor er seinen Job, konnte seine Wohnung nicht mehr bezahlen und schließlich landete er auf der Straße. Mit seinem letzten Geld kaufte er sich ein Zugticket, um einen Verwandten zu besuchen und ihn um Hilfe zu bitten. Tja, Hilfe bekam er nicht. Und seitdem wohnt er auf den Straßen von Chicago, wo ich ihn auch kennenlernte. Keine Sorge, ich weiß, was du fragen willst.« Überrascht schaute Penelope Georgia an. Sie war eigentlich mit ihren Gedanken ganz woanders gewesen. Wie hätte sie reagiert, wenn Jona wirklich gestorben wäre? Welche Entscheidungen hätte sie getroffen? Es konnte im Eiltempo bergab gehen, dass man quasi von einem miesen Tag auf den anderen unter einer Brücke schlafen musste.

»Er rührt schon seit Jahren keinen Tropfen Alkohol mehr an«, fuhr Georgia fort und holte Penelope aus ihren Gedanken.

»Dann bring ihn mit und wir gucken, ob es passt. Er bekommt sein Vorstellungsgespräch wie alle anderen Kandidaten auch. Okay?« Penelope deutete auf den Stapel Bewerbungen.

»Danke, du bist die Beste.« Georgia strahlte glücklich und Penelope fragte sich, ob da nicht mehr dahintersteckte als der bloße Gefallen für einen Freund.

»So, ich muss weiterarbeiten. Meine Chefin ist unerbittlich.« Georgia zwinkerte ihr zu und wollte gerade die Tür schließen, als Juan ins Büro kam.

»¡Hola, guapa!«

»Alter Charmeur!« Penelope schmunzelte. »Was kann ich für dich tun?«

»Frage dich nicht, was du für deinen Koch tun kannst, sondern dein Koch für dich«, erwiderte Juan und hielt ihr einen Teller hin. »Du hast diese Aura, die vom Hunger kommt. Iss und dir geht es besser!«

Und tatsächlich vermeldete ihr Bauch ein Grummeln, als ihr der Duft des Grillgemüses auf dem Sandwich in die Nase stieg. Genussvoll biss sie hinein und nickte verzückt. Die Mischung aus würzigem Gemüse und einer Creme, die die Geschmacksknospen sanft stimulierte, war köstlich. Sie hob den Daumen und kaute genüsslich.

»Das müssen wir unbedingt im Foodtruck anbieten!«

»Klar! Wenn es dir schmeckt, dann auch den Leuten da draußen.« Juan tippte sich an die Stirn und verließ ihr Büro.

Penelope lächelte und verschlang hungrig das Sandwich. Juan würde mit Georgia ein gutes Team abgeben, jetzt musste nur noch der Deal mit dem Truckverkäufer klappen. Seufzend ging sie die Post durch, dann den E-Mail-Eingang sowie diverse Rechnungen und Angebote. Dann widmete sie sich den Bewerbungen. Sie musste dringend eine Vorauswahl treffen, damit die Vorstellungsgespräche beginnen konnten. Doch so richtig konzentrieren konnte sich Penelope nicht, denn sie vermisste ihren Sohn. Jonathan huschte permanent durch ihre Gedanken, was sich nach all den Wochen der Leere ungewohnt und dennoch großartig anfühlte. Irgendwie kam es ihr so vor, als ob erst jetzt die Liebe zu ihrem Sohn wirklich Platz hatte zu wachsen – wie ein zartes Pflänzchen, das endlich genug Licht bekam. Manchmal sah sie Jona einfach nur an und staunte, dass dieser perfekte Mensch in ihr entstanden war. Es hatte lange gedauert, aber jetzt kam sie langsam im echten Muttersein an. War sie getrennt von ihm, fehlte ihr etwas, das sich fast so anfühlte, als wäre ihr ein wichtiges Körperteil abhandengekommen. Schnell checkte sie die aktuellen E-Mails, beantwortete die Frage eines Händlers und fuhr dann den PC herunter. Die Bewerbungen konnte sie auch zu Hause prüfen. Sie würde zu Fuß gehen, um wenigstens ein bisschen Bewegung für heute zu haben. Auf dem Weg durch das Café nahm sie sich vier Stücke von dem gefüllten Zitronenkuchen aus der Vitrine, die sie George und Maria mitbringen wollte. Die beiden betreuten Jona jetzt regelmäßig, wenn Penelope zu tun hatte oder einfach mal ihre Ruhe brauchte.

Gedanklich schon bei ihrem Sohn, trat sie auf die Straße und lenkte ihre Schritte heimwärts. Sie spürte, wie die Sonnenstrahlen auf ihrer Haut tanzten. Noch hatten sie Kraft, aber es würde nicht mehr lange dauern, da würde der Herbst anklopfen. Ein rotes Auto fuhr vorbei und der Insasse pfiff ihr hinterher. Auch wenn sie das nervte, fühlte sie sich insgeheim geschmeichelt. Mit einem kleinen Lächeln ging sie weiter. Im nächsten Moment legte sich plötzlich eine Hand von hinten auf ihre Schulter. Sie hielt erschrocken die Luft an, als sie ein Keuchen hörte.

Achtundzwanzig

SCHATTEN

Ihr Gehirn schaltete auf Automodus. Blitzschnell streifte sie die Hand von ihrer Schulter, drehte sie sich um und streckte ihre Faust nach vorn. Eine Millisekunde später bemerkte sie, wer vor ihr stand oder vielmehr schwankte.

»O Gott! Ed, du bist es? Warum sagst du denn nichts? Komm mit rein, ich gebe dir was zum Kühlen. Woher kommst du denn? Ach, willkommen zu Hause!«, plapperte sie drauflos und drückte den verdatterten Ed an sich. Er war nach Bernadettes Tod auf Reisen gegangen und hatte ihr Postkarten aus Rom, Florenz und der Toskana, Berlin, Paris und der Provence, Amsterdam. Stockholm, Göteborg, Peru, vom Zuckerhut, der Panamerika und den Hobbit-Höhlen in Neuseeland geschickt. Er hatte quasi seine Trauer mit auf Weltreise genommen. Jetzt war er wieder da.

»Ich habe dich angerufen, bin aber nicht durchgekommen. Deshalb dachte ich, dich vielleicht hier im Café zu finden«, erklärte Ed und rieb sich die Wange. »Auf diese originelle Art und Weise wurde ich noch nie begrüßt.« Er zog einen Mundwinkel hoch für ein schiefes Grinsen. »Du hast einen ganz ordentlichen Schlag drauf, meine Liebe.«

»Es tut mir so leid.« Penelope zog ihn fester in die Arme. »Ich muss jetzt nach Hause, sonst würde ich dich auf ein großes Stück Kuchen einladen.« Sie schaute auf die Tüte in ihrer Hand. »Aber komm doch einfach mit. Da ist schließlich noch jemand, denn du kennenlernen solltest.«

»Du meinst ...«

Sie wusste nicht gleich, was er meinte. Erst dachte sie an Jonathan, aber dann wurde Penelope klar, warum Ed so seltsam reagierte.

»Du wohnst jetzt in Bernadettes Haus, oder?«

»Ja, aber ...«

»Nein, das kann ich nicht.« Ed strich hektisch über seinen Schnurrbart, als wollte er sich selbst beruhigen. »Noch nicht«, fügte er leise hinzu.

»Oh, klar. Seit Bernadette gegangen ist, warst du ja nicht dort.«

»Danke für dein Verständnis.« Ed nahm die Hand von seinem Schnurrbart und schaute Penelope an. »Weißt du, meine Reise war toll. Ich habe viel gesehen und erlebt. Und so manche Dame hatte es auf mich abgesehen, aber Bernadette war immer bei mir. Ganz tief hier drinnen.« Er klopfte sich energisch auf die Brust und lächelte wehmütig. »Ich habe versucht, alles mit ihren Augen und aus ihrer Perspektive zu sehen und zu erleben. Du weißt, dass wir diese Reise eigentlich gemeinsam unternehmen wollten. Als ich dann ihre Asche über dem Meer ausschüttete, war es, als würde auch ein Teil von mir mit ihr fliegen.«

Seine schmalen Schultern zuckten. Penelope legte ihren Arm darum und ließ Ed weinen. Nicht nur sie hatte eine harte Zeit durchgemacht.

»Danke«, schniefte Ed, putze sich schnaubend die Nase, griff in seine Jackentasche und zog eine längliche Schachtel mit seinen Lieblingszigarillos hervor. Er öffnete sie, zog einen heraus, hielt ihn sich unter die Nase und schnupperte genüsslich daran, bevor er ein Zippo-Gasfeuerzeug klickend betätige und den Zigarillo anzündete.

Penelope hustete, als sie den kratzigen Rauch einatmete, und trat einen Schritt zurück. Sie fand, dass diese Dinger einfach nur furchtbar stanken, und verstand nicht, warum sich das jemand freiwillig antat. Jedoch wäre sie nie auf die Idee gekommen, Ed es zu untersagen.

»Ja, ich weiß ... lästige Angewohnheit«, sagte er entschuldigend. »Vielleicht schaffe ich es, irgendwann damit aufzuhören.«

Penelope hoffte es, glaubte aber nicht daran.

»So, ich halte dich nicht länger auf«, meinte Ed und schob die Zigarillo-Schachtel zurück in die Jackentasche.

»Tust du nicht. Ich freue mich, dich zu sehen. Du hast mir gefehlt.« Auch wenn es eine Zeit lang anders gewesen war, jetzt meinte Penelope es so. Sie schmunzelte, als sie daran dachte, was er alles angestellt hatte, um in der Nähe ihrer Tante zu sein und ihnen damit das Leben schwermachte. Am Anfang hatte sie ihn für einen arroganten und kaltherzigen Schnösel gehalten, doch das war lange her.

»Ich habe dich auch vermisst, meine Kleine.«

»Und du willst wirklich nicht mitkommen?«, fragte Penelope erneut, obwohl sie die Antwort kannte.

»Nein.« Ed schüttelte den Kopf. »Aber wir können uns gern die Tage im Park oder am See treffen. Oder ihr kommt zu mir«, schlug er vor.

»Gute Idee, ich ruf dich an.« Penelope drückte ihm ein Küsschen auf die Wange und schaute Ed nach, wie er die Straße hinablief. Sie freute sich ehrlich, dass er wieder da war.

Auf dem Weg nach Hause überlegte sie, was sie mit Ed unternehmen konnte. Der Park, der See – beides waren Orte, die sie mit schlechten Erinnerungen verband. Aber vielleicht war es an der Zeit neue, schöne Erinnerungen zu gestalten.

Als sie die Hausschlüssel aus ihrer Handtasche holte und die Veranda betrat, stutzte sie. Dort lag ein überdimensionaler Blumenstrauß. Wie ein leuchtender Farbklecks prangte er auf der weißen Terrasse. Hatte Ed den hier platziert? Oder Logan? Sie schielte zum Nachbarhaus, Jona musste noch eine Minute warten. Neugierig schob Penelope ihre Finger zwischen die Blumen und fand, wonach sie suchte. Da steckte eine Karte.

Komm rein und du findest mehr heraus.

Die Buchstaben waren maschinell geschrieben, aber die Nachricht konnte nur von Kris sein. Oder?

Langsam öffnete Penelope die Haustür, die unangenehm quietschte. Sie musste die Scharniere unbedingt ölen. Um nicht selbst zu quietschen, drückte sie sich eine Hand auf den Mund. Vor ihr schlängelte sich eine breite Spur aus Blumen und Papierherzen, zwischendrin lag eine weitere Karte auf dem Boden.

Folge der Spur und drehe jedes große Herz um.

Direkt vor ihr lag ein ziemlich großes.

Du bist das Größte in meinem Leben, las sie und schluckte.

Ohne dich schlägt mein Herz nicht, wie es soll, stand auf dem zweiten. Die Blumen verströmten ihren lieblichen Duft, einen Augenblick lang hielt sie inne und ließ alles auf sich wirken. Langsam trat sie zum nächsten Herz und überlegte, ob das hier romantisch oder kitschig war. Sie fühlte sich wie die Protagonistin in einem schnulzigen Liebesfilm, die gleich in die Arme ihres sexy Superhelden sank. Wollte sie das? Na ja, jemand hatte sich viel Mühe gegeben, es wäre unfair, nicht mitzuspielen. Also griff sie nach dem letzten Herz und erwartete schon fast, dass diese Szene von einer dramatischen Melodie unterlegt wurde.

Du bist das Licht, das die Dunkelheit in meinem Leben vertreibt.
Lass es bitte wieder hell werden. Ich liebe dich.

Seufzend drückte Penelope ihre Hand samt Papierherz an die Brust. Ja, sie liebte ihn auch. Sie hatte nie aufgehört, ihn zu lieben. Ihre Gefühle waren nur überdeckt worden. Langsam ging sie weiter bis zum Esszimmer. Auf dem Tisch stand ein Teller, daneben lag Besteck. Kerzen standen angezündet in ihren silbernen Haltern, eine weiße Stoffserviette mit einem gold-glänzenden Ring lag neben dem Teller. Sie trat an den Tisch heran, nahm eine dunkelrote, beinahe schwarze Rose in die Hand und roch daran.

»Autsch!«, entfuhr es ihr, als sie sich an einem Dorn pikte.

»Manche Dinge ändern sich nie«, hörte sie Kris, der aus dem Schatten trat. Vorsichtig nahm er ihre Hand und gab auf den Finger einen sanften Kuss. Als seine Lippen ihre Haut berührten, kribbelte die Stelle.

»Du kannst die Rose nicht lieben, wenn du ihre Dornen verdammst. Denn sie gehören zu ihr«, sagte er mit tiefer Stimme und sah ihr in die Augen. Verdammt, was machte er da? In den vergangenen Tagen und vor allem Nächten hatte sie nur daran gedacht, wie sie Kris ihre ganze Wut an den hübschen Kopf werfen und ihm lauthals mitteilen würde, wie verletzt sie war. Doch jetzt war sie nahe dran, ihm die Klamotten vom Leib zu reißen.

Beides klappte nicht. Stattdessen stand sie einfach nur da, während er sich eine weiße Serviette über den Arm legte, einen Stuhl zurückzog und sie bat, darauf Platz zu nehmen.

»Mylady, darf ich servieren?«, fragte er und legte seinen braun gelockten Wuschelkopf schief.

Penelope wollte sich schon setzen, fuhr dann aber wieder hoch. »Ich muss Jona abholen.«

»Das ist geregelt«, beruhigte er sie. »Es sei denn, du willst das hier nicht.«

Ja, das war die Frage. Penelope setzte sich wieder. Kris

schenkte ihr ein Lächeln, das sie so sehr vermisst hatte. Ihr wurde warm im Bauch von dem Versprechen, das darin lag. Sie nahm das Glas vom Tisch und trank einen großen Schluck gut gekühlten Weißwein. Die Aromen nach Pfirsich und Muskatnuss tanzten auf ihrer Zunge.

»Darf ich dir die Vorspeise bringen?«

»Ich bitte darum!«, auch wenn in ihrem Bauch bestimmt kein Platz dafür war vor lauter freudiger Aufregung.

Kris kam mit zwei Tellern wieder. »Darf ich mich zu dir setzen?«

»Gern«, antwortete sie und dachte: Du solltest es zulassen!

»Vielen Dank.«

Er setzte sich und stellte einen Teller vor Penelope ab. Neugierig betrachtete sie, was sich darauf befand. Es waren mehrere Vorspeisen appetitlich darauf drapiert, unter anderem eingelegte Tomaten, Zucchini, Aubergine, dazu Büffelmozzarella und etwas, das aussah wie ein Stück Lasagne. Penelope probierte, es schmeckte köstlich.

Schweigen senkte sich wie eine Decke über sie. Irgendwie wollte kein Gespräch aufkommen, aber das war im Moment auch nicht nötig. Sie genoss das Essen und Kris' Anwesenheit. Ihr fiel auf, wie sehr sie ihn vermisste. Doch die Zeit der Trennung war wichtig gewesen, offenbar nicht nur für Penelope.

»Bereit für den zweiten Gang?«, fragte Kris, nachdem er ihr Glas aufgefüllt hatte.

»Kommt drauf an, was du servierst«, erwiderte sie kokett und nahm das Glas in die Hand. Der Wein entspannte sie. Penelope entschied, den Abend und alles, was Kris sich ausgedacht hatte, auf sie zukommen zu lassen.

»Lass dich überraschen!«, konterte er und räumte die Teller ab. »Erkennst du den Wein?«

Stutzig ließ Penelope den eben getrunkenen Schluck in ihrem Mund kreisen. Ja, der Geschmack erinnerte sie an etwas. An Sonne auf ihrer Haut. An Sand unter ihren Fußsohlen. An wohliges Lachen, gut schmeckende Küsse und zerwühlte Bettlaken. Ein Lächeln breitete sich auf ihrem

Gesicht aus und die Schmetterlinge in ihrem Bauch erwachten.

»Unser erstes Picknick am Strand«, bestätigte Kris, der den zweiten Gang servierte.

»Das war ein sehr schöner Tag«, schwärmte Penelope.

»Ja, das stimmt. Und ich freue mich auf viele weitere Tage, die wir am Strand verbringen.«

Penelope stellte sich vor, wie sie mit Jona im Sand spielten, wie Kris sie in der Sonne küsste. Es gab noch so vieles, was sie gemeinsam, als Familie, entdecken konnten.

Sanft nahm er ihre Hand, seine Finger verschränkten sich mit ihren, und ganz behutsam streichelte sein Daumen über ihre Haut. Penelope blickte auf ihre Hände und auf einmal machte es klick und sie verstand, worauf es ankam. Es war wichtig, dass sie ihre Probleme lösten, sich von den Stromschnellen des Lebens nicht irreleiten ließen, sondern an den Herausforderungen und Krisen wuchsen. Davonlaufen und so tun, als hörte und sah man nichts, war nicht nur auf die Dauer langweilig, sondern auch feige. Davon hatte sie genug. Mutig reckte sie ihr Kinn, um sich dem allem zu stellen. Doch gerade in dem Augenblick entzog ihr Kris seine Hand.

»Ich hole mal den Hauptgang. Bin gleich wieder da.«

Obwohl es nur ein paar Meter waren, die er sich von ihr entfernte, und sie ihn sogar dabei beobachten konnte, wie er an dem leuchtend roten Küchenblock stand und am Herd mit Töpfen und Pfannen hantierte, fehlte er ihr. Die Atmosphäre im Haus war eine ganz andere, wenn Kris hier war. Als wäre er der Schwerpunkt, der alles zusammenhielt.

Sie setzte das Glas an ihre Lippen und trank es aus. Der Alkohol beruhigte ihre flatternden Nerven. Herrje, was war nur los mit ihr? Sie fühlte sich wie ein verknallter Teenager.

»Lass es dir schmecken!«, hörte sie und lächelte erwartungsvoll, als Kris einen tiefen Teller mit schwarzen Bandnudeln und orangefarbenem Lachs in einer cremigen Soße vor ihr abstellte. Der verführerische Duft des Essens weckte ihren Appetit.

Sie drehte einen Teil der Pasta um ihre Gabel und schob sie in ihren Mund. Mit geschlossenen Augen kaute sie und seufzte. »Ist das lecker!« Gierig aß Penelope weiter, bis sie merkte, dass Kris sie beobachtete.

»Was ist, habe ich eine Nudel irgendwo?«

»Nein, alles gut.« Kris lächelte zufrieden. »Eine Sache, die ich an dir liebe, ist deine genießerische Art, nicht nur beim Essen, sondern wie du dein gesamtes Leben angehst«, klärte er sie auf. »Das ist toll. Da draußen gibt es genügend, die ihre wahren Gefühle immer verschließen und meinen, dass dies so sein muss. Bei dir ist das anders und das ist gut so«, beschloss er. »Das hat mir so gefehlt. Ich freue mich, dass du wieder genießen kannst. Die alte Pen ist zurück, oder?«

»Ja, aber …« Kris schob seine Finger in ihre Locken und kraulte ihren Hinterkopf. Sofort liefen wohlige Schauer über Penelopes Rücken. Für eine kleine Ewigkeit ließ sie ihren Kopf dort, wo er war. »Ich hoffe es«, flüsterte sie. »Bei unserem Sohn habe ich mir viel Zeit gelassen«, murmelte sie schuldbewusst. »Und nicht nur bei ihm.«

»Aber du hast gekämpft – wogegen auch immer. Auch wenn ich kaum nachvollziehen kann, wie es dir ging, möchte ich es verstehen. Deshalb hoffe ich, dass du mich nicht wieder ausschließt. Doch noch viel wichtiger ist, dass du unseren Sohn lieben kannst, dich um ihn sorgst und er jetzt die beste Mutter hat, die er sich wünschen kann.«

Wow! Wann war Kris so verdammt schlau geworden? Oder war er es schon immer gewesen und sie hatte es bloß nicht mehr wahrgenommen? So musste es sein. Schließlich arbeitete er mit Kindern. Als Lehrer musste Kris tagtäglich Empathie entwickeln, um zu verstehen, was in seinen Schülern vorging. Nur so konnte er ein guter Lehrer sein, und das war er zweifelsohne. Und deshalb hatte er auch längst verstanden, was mit Penelope nicht stimmte.

Ich hätte mit ihm darüber reden sollen, von Anfang an, dachte sie und bereute es, Kris so lange Zeit von sich weggestoßen zu haben. Und plötzlich tauchten vor ihrem inneren

Auge die Zeilen aus Bernadettes Brief auf, in denen es um das Akzeptieren der Vergangenheit ging, und dass es wichtig war, sich auf die Gegenwart zu konzentrieren.

»Danke«, sagte sie, weil ihr nichts Besseres einfiel. »Nutzen und genießen wir die Gegenwart!«

»Genießen ist ein gutes Stichwort. Lust auf Nachtisch?«

Als Penelope seine Grübchen sah, kribbelte es in ihrem Unterleib. Ja, sie hatte Lust, wenngleich auf einen anderen Nachtisch. Aber konnten sie jetzt einfach da weitermachen, wo sie vor so vielen Monaten aufgehört hatten?

Kris ging beladen in die Küche und kam mit zwei Gläsern wieder. Eines davon stellte er vor Penelope.

»Was ist das?«, erkundigte sie sich.

»Das«, er zeigte auf die weiße Schicht, »ist Joghurt-Mousse.« Dann deutete er auf die dunkle Schicht. »Das ist Schokoladen-Mousse und das hellbraune dazwischen ist Nougatmousse. Weiß steht für dich, schwarz für mich und Nougat dürfte klar sein.«

Spätestens jetzt verliebte sich Penelope ein zweites Mal in diesen tollen Mann, der nicht nur ein guter Lehrer, ein hervorragender Koch und liebevoller Vater war. Er konnte sie auch verstehen und zudem ein kleiner Philosoph sein.

»Die Himbeersoße dazwischen symbolisiert unser Blut, das sich in Jona vereint«, fügte er hinzu und Penelope war drauf und dran, den Löffel beiseitezulegen und Kris hingebungsvoll zu küssen. Doch er hatte sich solche Mühe gegeben, dass sie wenigstens probieren wollte. Also tunkte sie den Löffel in das Dessert und gab sich Mühe, alle drei Schichten zu erwischen. Es schmeckte göttlich. Irgendwo hatte sie mal gelesen, dass Stressed rückwärts gelesen Desserts ergab. Als sie den Löffel ableckte, wurde ihr klar, dass mit einer süßen Köstlichkeit vielleicht nicht jedes Problem gelöst werden konnte, aber der Stress hatte definitiv keine Chance. Entspannt schloss Penelope ihre Augen, als sie die zweite Ladung in ihrem Mund schob. »Das ist sooo gut!«

»Nur gut?«, hakte Kris nach und grinste.

»Nein, es ist perfekt. So wie der ganze Abend. Danke.« Sie stützte den Kopf in ihre Hände und sah Kris an, der sich jetzt verlegen am Kinn kratzte.

»Weißt du, mir war lange Zeit nicht klar, was du durchmachst. Ich bin immer davon ausgegangen, dass Mutterliebe einfach so kommt. Hinzu kam die Sache mit Trisha und meine Schwester, der es immer noch furchtbar geht. Wir haben beide viel durchgemacht, was aber nicht bedeutet, dass es okay war, wie ich mich verhalten habe. Ich hätte zu dir stehen müssen, statt mich abzuwenden. Dafür entschuldige ich mich aufrichtig.«

Penelope wollte etwas erwidern, doch Kris stoppte sie. »Lass mich bitte ausreden! Während meines Studiums habe ich ein paar Semester Psychologie belegt, nur leider wurde da nicht die postnatale Depression behandelt, obwohl das Thema so unfassbar wichtig ist. Weil ich verstehen wollte, wie es dir geht, habe ich mir neue Fachliteratur besorgt und recherchiert. Und was soll ich sagen? Es gibt weltweit nicht gerade wenige Frauen, denen es kaum möglich ist, Gefühle für ihre Kinder zu entwickeln. Die Gründe sind durchaus verschieden, aber eines ist immer gleich: Die große Scham, die Stigmatisierung, der Selbsthass. An jeder Ecke findet man unzählige Ratgeber für glückliche Mütter, die alles richtig machen wollen. Aber es hat lange gedauert, bis ich Bücher fand, die sich mit der Schattenseite befassen, mit jenen Frauen, die weder von der Gesellschaft noch von ihren Partnern akzeptiert werden.« Kris nahm ihre Hand und drückte sie. »Pen, du musst dich so furchtbar allein gefühlt haben. Und ich war nicht für dich da, als du mich am meisten gebraucht hast.«

Penelope kippte den Limoncello, den Kris zum Nachtisch serviert hatte, in einem Zug hinter. Der Kloß in ihrem Hals wurde kleiner. Sie war nicht länger allein. Kris hatte ihr Gefühlschaos treffend beschrieben.

»Weißt du, ich wollte es so sehr, aber da war nur noch Leere in mir. Immer wenn ich Jona in meinen Armen hielt, fühlte er sich wie ein Fremdkörper an, wie eine Last. Es zerriss mir das Herz. Du hast recht, in Büchern und auch Filmen oder den sozialen Netzwerken wird immer nur über glückliche Mütter und strahlende Babys berichtet. Bei mir war alles schwarz und ich fragte mich in Dauerschleife, ob die alle nach einem Drehbuch leben und woher sie wissen, wie es funktioniert. Warum zeigt niemand die überforderte, von Schlafmangel gezeichnete Mutter? Wieso immer nur die perfekte, goldglänzende Seite? Das machte mich echt fertig und setzte mich so unter Druck, dass ich noch tiefer in mein Loch fiel.«

»Und du musstest dich ganz allein da rauskämpfen.« Kris drückte immer noch ihre Hand und Penelope konnte kaum glauben, dass sie endlich mit ihm darüber sprechen konnte. Es tat so gut!

»Wollen wir Jona zu uns holen?«, fragte sie und wischte ihre Tränen weg, die schon wieder liefen. Aber heute fühlten sie sich richtig an, sie hatten eine reinigende Wirkung.

»Das wollte ich auch gerade fragen.« Kris schaute auf das Chaos in der Küche.

»Komm!« Penelope blies die Kerzen aus und nahm seine Hand. »Aufräumen können wir auch noch später. Alles, was wirklich zählt, ist nebenan und wartet auf uns.«

Gemeinsam traten sie auf die Veranda, wo immer noch der Blumenstrauß lag. Ein kühler Herbstwind zupfte an den Blüten. Penelope würde den Strauß später in einer Vase stellen, doch jetzt wollte sie nur eins: Ihr Kind nach Hause holen, damit sie endlich eine Familie sein konnten.

»Ah, da seid ihr ja!« Maria empfing sie mit einem warmen Lächeln. Sie kommentierte nicht, dass Kris an Penelopes Seite stand. Weder Maria noch George mischten sich ein, sie waren einfach nur da, worüber Penelope außerordentlich dankbar war.

»So, hier kommt der kleine Prinz. Frisch gewickelt und im Schlafanzug.« George überreichte Penelope ihren Sohn, die sofort ihre Nase an seinen Kopf senkte und den vertrauten

Babygeruch einsog. Noch vor Kurzem hatte sie sich gefragt, warum Mütter das machten. Jetzt wusste sie es.

»Danke. Was würden wir nur ohne euch machen?«, sagte Kris und legte einen Arm um Penelope.

»Dann hättet ihr jemand anderen«, erwiderte George und lachte.

»Jedenfalls seid ihr Supergroßeltern«, meinte Penelope und stellte zufrieden fest, dass ihre Bemerkung auf offene Herzen stieß.

»Wir sind gern für euch da. Der kleine Sonnenschein bringt hier frischen Wind rein«, entgegnete Maria. Und wie zum Beweis riss Jona seinen Mund weit auf, präsentierte seine ersten Zähnchen und gähnte. Die vergangenen Nächte waren auch für ihn nicht gerade entspannt gewesen.

»Da ist jemand müde, wir bringen ihn besser ins Bettchen. Danke noch mal«, sagte Kris und nahm seinen Sohn. Penelope ließ es geschehen und wunderte sich, wie normal plötzlich ihr Leben war.

»Bis bald, und habt einen schönen Abend. Ich hoffe, er lässt euch schlafen«, verabschiedeten sich die Nachbarn und winkten.

Als sie zu dritt ins Haus traten, entstand in Penelope ein heimeliges Gefühl. Sie schaute erst zu Jona, der schon wieder die Hälfte seiner Hand in den Mund geschoben hatte und darauf herumkaute, als sei sie ein Steak, und dann zu Kris. Ja, das war ihre Familie. Das war es, was sie wollte.

»Leg du den Kleinen hin, ich räume hier noch die Reste auf und gehe dann.«

Wie, er wollte gehen? Jetzt?!

»Lass das Chaos einfachen stehen«, sagte sie und überraschte sich damit selbst. Normalerweise konnte sie es nicht leiden, wenn sie morgens in eine dreckige Küche kam. Aber normal war in ihrem Leben doch schon lange nichts mehr. Momentan dachte sie nicht an morgen, sondern wollte nur im Hier und Jetzt leben, genießen und lieben. Deswegen nahm sie Kris an der Hand, ging mit ihm ins Schlafzimmer und legte sich aufs Bett. Verlegen schaute sich Kris um, als wartete er auf irgendetwas.

»Na komm!«, einladend streckte Penelope ihm die Hand hin, er nahm sie und Penelope freute sich, als er ihrer Einladung folgte, sich neben ihr niederließ und ihren Sohn zwischen sie legte. So wurde Jonathan umschlossen von seinen Eltern und der Liebe zu ihm. Sie dimmten das Licht und schauten ihrem Sohn beim Einschlafen zu. Kris tastete nach ihrer Hand, Penelope ließ es geschehen und ihre Finger verschränkten sich ineinander. Sanft fuhr er mit seinem Daumen über ihren Handrücken und gemeinsam lauschten sie den gleichmäßigen Atemzügen ihres Sohnes. Penelope bemerkte, wie ihr die Augen zufielen und sie langsam ins Traumland glitt. Dabei fühlte sie sich geborgen, wie schon lange nicht mehr.

Neunundzwanzig

FAMILIE

Als sie aufwachte, hörte sie die Vögel zwitschern. Das Zimmer wurde vom Sonnenlicht durchflutet. Sie reckte und streckte sich genüsslich und wollte sich gerade noch einmal rumdrehen, als ihr etwas auffiel. Wo war Jona? Er lag nicht mehr neben ihr. Schnell schaute sie in seinem Bett nach, da lag er auch nicht. Hatte Kris ihn etwa mitgenommen? War das sein Plan gewesen? Penelopes Ängste nahmen Fahrt auf, schleuderten über ihre Gedankenautobahn und reihten sich ein in wirre Vermutungen und wilde Theorien. Sie musste Kris anrufen und danach die Polizei.

»Hat hier jemand Lust auf Frühstück?« Ein türkisfarbenes Tablett schob sich in ihr Sichtfeld. Gott, ich bin völlig hysterisch!, dachte sie und wollte aus dem Bett springen, um ihm zu helfen.

»Du bleibst genau da, wo du bist!«, sagte Kris streng und stellte das Tablett vor ihr ab.

»Aber ich muss doch ...«

»Du musst gar nichts.« Er drückte sie ins Kissen zurück. »Alles schon erledigt. Jonathan ist gewickelt und satt. Die Küche glänzt und ich gehe mit dem Kleinen gleich eine Runde im Park spazieren. Ruh du dich ein bisschen aus und probiere die Pfannkuchen!«, schlug er vor, winkte und verschwand.

»Aye, Captain!«, rief ihm Penelope hinterher und wusste, dass er im Gehen grinste. Obwohl letzte Nacht überhaupt nichts Körperliches zwischen ihnen abgelaufen war, hatte sich alles verändern. Penelope spürte wieder die alte Vertrautheit zwischen ihnen und fühlte sich Kris endlich wieder nahe. Nicht nur körperlich, vor allem seelisch. Und das gefiel ihr. Sie griff nach ihrer Lieblingstasse mit den Sternen, trank einen Schluck Kaffee und kostete von den Pancakes. Es war schon so eine Sache mit dem Leben. Manchmal überrollte es einen regelrecht wie ein Tsunami, aber dann kam von irgendwoher ein Rettungsring angeflogen, an dem man sich wieder hochzog, das Wasser abschüttelte und weitermachte. Und hier saß sie nun, auf ihren Beinen thronte ein Tablett mit Blaubeerpfannkuchen, das waren ihre liebsten. Kris hatte sich enorm viel Mühe gegeben. Anscheinend waren seine Worte gestern Abend nicht nur leere Phrasen gewesen. Sie musste lernen, ihm wieder zu vertrauen. Und das gelang besser mit vollem Magen. Auf den Pancakes schmolz die Butter, sie dufteten himmlisch. Penelope konnte nicht länger widerstehen, nahm das Besteck, schnitt ein Stück ab und tunkte es in den wie Bronze schimmernden Sirup. Kris verstand etwas von Pfannkuchen. Genüsslich verspeiste sie alles bis auf den letzten Krümel und stellte das Tablett dann neben das Bett auf den Boden. Dabei fiel ihr Blick auf das Buch, das seit Wochen unberührt auf ihrem Nachtisch lag. Sie nahm es in die Hand, schlug es dort auf, wo das blaue Lesezeichen steckte, und begann zu lesen. Das war purer Luxus. Satt und zufrieden kuschelte sie sich unter die Bettdecke. Etwa fünf Minuten lang, dann klingelte ihr Handy.

»Herrgott, wenn man einmal in Ruhe lesen will!«, fluchte sie und tastete nach ihrem Handy, das auf dem Nachttisch vibrierte.

»Was ist passiert?«, zischte sie und schaute dann erst auf das Display.

»Äh, Miss Swan? Der Kaufvertrag für den Truck ist fertig. Wann können Sie kommen?«

»Ach, du heilige Sch…«, entfuhr es Penelope und gleich darauf verbesserte sie sich. »Ich meine, das ist super. Ich bin in einer Stunde bei Ihnen.« Schwungvoll warf sie ihr Handy aufs Bett und rannte ins Bad, um schnell zu duschen.

Ihre rot-blonden Locken waren noch feucht, als sie in einem weißen Sommerkleid, das bis zu den Knöcheln reichte und mit gelben und orangen Tupfen übersät war, das Haus verließ. Der Himmel sah aus wie frisch gewaschen. Der Spätsommer präsentierte sich noch einmal von seiner besten Seite. Ihre Haare bändigte sie mit einem roten Zopfband. Kurz bevor sie das Haus verlassen hatte, war sie noch in ihre knallig orangenen Sandalen geschlüpft. »Na, Sehnsucht?«, fragte Kris am Telefon, als Penelope wenig später die Straße entlangspurtete. Sie hörte das Glucksen in seiner Stimme, das sie so sehr liebte. Ja, das fühlte sich gut an.

»Auch, ja.«

»Das ist schön. Wir auch und deswegen kommen wir gleich nach Hause. Hast du deine freie Zeit genossen?«, wollte Kris wissen. »Warte mal, wo bist du?«

»Gleich beim Café«, antwortete Penelope außer Atem. »Ich brauche mein Auto.«

»Okay. Und?«

»Ich habe dir doch von dem Foodtruck erzählt.«

»Ja.«

»Der Kerl im Autohaus hat endlich den Kaufvertrag fertig. Ich bin quasi auf dem Weg, vorher hole ich noch Georgia ab. Sie kann dann den Truck fahren und sich schon mal vertraut mit ihm machen.« Penelope hielt die Luft an und wartete gespannt, wie Kris reagierte. Bisher war er es gewesen, der sich spontan in seinen Arbeitsalltag verabschiedet hatte. Jetzt war es umgekehrt. Konnte Kris damit umgehen, konnte sie es? Im Hintergrund hörte sie Jona leise weinen, Penelope krampfte das Herz zusammen und sie verfluchte sich dafür, dass sie alles unter einen Hut bekommen wollte. Ihr Sohn brauchte sie doch.

»Das klingt super. Mach das! Ich füttere derweil das kleine Kraftpaket, koche uns was Leckeres und lege mich mit Jona zum Mittagsschlaf hin.«

»Klingt nach einem guten Plan. Danke.«

»Hey, Jona ist auch mein Sohn. Gleiches Recht für alle! Also, bis später«, verabschiedete sich Kris. Mit einem Lächeln und einem überraschten Kopfschütteln steckte Penelope ihr Handy in die Hosentasche und lief weiter. Worüber hatte sie sich eigentlich all die Monate solche Vorwürfe gemacht? Weshalb war sie auf Kris neidisch gewesen? Mit ein bisschen mehr Selbstbewusstsein hätte sie schon längst diese Arbeitsteilung haben können, mit der Kris offenbar kein Problem hatte.

Sei stolz auf dich!, hörte sie Bernadettes Stimme. Ja, das konnte sie wohl sein.

Mit einem Lächeln betrat sie das Soul Cake und wurde sofort eingehüllt vom typischen Mix aus hipper Musik, leisem Gemurmel und dem süßen Duft nach Schokolade und Zimt, untermalt von der würzigen Note eines Omeletts mit Käse und Kräutern, das Georgia gerade an Tisch fünf servierte. Ihr violetter Rock schwang in der Bewegung nach und ihre weiße Bluse saß akkurat. Nichts erinnerte mehr an jene Frau, die auf der Straße gelebt hatte. Für Penelope stand fest, dass jeder Mensch eine Chance verdiente. Auch ihr war eine Chance gegeben worden, als sie nach Chicago gekommen war, um ihrer Tante aus der Not zu helfen. Aus einer zeitlich begrenzten Notlösung was etwas Dauerhaftes und Wundervolles geworden.

»Hallo, Georgia! Wie geht es dir?«, fragte Penelope und konnte sich ein Lächeln nicht verkneifen.

»Ganz gut. Danke«, antwortete ihre Mitarbeiterin skeptisch. »Habe ich was angestellt?«

»Was? Nein, überhaupt nicht.« Penelope wollte es spannend machen, hatte aber selbst kaum noch Geduld.

»Was ist dann los?«

»Komm, wir kaufen jetzt deine neue Wirkungsstätte!«

»Äh, wieso?«

Penelope winkte der Kellnerin, die seit heute auf Probe arbeitete, und erklärte ihr, dass sie für etwa eine Stunde die Kundschaft allein betreuen musste. Matt hatte sie bereits telefonisch instruiert, er würde aufpassen und sich nötigenfalls selbst um die Gäste kümmern.

»Bist du bereit für dein neues Abenteuer? Dann lass uns jetzt zum Autohaus fahren, den Kaufvertrag unterschreiben und das Prachtstück nach Hause holen!«

Über Georgias Gesicht breitete sich ein Strahlen aus, das Penelope an die aufgehende Sonne erinnerte. »Aber so was von bereit.«

Penelopes Handy vibrierte, als sie gemeinsam das Café verließen und zu ihrem Grasshopper liefen. Kris hatte ein Video geschickt, das Jona zeigte, wie er in seinem Laufstall lag und vor sich hin brabbelte.

»Oh, ist das süß! Bald wird er anfangen zu sprechen«, rief Georgia entzückt über Penelopes Schulter. »Pass gut auf ihn auf! Glück ist so flüchtig.«

Eigentlich wollte Penelope etwas erwidern, aber sie wusste nicht, was. Georgia hatte nicht viel darüber erzählt, wie sie auf der Straße gelandet war.

»Also dann, auf in ein neues Abenteuer!«, sagte sie und wartete, bis Penelope ihr Auto geöffnet hatte.

»Wir schaffen das, Georgia. Das wird großartig!«

Dreißig

HERAUSFORDERUNGEN

Und es wurde großartig. Georgia sorgte dafür. Sie war Feuer und Flamme. Sie arbeitete bis zum Umfallen und brachte binnen weniger Wochen den Foodtruck an den Start. Es würde noch eine Weile dauern, bis sich die Investitionen lohnten, aber Penelope war überzeugt, dass ihre Idee schon bald Gewinne einfahren würde. Im wahrsten Sinne des Wortes. Georgia war beinahe täglich zwölf Stunden in den Szenevierteln der Stadt unterwegs, Juans vegane Kreationen kamen gut an. Das Soul Cake brummte – stationär und mobil.

Durch Penelope wogte eine Welle des Glückes und Stolzes als sie vom Café nach Hause eilte. So gut und befreit hatte sie sich lange nicht mehr gefühlt.

Vielleicht schaffte sie es noch, kurz zu duschen, bevor Ed zum Essen kam. Sie hatte sich des Öfteren mit ihm im Park oder am See getroffen, aber jetzt wurde es definitiv zu kalt, um sich länger draußen aufzuhalten. Der Herbst hatte die bunt gefärbten Blätter von den Bäumen fallen lassen, die Tage waren kurz, die Abende dafür lang. Es war die beste Zeit für ausgedehnte Familienessen und Gespräche im heimeligen Wohnzimmer. Penelope konnte Ed davon überzeugen, heute zum ersten Mal das einstige Haus von Bernadette zu betreten. Sie freute sich auf ihn, schließlich gehörte er zur Familie. Jona hatte er bereits kennengelernt und war ganz verzückt von dem Kleinen. Und das galt wohl umgekehrt genauso. Jedes Mal, wenn sie sich sahen, streckte Jona seine Arme nach Ed aus und strahlte, sobald dieser ihn hochnahm.

Penelope beschleunigte ihre Schritte, doch dann sorgte etwas dafür, dass sie stehenblieb. Ihr Bauchgefühl schaltete in Alarmbereitschaft, die Innenflächen ihrer Hände wurden schwitzig. Was war los? Drohte ihr Gefahr?

Nervös schaute sie sich nach allen Seiten um. Die Straße war in schummriges Licht getaucht, noch hatten ihre Bewohner keine Weihnachtsdeko installiert. Das war das Blöde am November: Er war kalt und grau und viel zu dunkel.

Schreiend zuckte Penelope zusammen, als eine Melodie ertönte. Ihr Herz raste, bis sie realisierte, dass es ihr Handy war.

»Hallo, Ed! Bist du schon bei uns? Ich bin auf dem Weg.«

»Hallo, Liebes! Also es ist so. Nun ja, wie soll ich es sagen?«

»Sag es einfach!«

»Ich weiß nicht, wo ich anfangen soll.«

»Gut, dann übernehme ich das für dich«, sagte sie bestimmt. »Du kommst nicht, richtig?«

Als Bestätigung hörte sie einen langen und tiefen Seufzer und nahm an, dass er sich seinen schwarzen und dünnen Schnurrbart zwirbelte. Sie hörte ein Knistern und dann, wie er ausatmete, das hieß er rauchte einen seiner geliebten Zigarillos.

»Mir ist was dazwischengekommen«, sagte er. Und fast wäre es ihm gelungen, Penelope zu täuschen, wäre da nicht dieses Zittern in seiner Stimme gewesen.

»Ich verstehe das. Du brauchst noch Zeit, um dieses Haus zu betreten«, erwiderte sie ruhig. Ed hatte immer noch Probleme, auch nur einen Schritt in das Haus zu setzen, in dem seine Liebe gestorben war.

»Danke, mein Schatz. Ich werde es bestimmt mal schaffen«, verabschiedete sich Ed.

Penelope steckte ihr Telefon wieder ein und überlegte, dass Kris wohl nicht gerade begeistert sein würde, schließlich hatte er stundenlang in der Küche gestanden.

Wieder polterte ihr Herz. Erschrocken spähte Penelope erst nach vorn, dann nach hinten. Auf der anderen Straßenseite lief jemand. Eine Frau. Tabea?

Ihre Freundin wirkte verloren in dem viel zu weit gewordenen Mantel, als wäre sie ein Boot auf dem Meer, das sich losgerissen hatte und jetzt führerlos über den Ozean dümpelte. Eine tiefe Trauer wogte um sie, die wie Wellen zu Penelope herüberschwappte. Sie war in Versuchung, zu ihr zu gehen und Tabea zum Abendessen einzuladen. Kris würde weinen vor Glück. Mit einem Fuß schon auf der Fahrbahn, verharrte sie jedoch und zog ihn zurück. Denn Tabea war nicht mehr allein. Eine Frau hielt sie an der Schulter fest und redetet mit Händen und Füßen auf sie ein. Und dann war da plötzlich ein Mann, ein George-Clooney-Verschnitt, der ruhig hinzukam, kurz darauf aber wild gestikulierte, als die Frau eine Redepause einlegte. Mit wachsender Unruhe beobachtete Penelope die Szene, Tabea wirkte eingeschüchtert, ihre Gesprächspartner hingegen zunehmend aggressiv.

Was soll ich tun?, hämmerte es durch Penelopes Kopf. Tabea wollte sie nicht mehr in ihrem Leben haben, daran würde sich auch so schnell nichts ändern. Sie könnte die Polizei rufen und sagen, dass eine Frau auf der Straße belästigt würde. Doch half das Tabea, oder verschlimmerte sich ihre Lage dadurch sogar? Was, wenn Tabea überhaupt keine Hilfe wollte? Der Mann und die Frau redeten immer noch auf sie ein. Was, wenn das Drogendealer waren oder sonst irgendwelche Abzocker?

Penelopes Hirn ratterte. Irgendwas musste sie doch tun. Kurzerhand lief sie auf die Fahrbahn und rief: »Tabea, alles okay?«

Auf diese Weise konnte sie selbst entscheiden. Das war gut, oder?

Und Tabea entschied sich. Erschrocken blickte sie sich um, erkannte Penelope und rannte davon.

Tja, dann eben nicht, dachte Penelope traurig. Als sie bemerkte, wie sich die beiden erst verwirrt ansahen, leise miteinander sprachen und sich begannen umzusehen, drehte sie sich schnell um und ging weiter.

Auf der Veranda blieb sie stehen, holte tief Luft und Geborgenheit breitete sich in ihrem Körper aus. Freudeblasen stiegen in ihr auf bei dem Gedanken, dass sie erwartet wurde.

»Hier drin ist es wärmer, schöne Frau.« Grinsend schob sich Kris durch den Türspalt. »Kommen Sie doch rein!« Einladend breitete er seine Arme aus. Ja, drinnen war es definitiv wärmer, nicht nur weil der November den ersten Frost mit sich brachte.

»So eine charmante Einladung kann ich nicht abschlagen.« Lächelnd schob sich Penelope in seine Arme und küsste ihn. Seine Lippen waren weich und schmeckten nach mehr, doch dafür war ihre Veranda wirklich nicht der passende Ort.

»Was riecht hier denn so gut?« Bei dem köstlichen Duft lief ihr das Wasser im Mund zusammen und ihr Magen knurrte. »Nein, sag nichts!«, stoppte sie Kris und reckte ihre Nase in die Höhe. Es roch köstlich nach Thymian, Paprika, Andouille, eine französische Wurst, Okraschote, Hähnchenfleisch und dunkelbrauner Mehlschwitze, die Roux genannt wurde und zeitaufwendig war.

»Du hast das Gumbo nach dem Rezept deiner Mom gemacht.«

»Wie hast du das jetzt erraten?«

»Ich habe halt ein feines Näschen«, antwortete Penelope keck und lehnte sich an seine Schulter. »Ed verpasst leider den Genuss.«

»Ach, schade. Ich habe mich schon darauf gefreut, unsere Diskussion vom letzten Mal fortzuführen. Warum denn nicht? Ist er krank?«, fragte Kris besorgt.

»Nein, das Übliche«, erklärte Penelope und seufzte.

»Da komme ich ja im richtigen Augenblick«, hörte sie Maria hinter sich sagen, drehte sich zu ihr um und sah Jona fröhlich auf der Hüfte seiner Ersatz-Oma wippen. Er streckte seine kleinen Ärmchen nach Penelope aus, sie drückte ihn an sich und wurde umhüllt von Babygeruch. Berauscht von so viel Glück senkte sie ihre Nase in Jonas schwarze Locken, die er von seinem Vater geerbt hatte.

»Mmh, das duftet ja köstlich! Was hast du gekocht?«, fragte Maria.

Kris wechselte einen kurzen Blick mit Penelope, die eifrig nickte.

»Wir haben genug. Ich packe euch schnell was ein.«

»Ach, das ist doch nicht nötig. Mir reicht das Rezept.« Maria war keine Frau, die gern etwas annahm, aber heute blieb ihr nichts anderes übrig.

»Doch! Du versorgst uns auch immer mit Essen. Und überhaupt, was ihr für Jona tut, ist mehr als eine Tupperdose Gumbo wert.«

»Sehe ich genauso.« Kris überreichte Maria sogar zwei Dosen.

»Bitte entschuldige, aber hier draußen wird es langsam zu kalt und der kleine Mann hat Hunger.« Penelope schaute auf Jona, aus dessen Mündchen der Sabber lief. Ein untrügliches Zeichen dafür, dass er seinen Brei haben wollte, den er seit Kurzem abends bekam. Sie übergab Jona an Kris, drückte ihre Nachbarin an sich und flüsterte ein »Danke« und wartete, bis Maria bei sich die Haustür aufmachte. Sie ging an den Tisch, an dem schon ihre zwei Männer saßen. Kris fütterte ihren Sohn mit dem Brei aus Süßkartoffel, Karotte und Mais, den sie, kurz bevor sie ins Soul Cake gegangen ist, zubereitet hatte.

Penelope griff zur Gabel und verteilte den Reis in der dunklen Soße des traditionellen Südstaateneintopfs. Während sie stillschweigend kaute, überlegte sie, wie sie das von Tabea ihrem Bruder sagen konnte. In dem Moment, als sie beschloss, es ihm einfach so zu sagen, wie es war, begann er ebenfalls zu reden:

»Ich habe Tabea gesehen«, fing er an und ließ seine Gabel sinken. Erstaunt blickte Penelope ihn an. Hatten sie das gleiche Erlebnis gehabt? »Wo? Wann?«, fragte Penelope.

»Als ich vorhin kurz am Fenster stehen blieb und nach draußen guckte, stand sie da.« Kris schluckte schwer, bevor er stockend fortfuhr: »Sie stand einfach nur da. Es schien als wartete sie auf etwas, was ihr half, sich zu entscheiden. Für einen kurzen Augenblick begegneten sich unsere Blicke und ich hatte die Hoffnung, dass sie sich überwinden konnte, zu mir zu kommen, doch sie entschied sich zu flüchten.« Das kam Penelope bekannt vor und sie legte ihre Gabel beiseite, Penelope konnte nicht weiteressen bei der Erinnerung an ihre verhärmte und eingeschüchterte Schwägerin. Sie fütterte Jona weiter und gestand Kris, dass auch sie Tabea gesehen und ihr Glück bei ihr versucht hatte.

»Wo?«, fragte Kris.

»Heute auf der Straße und neulich im Park.« Erst jetzt fiel ihr wieder ein, dass sie ihm nichts von dem zufälligen Treffen erzählt hatte. Penelope schob die Wippe, in der Jona lag, um seinen Brei zu essen, ein Stück weiter und ihren Stuhl an Kris heran. Als ihr Sohn monierte, dass er gern doch weiteressen wollte, fütterte sie ihn mit einer Hand und erzählte von Tabea.

Kris senkte traurig den Kopf. »Ich habe nicht nur meine Nichte verloren, sondern auch meine Schwester«, schluchzte er und stützte den Kopf in beide Hände. »Jetzt habe ich gar keine Familie mehr.«

»Du hast uns«, erwiderte Penelope.

Kris hob den Kopf, seine Miene wirkte gequält. »Beinahe hätte ich euch auch verloren.«

»Aber wir sind hier!« Jona unterstütze ihre Worte mit heftigem Gebrabbel.

»Und das tut so gut«, murmelte Kris und wischte sich

über sein Gesicht. »Lass uns weiteressen, sonst heule ich noch mehr.«

»Na und? Du hast jedes Recht darauf. Und außerdem mag ich Männer, die zu ihren Gefühlen stehen. Damit bist du auch für unseren Sohn ein gutes Vorbild. «

Langsam schob sich Kris eine Gabel voll Eintopf in den Mund und nickte bedächtig. Auch Penelope aß weiter, doch dann stoppte sie erneut.

»Hast du eine Ahnung, wer diese Leute sein könnten, die Tabea bedrängt haben?«

Kris knirschte mit den Zähnen und ballte seine Hand um den Griff der Gabel. »Blutsauger!«, knurrte er wütend und knallte die Faust auf den Tisch, dass Jona seinen Mund verzog. »Alles gut, mein Kleiner. Entschuldige, dass ich dich erschreckt habe.«

Er streichelte seinem Sohn über den Kopf und schaute mit ernstem Blick zu Penelope, die ebenfalls Angst bekam.

»Was meinst du?«

»Ja, ich weiß. Ich hätte früher mit dir reden sollen.« Kris hob beide Hände und bat um Verzeihung. »Aber die Ereignisse haben sich überschlagen. Und du warst wegen Jona schon genug gefordert. Da wollte ich nicht noch etwas dazu tun.«

»Schon gut. Dann sag es mir eben jetzt.« Penelope biss sich auf die Lippe. Irgendwann hatte dieses Gespräch kommen müssen, es war längst überfällig.

»Dass es meiner Schwester überhaupt nicht gut geht, hast du ja erlebt.« Kris räusperte sich.

»Ja, und ich bin schuld an diesem Umstand«, stellte Penelope nüchtern fest.

»Nein, bist du nicht. Es war ein Unfall«, stellte Kris klar.

»Aber wäre ich nicht mit Trisha im Auto gefahren, würde sie heute noch leben.«

»Das mag sein, aber du trägst keine Schuld, Pen«, entgegnete Kris und nahm behutsam ihre Hand in seine. »Tabea hat sich entschlossen, diesen Weg zu gehen. Das hat nichts mit dir zu tun.«

Penelope sah das anders, irgendwie musste Penelope bei seinen Worten an die Stelle in Bernadettes Brief denken, wo sie von den Lektionen des Lebens und wie wir damit umgehen, wurde jedoch in der nächsten Sekunde eines Besseren belehrt.

»Tabea hat sich einer Sekte angeschlossen und diesen Aasgeiern ihre Hälfte vom Erbe unserer Eltern geschenkt. Jetzt ist sie pleite und hat mich um Geld gebeten.«

»Ach du dickes Ei!«, entfuhr es Penelope. »Und was willst du jetzt tun, ihr helfen?«

Kris seufzte und schaute zu Jona, der mit großen Augen seine Eltern beobachtete.

»Wenn ich ihr Geld gebe, wirft sie es diesen Blutsaugern in den Rachen. Genauso gut könnte ich es verbrennen oder aus dem Fenster werfen. Außerdem habe ich meinen Anteil des Erbes fest angelegt, es wird erst am einundzwanzigsten Geburtstag unseres Sohnes ausgezahlt«, klärte er sie auf.

»Wow! Davon wusste ich ja gar nichts.« Penelope war es, als hätte Kris den Schlüssel zu einer bisher verschlossenen Tür in ihrem Herzen gefunden und benutzt. Er überraschte sie immer wieder mit seiner Weitsicht.

»Tabea steckt in einer miesen Sackgasse, aus der sie leider nur allein den Ausweg finden kann«, sprach Kris weiter. »Ich habe immer wieder versucht, mit ihr zu reden. Aber sie ist wie ein Junkie auf Entzug, alles dreht sich um Geld. Diese Leute müssen sie massiv unter Druck setzen. Sie ist nicht mehr dieselbe. Erst hat sie mich lieb gebeten, dann gefleht, dann gebettelt und als sie merkte, dass ich mich nicht erweichen lasse, wurde sie aggressiv und machte mir Vorwürfe.«

»Ja, die Vorwürfe kenne ich«, gestand Penelope und dachte an ihr Treffen mit Tabea im Park. »Ich ahnte, dass es schlimm ist, nur nicht so schlimm.«

Stille breitete sich zwischen ihnen aus, jeder hing seinen Gedanken nach. Als Jona quengelte, stand Kris auf und hob seinen Sohn aus der Trageschale. »Ich will dir einen Vorschlag machen.«

»Aha!« Penelope wollte gerade das Geschirr abräumen, hielt dann aber inne, weil sie neugierig war, was Kris zu sagen hatte. Doch dann brüllte Jona, wahrscheinlich waren seine Windeln voll.

»Wir reden gleich weiter.« Kris verließ das Esszimmer mit dem brüllenden Jona. Penelope schaute auf das kaum angerührte Essen und plötzlich überrollte sie das altvertraute Gefühl, eingeengt und nicht mehr selbstbestimmt zu sein. Wie ein Sog wollte es sie zurück in die dunkle Leere ziehen, und für einen Moment wollte Penelope sich einfach treiben lassen, doch im nächsten stemmte sie sich dagegen. Nein! Nie mehr würde sie zulassen, dass diese Gefühle Macht über sie und damit ihr Leben erlangten. Sie atmete tief ein, hielt den Atem vier Sekunden lang an und stieß ihn langsam wieder aus. Das wiederholte sie ein paarmal und merkte, wie die Last auf ihrer Brust kleiner wurde. Diese Methode der Bewältigung hatte sie bei Doktor Carter gelernt. Die Therapiestunden, zu denen sie regelmäßig ging, taten Penelope gut und zeigten Wirkung.

»Alles in Ordnung?«, erkundigte sich Kris, der mit einem fröhlich glucksenden Jona auf dem Arm zurück ins Esszimmer kam.

»Schon fast wieder gut.« Penelope hatte die Hände auf die Stuhllehne gestützt und atmete noch einmal tief durch.

»Was hältst du davon, wenn ich die Küche aufräume und du Jona ins Bett bringst?«, schlug Kris vor.

Penelope nickte. »Und dann treffen wir uns wieder hier bei einem Glas Rotwein und du erzählst mir von deinem Vorschlag?«

»Deal!« Kris zeigte ihr einen Daumen nach oben.

»Okay, bis gleich«, meinte Penelope und nahm ihm Jona aus dem Arm. »Na komm, dann machen wir dich mal startklar für deine Reise ins Traumland«, sprach sie liebevoll mit ihrem Sohn, während sie ihm Schlafanzug und Schlafsack anzog. Nachdem er seine Milch getrunken hatte, legte sie sich neben ihn und sang ihm seine Schlaflieder. Mittlerweile liebte sie diese sanften Momente der Ruhe und Nähe. Sie merkte, dass er dadurch besser einschlief, und auch ihr tat es gut. Still lag sie da, zu keiner Bewegung fähig und hielt ihren kleinen Sohn, das Wesen, welches durch sie entstanden war, welches ihr Körper neun Monate lang beschützt hatte im Arm. Auf einmal merkte sie, wie sich Tränen den Weg über ihre Wangen bahnten. Diesmal waren es jedoch keine der traurigen oder verzweifelten Art, sondern jener, wenn sich Liebe, Dankbarkeit und Demut einen Weg suchten. Jonas Atemzüge wurden gleichmäßiger und tiefer und als sie sich ganz sicher war, dass er nicht mehr aufwachte, wenn sie ihn in sein Bettchen legte, bettete sie ihn sanft auf seine Matratze.

»Schlaf gut, Honey«, murmelte sie, schaltete das Babyphone ein und ging zurück ins Wohnzimmer. Einen Augenblick blieb sie an der Tür stehen und betrachtete Kris, der auf der Couch saß, vor ihm zwei bauchige Gläser mit einer tiefroten Flüssigkeit darin. Das sanfte Licht der Stehlampe verlieh seiner Haut einen bronzefarbenen Schimmer.

»Na, willst du nur dastehen und das Bild deines Mannes betrachten? Oder willst du dich neben ihn setzen, den Wein kosten, den er für dich ausgesucht hat, und Teil dieses Bildes werden?«

Penelope lächelte und kam seiner Aufforderung nach. Sie setze sich, griff nach dem Glas und trank einen Schluck. Der Wein umschmeichelte ihre Zunge, hinterließ dort Aromen von Beeren und rann ihre Kehle hinab. »Ja, ist trinkbar.«

»Soso, trinkbar«, murmelte Kris. »Da bin ich aber froh.« Auch er trank vom Wein, stellte das Glas zurück auf den Couchtisch und hob einen Arm, damit Penelope sich an ihn kuscheln konnte.

»Jetzt rück schon raus! Was willst du mir vorschlagen?«

»Genau, dann mal los!« Kris räusperte sich. »Stellen wir uns mal vor, es gäbe ein kleines Mädchen. Nennen wir es Ava. Sie ist drei Jahre alt, ihre Hautfarbe ist dunkler als meine und auf ihrem Kopf wachsen viele kleine Löckchen, die lustig wippen, wenn sie rennt und hüpft. Denn das macht sie für ihr Leben gern. Ava ist ein kleiner Wirbelwind, und wenn sie lacht, lacht nicht nur ihr Mund, sondern ihr gesamtes Gesicht.«

»Klingt nach einem liebenswerten Mädchen.« Penelope dachte sofort an die kleine Trisha und Schmerz zuckte durch ihr Herz. »Warum erzählst du mir das?«

»Warte es ab!«, meinte Kris und streichelte über ihren Rücken. »Hast du Ava vor Augen?«

Penelope hielt kurz inne. »Hm, ja.«

»Avas Start ins Leben war nicht leicht. Ihre Mutter wurde ungewollt schwanger, sie hatte schon zwei Kinder aus anderen Beziehungen, wollte aber nicht abtreiben, obwohl ihr Freund, der Mitglied einer Gang war, sie dazu drängte. Doch sie blieb standhaft, auch als er anfing, sie zu schlagen.«

Penelope überlegte, worauf Kris hinauswollte. Warum erzählte er ihr diese Geschichte? Doch sie beschloss, ihn weiterreden zu lassen.

»Auch die kleine Ava besaß Kampfgeist. Trotz der gewalttätigen Übergriffe auf ihre Mutter kam sie als gesundes Baby auf die Welt. Natürlich machte sie lautstark auf sich aufmerksam, sie war ein Baby. Sie weinte viel und ließ sich nur schwer beruhigen. Irgendwann schlugen die Aggressionen des Vaters von der Mutter auf die Kleine um. Das ging so weit, dass die kleine Ava mit gebrochenen Knochen im Krankenhaus landete. Und das nicht nur einmal. Sie lebte in einer Spirale aus Hass und Gewalt.«

Kris trank einen Schluck Wein. Penelope war mittlerweile gefangen in seiner Geschichte, sie stellte sich vor, was dieses kleine Wesen durchmachen musste. Es konnte doch nicht noch schlimmer werden. Oder doch?

»Vor ein paar Tagen brachen nachts Mitglieder einer verfeindeten Gang in die Wohnung ein. Ava wachte auf und versteckte sich in einem Wandschrank. Sie dachte, es wären Monster. Was sie ja auch waren, denn sie richteten ein wahres

Massaker an.« Kris schluckte. »Alle starben, bis auf die kleine Ava, die in ihrem Versteck blieb, wo sie die Feuerwehr fand, denn die Gangmitglieder steckten die Wohnung in Brand, in der Hoffnung, so ihre Spuren zu vertuschen. Gott sei Dank hatte jemand schon nach den Schüssen die Polizei verständigt, sodass Ava überlebte«, endete Kris und streichelte weiter Penelopes Rücken.

»Puh, das arme Mädchen! Was musste dieses kleine Wesen schon alles durchstehen? Wo ist Ava jetzt? Können wir ihr helfen?« Penelope richtete sich auf. »Ich meine, wahrscheinlich passiert das häufig in Chicago.« Penelope wusste, dass in dieser Stadt viele Gangs ihr Unwesen trieben. »Aber so, wie du es erzählt hast, geht es mir unter die Haut.«

Noch hatte sie den Zusammenhang zwischen Tabea und dieser Geschichte nicht verstanden. »Woher weißt du davon? Gibt es etwas, das wir tun können?«, fragte sie abermals, schaute Kris aufmerksam an und bemerkte, wie sich die Falte zwischen seinen Augenbrauen vertiefte.

»Ein Lehrerkollege hat mir davon erzählt. Er möchte die kleine Ava zu sich nehmen, aber seine Frau ist dagegen. Sie haben schon mehrere Kinder in Pflegschaft.«

Aha! Daher wehte der Wind. Allmählich begriff Penelope, worauf Kris hinauswollte.

»Erzähl weiter!«, bat sie ihn. »Da ist dieses Funkeln in deinen Augen.«

»Wie gut du mich kennst.« Die Sorgenfalte zwischen seinen Augenbrauen verschwand. Kris drückte Penelope an sich. »Ja, ich habe tatsächlich etwas vor und brauche dabei deine Hilfe.«

»Egal was es ist, na ja, vielleicht nicht alles, ich bin dabei«, stellte sie klar. »Worum geht es?«

»Ich habe einen Plan, wie man vielleicht auf einen Schlag mehrere Menschen glücklich machen könnte.«

»Aha. Und wie?«

Penelope hatte eine vage Idee, sie wartete ungeduldig,

dass Kris weitersprach. Er trank einen weiteren Schluck Wein, stellte das Glas wieder auf den Tisch und lehnte sich zurück.

»Tabea ist traurig, weil ihre Tochter nicht mehr ist. Ava ist traurig, weil sie keine Familie hat. Wir sind traurig, dass Tabea und Ava traurig sind. Richtig?« Kris stoppte und gab seinen Worten damit Raum, sich zu entfalten.

»Du meinst also?« Penelope griff nun ihrerseits zum Weinglas. Ein reiner Impuls, denn sie hatte jetzt verstanden, was Kris vorschlagen wollte.

»Ava kam mit einer Rauchvergiftung und einer Wunde ins Krankenhaus. Spätestens wenn sie sich erholt hat, schaltet sich die Jugendfürsorge ein und sie kommt in ein Heim. Diese Häuser versuchen zwar ihr Bestes, sind aber personell nicht gut aufgestellt und dieses Personal ist dann oft überfordert. Ava ist noch so klein, sie kennt nicht viel außer Hass, Gewalt und Traurigkeit«, Kris schaute sie dabei flehend an. »Das kann doch nicht so weitergehen.«

Penelope schluckte, als sie sich die düstere Gegenwart und Zukunft des Kindes vorstellte. Wie ein Film lief es in ihrem Kopf ab.

»Ja, du hast recht. Wir müssen was tun«, rief sie aus und in dem Moment schrie es aus dem Babyfon.

»Ich gehe«, bestimmte Penelope und erhob sich, um ins Schlafzimmer zu eilen.

»So, da bin ich wieder«, sagte sie, als sie erneut das Wohnzimmer betrat, und setze sich. »Wahrscheinlich nur ein böser Traum, der mit etwas Mama-Nähe und etwas zu trinken verscheucht werden konnte.«

»Du machst das super«, lobte Kris sie und streichelte ihr über den Rücken.

»Na ja er ist mein Kind«, fing sie an und brach ab. »Wie lautet denn jetzt dein Vorschlag?«

»Ich werde über meinen Kollegen Kontakt zu dem Heim aufnehmen, in das Ava kommt. Als Lehrer habe ich hoffentlich einen gewissen Stellenwert. Wenn alles klappt, möchte ich die kleine Ava zu Tabea bringen, wir könnten auch gemeinsam etwas unternehmen. Du weißt schon, Vertrauen aufbauen und so.«

»Und wenn es nicht klappt?«, unterbrach sie Kris. »Was, wenn die Zuständigen bei der Fürsorge sagen, dass Tabea viel zu labil ist, um eine Pflegschaft zu übernehmen? Was, wenn Tabea die kleine Ava noch mehr traumatisiert? Was, wenn ...«

»Ja, das habe ich natürlich bedacht«, entgegnete Kris. »Aber wer nicht wagt, der nicht gewinnt. Ich hoffe, dass die Magie wirkt und meine Schwester so verzaubert von der Kleinen ist, dass sie ihr Herz wieder öffnet und Ava bei ihr ein Zuhause findet.«

Ein lang gezogenes »Ohhh!« kam aus Penelopes Mund. »Das klingt nach einem guten Plan. Ich habe meine Bedenken, aber du bist der Pädagoge und ein listiger Fuchs noch dazu.« Sie kuschelte sich wieder an ihn. »Wenn ich nicht schon verliebt in dich wäre, müsste ich das spätestens jetzt sein.«

»So, müsstest du das?«, fragte er mit belegter Stimme, die plötzlich einige Nuancen dunkler war als normal, und zog Penelope auf seinen Schoß.

Einen Moment lang betrachtete sie Kris. Was war er doch für ein toller Mensch! Spätestens jetzt wusste sie, dass es die richtige Entscheidung gewesen war, bei ihm zu bleiben und ihn nicht gegen Logan einzutauschen, der sie vor diese absurde Wahl gestellt hatte. Wie es ihm wohl ging? Seit dem Kuss im Park hatte Penelope ihn nicht wiedergesehen. Manchmal vermisste sie jenes Prickeln, das Logan bei ihr ausgelöst hatte. Aber nur manchmal. Immer öfter sehnte sie sich nach Beständigkeit, weil sie Angst hatte, zurück in ihr tiefes dunkles Loch zu fallen.

»Was ist los, mein Kuschelmonster?«, fragte Kris. Dass er sie bei ihrem alten Kosenamen nannte, fühlte sich gut und richtig an. Und deshalb formte sich ihre Idee, die während der letzten paar Minuten in Penelope Gestalt angenommen hatte, jetzt zu Worten.

»Lach nicht!«, warnte sie Kris und rieb ihr Ohrläppchen. Sie hatte Zweifel, aber als er sie bei ihrem alten Kosenamen nannte, wusste sie, dass sie es schaffen könnten. Vielleicht war es verrückt, aber das hier war ihr Zuhause. Ihre Basis. Ihr Schloss und sie war die Königin. Wenn nicht jetzt, wann dann?

»Was wäre, wenn wir Ava erst mal zu uns nehmen würden? Hier könnte sie zur Ruhe kommen, Vertrauen aufbauen und erfahren, was ein liebevolles Zuhause bedeutet. Und dann könnten wir sie behutsam mit Tabea zusammenbringen. Wäre das nicht besser?«

Kris dachte über ihren Vorschlag nach, dann packte er Penelope unwillkürlich, bis beide auf der Couch lagen, und küsste sie. »Du bist unvergleichlich, deshalb liebe ich dich so.« Er strich ihr eine Locke aus dem Gesicht und stützte dann einen Ellbogen auf. »Den Gedanken hatte ich auch schon, aber wenn das mit Ava und Tabea klappen soll, wäre es gut, wenn sich die Kleine nicht vorher an uns gewöhnt. Und das geht bei dir schnell.« Er zwinkerte er ihr zu, wurde dann aber wieder ernst. »Nein, ehrlich! Du hast dich gerade erst erholt und bist immer noch in Therapie. Ich möchte das Risiko nicht eingehen, dass du vor neue große Herausforderungen gestellt wirst und wieder ...«

Kris hielt inne, weil Tränen aus ihren Augen rannen. Innerlich sackte Penelope zusammen. Sollte das jetzt für immer so bleiben, dass er sie wie ein rohes Ei behandelte? Musste sie vor jeder neuen Herausforderung zurückschrecken, nur weil sie mal eine schlechte Phase hatte?

»Okay, vielleicht würde es mir zu viel werden«, sagte sie unsicher. »Aber wer nicht wagt, der nicht gewinnt. Richtig? Das waren deine Worte!« Trotzig wischte sich Penelope die Tränen weg. »Also, was machen wir?«

Sanft strichen seine Lippen über ihre Wange, als wollte Kris ihre Tränen fortküssen. »Was hältst du davon, wenn wir Ava demnächst mal besuchen?«

Freudig stimmte Penelope zu. »Das ist eine Superidee!« Sie zog seine Lippen auf ihren Mund. Ihr Leben geriet noch manchmal aus den Fugen, aber alles in allem fühlte es sich an wie ein kuschliges Handtuch. Sie hatte den Zugang zu ihrem Kind gefunden, mit Kris lief es auch wieder und Georgia hatte den Foodtruck bestens im Griff. Für Penelope war das eine gute Basis, sich dieser neuen Herausforderung zu stellen. Sie wollte die Idee mit Doktor Carter während der nächsten Therapiesitzung besprechen, war aber überzeugt, dass er nichts dagegen hatte. Denn Doktor Carter war es, der ihr Mut machte, ihren Weg zu gehen. Ohne zu zweifeln, sondern mit Stolz auf das, was sie erreicht hatte. Den Fokus auf das zu legen, was sie schon geschafft hatte. Er sagte immer, man durfte das Leben leichtnehmen und auch mal spontan tun, worauf man Lust hatte. Und genau das tat Penelope jetzt, indem sie Kris leidenschaftlich küsste und ihre Hände unter sein Shirt wandern ließ. Viel zu lange hatten sie aufeinander verzichtet.

Einunddreißig

GUMMIBÄRCHENPUDDING

»Bye, bye mein Herz!« Penelope gab Jona noch einen Kuss, winkte ihm und stieg dann auf die Fahrerseite des Grasshoppers. Kris und sie wollten heute ins Krankenhaus fahren und ließen Jona bei George und Maria. Mit schwitzigen Händen startete Penelope den Motor. Sie freute sich auf die kleine Ava und war gleichzeitig nervös. Schließlich lernte sie gleich das Kind kennen, das vermutlich ihr aller Leben verändern würde. Ein seltsamer Gedanke schob sich in ihren Kopf. War es bei einer Geburt nicht auch so? Was, wenn ihr Plan nicht funktionierte? Wenn Tabea nichts davon wissen, geschweige ein anderes kleines Mädchen als Trisha in ihr Herz lassen konnte? Was, wenn zwar Tabea wollte, aber Ava sich weigerte? Sie hatte mit Doktor Carter darüber gesprochen, der ihr seine Bedenken mitgeteilt, sie aber auch ermutigt hatte.

Jetzt schlugen die Fragen erneut Purzelbäume in ihrem Gehirn. Zu viele Wenn und Aber. Schluss damit! Sie zwang sich, tief ein- und auszuatmen und beschloss, darauf zu vertrauen, dass sowohl Tabea als auch die kleine Ava ihre Entscheidung treffen würden, die egal, wie sie ausfallen würde, gut war. Penelope wollte sie mittragen, ein Teil davon sein und hoffentlich Wiedergutmachung erfahren.

Sie fand spontan einen Parkplatz vor dem Krankenhaus, was Penelope als gutes Zeichen wertete. Kris nahm ihre Hand, als sie auf das Gebäude zugingen, in dem ihre zukünftige kleine Nichte wartete.

»Nervös?«, fragte er und drückte ihre Hand.

»Ach, überhaupt nicht, kein bisschen!«, antwortete Penelope und hoffe, dass sie es übertrieben genug ausgesprochen hatte.

»Ehrlich nicht? Ich dachte nur, weil dein Ohrläppchen schon wund sein müsste, so oft, wie du daran herumreibst.« Er öffnete die Tür und ließ sie hindurchtreten. »Ich habe auch Schiss.«

Penelope lächelte erleichtert und hakte sich bei ihm unter. »Lass uns ein neues Kapitel in unserem gemeinsamen Buch aufschlagen! Auf geht's!«

»Wir werden Trish immer lieben und in unseren Herzen haben«, sagte Kris mit einer Mischung aus Melancholie und Enthusiasmus.

Die Schiebetüren öffneten sich und als sie das Krankenhaus betraten, schlug ihr der typische Geruch entgegen und erinnerte sie nicht bloß an Bernadettes Tod, sondern auch daran das sie ihren Sohn fast verloren hatte. Es war scheinbar so, als wäre das Krankenhaus mit ihrem Schicksal verbunden. Aber wo Schatten war, da gab es auch immer Licht. Die kleine Ava hatte ihre volle Aufmerksamkeit verdient, ihr kurzes Leben bestand bisher nur aus Schatten. Es wurde Zeit, dass dieses Mädchen eine Chance bekam, endlich auch mal das Licht zu sehen.

Wenn es sich richtig anfühlt, dann ist es dein Weg. Sei stolz auf dich. Ich bin es, kamen Penelope die Zeilen ihrer Tante in den Sinn und fühlte sich dadurch bestärkt. Kurz vor der Tür krümmte sie sich dennoch, als hätte sie spontan schlimme Bauchschmerzen bekommen. Was war, wenn sie selbst nicht bereit dazu war, einem anderen kleinen Mädchen Trishas Platz freizuräumen?

»Wir müssen das nicht machen«, meinte Kris, als sie vor

der Tür standen, hinter der die kleine Ava wartete. Penelope spürte die Wärme seiner Hand auf ihrer Schulter. Sie drehte sich um und blickte in seine bernsteinfarbenen Augen.

»Stimmt, wir müssen nicht. Aber, wir wagen es, weil es das Richtige ist«, sagte Penelope entschlossen, legte die Hand auf die Klinke und öffnete die Tür.

Ava saß auf einem Stuhl und ließ die Beine baumeln.

Eine Krankenschwester, deren hellblondes Haar zu einem kunstvoll gedrehten Knoten an ihrem Hinterkopf saß, verdeckte das kleine Kind, welches jetzt aber neugierig den Kopf bewegte, um zu sehen, wer ins Zimmer kam.

»Wer ist das?«, fragte sie mit leiser Stimme und duckte sich.

»Das sind die Freunde, von denen ich dir erzählt habe.« Offenbar benutzte die Pflegerin diese Notlüge, um das Kind nicht noch mehr zu verwirren. »Sie wollen dich gern kennenlernen.«

Langsam hob Ava wieder ihren Kopf und schaute zu Penelope und Kris.

Sie war ein süßes Mädchen und wirkte aufgeweckt – trotz allem, was sie erlebt hatte. Als Ava zögerlich lächelte und sich links und rechts von ihrem Mund zwei Grübchen bildeten, ging Penelope das Herz auf.

»Seid ihr meine neuen Eltern?«

Diese Frage war so schlicht und doch zu viel. Penelopes schluchzte, drehte sich weg und kniff sich in die Nasenwurzel, um nicht zu weinen. Kris ging einen Schritt auf Ava zu, die sich an die Krankenschwester drückte und instinktiv beide Arme über ihren Kopf streckte. Penelope ließ ihre erhobene Hand sinken und schaute hilflos zur Krankenschwester, auf dessen Namensschild Paula stand. Als könnte sie in Paulas Blick lesen, dämmerte ihr, dass Ava diese Schutzreaktion zeigte, weil sie wohl Schläge erwartete. Penelope ließ sich davon nicht entmutigen, im Gegenteil, sie wollte diesem Mädchen all ihre Liebe schenken. Sie gab Kris ein Zeichen, sich zurückzuhalten, und hockte sich dann vor den Stuhl, auf dem Ava saß.

»Hallo, ich bin Penelope«, sagte sie leise. »Und du bist Ava, richtig?«

Die Kleine schaute zur Betreuerin, und erst als diese nickte, antwortete sie mit piepsiger Stimme »Ja« und senkte gleich wieder ihren Blick.

Diese simple Geste reichte Penelope, um zu wissen, dass Ava zu Tabea passen würde. Sie war nicht Trisha und sollte es auch niemals sein, aber dieses kleine Mädchen hatte so viel Ähnlichkeit mit ihrer toten Nichte, dass die Möglichkeit tatsächlich bestand, Wunden heilen zu lassen.

»Ava, schau mal, das ist Kris. Er ist mein Freund und könnte auch deiner sein.«

Die Kleine schaute weiter auf ihre Füße. »Tut er dir weh?«

Ein neuer Stich ging durch Penelopes Herz. »Nein«, sagte sie und bemühte sich, nicht zu weinen. »Kris ist ein guter Mann. Er macht die besten Pancakes, die du dir wünschen kannst. Magst du Pancakes?«, erkundigte sich Penelope.

»Weiß nicht«, nuschelte Ava und zeigte auf ihre Stirn, wo ein großes Pflaster klebte. »Ich hab ein Aua.«

Das ist bestimmt die Platzwunde, von der Kris erzählt hatte, überlegte Penelope. »Tut es noch weh?«, fragte sie und musste sich zusammenreißen, die Kleine nicht sofort in die Arme zu schließen.

»Ein bisschen«, antwortete Ava. »Ich bin ganz tapfer beim Wechseln des Pflasters.« Sie schaute dann vorsichtig nach oben zu Kris. »Kannst du auch Pudding kochen? Ich mag Pudding.«

Kris ging vor ihr auf die Knie. »Ich kann auch Pudding und alles kochen, was du möchtest.«

Die Augen der Kleinen wurden groß. »Was ich möchte?«

Kris nickte. »Soll ich dir beim nächsten Mal Pudding mitbringen?«

Ava schaute zu Penelope. »Ihr kommt wieder?«

Jetzt konnte sie nicht anders und strich der Kleinen über

den Arm. Penelope hatte dem Mädchen Raum und Zeit geben wollen, weil sie aus eigener Erfahrung wusste, wie einengend und übergriffig sich Berührungen anfühlen konnten – selbst wenn sie liebevoll waren. »Natürlich kommen wir wieder. Welchen Pudding magst du denn am liebsten?«

Ava legte den Zeigefinger an ihre Unterlippe und flüsterte kaum hörbar: »Vanille. Und Gummibärchen.«

»Oh! Okay, dann bringen wir dir beim nächsten Mal Vanille Pudding und Gummibärchen mit«, versicherte ihr Penelope und als sich daraufhin ein sorgenfreies Lächeln auf Avas Lippen zeigte, war es, als ob ein Lichtstrahl in ihr Herz drang.

Die Krankenschwester räusperte sich. Das war wohl ein Zeichen, dass es für heute genug war.

»Wir gehen jetzt«, sagte Penelope, auch wenn es sie schmerzte, die Kleine hier zurückzulassen.

»Kommst du ganz bestimmt wieder?«, piepste Ava und schaute von ihr zu Kris.

»Ehrenwort!«, sagte er und hob zwei Finger wie zum Schwur.

Als Antwort legten sich zwei kleine Arme um Penelope und drückten sie.

»Gut, das wäre also abgemacht.« Penelope strich Ava übers Haar, die sich an sie schmiegte. »Mit Gummibärchen und Pudding?«, flüsterte die Kleine.

»Mit Gummibärchenpudding?«, schlug Penelope vor und löste sich aus der Umarmung.

»Au jaaa!« Avas große Augen begleiteten sie zur Tür. Sie winkte mit ihrem kleinen Händchen, als die Betreuerin Penelope und Kris nach draußen führte.

»Und? Was meinst du?«, fragte Kris, als sie die Treppe hinunterliefen.

»Dass ich eine Umarmung brauche«, schniefte Penelope unten angekommen. Sie wollte nicht vor Ava weinen, damit die Kleine nicht dachte, sie hätte Penelope traurig gemacht. Aber jetzt rollten die Tränen.

»Die sollst du bekommen«, versicherte er ihr. »Immer wenn du eine benötigst«, und schloss sie in ihre Arme.

»Was haben diese Monster Ava nur angetan? Warum gibt es Menschen, die fähig sind, ihre eigenen Kinder zu misshandeln? Warum ist das Leben oft so grausam, unfair und ungerecht?«

»Das ist wohl die Frage, die nie geklärt werden kann«, meinte Kris, während sich Penelope an ihn kuschelte. »Aber vielleicht gibt das Leben Menschen damit die Chance Superhelden zu sein«, überlegte er.

»Dann lass uns Superhelden werden«, schlug Penelope vor.

»Lass uns bitte schnell nach Hause fahren und zu Jona!« Penelope kramte in ihrem Mantel nach einem Taschentuch und stürmte aus dem Gebäude. Noch nie hatte sie sich so nach ihrem Sohn gesehnt. Sie sollte seine Gegenwart spüren, seinen Geruch einsaugen und sich vergewissern, dass es ihm gut ging. Wie konnte es sein, dass sie selbst noch vor Kurzem nichts gefühlt hatte – betäubt von einer inneren Kälte, gefangen in einer dunklen Leere? Stand es ihr zu, anderen einen Vorwurf zu machen?

Sie wischte den Gedanken beiseite und stieg ins Auto. Jetzt konnte sie ihren Sohn lieben, mit jeder Faser ihres Körpers, nur darauf kam es an. Und sie würden die kleine Ava lieben und ihr zeigen, wie schön das Leben sein konnte. Kris würde Pudding kochen, den Penelope mit Gummibärchen verzierte. Teamplay, wie es sich für eine Familie gehörte.

Zweiunddreißig

DRAHTSEILAKT

Als sie am nächsten Tag wieder an Avas Bett standen, wurde gerade der Verband über Avas Brust gewechselt. Penelope blickte auf eine große Wunde und fragte sich, ob die wirklich von dem Brand stammte. Was dieses kleine Mädchen schon alles durchgemacht hatte, sollte kein Kind erleben. Penelope erkannte blaue Flecken an beiden Armen, die allmählich verblassten. Die äußeren Wunden würden verheilen, doch wie viel Feenstaub und Liebe waren nötig, um die seelischen Verletzungen nicht mehr schmerzen zu lassen? Das Gute war, dass Tabea die Magie dazu hatte. Sie musste sich nur daran erinnern.

»So, geschafft«, sagte Paula. »Wenn du magst, kannst du Penelope und Kris zeigen, was du gemalt hast.« Eifrig nickte Ava und setzte sich an den Tisch.

»Ich bin gespannt?«, meinte Kris und schob eine Plastikdose neben das Bild. Es zeigte ein Mädchen auf einer Wiese, es war allein. »Hier, für dich, weil du so ein tapferes Mädchen bist.«

Ava legte den Pinsel beiseite. Auf ihrem Gesicht erschien ein Leuchten. Sie öffnete den Deckel der Dose, was ihr einige Mühe bereitete. Penelope wollte ihr helfen, aber Kris hielt sie zurück. »Sie schafft das«, flüsterte er und lächelte. Als Ava es geschafft hatte und den Pudding mit der Gummibärchengarnitur entdeckte, quietschte sie und klatschte verzückt in die kleinen Hände.

»Ist der für mich? Darf ich den ganz allein essen?«

»Wie du möchtest. Vielleicht nicht alles auf einmal, aber ja, du darfst ihn allein essen oder deinen Freunden etwas davon abgeben. Es ist dein Pudding.« Penelope stellte eine türkisfarbene Tasche auf Avas Bett. »Und wir haben dir noch etwas mitgebracht.« Als sie den Reißverschluss aufzog, schaute sie zu Ava, die den mitgebrachten Löffel von Kris entgegennahm und vorsichtig damit in den Pudding stach, als wäre er ein Kunstwerk.

»Nur zu!«, machte Kris ihr Mut und setzte sich neben sie an den Tisch. Paula, die Krankenschwester von gestern, war auch heute wieder dabei, sie nickte der Kleinen zu und signalisierte ihr so, dass alles in Ordnung sei. Das Mädchen zog den Löffel aus dem Pudding, schaufelte einen Happen darauf und schob ihn sich in den Mund. Wieder erschien das Leuchten auf ihrem Gesicht, das sich auszubreiten schien. Penelope hätte schon wieder weinen können, so sehr berührte sie die Begeisterung von Ava über den Gummibärchenpudding. Schnell beugte sie sich über die Tasche und zog eine Puppe und einen Plüsch-Panther heraus. Die Augen von Ava glänzten vor Freude.

»Schau mal, Ava, das ist Baghira aus dem Dschungelbuch.« Penelope setzte den schwarzen Panther neben die Puddingdose, in die das Mädchen ein weiteres Mal ehrfürchtig den Löffel steckte. Die Kleine blickte auf und das Leuchten erreichte ihre Augen. »Baghira wird auf dich aufpassen, damit dir keiner mehr was tun kann«, ergänzte Kris und schaute zu der Krankenschwester, die jetzt den Raum verließ. Ava bemerkte es kaum, sie war überwältigt von ihren Geschenken und konnte es wohl immer noch nicht glauben, dass sich jemand liebevoll um sie kümmerte.

»Für … für mich allein? Ich muss nicht teilen?«, fragte sie und deutete mit dem Zeigefinger auf sich. Doch plötzlich verschwand das Leuchten aus ihren Augen, als hätte jemand das Licht ausgeschaltet. Sie schlug die Hände vors Gesicht und weinte. Ihr kleiner Körper bebte.

»Was ist denn los, Sweetheart?« Besorgt beugte sich Penelope vor, um Ava in die Arme zu nehmen, doch diese sprang auf, warf sich auf ihr Bett und vergrub das Gesicht im Kopfkissen.

Penelope setzte sich neben sie, legte ihr eine Hand auf den Rücken und merkte, wie der kleine Körper von den seelischen Hinterlassenschaften gequält wurde. Sie ließ ihre Hand dort, um Ava zu signalisieren, dass sie da war und das kleine Mädchen ihr vertrauen konnte.

Schließlich wurde das Schluchzen weniger und hörte irgendwann auf.

»Ba… Baghi passt auf mich auf«, fragte Ava stotternd. Das Stottern war eine sprachliche Fehlentwicklung und kam von den Grausamkeiten, die Ava erdulden musste. Paula hatte ihnen erklärt, dass die Ärzte es für ein kleines Wunder hielten, dass Ava überhaupt so flüssig sprechen konnte und geistig gesund war. Die Kleine hatte nie einen Kindergarten besucht und war bei ihrer Aufnahme massiv unterernährt gewesen. Die mehrfachen Gehirnerschütterungen, Prellungen und Knochenbrüche hatte die Kleine offenbar gut weggesteckt. Penelopes Vorstellungskraft reichte nicht aus, um sich vorzustellen, was dieser kleine Mensch schon alles ertragen hatte. Ava war eine Kämpferin, so viel stand fest.

Ihren Tränen trotzend holte Penelope zwei Bilderbücher, einige Anziehsachen aus der Tasche, die sie am Vormittag besorgt hatte. Penelope hoffte, dass sie die richtige Größe erwischt hatte. Nachdem Avas Sachen alle verbrannt waren, war es Penelope wichtig, dass die Kleine etwas Eigenes hatte. Sie legte die Sachen in den Schrank und stellte die Tasche in das unterste Fach.

»Du lieb, Leope«, sagte plötzlich eine piepsige Stimme. Penelopes Herz stolperte erst, bevor es raste, ihr Mund wurde trocken und ihre Handinnenflächen schwitzig. Leope – so hatte Trisha sie immer genannt, weil sie Penelope noch nicht aussprechen konnte. Sie fixierte die Schranktür, hinter der die Tasche im Schrank stand und atmete tief durch. Jetzt nur nicht weinen!, ermahnte sich Penelope, stand langsam auf und drehte sich um. Ava hatte sich im Bett aufgesetzt und reckte beide Ärmchen in ihre Richtung. Im Gehen schaute Penelope zu Kris, der glücklich wirkte. Sie war es ebenfalls, hatte doch niemand damit rechnen können, dass Ava so schnell Vertrauen schöpfte. Penelope setzte sich zurück aufs Bett und beugte sich vor, damit Ava sie umarmen konnte. Sie hielt die Luft an und dachte: Jetzt bloß keine falsche Bewegung machen!

Es war ein Drahtseilakt, das Hervortasten auf ungewohntem Terrain, den sie jedoch gut meisterten – sowohl Ava als auch Penelope.

Dreiunddreißig

FEHLER

Die Tage vergingen und ganz Chicago versank im Schnee. Es war mittlerweile Anfang November, Weihnachten stand noch nicht ganz vor der Tür, das Fest der Liebe. Es war das erste Weihnachten ohne Trish und Penelope musste schlucken, als sie an das letzte gemeinsame Weihnachten dachte.

Penelope wollte unbedingt vor diesen emotionalen Feiertagen die Zeit nutzen, um Ava mit Tabea bekanntzumachen. Kein leichtes Unterfangen, zumindest was Tabea betraf. Ava hingegen wirkte gelöster. Sie hatten die Kleine beinahe täglich in dem Heim, in dem sie seit zwei Wochen wohnte, besucht und bereits ein paar Ausflüge mit ihr unternommen. Auch Jonathan war dabei gewesen, damit die beiden Kinder sich kennenlernen konnten. Ava war ganz vernarrt in Jona und auch er freute sich, wenn die zwei sich sahen. Umarmte Ava ihren kleinen Sohn, erwärmte das Penelopes Herz und für einen Augenblick zog vor ihren Augen eine Vision auf, die sie als Mutter von Ava beinhaltete und nicht Tabea. In diesen Momenten schimpfte sie sich egoistisch und konnte nur schwer akzeptieren, dass Ava nicht ihre Tochter sein würde. Kris hatte recht behalten, die Situation setzte ihr zu. Aber Penelope blieb tapfer. Jona würde mit Ava eine tolle Cousine bekommen, das war schon mehr, als sie alle noch vor wenigen Wochen zu hoffen wagten.

Und obwohl sich Penelope bemühte, die Situation positiv zu sehen, blieb ein Wermutstropfen. Sie wünschte ihrem Sohn, dass er nicht allein aufwachsen musste. Aber könnte sie das Schicksal erneut herausfordern und ein zweites Mal schwanger werden?

»Hörst du mir zu?« Kris war nach Hause gekommen und hängte gerade seine Jacke an die Garderobe. Sein grimmiger Blick verhieß nichts Gutes.

»Was ist los?« Penelope lag mit Jonathan auf dem Boden im Wohnzimmer und absolvierte ihre Mutter-Kind-Übungen, um ihre Bindung weiter zu stärken, die Doktor Carter verordnet hatte.

»Avas Eltern wollen sie zurück. Du glaubst es nicht! Die haben doch tatsächlich Beschwerde eingereicht.« Kris' Atem ging stoßweise, so als wäre er eine längere Strecke gerannt.

»Moment mal. Sind sie von den Toten auferstanden«, fragte Penelope irritiert.

»Was? Ach das kannst du ja nicht wissen. Eine total verrückte Geschichte. Wenn man das in einem Buch lesen oder in einem Film gucken würde, würde man denken, dass es so was nicht gibt.« Kris stand seufzend da, zuckte mit den Schultern und patschte sich mit der Hand gegen die Stirn. »Die Eltern von Ava waren an diesem Abend unterwegs und haben ein befreundetes Pärchen aus der Gang, der Avas Vater angehörte, auf die Kids aufpassen lassen. Und da die zwei Handlanger von der verfeindeten Gang nicht genau hinschauten, wen sie da erschießen und die Leichen so verbrannt waren, kam es zu der Verwechslung.« Penelope starrte ihn fassungslos an.

»Das heißt also, dass diese Monster von Eltern noch leben?« Sie schnappte nach Luft. »Wo waren sie denn in der Zwischenzeit?«

»Sie haben sich versteckt gehalten, als sie von der Katastrophe erfuhren. Sie dachten, dass alle ihre Kinder tot wären.

Doch dann erfuhren sie von einem Bekannten, dass Ava noch lebte. Und jetzt wollen sie ihre Tochter zurück.« Penelope stand mit Jona auf und drückte ihn Kris in die Arme. In ihr brodelte die Wut. Kleine Schweißperlen sammelten sich an ihren Schläfen. »Das können sie doch nicht machen. Dieses Monster hat seine Tochter misshandelt und die Mutter duldete es. Wieso wollen die beiden Ava zurück, um da weiterzumachen, wo sie unterbrochen wurden?«

Sie musste sich beherrschen, ihre Wut konnte sich sonst auf Jona übertragen. Nervös strich sie mit einer Hand durch ihre Mähne, die sich heute wieder mal nicht bändigen ließ, und lief in die Küche, wo ein rosafarbener Rucksack mit einem Einhorn vorne drauf lag, in dem schon ein Malbuch steckte.

»Was bedeutet das, ich meine, im juristischen Sinne? Haben die eine Chance?«, fragte sie und biss ihre Zähne fest aufeinander.

»Die Betreuerin sagt, dass die Vormundschaft bis auf Weiteres dem Heim übertragen wurde. Wir müssen abwarten, wie das Gericht entscheidet, aber dabei steht immer das Kindeswohl an erster Stelle.« Kris kam mit Jona in die Küche. »Die Situation ist nicht gerade ideal, schon gar nicht so kurz vor Weihnachten. Aber lass uns bitte zuversichtlich bleiben – für Ava und ... und auch für Tabea!«

Das ist das Stichwort, dachte Penelope. Sie mussten endlich Nägel mit Köpfen machen. Auch wenn die Situation plötzlich eine andere war und sie nicht leichtfertig Pläne für die Zukunft schmieden konnten, blieb ihnen die Hoffnung, dass alles gut werden würde. Denn das konnte es mit ein bisschen Zuversicht und Vertrauen.

»Genau das wollte ich damit sagen. Ich habe auch schon die ungefähren Zeiten und Orte, an denen sich meine Schwester aufhält, herausgefunden und werde ihr da wie zufällig begegnen.«

Penelope entfuhr ein kleines Stöhnen.

»Was ist, meine Schöne?«

»Ich weiß nicht, Darling, das klingt so nach Stalking.«

»Ja, stimmt. Aber so hatten wir es doch besprochen. Oder hast du einen anderen Plan?«

»Wie wäre es, wenn du deine Schwester anrufst und fragst, ob sie endlich ihren Neffen kennenlernen will. Du könntest mit ihr ein Treffpunkt in diesem Indoor-Spielplatz ausmachen.«

»Du meinst das Winter Wonder Fest am Navy Pier?«

»Ja, genau. Ist das schon offen?«

Kris setzte Jona auf einen Arm und schaute in seinem Handy nach. »Moment, ah da steht es. In einer Woche beginnt es«, las er. »Hey, das ist ja cool. Da gibt es fünfhundert Weihnachtsbäume, Kletterwände, Karussells, Hüpfburgen und sogar einen Zug. Außerdem kann man Schlittschuh laufen. Tabea liebt das.« Er schloss den Browser und öffnete die Telefon-App. »Na dann, wünsch mir Glück!«

Penelopes Herz wummerte. Was, wenn Tabea Nein sagte? In den vergangenen Wochen hatte Kris sie immer mal wieder angerufen, sich einmal sogar mit ihr getroffen. Es fiel ihm schwer, an seine Schwester heranzukommen, sie blockte immer noch ab und verkroch sich in ihrer Trauer. Aber sie brauchte Geld für diese seltsame Sekte und irgendwie hatte Penelope das Gefühl, dass Tabea gerade jetzt, kurz vor Weihnachten nicht allein sein wollte.

Während Kris mit seiner Schwester telefonierte, fummelte sie nervös an dem rosafarbenen Rucksack, der für Ava bestimmt war. Sie hörte nur bruchstückhaft, was Kris sagte, und schaute ihn fragend an, als er zurück in die Küche kam.

»Und, was hat sie gesagt?«

Er schaute auf die Uhr an seinem Handgelenk. »Wir treffen uns in acht Tagen vor dem Eingang.« Seine Miene wirkte nicht entspannt, irgendwo war ein Haken und Penelope ahnte, dass dieses Treffen ohne sie stattfinden würde.

»Du nimmst mich dann nicht mit, oder?«

Kris schüttelte traurig den Kopf. »Das ist Tabeas Bedingung. Wir könnten sie überrumpeln, aber letztlich tun wir das schon mit Ava.« Er kam auf sie zu. »Honey, wir müssen behutsam sein.«

»Ja, schon gut! Kein Problem.« Penelope konzentrierte sich auf ihre Atmung, wie Doktor Carter es ihr empfohlen hatte.

Die nächste Woche verging schnell. Penelope hatte genügend mit Jona, dem Soul Cake und dem Foodtruck zu tun, sodass sie kaum daran dachte. Dann kam der Samstag und sie stand mit Jona auf dem Arm in der Küche und inhalierte den Duft von frischem Kaffee, der sich ausbreitete, während das koffeinhaltige Getränk in ihre Tasse lief, als Kris ihr einen hellblauen Overall mit dunkelblauen Glitzersternchen darauf vor die Nase hielt.

»Schick«, urteilte sie. »Aber ist der nicht ein bisschen klein für dich«, zog sie ihn auf.

»Oh meinst du?«, überlegte er. »Also wenn ich den Bauch einziehe …«

»Du Quatschkopf, der ist total süß.«

»Oh gut, dass er dir gefällt. Ich hab. Ich hab hier noch einen in Gelb und dachte, dass er dir gut stehen würde«, schmunzelte er und hob einen in Knallgelb mit orangen Sternen darauf hoch.

Penelope prustete los und merkte, wie sich etwas Anspannung löste.

Sie nahm das Kleidungsstück und hielt es an sich.

»Steht mir. Oder?«

»Wie für dich gemacht. Aber ich muss dich enttäuschen. Er ist für ein wunderhübsches Mädchen, dass Jona und ich heute treffen.?«

»Was«, entrüstete sich Penelope. »Ihr geht mir fremd?«

»Ist es wirklich in Ordnung für dich, dass wir das erst mal ohne dich machen?«, fragte er ernsthaft und seine Stirnfalte vertiefte sich.

»Na ja, ich wäre schon gern dabei«, gestand sie. Es fiel ihr schwer, vom Scherzhaften ins Ernsthafte zu wechseln. »Aber ich respektiere die Entscheidung deiner Schwester. Wer weiß, wofür es gut ist.«

»Du bist die Beste. Ich habe eben eine schlaue Frau«, meinte Kris.

»Noch bin ich nicht deine Frau.«

»Es fühlt sich aber so an. Das Formelle holen wir nach. Sobald die Geschichte mit Ava und Tabea gut läuft. Was hältst du von einer Frühlingshochzeit?«

»Viel. Ich kann es kaum erwarten«, gurrte Penelope, umarmte Kris, schaute in seine bernsteinfarbenen Augen und spürte die Wärme, die in seinem Blick lag. Langsam beugte sie sich vor und ihre Lippen verschmolzen zu einem Kuss.

»So, jetzt aber los! Wir müssen Jona anziehen, dann fahren wir zu Ava und holen sie ab.«

»Aber …«, wollte Kris intervenieren, doch Penelope hielt ihn davon ab. »Schon gut, ich fahre dann nach Hause und du sorgst dafür, dass deine Schwester nicht durchdreht.«

»Okay, dann los!«

Zwei Stunden später war Penelope wieder zu Hause. Allein! Wie ein Tiger im Käfig streifte sie durch das Haus. Und wusste nichts mit sich anzufangen.

Sie hätte einiges erledigen können, die Wäsche zum Beispiel. Aber ihre Gedanken kreisten um die Frage, ob Tabea zurück ins Leben finden oder die Mauer noch höher bauen würde. Letzteres wäre keinesfalls zuträglich für Avas Vertrauen, das sie mit viel Ausdauer und Liebe gewonnen hatten. Unkonzentriert ging Penelope von einem Zimmer ins nächste, räumte dort etwas weg, nahm da etwas in die Hand und legte es woanders hin. Sie konnte noch nicht mal ins Soul Cake gehen, denn sie hatte sich freigenommen. Warum auch immer, fragte sie sich. Na dann musste sie eben anders für Ablenkung sorgen. In dem Moment piepte der Trockner. Ja, das war es. Sie würde die Wäsche vor dem Fernseher zusammenfalten. Sie lief in den Keller und öffnete die Tür des Gerätes, das seit Jonas Geburt quasi im Dauereinsatz war. Ein Schwall warmer, wohlriechender Luft stieg ihr entgegen. Eigentlich liebte Penelope den Duft frischer, weicher Wäsche, doch heute stieß sie gleich mehrere Schimpfwörter aus, weil zwei Strampler neben den Korb fielen. Wütend packte sie den Korb und marschierte ins Wohnzimmer, wo sie den Fernseher anschaltete. Es lief irgendeine Nachmittagssendung, wo gekocht wurde. Penelope schaute nicht hin, legte mürrisch die Wäsche zusammen und spähte im Minutentakt auf ihr Handy. Die Zeit zog sich wie ein Kaugummi. Als die Wäsche zusammengelegt im Schrank lag, tigerte sie erneut durchs Haus. Was nun? Der Fernseher lief immer noch. Vielleicht sollte sie auch etwas kochen. Es könnte doch gut sein, dass Tabea zum Abendessen mitkam.

»Jetzt erwarte keine Wunder!«, sprach sie zu sich selbst. Wobei, warum eigentlich nicht? Es hieß doch, dass jeden Tag etwas Wunderbares geschehen konnte. Wieso dann nicht auch heute? Und immerhin war es Weihnachtszeit. Diese magische Zeit, die für Penelope von Ende November bis über die Weihnachtsfeiertage ging, in der immer mit etwas Magischem zu rechnen war. Mit diesem Gedanken öffnete sie den Wasserhahn der Badewanne. Das würde ihr helfen, sich zu entspannen. Heißes Wasser lief in die Wanne. Penelope geizte nicht mit dem Badesalz und zog sich aus. Durch das Rauschen des Wassers hörte sie ein Geräusch. Klingelte ihr Telefon? Halb nackt rannte sie ins Wohnzimmer und nahm den Anruf entgegen. »Kris, na endlich! Wie ist es gelaufen?« Ihre Nerven waren zum Zerreißen gespannt.

»Was sollte denn diese Aktion?«, hörte sie eine bekannte Stimme. »Hast du gedacht, dass du dein Gewissen reinwaschen kannst, indem du mir dieses Kind unterjubelst? Trisha ist nicht ersetzbar, merk dir das!« Dann war Stille.

Penelope lief ins Bad zurück und stellte den Wasserhahn ab. »Es tut mir leid. So war das nicht gemeint«, rief sie ins Telefon, doch Tabea hatte aufgelegt. »Na toll, das hast du super hingekriegt!«, schimpfte Penelope mit sich selbst.

Ihr Telefon klingelte erneut, diesmal war es wirklich Kris.

»Hi, Darling!«, meldete er sich. »Wir bringen Ava zurück und kommen dann nach Hause.«

»Wie ist es gelaufen?«, fragte sie und biss sich auf die Unterlippe.

»Wir reden später.«

»Passt auf euch auf.«

Penelope warte das noch ein Wort des Abschiedes kam, aber auch Kris hatte einfach so aufgelegt. Schien in der Familie zu liegen.

Penelope hätte gern etwas an die Wand gedonnert. Ihr Plan war großer Mist! Und die kleine Ava musste die Suppe jetzt auslöffeln. Sie konnte sich bildhaft vorstellen, wie Tabea ausgerastet war und dem ohnehin schon traumatisierten Mädchen das Gefühl gegeben hatte, nicht erwünscht zu sein.

»Das ist doch alles Scheiße!«, brüllte sie und marschierte zurück ins Bad. Sie zog sich wieder an und ließ das Wasser aus der Wanne. Für Ava war es bestimmt jedes Mal eine Belastung wieder ins Heim zurückzumüssen und sich ungewollt und ungeliebt zu fühlen. Sie wollte sich nicht vorstellen, gegen welche Dämonen das kleine Mädchen schon wieder ankämpfen musste. Als hätte es nicht schon genug durchgemacht. Warum gab das Leben nicht einen lauten Warnton von sich, wenn man die falsche Entscheidung traf? Das würde so manches erleichtern. Mit knirschenden Zähnen ging Penelope in die Küche und begann, das Abendessen vorzubereiten. In der Hoffnung auf Ablenkung drehte sie das Radio auf und fing an zu schnippeln.

»Hallo, meine Schöne!«, hörte sie es irgendwann hinter sich und erschrak. Penelope war so in Gedanken gewesen, dass sie nicht gehört hatte, wann ihre kleine Familie nach Hause gekommen war.

»Ah, das tat jetzt gut«, flüsterte sie, als Kris ihren Hals küsste. Sie drehte sich um und nahm ihren Sohn auf den Arm. Jona wirkte verstört, und Penelope registrierte erst jetzt das Dröhnen der Musik.

»Hast du Party gemacht?« Kris stellte das Radio ab, dann den Fernseher im Wohnzimmer. Penelope verdrehte die Augen. Sollte sie ihm von Tabeas Anruf erzählen?

»Es lief wohl nicht so toll?«, tastete sie sich langsam vor.

Kris holte sich eine Flasche Bier aus dem Kühlschrank und trank sie zur Hälfte leer. Er wischte sich mit dem Handrücken über den Mund und fragte: »Kannst du seit Neuestem hellsehen?«

»Das wäre schön, aber nein, deine Schwester hat mich angerufen«, rückte Penelope nun doch mit der Sprache heraus, sie hatte keine Lust mehr auf Spielchen.

»Oje!«, entfuhr es Kris. »War es sehr schlimm?«

Penelope vergrub ihre Nase in den Locken ihres Sohnes. Sofort wurde sie ruhiger. »Na ja, lammfromm war deine Schwester nicht. Sie hat mir vorgeworfen, dass ich mich mit Ava von meiner Schuld reinwaschen will, und dass Trisha nicht ersetzbar ist.«

Kris seufzte und trank sein Bier aus. Wahrscheinlich hatte Tabea ihm noch mehr an den Kopf geworfen. Penelope lehnte sich an ihn. »Ein bisschen kann ich schon nachvollziehen, dass sie sich überrumpelt fühlt. Tabea glaubt, dass sie nie wieder glücklich sein wird. Sie erlaubt es sich nicht.«

»Aber das ist doch nicht so«, warf Kris ein und drehte nachdenklich die Bierflasche zwischen den Fingern.

»Das wissen wir, aber Tabea ertrinkt in ihrer Trauer.« Penelope schaute auf ihren Sohn, der an seinem Händchen kaute. »O Gott, was haben wir getan?« Erschöpft ließ sie sich auf einen der Stühle am Esstisch sinken.

»Hey, du gibst beim ersten Rückschlag nicht auf, oder?«

Vierunddreißig

OHNMACHT

Schwungvoll trat sie durch die Eingangstür des Kinderheims und ignorierte den Geruch nach Desinfektionsmitteln und Milchreis. Penelope drückte den rosafarbenen Rucksack mit dem Einhorn an ihre Brust, der gefüllt war mit Malsachen.

»Ah, Miss Swan! Gut, dass Sie hier sind. Kommen Sie bitte mit in mein Büro, wir haben etwas zu besprechen«, sagte die Heimleiterin, deren Haare zu einem strengen Dutt gebunden waren und Penelope offenbar erwartet hatte.

»Kann das noch warten? Ich möchte erst nach Ava sehen.« Penelope freute sich auf das kleine Mädchen und wollte weitergehen, doch Miss Mayer hielt sie auf.

»Nein, tut mir leid, das kann nicht warten.« Miss Mayer führte Penelope in ihr Büro.

»Setzen Sie sich bitte!«

Miss Mayer war bisher freundlich gewesen und äußerst kooperativ, doch heute wirkte sie so streng wie das klassische Klischee einer Heimleiterin.

»Was kann ich für Sie tun?«, fragte Penelope und kam sich vor, als wäre sie neun Jahre alt und säße im Direktorzimmer ihrer Schule.

»Also es ist so, Miss Swan, ich will jetzt auch gar nicht

lange drumherum reden«, Miss Mayer räusperte sich, »Ava geht es nicht gut. Sie weint viel und nässt ein.«

»Oh das ist nicht gut. Wie kann ich helfen?«, erkundigte sich Penelope.

»Gut, dass sie das fragen. Ich halte es für ratsam, wenn Sie vorläufig keinen Kontakt zu Ava haben.«

»Wie bitte?« Penelope blieben die Worte aus. »Aber ...« Sie sprang auf, setzte sich dennoch gleich wieder. Sie musste Ruhe bewahren. Wenn sie sich jetzt benahm wie eine Furie, konnten sie ihren neuen Plan vergessen.

»Unsere kleinen Bewohner brauchen Stabilität und Ruhe. Zudem echte Bezugspersonen, die sich einig darüber sind, ob sie ein weiteres Kind wollen oder nicht. Dieses Hickhack, was Sie da veranstaltet haben, ist für eine geschundene Kinderseele pures Gift. Außerdem üben Avas Eltern Druck aus, ihre Mutter steht manchmal abends hier im Hof und ruft nach ihr. Deswegen bitte ich Sie, zumindest bis zur Entscheidung des Familiengerichts den Kontakt zu Ava einzustellen. Zum Wohle des Kindes.«

Penelope hatte die Worte gehört, nur mit dem Verstehen wollte es nicht so recht klappen. Im Grund war es derselbe Vorwurf, den sie sich machte, aber die Konsequenz war eine andere.

»Miss Swan, kann ich mich auf Sie verlassen?«

»Verlassen?«, fragte Penelope ungläubig. Sie saß da wie betäubt. Was wollte diese Frau von ihr? »Ich soll was?«

»Sie haben mich schon verstanden«, sagte Miss Mayer streng und erinnerte Penelope an Frau Rottenmeier aus Heidi.

»Darf ich Ava bitte noch einmal sehen und mich verabschieden?«, fragte sie und stand auf.

»Es tut mir leid, Miss Swan. Ich weiß, das klingt hart für Sie, aber darauf kann ich keine Rücksicht nehmen. Hier zählt einzig und allein Ava.«

»Aber ich will doch nichts Böses oder Schlechtes.«

»Ich weiß. Bitte gehen Sie jetzt!«

»Nein, ich bleibe hier sitzen, bis ich Ava sehen darf«, sagte

Penelope trotzig und verschränkte die Arme vor dem Rucksack, der auf ihrem Schoß stand.

»Machen Sie es doch nicht noch schwerer, Miss Swan!«

»Was haben Sie gegen mich?«, wollte Penelope wissen.

»Oh, gegen Sie persönlich habe ich gar nichts«, versicherte ihr Miss Mayer. »Mein Job ist es, die in meiner Obhut befindlichen Kinder zu schützen. Gedulden Sie sich bis zur Entscheidung des Gerichts und überlegen Sie in Ruhe, ob sie Ava das geben können, was sie braucht.«

Damit hatte Miss Mayer einen wunden Punkt getroffen. Irgendwie hatte sie auch recht. Kinder, vor allem diejenigen, die Schlimmes mitgemacht hatten, brauchten Stabilität. Kris hatte sich das alles so einfach vorgestellt, aber das war es nicht.

»Okay, danke. Geben Sie Ava den bitte?« Penelope reichte der Heimleiterin den Rucksack. »Sie müssen auch nicht sagen, dass er von mir ist.«

»Ich wusste, dass Sie mich verstehen.« Miss Mayer nahm den Rucksack an sich und schüttelte Penelope die Hand. »Danke. Ich hoffe, wir sehen uns wieder.«

Traurig schlurfte Penelope den Gang entlang, lief die Treppe nach unten und versuchte, Kris telefonisch zu erreichen. Aber es war besetzt.

Eisige Luft schlug ihr entgegen, als sie durch die Eingangstür nach draußen trat. Der Winter konnte so schön sein, aber heute zeigte er Penelope sein eiskaltes Gesicht. Ihr Plan war es gewesen, erst mit Ava einen Schneemann zu bauen und danach im Soul Cake heißen Kakao zu trinken. Wie schnell sich doch alles ändern konnte. Schon wieder!

Sie zog die kalte Luft in ihre Lungen und stieß sie wieder aus. Das waren doch, Penelope überlegte, konnte das möglich sein? Das Ehepaar Sanders, das diese Sekte leitete, kam ihr entgegen. War das jetzt einer dieser Zufälle, oder steckte mehr dahinter?

Leider betraten Mister und Miss Sanders gerade das

Kinderheim. Das Haus, in welches sie keinen Fuß mehr setzen durfte. Sie schluckte.

Bevor sie sich auf den Heimweg machte, schaute Penelope an der Fassade des Gebäudes hoch, in dem Ava jetzt saß und sich fragte, warum Tante Leope nicht zu ihr kam. Penelope meinte, den Schmerz und die Enttäuschung von Ava selbst spüren zu können. Sie wollte schon nach ihr rufen, erinnerte sich dann aber an das, was Miss Mayer gesagt hatte. Es brach ihr fast das Herz, Tränen des Zorns schossen ihr in die Augen. Mit geballten Fäusten stand Penelope auf dem Bürgersteig und schwor sich, um dieses Mädchen zu kämpfen. Sie hatte schon so vieles falsch gemacht in ihrem Leben, aber diesen kleinen Menschen wollte sie nicht enttäuschen.

Mit diesem Vorsatz fuhr sie nach Hause und versuchte während der Fahrt immer wieder, Kris zu erreichen.

»Warum gehst du nicht an dein Telefon?«, fragte Penelope, kaum dass sie das Haus betreten hatte.

Kris stand in der Küche, die Ärmel seines dunkelblauen Hemdes waren hochgekrempelt, seine Hände versanken in einem Hefeteig. »Und wie soll ich das bitte machen?«, fragte er und lachte. »Warum bist du schon wieder hier?«

Penelope stand in Mantel und Stiefeln einfach nur da und sah ihn an. Kris war ihr Fels in der Brandung, mit ihm würde sie alles schaffen. Sie lief zu ihm und lehnte sich seufzend an seinen Rücken.

»Lass mich raten. Sie haben dir den Kontakt verwehrt und behauptet, dass wir nicht gut genug für Ava sind.«

»Äh, woher weißt du das? Steht das in meinem Gesicht geschrieben?«

»Na ja, immer wenn diese kleine, entzückende Falte auf deiner Stirn auftaucht«, er drehte den Kopf zu ihr, »und diese Ader an deiner Schläfe pulsiert, weiß ich, dass graue Wolken aufziehen und es gleich blitzt und donnert.«

»Ist das so?« Trotz der miesen Neuigkeiten verzogen sich ihre Lippen zu einem Lächeln.

»Ja, so ist das«, stimmte Kris ihr zu und knetete weiter

seinen Teig. »Aber nicht ausschließlich. Miss Mayer hat mich angerufen.«

»Ach! Und bei ihr kannst du ans Telefon gehen?«, murmelte Penelope und schlang ihre Arme von hinten um Kris.

»Na ja, Miss Mayer ist eine Respektperson«, meinte er und überdeckte seine Worte mit einer gehörigen Portion Ironie. »Sei nicht traurig, mein Liebling, wir finden ein anderes Kind.«

Verdutzt löste sich Penelope von Kris, ging um den Küchenblock herum und schaute ihn an. Meinte er das ernst? Doch sie fand keine verräterischen Spuren von Sarkasmus in seinem Gesicht. Ernst und ruhig lag sein Blick auf ihr. »Was ist los, meine Schöne?«

»Echt jetzt?« Erneut stieg die Wut in ihr auf. Penelope ballte ihre Fäuste und knallte sie auf den Küchentresen. »Wir finden ein anderes Kind? Einfach so, als wäre Ava nicht mehr als ein Spielzeug?«

»Nein, so habe ich das nicht gemeint.« Kris hielt seine Hände unter den Wasserstrahl und griff zum Handtuch, um sich seine Finger trocken zu reiben. Er wollte zu ihr gehen, aber Penelope hob abwehrend die Hand.

»Du willst dieses kleine Mädchen im Stich lassen, bloß weil nicht alles gleich so klappt, wie wir es uns vorgestellt haben? Warst du nicht derjenige, der gestern noch fragte, ob ich beim ersten Problem einen Rückzieher machen will?«

»Also, was schlägst du vor?«, erkundigte sich Kris, der wie immer der Ruhige in ihrem Team war.

»Noch habe ich keinen richtigen Plan, aber aufgeben steht definitiv nicht drin.« Penelope entspannte sich etwas. Hier herumzubrüllen brachte sie auch nicht weiter. Sie atmete zweimal tief durch und sagte: »Ava braucht Menschen, die für sie da sind. Sie wurde schon zu oft herumgestoßen in ihrem jungen Leben, nicht auch noch von uns. Sie hat es verdient, dass endlich jemand Verantwortung für sie übernimmt.«

In diesem Moment kündigte eine Melodie an, dass Kris einen Anruf bekam. Überrascht zog er eine Augenbraue hoch. Penelope lief zum Esstisch und holte sein Telefon. »Geh ran! Ich hole Jona.«

Im Gehen hörte sie, wie Kris seine Schwester begrüßte. War das ein gutes Zeichen, dass Tabea von sich aus anrief? Oder würde sie ihm nur weitere Vorhaltungen machen? Penelope lief hinaus in die klare Winterluft und klingelte bei ihren Nachbarn. Wenn das so weiterging, würde ihr erstes Weihnachten mit Kind ein sehr trauriges Fest werden.

Dabei sollte doch gerade die Weihnachtszeit eine Zeit voller Wunder sein.

Sie schüttelte die düsteren Gedanken ab und erinnerte sich daran, dass sie vertrauen wollte.

Fünfunddreißig

WIEDERSEHEN

Penelope steuerte einen, für amerikanische Verhältnisse, kleinen Supermarkt an. Sie hatte sich erst daran gewöhnen müssen, dass hier alles größer war. »Dream big, think big«, schien hier das Motto zu sein. Dass auch hier manch großer Traum vielleicht zu groß war, fiel ihr auf, als eine Frau, deren Füße in ausgebleichten Turnschuhen steckten, ihren Weg kreuzte. Ihre Beine waren umhüllt von einer fadenscheinigen Hose und ihr früher mal weißes T-Shirt war gelblich. Ihr Haar war lang, grau, zottelig und rahmte ein von der Sonne gebräuntes Gesicht ein, das von Falten, die sich wie kleine Krater in die Haut gegraben haben, durchzogen. Penelope fröstelte es schon als sie diese spärlich bekleidete Frau sah. Sie verdrängte den Gedanken und schob den Kinderwagen mit einem quengelndem Jona darin vor sich her. Mit einem Kleinkind einzukaufen war jedes Mal eine Herausforderung. Penelope schob genervt ein Paket Windeln in den Beutel des Kinderwagens. Sie hatte es doch tatsächlich schon erlebt, dass ein Kassierer die Security gerufen hatte, weil er dachte, sie würde eine Ladendiebin sein. Zum Glück war die zuständige Filialleiterin selbst Mutter, weshalb sich schnell aufklärte, dass es allein unmöglich sei, einen Kinderwagen und einen Einkaufswagen durch den Supermarkt zu manövrieren.

Ich hätte Jona auch einfach bei Maria und George lassen können, dachte Penelope und lief zur Gemüsetheke. Aber vielleicht brauchte sie heute diesen Stresskick, um auf andere Gedanken zu kommen. Dass sie Ava nicht mehr besuchen durften, machte ihr ordentlich zu schaffen. Wie es ihr wohl ging? Ob Ava sie vermisste? Jedenfalls fehlte Penelope das kleine Mädchen.

Ihren Gedanken nachhängend ging sie noch am Brot vorbei, wenn man das so nennen konnte., sie vermisste das Brot aus Deutschland und legte eine Packung Bagels, Toast und etwas, das so aussah, wie Roggenbrot in den Einkaufswagen. Vielleicht sollte sie sich von Juan in die Kunst des Brotbackens einführen lassen.

»Security an Kasse 6, bitte!«, plärrte eine Kassiererin ins Mikrofon.

Penelope zuckte zusammen. Nein, sie war diesmal nicht gemeint, oder? Sie legte die Packung Haferflocken zu ihren übrigen Einkäufen und machte sich auf den Weg zu den Kassen. Dort war eine heftige Diskussion im Gange. Eine junge Frau, die definitiv schon bessere Tage erlebt hatte, stand zwischen zwei kräftigen Männern in Uniform. Wie es aussah, hatte sie eine Dose Bier und Schokolade klauen wollen. Als Penelope näher hinsah, fiel ihr auf, dass es die Frau war, die sie vor dem Supermarkt gesehen hatte.

Während die übrigen Kunden sich auf die anderen Kassen verteilten und wie Ameisen vor einem Feuer flüchteten, ging Penelope schnurstracks auf den Tumult zu und reagierte, ohne konkret darüber nachzudenken.

»Ach, Lydia! Was machst du denn schon wieder für Sachen?«, säuselte Penelope und zog die junge Frau von den Security-Männern weg. »Komm, ich übernehme das.« Sie legte ihre Einkäufe auf das Band, wo die Bierdose neben der mutmaßlich geklauten Schokolade stand. »Wissen Sie«, richtete Penelope das Wort an die Kassiererin, als wäre alles in bester Ordnung, »meine Cousine leidet an Frühdemenz. Und seitdem ihr Mann verstorben ist, ist es noch schlimmer geworden. Aber ich nehme Lydia jetzt zu uns. Nicht wahr, Cousinchen?«, säuselte sie weiter und bezahlte.

»Tut mir leid, dass wir die Security rufen mussten. Ihre Cousine kann sich glücklich schätzen, Sie zu haben.« Die Kassiererin lächelte betreten und wünschte Penelope sowie ihrer vermeintlichen Cousine einen schönen Nachmittag.

»Was soll ich machen? Familie!«, trällerte Penelope und zog die junge Frau mit sich aus dem Supermarkt.

»Das war 'n starker Auftritt, Sie sollten zum Theater gehen.« Die vermeintliche Lydia applaudierte, griff in den Beutel am Kinderwagen und öffnete die Dose Bier.

Penelope ließ die Bemerkung unkommentiert und betrachtete ihr Gegenüber aufmerksam. Die junge Frau war nicht älter als sie, aber viel stärker vom Leben gezeichnet. Ihre Stimme klang rau, ihr Gesicht wirkte hart, obwohl es unter der Dreckschicht kaum zu erkennen war. Penelope wusste, dass das soziale Netz die Menschen in den USA nicht so wie in Deutschland auffing. Hier konnte man schneller durch die weitaus größeren Maschen fallen.

»Wie heißt du eigentlich?«, fragte Penelope und reichte der jungen Frau die Schokolade.

»Felicity«, antwortete diese und nahm einen großen Schluck Bier.

Glücklich wirkt sie nicht, dachte Penelope in Anspielung auf den Namen, der die Glückliche bedeutet.

»Und du?«

»Penelope«, gab sie zurück und streckte ihre Hand aus, die Felicity lässig schüttelte.

»Was ist los mit dir?«

»Das Übliche.«

»Und, gibt es keinen Weg, von der Straße wegzukommen?« Penelope wusste von Georgia, wie schwer es war. Aber gerade deshalb lief sie jetzt auch nicht einfach weiter. Irgendetwas war mit dieser Felicity, das Penelope nicht losließ.

»Klar, eine Erbschaft!« Die junge Frau befreite die Schokoladentafel vom Papier und biss hinein.

»Warum gleich eine Erbschaft? Vielleicht reicht ja auch ein Job fürs Erste«, schlug Penelope vor.

Felicity schnaubte verächtlich. »Das ist ja noch utopischer als die Erbschaft. Wer soll mir denn bitte einen Job geben?«

»Ich vielleicht, mal sehen.«

»Wie meinst du das jetzt?« Verwirrt schaute die junge Frau Penelope an. Ihre Augen wirkten auf den ersten Blick farblos, aber plötzlich war ein winziges Funkeln darin.

»Mir schwirrt da gerade eine Idee im Kopf herum. Ich möchte vorher noch mit jemanden darüber sprechen«, sagte Penelope, die wusste, dass George und Maria jemanden für den Garten und eine Putzfrau suchten.

»Ja, klar.« Felicitys Mimik erzählte von zu viel nicht gehaltenen Versprechungen.

»Pass auf, ich schreibe dir meine Handynummer auf und du rufst mich übermorgen an. Dann weiß ich mehr. Okay?« Penelope kramte in ihrer Tasche nach Stift und Papier und notierte ihre Nummer.

»So, hier!« Penelope reichte ihr das Stück Papier und legte noch einen Apfel dazu. »Iss was Ordentliches!«

»Aber warum? Ich meine, wir kennen uns doch gar nicht und du kommst gleich mit 'nem Jobangebot daher.«

»Das stimmt«, erwiderte Penelope. »Du könntest eine Diebin sein oder eine russische Agentin. Aber hübsche Bewerbungsunterlagen in Hochglanzmappen sagen auch nicht mehr über einen Menschen aus als ein Händedruck. Richtig, Felicity? Ruf mich an, übermorgen!« Penelope verschwieg, dass Felicity ihr bekannt vorkam. Sie erzählte der jungen Frau auch nichts von ihrem Bauchgefühl, welches ihr eindeutig sagte, dass sie dieser Frau vertrauen konnte.

»Huhu, Pen!«, hörte sie eine bekannte Stimme rufen. Und tatsächlich, eine winkende Georgia eilte über den Supermarktparkplatz.

»Was für ein Zufall! Ich wollte dich gerade anrufen«,

schnaufte ihre Angestellte, »aber das kann ich mir jetzt sparen.«

»Hallo, du treue Seele! Was hast du auf dem Herzen?«

»Ja, also wegen des Foodtrucks«, fing Georgia an und stoppte abrupt, als Felicity krachend in den Apfel biss. »Oh, du bist nicht allein. Entschuldige bitte. Das mit dem Foodtruck kann warten. Hallo, ich bin ...« Sie brach ab und starrte Felicity an, als wäre sie ein Geist.

»Ist das möglich?« Mit zittriger Stimme streckte Georgia ihre Finger aus. »Felicity, bist du das?«

»Ja, bin ich. Aber Sie suchen bestimmt eine andere.« Die junge Frau wandte sich ab und stopfte die angebissene Schokoladentafel in die Tasche ihres zerschlissenen Mantels.

Penelope sah, wie Georgia in sich zusammensackte, doch eine Sekunde später wieder die Schultern straffe. »Wem willst du etwas vormachen, Felicity? Du konntest noch nie besonders gut lügen.« Mit beherztem Griff drehte Georgia die verblüffte Felicity und schob den schmutzigen Schal von deren Hals.

»Alles klar, du willst also nicht die Felicity sein, die ich suche. Okay. Und was ist das hier?«, fragte sie und deutete auf ein Muttermal, das die Form und Farbe von verschüttetem Traubensaft hatte.

»Kind, schon so lange warte ich auf diesen Augenblick und jetzt wird er mir geschenkt.« Georgia lächelte und weinte zugleich. Sie breitete die Arme aus und wollte Felicity in eine Umarmung ziehen. Aber diese duckte sich weg, nuschelte ein »Danke« zu Penelope und rannte zwischen den parkenden Autos davon.

»Was war das denn?«

Georgia seufzte und schaute der jungen Frau nach. »Sie ist meine Tochter. Für weitere Erklärungen habe ich jetzt keine Zeit«, rief sie und rannte Felicity hinterher.

»Und warum läuft sie dann vor dir weg?«

Ratlos blieb Penelope zurück. Sollte sie den beiden Frauen folgen?

Ein Blick auf Jona und den Kinderwagen war Antwort genug. Mit dem sperrigen Ding war sie lahm wie eine Schnecke, jedenfalls im Slalom um parkende Autos. Aber neugierig war sie trotzdem.

»Wir schauen mal, ob wir die beiden finden, ja?«, sprach sie zu Jona, der sie mit seinen zwei Zähnchen anlachte, als würde er verstehen, was sie sagte. Dann kaute er eifrig weiter auf seiner Möhre rum, die sie im beim Verlassen des Supermarktes in die Hand gedrückt hatte, denn die nächsten Zähnchen wollten raus. Im Stechschritt schob sie den Kinderwagen in die Richtung, in die Georgia und Felicity verschwunden waren, weiter und hielt Ausschau nach den beiden. Es dauerte eine Weile, bis sie Mutter und Tochter entdeckte. Penelope hatte die Hoffnung eigentlich schon aufgegeben, doch da standen sie, auf der anderen Seite der Thorndale Avenue, eng umschlungen und wiedervereint.

In Penelopes Bauch wurde es warm, im Kino würde jetzt der Abspann laufen, wobei es ja jetzt erst richtig losging. Sie beschloss, die Harmonie nicht zu unterbrechen und Georgia später anzurufen.

Sechsunddreißig

VERGEBUNG

Jonathans Beklagen darüber, dass sein Magen knurrte, wurde immer vehementer und deswegen beeilte sie sich, ins Haus zu kommen, um sein Bedürfnis zu stillen. Maria trat aus der Haustür und winkte ihr. Es schien so, als ob ihre Nachbarin ihr etwas sagen wollte. Gerne wäre Penelope zu Maria gegangen, aber sie winkte nur zurück. Der Hunger ihres Sohnes war wichtiger. Es begann auch in ihrem Bauch zu grummeln, wofür aber nicht der Hunger verantwortlich war, sondern ein Gefühl, das sie nicht näher fassen konnte. Ihr Herz schlug schneller und ihre Nackenhaare stellten sich auf. Noch bevor sie die Hand auf den Türknauf gelegt hatte, spürte sie, dass etwas anders war. Ruckartig öffnete sie die Tür, schob den Kinderwagen ins Innere des Hauses und jetzt war sie sich sicher. Etwas hatte sie geändert. Nur was? Sie ignorierte die Einkäufe, hob Jona auf den Arm und rief nach Kris.

»Wir kommen gleich«, hörte sie ihn antworten.

Wir? Vielleicht hatte er einen Kollegen mitgebracht, die Nudeln zum Abendessen würden auch für drei reichen. Sie zuckte mit den Schultern, streifte ihre Schuhe ab und lief mit Jona auf dem Arm die Küche, um seinen Getreidebrei vorzubereiten. Sie schüttete alle Zutaten zusammen und begann zu rühren.

»Hallo, Pen!«, vernahm sie eine Stimme, die ihr gleichermaßen vertraut und doch fremd vorkam. Ihr Magen sackte ab, als würde sie mit dem Fahrstuhl fahren, ihre Finger zitterten und um das zu überdecken, rührte so sie heftig, dass etwas von Jonas Brei auf der Arbeitsplatte schwappte. Sie blickte zu ihrem Sohn, der zufrieden nuckelnd an einer Maisstange in seiner Wippe saß. Sie hatte sich den Moment so sehr gewünscht und jetzt, als er da war, fühlte sie sich überfordert und wollte wegrennen. Es kam ihr vor, als würde es Stunden dauern, bis sie es schaffte, sich umzudrehen.

»Wenn ich lieber gehen soll, kann ich das verstehen.«

»Bist du irre?«, entfuhr es Penelope. »Ich meine, wir warten seit einer gefühlten Ewigkeit darauf, dass du kommst. Nein, du bleibst schön hier!« Mit zitternden Händen griff Penelope nach einer Tasse und stellte sie unter den Kaffeeautomaten.

»Willst du auch noch einen?«, fragte sie Tabea, die bereits einen Becher in ihren Händen drehte.

»Gerne mit etwas Stärkerem drin. Ich glaube, das brauche ich jetzt.«

Nickend öffnete Penelope den Kühlschrank, holte den Kaffeelikör heraus und goss in jeden Becher zwei Fingerbreit. Dann erledigte die Kaffeemaschine den Rest. Mit den vollen Bechern gingen sie zum Tisch, wo Penelope Jona in seinen Hochstuhl setzte. Liebend gerne hätte Penelope Tabea umarmt. Aber sie traute sich nicht, über den Graben zu springen.

»Er braucht schleunigst seinen Brei, sonst brüllt er ganz Chicago zusammen.« Ihre Bemerkung war nicht gerade originell, aber was sagte man in einem solchen Augenblick?

Dass Tabea jetzt einfach so in ihrer Küche saß, war nicht nur eine Überraschung, sondern kam einem Sechser im Lotto gleich.

Wie soll ich mich verhalten, einfach so tun, als wäre nichts geschehen?, dachte Penelope und pustete auf den Löffel Brei in ihrer Hand. Jona klappte seinen Mund auf und ballte die Hände zu Fäusten.

»Oh, er hat ja schon Zähne!«, stellte Tabea fest und ein Lächeln huschte über ihr Gesicht.

»Ja, und die setzt er auch schon gekonnt ein«, antworte Kris, stellte sich hinter Penelope und massierte ihr kurz die Schultern.

»Du bekommst ja, mein Herz«, säuselte Penelope beruhigend, sie war froh, dass sie etwas zu tun hatte, und dann folgte Löffel um Löffel, bis sein Bauch voll und die Schüssel leer war.

Kris wechselte einen vielsagenden Blick mit Penelope.

»Warum geht ihr nicht ins Wohnzimmer. Ich kümmere mich weiter um Jona und komme später dazu.«

»Du bist der Beste.«

Kris beugte sich runter und küsste Penelope. »Ich weiß«, schmunzelte er.

»Typisch mein Bruder. Ein unerschütterliches Selbstbewusstsein«, Tabea stand auf, Penelope folgte ihr. Auf dem Weg ins Wohnzimmer konzentrierte sie sich auf ihr Atemritual und ermahnte sich zur Ruhe.

»Also, warum bist du hier?«, fragte Penelope schließlich, als Tabea auf der Couch Platz genommen hatte. »Bist du gekommen, um mir weitere Vorhaltungen zu machen?« Ihre Stimme klang kalt, obwohl es nicht ihre Absicht war.

»Nein!« Tabea schüttelte vehement den Kopf. »Ich habe viel nachgedacht und weiß jetzt, dass meine Kleine nicht wieder lebendig wird, wenn ich dich hasse. Im Gegenteil. Ich meine, es ist nicht so, dass ich es nicht versucht hätte. Aber ich schaffe es nicht.« Tabea schluckte und rang mit ihren Tränen. »Außerdem hätte Trish nicht gewollt, dass ich ihre Tante Lelope hasse und mich von ihrem Onkel zurückziehe.« Sie schniefte in ein Taschentuch, das bereits feucht war. »Ihr seid meine Familie und ich möchte meinen Neffen kennenlernen, wenn ich darf.«

Penelope vergaß all den Frust, die bösen Worte und Vorwürfe. Vor ihr saß die alte Tabea, jene Frau, die sie vermisst hatte.

»Na klar.« Penelope räusperte sich, um den Kloß in ihrem Hals loszuwerden. Sie ließ sich neben Tabea auf die Couch fallen und konnte endlich das tun, was sie die ganze Zeit schon tun wollte. Sie legte ihre Arme um ihre Schwägerin und umarmte sie. »Komm her!«

Tränen liefen stumm über ihre Gesichter. Die beiden Frauen saßen einfach nur da und hielten sich gegenseitig fest.

»Du hattest recht«, schluchzte Tabea irgendwann. »Es ist leichter, gemeinsam zu trauern. Damit lässt es sich leichter ertragen.«

Jetzt war es Penelope, die schniefte. Sie drückte ihre Schwägerin noch einmal an sich. Ihr fehlte die Kraft, all das Leid und den Kummer in Worte zu fassen. Aber offenbar war das auch nicht nötig. Sie würden Zeit finden, in Ruhe darüber zu sprechen, dessen war sich Penelope in diesem Moment sicher. Hoffnung keimte auf und wärmte ihr Herz. Vielleicht könnte dieses Weihnachtsfest doch noch schön werden.

»Hallo, du Hübscher!«, rief Tabea, als Kris mit seinem Sohn ins Wohnzimmer trat. Sie kam nur langsam auf die Beine. Trauer und Hass hatten an ihr gezehrt wie ein Krebsgeschwür. Tabea war dünn und wirkte gebrechlich. Trotzdem lächelte sie und beugte sich zu ihrem Neffen. »Ich weiß, ich habe viel zu lange nichts von dir wissen wollen. Kannst du mir verzeihen?«, fragte sie ihn und Jona streckte seine Ärmchen nach ihr aus, als würde er verstehen, was seine Tante sagte. Tabea nahm seine kleine Hand und führte sie an ihre tränennasse Wange. »O Babyboy«, schluchzte sie und zog geräuschvoll die Nase hoch. »Es tut mir so leid, dass ich dich erst jetzt kennenlerne. Deine Tante war ein bisschen, na du weißt schon.« Tabea machte mit dem Zeigefinger eine kreisende Bewegung an ihrer Schläfe, was Penelope schmunzeln ließ. »Weißt du, manchmal sind wir großen Leute etwas seltsam. Aber wir können auch toll sein, das möchte ich dir gern beweisen. Ich werde die tollste Tante sein, die du dir wünschen kannst. Versprochen!«

Mittlerweile strömten die Tränen flutartig über Tabeas Wangen. Sie neigte den Kopf, als wollte sie von Penelope eine Art Absolution.

»Danke!«, flüsterte diese und drückte Tabea erneut an sich. Minutenlang standen sie so da und Penelope merkte, wie eine Last von ihr abfiel. Es wunderte sie beinahe, dass nichts davon zu hören war, wie der Felsbrocken, der in ihrem Inneren gewachsen war, zu Boden knallte.

»Du hast mir so gefehlt«, schniefte Penelope und nahm das Taschentuch, das Kris ihr reichte. Sie bemerkte, dass auch seine Augen vom Weinen rot waren.

»Ich war so eine blöde Kuh!«, schimpfte Tabea mit sich selbst und hob einen Arm. »Komm her, Bruderherz!« Jetzt standen sie zu dritt eng zusammen und zwischen ihnen Jona, das Zentrum dieser kleinen Familie. Er gluckerte weiter munter vor sich hin, während er Kris die kleinen Händchen auf die Wangen legte und ihm liebevoll in die Nase biss.

Kris lachte, und das brach den Bann. Tabea und Penelope stimmten in das Lachen mit ein. Es war jene Art von Lachen, das jegliche Sorgen für einen Augenblick wegwischte und seine Besitzer vom Kummer befreite.

»Wir haben dich vermisst, Bea«, brummte Kris und gab seiner Schwester einen Kuss auf den Scheitel. »Es ist so schön, dass du wieder da bist. Auch wenn ich fast nicht mehr damit gerechnet habe.«

Penelope merkte, dass Tabea zusammenzuckte. Dann sah sie, wie ihr eben noch fröhliches Gesicht von Schmerz überzogen wurde. Schwankend schaffte es ihre Schwägerin gerade noch, sich an der Sessellehne festzuhalten.

»Was ist los?«, fragte Penelope ängstlich. »Setz dich erst mal. Ich hol dir ein Glas Wasser.« Sie half Tabea auf den Sessel und lief anschließend zum Kühlschrank.

»Ist nicht so schlimm, ich habe nur den ganzen Tag noch nichts gegessen.«

Nicht nur heute, dachte Penelope und betrat die Küche, um ihrer Schwägerin ein Sandwich zuzubereiten. Sie hatte noch veganen Frischkäse, drapierte das Brot mit Gurkenscheiben und streute etwas von der Würzmischung darauf, die Tabea so mochte. Später würden sie gemeinsam zu Abend essen, aber das Gurkensandwich brachte Tabea für den Anfang wieder auf die Beine.

Kris holte das Wasser und küsste Penelope. »Du bist toll«, flüsterte er und nahm auch den Teller mit dem Sandwich. »Ich bin sehr froh, dass du sie nicht abgewiesen hast. Bea stand weinend vor der Tür, sie ist völlig am Ende und braucht uns jetzt.«

»Darling, sie ist deine Schwester. Natürlich helfen wir ihr«, beruhigte ihn Penelope. »Und jetzt lass uns zu ihr gehen!«

Tabea saß auf dem Sessel und hielt einen schlafenden Jona im Arm. Der Anblick sorgte dafür, dass Penelope schon wieder Tränen in die Augen schossen. Kris ging es wohl ähnlich. Er stand neben ihr und konnte sich nicht bewegen.

»Was schaut ihr mich denn so an?«, fragte Tabea verwirrt.

»Alles gut. Es ist nur ein Bild, von dem ich kaum zu hoffen wagte, dass ich es je zu sehen bekomme«, erklärte Kris und stellte den Teller mit dem Sandwich vor ihr ab. Tabea biss genüsslich hinein und kaute.

»Komm, wir legen Jona in sein Bettchen, dann kannst du essen«, schlug er vor und half Tabea hoch.

Mit einem Nicken signalisierte Penelope Tabea, dass es für sie okay war, und über Tabeas Gesicht huschte ein Lächeln, bevor sie erneut zu ihrem Sandwich griff, abbiss und es zurück auf den Teller legte.

»Träum was Schönes, mein Kleiner!« Penelope strich Jona übers Köpfchen und schaute Kris nach, der mit Tabea seinen Sohn ins Bettchen brachte.

Sie öffnete den Kühlschrank und zog eine Flasche Rosé heraus. Zusammen mit drei Gläsern setzte sie sich auf die Couch und drehte den Deckel von der Flasche. Der Abend würde lang werden, da konnte ein guter Tropfen nicht schaden. Sie schenkte ein, hielt sich eines der Gläser unter die Nase und nippte daran. Der Wein schmeckte nach Beeren und Pfirsich. Genussvoll schloss sie die Augen und ließ den Wein ihre Kehle hinabrinnen.

»Da sind wir wieder.« Penelope öffnete die Augen, die beiden Geschwister so zu sehen, war für sie das Bild des Tages. Dass Georgia vor dem Supermarkt ihre Tochter wiedergefunden hatte, war schon bewegend gewesen, aber jetzt Tabea dabei zuzusehen, wie sie hungrig den Rest des Sandwiches verschlang, berührte Penelope tief. Es war, als wollte Tabea nicht nur den physischen Hunger stillen.

Als sie fertig gegessen hatte, nahmen sie ihre Gläser in die Hand, hielten sie in die Höhe und stießen klirrend an.

»Auf ...«, begann Kris. »Ja, auf was?«

»Auf das, was kommt, und auf das, was bleibt!«, schlug Tabea vor und jeder des dreiblättrigen Kleeblattes trank einen großen Schluck.

»Ah, das tut gut!«, meinte Tabea und ließ sich in das weiche Polster des Sessels sinken. »Ihr ahnt nicht, wie sehr mir das hier gefehlt hat.« Sie machte eine kreisende Handbewegung und lächelte.

»Na ja, woher sollten wir das auch wissen. So, wie du uns ...« Kris stand auf, aber Tabea hob die Hand und stoppte ihn. »Ich weiß, ich war gemein und unfair zu euch.«

»Ist schon gut«, wiegelte Penelope ab.

»Nein, ist es nicht. Und das muss ich aussprechen. Also bitte, Kris, setz dich wieder hin und lasst mich das jetzt sagen.« Tabea legte ihre Finger an die Nasenspitze. Es sah aus, als müsse sie sich die passenden Worte zusammensuchen. »Nach dem Tod meiner kleinen Trish ...« Sie schluckte heftig und Penelope wollte schon aufspringen und ihre Schwägerin in den Arm nehmen. »Nein, lass bitte!« Tabea erneut ihre Hand und sprach dann weiter: »Nach dem ... Unfall entstand eine große Leere in mir. Es war wie ein schwarzes Loch, das alles Glück und jede Erinnerung, egal ob positiv oder negativ, in sich zog. Es wurde immer größer, je mehr ich die Wut, die Trauer und die Angst in mir nährte und gleichzeitig zu übertünchen. Und glaubt mir, das tat ich. Ich wollte den Schmerz und die Leere nicht mehr fühlen.

In jeder Sekunde hatte ich nur diesen einen Gedanken, dass ihr mir meinen Goldschatz genommen habt.« Tabea schaute zu Penelope. »Es war, als hättest du mir das Herz aus dem Leib gerissen. Ich wollte nur noch sterben, lebte aber trotzdem weiter mit diesem unfassbaren Schmerz, der in mir wütete. Jeden Tag und jede Nacht wünschte ich mir, dass ich statt meines kleinen Mädchens auf diesem beschissenen Autositz gesessen hätte. Doch ich musste weiterexistieren und mit ansehen, wie in deinem Bauch das Glück heranwächst. Neid fraß sich durch meine Seele. Du warst so strahlend schön wie eine junge Göttin, mit einem Mann, der dich liebt, und einem hübschen Häuschen, das bald von Kinderlachen erfüllt sein würde. Du hattest alles, obwohl du mir nahmst, was das Wertvollste in meinem Leben war. In Dauerschleife befragte ich Gott und das Universum, warum ich mein Kind verlor, aber du deines behalten durftest. Es war so verflucht unfair.«

»Das ist es«, flüsterte Penelope unter Tränen, aber Tabea war noch nicht fertig.

»Jetzt weiß ich, dass es nicht deine Schuld war, aber damals fühlte es sich so an, als hättest du absichtlich meine Trisha getötet, damit du alles hast und ich nichts. Ich suchte etwas, an das ich mich festklammern konnte.« Ein lautes Schnauben folgte. Tabea putzte sich die Nase und sprach tapfer weiter: »Als du dann Jonathan zur Welt brachtest und er nicht nur gesund und munter, sondern darüber hinaus eines der zauberhaftesten Babys war, die ich je zu Gesicht bekam, hätte ich ihn dir am liebsten weggenommen. Die Frau, die mir jegliche Lebensfreude gestohlen hatte, sollte genauso unglücklich sein wie ich. Dazu war ich aber nicht in der Lage. Stattdessen betäubte ich den Schmerz mit Alkohol und zahlreichen Affären. Eine Zeit lang klappte das und ich war der Meinung, ich hätte es überwunden. Ich machte den Fehler und fuhr zu den Orten, an denen mein kleiner Engel so gerne war, und der Schmerz schlug mit voller Wucht zu. Morgens erwachte ich mit hämmernden Kopfschmerzen und in meinem eigenen Erbrochenem liegend in irgendeiner Gasse. Das war wohl mein absoluter Tiefpunkt. Ich lief wankend, vollgefüllt mit Scham und Restalkohol, durch die Stadt und fragte mich, ob das jetzt tatsächlich mein Leben war. An einer Hauswand las ich auf einem Schild Gemeinde Sonnenfroh, gemeinsam nicht mehr einsam und zusammen scheinen und dachte, es wäre ein Wink des Universums, eine Antwort auf all meine Gebete. Und anfänglich fühlte es sich auch so an. Bei meinem ersten Besuch wurde ich freundlich aufgenommen, aber das blieb nicht so. Diese Leute nutzten meine emotionale Schieflage schamlos aus, sie isolierten mich, nährten meinen Neid und begannen, mich unter Druck zu setzen. Einzelheiten erspare ich euch.«

Tabea trank durstig vom Wein, es war ihr anzusehen, wie viel Kraft sie dieses Geständnis kostete.

»Aber dass diese Gemeinde keinen Sonnenschein brachte, erkannte ich erst viel später. Diese Leute füllten meine Leere mit hübschen Worten, mit Lügen und falschen Versprechen, und ich dummes Huhn bemerkte nicht, dass sie mich aussaugten.« Sie schaute zu Kris und schenkte ihm ein warmes Lächeln. »Auch wenn ich erst mal mächtig sauer war, dass du mir den Geldhahn abgedreht hast, bin ich dir heute mehr als dankbar, Bruderherz. Glaubt mir, wenn ich könnte, würde ich auf die Rückspultaste drücken bis zu jenem Tag, als ich mich entschied, in dieses Gebäude zu gehen. Stutzig wurde ich erst, als sie mich verfolgten und nicht gerade freundlich ermahnten, dass ich bezahlen soll. Ansonsten«, Tabea schluckte und kaute auf ihrer Unterlippe rum. »Jedenfalls drohten sie mir.« Ich glaube, sie sind immer noch hinter mir her.«

Penelope erinnerte sich an jene seltsame Szene, die sie auf

der Straße beobachtet hatte. »Du meinst diese kleine Frau und den großen Mann, die dich neulich bedrängt haben?«

Tabea nickte und wischte sich müde über das Gesicht. »Ja genau. Deborah und Calvin Sanders sind beide sehr eloquent und rhetorisch begabt. Und ihnen gelingt es somit, dass sich die Welt ihrer Mitglieder nur noch um Sonnenfroh dreht. Es sind quasi Blutegel, die von den seelischen Qualen ihrer Opfer leben und sie so lange aussaugen bis nichts mehr von ihnen übrig bleibt«, die letzten Worte spie Tabea regelrecht aus und verzog das Gesicht dabei, als hätte sie auf etwas Bitteres gebissen. »Sie nahmen uns das, was uns geblieben ist, um dann auf den Trümmerhaufen unserer Leben ein neues Fundament zu bauen. Aber nicht so eines, das stabil ist und aus gutem Material besteht, sondern aus Steinen, die nur äußerlich gut aussehen. Die Zwischenräume sind nicht mit guten Mörtel gefüllt sondern mit Lug, Trug und Abhängigkeit.«

»Wir müssen zur Polizei!« Wütend sprang Penelope auf. »Das sind Verbrecher!«

»Oh je, es tut mir leid, wenn ich schon wieder Schwierigkeiten mache«, stöhnte Tabea auf und ließ ihren Kopf in ihre Hände sinken.

»Bitte? Ach nein, so war das nicht gemeint«, Penelope hielt ihr das Glas hin und mit einem leisen Pling stieß Tabea mit ihrem dagegen. Nachdem sie beide einen Schluck des Weines getrunken habe, meinte Penelope:

»Und jetzt erzähle bitte weiter.«

»Okay«, räusperte sich Tabea, »erst hatte ich Probleme, die Punkte so zu verbinden, dass aus ihnen ein Bild entstand. Doch dann sprach ich mutig ein paar Mitglieder, mit denen ich mich leicht angefreundet hatte, an und erfuhr, dass auch sie hohe Beträge, wenn nicht alles, was sie besaßen und noch mehr an Sonnenfroh gespendet hatten, und dass auch sie von ihren Familien isoliert worden waren.«

»Das sind echte Gauner«, knurrte Penelope. »Am besten, Iich rufe gleich die Polizei an.«

»Nein. Bitte!« Tabea war in sich zusammengesackt, nur noch ihre Augen zeugten von der alten Energie. Penelope hockte sich vor den Sessel und streichelte ihr Bein.

»Aber wir müssen doch etwas tun. Die können doch nicht einfach den Menschen das Geld aus der Tasche ziehen und damit durchkommen lassen.«

Ihre Schwägerin nickte. »Ja, so hätte ich vor einem Jahr auch gesprochen. Aber jetzt will ich einfach nur nach vorn schauen. Der Blick zurück hat mich alles gekostet. Verstehst du? Ich habe keine Kraft mehr für eine polizeiliche Ermittlung und langjährige Gerichtsverfahren. Diese Leute wissen genau, was sie tun. Selbst wenn ich sie anzeige, haben die doch eine Schwadron Anwälte. Nein!« Sie richtete sich auf und schaute Penelope direkt in die Augen. »Wenn ich mein Leben schon neu ausrichte, was ich durchaus muss, denn Trisha wird nicht wiederkommen, möchte ich die Richtung und Bodenbeschaffenheit selbst bestimmen. Es ist mir klar geworden, dass ich nach Halt suchte, den mir kein anderer geben kann, außer ich selbst. Und dafür brauche ich Verständnis und Verzeihen.« Tabea hielt einen Moment inne, löste den Gummi von ihrem Zopf, den sie sich gemacht hatte, um ihre Lockenpracht in Schach zu halten, und band ihn neu. Sie schaute erst Penelope an und dann ihren Bruder.

»Könnt ihr mir verzeihen? Ihr habt mir eure Hand gereicht und ich schlug sie weg. Immer wieder. Heute habe ich nur eine Bitte: Reicht mir eure Hände und verzeiht mir! Ich weiß, das ist viel verlangt.«

Eine Weile herrschte Stille, Tabeas Worte hallten nach.

»Was hast du nicht alles aushalten und durchstehen müssen, da gibt es nichts zu verzeihen.« Penelope fand als Erste ihre Sprache wieder. »Es tut mir so unendlich leid. Wenn jemand verzeihen muss, dann du mir.«

»Vielleicht haben wir uns auch einfach alle wieder lieb und vergessen, was wir uns gegenseitig vorgeworfen haben. Okay?« Kris stand auf. »Ich habe einen Bärenhunger und koche jetzt Pasta. Basta!« Auf dem Weg in die Küche umarmte er beide Frauen und bereitete dann das Abendessen zu.

»Weißt du, jeden Morgen, bevor ich aufwache, ist da dieser eine kostbare Moment, in dem ich denke, dass Trisha noch da ist und friedlich in ihrem Bett schläft. Wir kuscheln noch ein bisschen, anschließend frühstücken wir gemeinsam und ich bringe sie in den Kindergarten. Doch dann öffne ich meine Augen, blinzle und der Augenblick, wenn sich alles richtig anfühlt, wird von der schmerzvollen Erkenntnis verdrängt, dass Trisha nicht friedlich in ihrem Bett schläft, dass sie nie wieder mit mir kuscheln und frühstücken wird. Was sich eben noch warm und sicher anfühlte, ist plötzlich kalt und verloren. Und doch ... Bitte, lass mich ausreden!«, hielt sie Penelope davon ab, etwas zu sagen. »Und doch weiß ich nun, dass dieser Unfall auch mir hätte passieren können und du nur zufällig am Steuer saßt. Die Lebensuhr meines kleinen Engels war anscheinend abgelaufen. Vielleicht sehe ich irgendwann den Sinn dahinter und eine Botschaft darin.«

Penelope konnte nicht anders, sie krabbelte auf den Sessel, der groß genug für zwei war, und kuschelte sich an Tabea. Es war mehr als nur eine Geste, sondern ein Bedürfnis, in dem alles lag: Schmerz und Heilung. Schuld und Vergebung. Freiheit und Festhalten. Sicherheit und Furcht. Loslassen und Ankommen. Hoffnung und Liebe.

Penelope fielen Bernadettes Zeilen zum Thema Verzeihen ein.

Endlich konnten sie beide verzeihen, akzeptieren und gemeinsam trauern.

Siebenunddreißig

ZUVERSICHT

Der Winter hüllte die Landschaft in pudriges Weiß, das heute besonders schön in der Sonne glitzerte. Über Nacht hatte es geschneit – pünktlich zum Weihnachtsfest.

»Na, geht's dir gut, mein Herz?« Kris nahm ihre Hand und hauchte hinein, um die Kälte zu vertreiben. Eigentlich war das überflüssig, denn Penelope fühlte wohlige Wärme in sich. Sie dachte über seine Frage nach. Hätte er sie vor drei Monaten gestellt, wäre die Antwort anders ausgefallen. Doch jetzt war alles gut, beinahe jedenfalls. Das Soul Cake lief super, der Foodtruck entwickelte sich besser als erwartet, sie konnte ihren Sohn lieben und hatte auch die Liebe zu Kris neu entdeckt. Die Aussprache mit Tabea hatte Wunder bewirkt und als i-Tüpfelchen waren sich Georgia und ihre Tochter Felicity wieder nähergekommen. Tochter und Mutter führten viele Gespräche, in denen sie einiges aufarbeiten und klären konnte. Felicity hatte sich von ihrer Familie nicht ernst genommen gefühlt, als der eigentliche Nolan sich dazu bekannt hatte, dass er lieber eine Frau wäre. Aber Georgia hatte ihr Kind wieder. Und nur das zählte.

Es war, als hätte sich die Dunkelheit entschieden, sich aufzulösen und Licht und Wärme in Penelopes Leben zu lassen. Als hätte sie morgens den Rollladen hochgezogen und das Leuchten der Sonne ins Zimmer gelassen, das die Nacht vertrieb.

»Tabea, guck mal, was ich kann«, erklang eine helle Kinderstimme hinter ihr, die an das Zwitschern eines Vogelkükens erinnerte. Penelope schaute nach hinten und lächelte, als sie die kleine Ava auf einem Bein stehen sah. Etwas wacklig, aber sie schaffte es, das andere für ein paar Sekunden in der Luft zu behalten.

»Hey, das war super!«, lobte Tabea die Kleine. »Willst du noch mal rutschen, bevor wir zurück zu Tante Leope gehen?«

»Rutschen und dann schaukeln«, verhandelte Ava wie einst Trisha. Die beiden Mädchen waren sich sehr ähnlich. Penelope hatte manchmal die Befürchtung, Ava nicht lieben zu können, ohne das Andenken an Trisha in Ehren zu halten. Sie hatte mit Tabea mehr als einmal darüber geredet, doch ihre Schwägerin war anderer Meinung. Das hatte sie auch der Psychologin vom Jugendamt gesagt, die sowohl mit Penelope als auch mit Kris und vor allem mit Tabea diverse Gespräche geführt hatte. Nur so war es möglich gewesen, dass sie Ava über Weihnachten bei sich haben durften. Das Sorgerechtsverfahren lief noch, sie konnten also noch keine Pläne für die Zukunft machen. Aber zumindest für Tabea war das nicht so wichtig. Sie hatte den Weg aus der Vergangenheit in die Gegenwart gefunden. Für sie genau wie für Ava zählten das Hier und Jetzt. Vielleicht musste man erst in die tiefsten Schatten geblickt haben, um das zu verstehen.

»Hm ...« Tabea legte einen Finger ans Kinn und tat so, als müsste sie überlegen. Dann verzog sie ihr Gesicht zu einem Lächeln, rief »Wer schneller oben ist!«, und kletterte hinter Ava die Rutsche hoch.

»Ich bin schneller. Jaaa, ich bin Erste!«, jubelte Ava und streckte die Arme in die Luft.

»Na warte!« Tabea schnappte die Kleine und rutschte mit ihr lachend nach unten.

»Und jetzt schaukeln!« Tabea rannte zur Schaukel, setzte sich drauf und fragte Ava:

»Schubst du mich an?«

Glucksend vor Lachen stellte sich Ava hinter Tabea und drückte ein bisschen, sodass sich die Schaukel ein wenig in Schwung geriet.

»Ja gut so«, lachte Tabea. »Und jetzt du.« Sie setzte Tabea auf die Schaukel, die fröhlich auflachte und »Höher, höher«, rief.

»Komm her, du kleiner Nimmersatt«, strahlte Tabea, als sie Ava schnappte und sie in die Luft hob.

»Schneeengel«, rief Penelope und ließ sich rückwärts in den pulvrigen Schnee fallen. Rechts von ihr plumpste Tabea in die weiße Pracht und links tat es Kris ihr gleich. Ava gluckste und fiel neben Tabea in den Schnee. Als sie aufstanden, waren vier Engel zu sehen. Penelope durchzog ein wärmendes Gefühl, bis sie getroffen wurde.

»Hey«, drehte sie sich protestierend um und kassierte einen zweiten Treffer.

»Na warte«, lachte Penelope und formte einen Schneeball und warf ihn Richtung Ava. Binnen Sekunden war eine Schneeballschlacht im Gange.

»Stopp«, rief Tabea. »Wer hat Lust auf Kakao und Kekse?«

»Ich«, tat Ava kund.

»Mit Marshmallows?«

Avas Augen wurden groß und sie nickte.

Tabea nahm das kleine Schneemonster auf den Arm und Ava kuschelte sich eng an Tabea, deren Gesichtszüge weich wurden. Penelope schmolz dahin. Es war genau dieses Gefühl, das sie sich für Tabea gewünscht hatte.

»Es ist schön, die zwei so zu sehen«, meinte Kris, klopfte sich den Schnee ab und schob den Kinderwagen weiter, in dem Jona friedlich schlief.

»Ja, total«, stimmte Penelope ihm zu. Es war wie ein Weihnachtswunder, mitzuerleben, wie sich Ava von einem verschüchterten Kind zu einem lebensfrohen kleinen Mädchen entwickelt hatte.

Es hatte angefangen zu schneien und Schneeflocken

tanzten durch die Luft, die Ava mit der Zunge zu fangen versuchte. Penelope schob ihre Hand in die von Kris und spürte es. Dieses besondere Weihnachtswunderzaubergefühl. Der Weihnachtsspaziergang fand heute nicht wie üblich mit allen Freunden statt. Aber genau das war der Plan. Tabea hatte sich gewünscht, dass sie mit Ava den Vormittag allein verbrachten, um sie nicht zu überfordern. Am frühen Abend würden dann Kelly, Georgia, Ellie und Monica dazustoßen. Auch Yui wollte aus Deutschland kommen und Matt ohne Chadwick. Penelope tat es weh, zu sehen, wie die zwei nicht über ihren Schatten springen konnten, obwohl die Liebe zwischen ihnen vorhanden war. Vielleicht sollte sie mal mit den beiden reden, so wie es Tabea mit Kris und ihr getan hatte. Manchmal brauchte man einen besonderen Engel im Leben, der einem etwas aufzeigt, was man selbst nicht sieht. Es würde sein wie letztes Jahr, nur eben doch irgendwie ganz anders. Auch wenn Penelope es manchmal verfluchte, war das Leben nun mal keine gerade Straße mit absehbarem Ziel, sondern ein Wust aus Kurven und Abbiegungen, Steigungen und Schlaglöchern, die man nicht immer galant umfahren konnte.

»Greif mir mal hier in die Tasche«, hörte sie Kris sagen. Ava hatte sie eingeholt und schaute fragend zu ihm auf. Er hob den Arm, damit sie in seine Manteltasche greifen konnte. Mit einem Jauchzer holte sie eine Minitüte Gummibärchen heraus und rannte los.

»Du bist der Beste!«

Penelope fiel auf, dass Ava weniger stotterte und auch ihr Wortschatz vergrößerte sich. Dieses kleine tapfere Mädchen würde all das Leid hoffentlich vergessen können. Sie war im Heim bei Miss Mayer in guten Händen, aber bei Tabea in noch besseren. Penelope war zuversichtlich, dass es für die beiden irgendwann ein Happy End gab. Denn sie wusste, dass Hoffnung und Liebe einen Weg fanden. Immer.

Epilog

»Bist du so weit?«, fragte Tabea ihre Schwägerin, die sie in Kürze auch amtlich so nennen durfte.

»Ich bin mit den Nerven fertig«, fluchte Penelope. »Wenn der Getränkelieferant nicht kommt, sitzen unsere Gäste auf dem Trockenen.«

Tabea reichte ihr ein Glas Champagner. »Hier, den hat Kris besorgt. Zur Not schicken wir Monica und Ellie mit Tatütata zur Tankstelle.«

»Bist du wahnsinnig? Ich werde doch nicht meine Hochzeit mit billigem Wein und Bier von der Tankstelle begießen!«

Tabea trat an Penelope heran und betrachte sie von hinten im Spiegel. »Wir werden schon nicht verdursten. Vertraue darauf, dass eine Lösung gefunden wird. Und nun lass dich angucken!«

Penelope drehte sich um und seufzte. Der Blick ihrer Schwägerin glitt prüfend über die Hochsteckfrisur und das Kleid, das sie vor über einem Jahr gemeinsam ausgesucht hatten. Offenbar dachte Tabea genauso an diesen Tag wie Penelope. Sie zeigte auf ihr eigenes Kleid, das smaragdgrün war, nicht pink. »Ich bin froh, dass wir Brautjungfern nicht in Bonbonrosa ausstaffiert wurden.« Sie grinste. Über dem geschmackvoll geschminkten Gesicht lag immer noch ein

Schatten, aber er würde irgendwann verfliegen, da war sich Penelope sicher.

»Du bist ja auch keine direkte Brautjungfer, sondern meine Trauzeugin«, erklärte Penelope gerührt. »Danke, dass du mir doch noch diesen Wunsch erfüllst«, schniefte Penelope.

»Hör sofort auf damit«, Tabea hob den Zeigefinger, »sonst war die Arbeit der Visagistin umsonst und du gehst als Pandabär in die Ehe.«

»Auch eine nette Vorstellung«, lächelte Penelope. »Aber im Ernst«, Penelope hielt kurz inne. »Ich bin so froh, dich an diesem Tag an meiner Seite zu haben.«

»Es ist mir eine große Ehre«, versicherte Tabea. »Es war eine schwere und dunkle Zeit. Aber der Vorhang des Schwermuts und der Verzweiflung lichtet sich so allmählich und lässt wieder mehr Licht und Liebe in mein Leben. Ich kann wieder Gefühle zulassen und das tut so gut. Ich habe sogar jemanden kennengelernt.«

»Ah deswegen strahlst du so wie die aufgehende Sonne. Ich freue mich für dich. Erzähl mir von ihm.«

»Noch nicht«, Tabea schüttelte den Kopf. »Es ist noch zu früh.«

»Alles klar. Ich bin da.« Penelope reichte es zu wissen, dass Tabea wieder im Leben ankam. Alles andere war ihre Sache.

Es klopfte an der Tür.

»Wer ist da?«, fragte sie, zog ihr Kleid hoch und öffnete.

Dem Hochzeitsplaner fielen fast die Augen aus, als er sie in ihrem elfenbeinfarbenen Brautkleid sah.

»Was können wir für Sie tun, Mister Smith?«

»Äh, ja.« Penelope registrierte die Schweißperlen auf seiner Stirn, bevor er sie mit einem reinweißen Taschentuch abwischte und es ordentlich zusammengefaltet zurück in die

Tasche seines Smokings steckte. »Also, ich wollte Ihnen nur mitteilen, dass wir das Problem mit den Getränken und dem Büfett klären konnten und mich für die Unannehmlichkeiten entschuldigen.« Mister Smith hielt ihr eine Flasche Champagner und eine Schachtel Pralinen hin.

»Vielen Dank!«, sagte Penelope, rang sich ein Lächeln ab und schloss die Tür. Originell war das zwar nicht, aber eine nette Geste.

»Na siehst du! Was habe ich gesagt?« Tabea nahm ihr die Geschenke ab und stellte sie auf einen Tisch, der mit Kosmetikutensilien übersät war. »Es klärt sich alles auf.«

Beide stellten sich vor die Fensterfront und schauten hinaus in den Garten. Ava flitzte über den Rasen, George und Penelopes Vater liefen hinter ihr her, was die zwei Frauen beruhigte, denn der Michigansee lag hinter dem Gelände, und zog ein weißes Band hinter sich her, das lustig in der sonnigen Frühlingsluft flatterte.

»Woher dieser kleine Wirbelwind das wohl hat?«, fragte Penelope und lachte. Sie bemerkte, dass Tabea neben ihr schniefte. Es war nicht nötig, nach dem Grund zu fragen. »Trisha fehlt mir auch unheimlich. Es ist verrückt, aber manchmal höre ich ihr Lachen und denke, dass sie jeden Moment um die Ecke gerannt kommt«, gab sie zu und nahm die Hand ihrer Schwägerin.

Tabea schluchzte. »Ich hätte sie so gern bei mir, gerade heute.«

»Nein, nicht weinen und schon gar nicht reiben, sonst bringst du mich als Waschbär vor den Altar.« Penelope hoffte, dass ihre Bemerkung die gewünschte Wirkung zeigte. Und tatsächlich, Tabeas Gesicht erhellte sich.

»Billige Retourkutsche«, stellte Tabea fest, aber die Gefahr von verschmiertem Augen-Make-up war gebannt.

Sachte griff Penelope nach der Hand von Tabea und verschränkte ihre Finger miteinander.

»Trish ist hier bei uns, und zwar genau hier.« Penelope legte ihrer beider Hände auf die Stelle, unter der Tabeas Herz schlug, und war froh, dass ihre Stimme nicht brach, als es erneut an die Tür klopfte.

»Ich schätze, jetzt wird er ernst«, murmelte sie und holte tief Luft. »Bist du bereit?«

Tabea wischte vorsichtig unter ihren Augenlidern. »Wenn du es bist?«

Noch nie in ihrem Leben war sich Penelope so sicher gewesen. »Herein, es ist offen!«, rief sie und drehte sich zur Tür. Sieben Frauen betraten den Raum, alle in prunkvolle Kleider gehüllt, deren Farben einen Regenbogen ergaben. Das war Tabeas Wunsch gewesen. Sie hatte gesagt, dass der Regenbogen als Zeichen der Hoffnung galt und Trisha so zu ihnen vom Himmel herunterrutschen konnte. Wie hätte Penelope da Nein sagen können?

»Wow, ihr seht toll aus!« Penelope machte eine ausladende Geste um alle sieben Brautjungfern. »Da soll noch mal einer behaupten, man könnte keinen Regenbogen umarmen.« Sie herzte jede einzelne, trat einen Schritt zurück und betrachtete das Gesamtbild. Tabea stellte sich in ihrem smaragdgrünen Kleid dazu. »Wirklich schön!«, sagte Penelope entzückt. Yui trug Rot, Monica Gelb, Ellie ein wunderschönes Hellblau, Georgia Indigo und ... »Moment mal! Wollte nicht eigentlich Kelly Lila tragen?«

»Ach!«, winkte diese ab, dass die zahlreichen Armreifen an ihrem Handgelenk klimperten. »Dieses frische Orange steht mir eh besser. Und das Schlusslicht zu sein, habe ich jemand anderem überlassen.«

Penelope verstand nicht, Kelly hatte wie eine Löwin darum gekämpft, dass sie die Farbe Lila bekam. Warum hatte sie sich anders entschieden?

»Hallo, Pen!« Mit offenen Armen trat eine kleine Frau in den Raum, deren blonde Haare zu einer Hochsteckfrisur aufgetürmt waren, die sie um mindestens fünf Zentimeter größer wirken ließ. Ihre Füße steckten in goldenen High Heels, die perfekt zu dem dunkelvioletten Kleid passten.

Während sie auf Penelope zukam, fiel eine breite pinke Strähne in ihre Stirn.

»Yara!«, stieß Penelope aus und flog regelrecht in die Arme ihrer Freundin aus Deutschland. »Du bist doch gekommen!«

»Meinst du wirklich, ich lasse mir entgehen, wie meine beste Freundin in den Hafen der Ehe einläuft?«, fragte sie mit einem gespielt entrüsteten Ausdruck auf ihrem Gesicht. »Ich habe alles verschoben, was ging. Und was nicht zu verschieben war, habe ich gecancelt.«

»Aber du hast doch gesagt, dass dieses Seminar, welches es nur einmal im Jahr gibt, so wichtig wäre.«

»Du brauchst mich nicht daran zu erinnern«, meinte Yara und drücke Penelope erneut an sich. »Ich bin hier, und nichts anderes zählt. Und es war die richtige Entscheidung. Es ist so schön dich zu sehen. Aber jetzt lass dich angucken!« Mit prüfendem Blick ging Yara einmal um sie rum. »Du siehst fantastisch aus!«, urteilte sie schließlich. Penelope atmete erleichtert aus. Sie hatte doch tatsächlich die Luft angehalten, weil sie befürchtete, dass die aufstrebende Designerin ihren Unmut kundtat.

»Gut, ich hätte dir ein Kleid auf den Leib schneidern können«, meinte Yara und bauschte den Rock auf. »Ein Kleid, das du auch nach der Hochzeit anziehen könntest. Aber das hier tut es auch. Du bist bezaubernd, meine Elfe.« Yara zog Penelope erneut an sich. »Du hast mir gefehlt. Keiner kann mein Chaos so gut ertragen und aufräumen wie du.«

»Ich habe dich auch vermisst«, sagte Penelope und blinzelte, um ihre Freudentränen zu verdrängen. »Es gibt viel zu erzählen.«

»Das machen wir«, versprach Yara und ließ sie los. »Aber jetzt bringen wir dich erst mal unter die Haube.«

»Da bin ich aber beruhigt, dass dieses Kleid Ihrem Urteil standhält«, mischte sich Tabea scharf ein.

»Wer bitte sind Sie?«, wollte Yara wissen und zog eine Augenbraue hoch.

»Ich bin diejenige, die dieses Kleid, was gerade so geht, mit Penelope aussuchte. Und ich bin der Meinung, dass es mehr ist als nur eine Notlösung. Es hätte sie niemand daran gehindert, ein Kleid für Ihre beste Freundin zu entwerfen. Aber Sie hatten ja offensichtlich Besseres zu tun.«

BÄHM! Das saß. Tabea hatte nicht bloß Yara zum Schweigen gebracht, was außerordentlich schwer war, sondern die versammelte Regenbogenmannschaft schaute betreten zu Boden.

»Moment mal«, räusperte sich Yara, »es stimmt. Penelope hat mich gefragt, aber ich war mittendrin die neue Kollektion zu entwerfen und hatte keine zeitlichen Kapazitäten mehr frei. Und dann ist meine beste Freundin losgestiefelt, um sich eines zu kaufen.«

»Wie auch immer. Wir haben heute noch etwas Wichtiges vor!«, sagte Tabea resolut und fügte mit Blick auf Yara hinzu. »Es gibt nur eine, die heute im Mittelpunkt steht, und das ist die Braut!«

Oje! Na, das kann ja heiter werden, dachte Penelope, die gerade noch die Clutch mit ihrem Handy schnappen konnte, bevor sie von Tabea in den Flur gezogen wurde. Ihre Schuhe sanken mindestens einen Zentimeter in dem dicken Teppich ein. Die Location war wirklich super, die Idee mit dem Hochzeitsplaner ebenfalls. Tabea hatte sie gehabt und Penelope davon überzeugt, dass sie dieses Event nicht planen konnte wie einen Weihnachtsbrunch, sondern eine Hochzeit etwas Einmaliges und damit Besonderes war. Sie öffnete die Tür zum Zimmer, in dem Maria und George ihre beiden Youngsters angezogen hatten und beaufsichtigen. Da Ava draußen herumrannte, musste irgendetwas passiert sein.

»Uff!« Penelope suchte Halt am Türrahmen. Auf einmal fiel es ihr schwer, zu atmen.

»Kind, was ist los?« Ihre Mutter, die sich todesmutig in ein Flugzeug gesetzt hatte und das seit ihrer gestrigen Ankunft auch jedem erzählen musste, kam mit Jona auf dem Arm zu ihr und taxierte Penelope von oben bis unten. Bestimmt würde sie gleich eine ihrer Predigten halten und aufzählen, was ihre missratene Tochter alles falsch machte.

»Nichts, Mama. Alles gut. Nur die Aufregung. Seit wann bist du hier? Wo Ist Papa?« Penelope zählte im Stillen bis zehn, die Zahlen waren wie ein Mantra. Atmen, Pen, atmen! Sie schaute zu Maria, die ihr im letzten Jahr mehr Mutter gewesen war als diese Frau, entschuldigend die Schultern zuckte, und flüsterte ihr ins Ohr:

»Sie stand plötzlich vor der Tür, wollte reden und ihren Enkelsohn sehen.«

Immerhin hatte Penelope jetzt die Erklärung dafür, warum Ava gefolgt von den Männern draußen unterwegs war.

»Weißt du, ich war ja von Anfang an gegen diese Beziehung«, fing ihre Mutter an.

»Mama, echt jetzt?«

»Lass mich bitte ausreden! Also, ich war dagegen, aber jetzt ist dieser hübsche Junge auf der Welt.« Sie tätschelte Jona, der wahrscheinlich gleich brüllen würde. »Also geh jetzt da raus und gib diesem Kris dein Eheversprechen! Auf mich hast du ja noch nie gehört«, meinte sie verschnupft.

Sie konnte es einfach nicht lassen, diese Frau war unverbesserlich. Doch heute war ihr und Kris' Tag und Penelope beschloss, sich nicht die Bühne nehmen oder sich ihre Hochzeit verderben zu lassen.

»Ah, da seid ihr ja alle!«, rief Maria fröhlich, als Monica, Elli, Yui, Georgia und Kelly über den Flur liefen und neugierig ihre Köpfe ins Zimmer steckten. Penelopes Nachbarin war ein wahres Goldstück. Der fünfzehn Monate alten Jonathan, der einen dunkelblauen Anzug mit einem azurblauen T-Shirt trug, wand sich in den Armen seiner Oma, als er die Stimme seiner Mutter hörte.

»Hey, mein Herz, ich habe dich vermisst«, begrüßte sie

Jona, als sie ihn ihrer Mutter abnahm, und sein Lächeln wärmte ihr Herz.

»Tabea!«, rief eine glockenhelle Kinderstimme über den Flur. Penelope überlief eine Gänsehaut und meinte, dass Trisha gleich um die Ecke rannte.

Tabea kniete sich nieder, breitete ihre Arme aus und hinein flog eine aufgeregte Ava in einem ebenso smaragdgrünen Kleid. Die beiden wirkten wie Mutter und Tochter, und das waren sie mittlerweile auch, wenngleich nicht auf herkömmliche Weise. Noch lag die Vormundschaft bei der Fürsorge, aber Tabea kämpfte mit Penelope und Kris an ihrer Seite darum, dass Ava bald offiziell zur Familie gehörte.

»Da ist ja mein kleines Mädchen.« Tabea war das Glück anzusehen, sie strahlte aus jeder Pore und schloss ihre Arme um das zappelnde Energiebündel. »Aber ich bin doch schon groß!« Ava zog einen Schmollmund und hielt Penelope das weiße Band hin, mit dem sie vorhin im Garten umhergelaufen war.

Diese ruhige Souveränität, mit der Tabea Kinder ernst nahm und ansprach und als das sah, was sie waren, nämlich eigenständige, mehr oder weniger, kleine Wesen, bewunderte Penelope an Tabea.

»Danke. Das ist hübsch. Wo hast du es her?«, fragte Penelope Ava vorsichtig. Sie wollte keinesfalls streng wirken, obwohl sie sich vorstellen konnte, dass dieses Band von einem der weißen Hussen stammte, mit denen die Stühle im Garten bezogen waren. Mister Smith würde ausflippen.

»Weiß nicht«, antwortete Ava, die ängstlich zu Penelope und dann zu Tabea guckte.

»Ist nicht schlimm«, entspannte auch diesmal die gute alte Maria die Situation. Sie hielt Avas Körbchen mit zahllosen Rosenblättern in der Hand. »Komm, du hübsches Blumenmädchen, wir gehen schon mal nach unten und sehen nach, ob alles am richtigen Platz steht.«

Ava ging bereitwillig mit ihr. Marias ruhige Art wirkte wie Magie.

»So, nachdem wir das jetzt geklärt hätten, lasst uns Pen endlich unter die Haube bringen!« Tabea schaute lächelnd der kleinen Ava nach und wandte sich anschließend an die Brautjungfern, die sich nach Farben sortiert der Reihe nach aufstellen sollten.

Penelopes Herz klopfte laut. Hätte ihr noch vor sechs Monaten jemand gesagt, dass sie heute hier stehen würde, wäre ihre Frage lediglich gewesen, ob er die falschen Tabletten genommen hatte.

»Los jetzt! Bist du bereit?«, fragte Tabea und schaute nach hinten. Wie sie es besprochen hatten, stellte sich Penelope hinter ihre Freundinnen in die Reihe. Eigentlich sollte George sie zum Altar führen, aber der hatte jetzt Jona auf dem Arm. Was lief hier verkehrt?

Die Gruppe durchquerte die Lobby des Hotels, Absätze klackerten auf dem Marmorboden. Sie betraten den Garten am Ufer des Michigansee. Die Sonne zauberte goldene Streifen auf das Wasser, die Vögel zwitscherten ihre Lieder, es war weder zu warm noch zu kalt. Auf weißen Stühlen, die auf dem satten Grün des Rasens aufgestellt waren, saßen bereits alle Gäste. An einem Stuhl in der letzten Reihe fehlte eine weiße Schleife. Penelope dachte an Ava und dass nicht immer alles perfekt im Leben lief. Dass es darauf aber auch gar nicht ankam, sondern nur, was man daraus machte. Der kleine Wirbelwind verstreute brav die Rosenblätter, allerdings nicht nur auf dem Weg zum Pavillon, wo Kris und der Reverend auf sie wartete. Einige landeten auch auf den Gästen, aber das war nicht wichtig. Im Grunde lief alles so, wie Tabea es mit Mister Smith geplant und Penelope es sich vorgestellt hatte. Alles, bis auf eines. Wer führte sie zum Altar? Im Grunde war es ihr auch nicht so wichtig, Hauptsache war, dass sie Kris heute heiraten würde.

»Darf ich?«, hörte sie plötzlich neben sich eine Stimme und spürte, wie jemand ihren Arm und seinen schob. Penelope schaute erschrocken zur Seite.

»Papa!«

»Glaubst du wirklich, ich lasse es mir nehmen, meine einzige Tochter ihrem zukünftigen Mann zu übergeben?« Er zwinkerte Penelope zu.

Penelope schaute zu George, der mit Jona dastand und sie liebevoll anschaute. Sie wusste, dass er es akzeptieren würde, aber fair war es nicht, ihn einfach so auszutauschen. »Moment Papi«, sagte sie und winkte George zu sich. Das Strahlen ihres Nachbars war Antwort genug für Penelope. George übergab Jona an Maria und eilte zu ihnen. Ihr Vater guckte etwas irritiert, aber Penelope war sich sicher, dass er es in den Tiefen seines Herzens verstand.

»Danke«, flüsterte George ihr ins Ohr und Penelope tätschelte ihm die von Falten überzogene Hand. Die Musik setzte ein und zu den Zeilen von Rushs, The Power of Love:

'Cause I am your lady
And you are my man
Whenever you reach for me
I'll do all that I can

schritt sie, flankiert von den zwei Männern, den gepflasterten Weg entlang. Penelope schwebte förmlich. Es war sicherlich nicht normal, von zwei Männern dem Bräutigam übergeben zu werden, aber es fühlte sich richtig an und passte irgendwie zu ihrem Leben.

Vor ihnen hopste eine aufgeregte Ava, die geschäftig Blütenblätter aus ihrem Körbchen warf. Links von ihnen hatten sich ihre Freundinnen zu einem bunten Regenbogen aufgestellt. Penelope schaute nach oben in den Himmel und gab sich der Illusion hin, dass Trisha dort irgendwo auf sie herabblickte, während ihre Zöpfchen lustig wackelten.

Als sie zurück zur Erde sah, sie schaute nach vorn, fing sie Kris' Blick auf und es war, als bliebe für einige Sekunden die Welt stehen. Dieser Moment beinhaltete alles, was sie sich vorgestellt hatte und was sie wollte.

Der kornblaue Anzug stand ihm perfekt, aus seiner Brusttasche lugte ein mohnblumenrotes Taschentuch hervor und sie musste schmunzeln. Ihre Schuhe hatten das Rot einer Mohnblüte. Und Mohnblume und Kornblume blühten oft zusammen. Obwohl sie sich nicht abgestimmt hatten, passte es.

Als ihr Vater Penelopes Hand in die ihres zukünftigen Ehemannes legte, spürte sie, wie Kris' Liebe sie umschloss. Und diese Liebe beinhaltete nicht nur Berühren und Begehren, sondern Akzeptanz und Respekt. Kris sah nicht nur ihr Äußeres, er nahm sie wahr – mit all ihren Stärken und Schwächen. Er kannte sie wie kein anderer. Am Ende war es richtig, dass sie mit der Hochzeit gewartet hatten. Denn heute konnten sie beide mit der nötigen Erfahrung behaupten: In guten wie in schlechten Zeiten.

»Bereit?«, wisperte sie.

»Für mein ganzes Leben«, antwortete Kris.

»Heute sind wir hier zusammengekommen, um Penelope Swan und Kris Brown das Eheversprechen abzunehmen«, begann der Standesbeamte und nieste. »Oh Verzeihung«, entschuldigte er sich. »Also Mister Brown, wollen sie beginnen?«

»Du bist wie das Blitzen des ersten Sonnenstrahls des aufgehenden Morgens. Gleichzeitig bist du das Versprechen des Sonnenuntergangs auf einen neuen Morgen.

Genau wie das Amuse-Gugeul den Gaumen kitzeln soll, sprichst du all meine Sinne an.

Penelope, du bist keine Aufgabe, die ich zu lösen bereit bin.«

An der Stelle stöhnten einige Gäste auf.

»Nein, Penelope, das Leben mit dir ist genau die Herausforderung, die ich bewältigen kann.«

Jetzt seufzten einige. »Penelope Swan, ich kann dir nicht

versprechen, dass dieses Leben immer in ruhigen Gewässern stattfindet. Ja, ich kann dir nicht garantieren, dass die Wellen nicht doch über uns zusammenbrechen und uns nach unten drücken wollen.

Das Einzige, was ich dir schwören kann, ist, dass ich immer wieder darum kämpfen werde, uns da rauszuholen. Sodass wir wieder atmen können, Licht sehen und Wärme spüren. Willst du diese Herausforderung mit mir zusammen leben?«

Kris' Hand zitterte leicht, als er nach ihrer griff und sie aus seinen bernsteinfarbenen Augen anschaute.

Penelope wischte sich über die Augen, schluckte den Kloß, der sich in ihrer Kehle gebildet hatte, runter, räusperte sich und holte tief Luft, um zu antworten.

»Mein Mann«, durch Penelope ging ein Gefühl der Freude, denn genau das war er. Ihr Mann. »Schaue ich dich an, sehe ich in alles, was ich brauche und will. Du bist die Quintessenz dessen, was ich mir erwünscht, erhofft und erträumt habe. Nur dreimal besser, denn dich kann ich anfassen. Du bist mein Start- und Endpunkt. Du bist der Hafen, von dem ich zu Abenteuern auslaufen kann und der mir ein Zuhause gibt, wenn ich Ruhe, Sicherheit und Geborgenheit brauche. Unser Start war holprig. Doch es war genau dieses Holpern, was uns zu dem gemacht hat, was wir heute sind. Heute lassen wir uns nicht mehr durch ein Schlagloch aus der Bahn werfen, sondern wir wissen, was wir aneinander haben und bessern das Schlagloch aus. Jede Fehlzündung, jedes Ruckeln ließ mich zweifeln. An mir, an dir, an uns. Aber wie das so ist mit Rucklern, vor allem den heftigen, sie sorgen auch dafür, dass wir einander wieder näherkamen.

Kris Malone ich kann dir nicht versprechen, dass wir keine Unfälle haben werden«, Penelope versagte die Stimme, schaute kurz zu Tabea rüber, sammelte sich und legte eine Hand auf ihr Herz, »denn die werden wir erleben. Ich kann dir auch nicht garantieren, dass wir das heil überstehen, aber willst du diese Straße des Lebens weiter mit mir befahren?«

»Jederzeit, Mylady«, antwortete Kris, und das Strahlen aus seinem Gesicht war heller als das der Sonne.

»Kraft des mir vom Staate Illinois verliehenen Amtes erkläre ich Sie beide hiermit zu Mann und Frau. Und jetzt küssen Sie endlich die Braut«, waltete derie Standesbeamtin seines Amtes.

Ihre Lippen verschmolzen zu einem Kuss, in dem alles lag.

Atemlos löste Penelope sich von ihrem frisch angetrauten Mann und als der Applaus verebbte, fragte er mit einem Lächeln:

»Na, Miss Malone, wie geht es dir?«

»Penelope Malone«, sprach sie ihren Namen aus und spürte dem Klang nach. Es war nur ein neuer Name und doch läutete er einen weiteren Abschnitt in ihrem Leben ein.

Sie brauchte ihren alten Nachnamen nicht, um sich daran zu erinnern, dass sie Flügel hatte.

Sie hatte ebenso eine Verwandlung durchlebt wie das hässliche Entlein in dem Märchen, aus dem ein wunderschöner Schwan geworden war.

Penelope schaute erneut in den Himmel und dachte an die Schlusszeilen von Bernadettes Brief.

Denn was hinter dir liegt, wird zwar immer ein Teil von dir bleiben, aber es hat keine Macht mehr über dich. Also stürz dich hinein ins Leben, genieße jeden Augenblick und erlaube dir, trunken vor Glück zu sein! Geh mutig voran und habe Vertrauen in dich, in die Menschen, die dich umgeben, und in die Liebe. Dann wird das Licht in dein Leben zurückkommen. Erinnere dich an deine Flügel und nutze sie, mein Kind!

ENDE

… aber Penelopes Geschichte endet noch nicht.

Nachwort

Meine Geschichte von Penelope und Tabea ist kein Leitfaden dafür, wie mit Depressionen aller Art, hier im speziellen Fall mit postnatalen Depressionen, umgegangen werden sollte. Sie zeigt nur einen Weg von vielen auf. Mein Buch erhebt keinen Anspruch darauf, dass dieser Weg auch für euch der richtige ist.

Wichtig ist, dass ihr euren ganz eigenen Weg findet, wenn ihr zu den Betroffenen gehören solltet.

2020, meine zweite Tochter war ein halbes Jahr alt, fuhr ich mein Kindergarten-Mädchen zusammen mit zwei anderen Kindern zu einem Ausflugsziel. Da entstand in mir der Gedanke, was wäre, wenn ich einen Unfall hätte und eines der zwei befreundeten Kinder dabei sterben würde.

Wie würde ich reagieren? Wie würde es mir gehen? Was würde es mit mir machen?

Jeder, dem ich das erzählte, meinte unter anderem:

»Oh, das ist aber schlimm. Meinst du solche Gedanken helfen weiter?«

Ich weiß nicht, ob sie weiterhelfen. Aber ich wollte herausfinden, was es mit Penelope macht. Ich wollte heraus kitzeln, wie Tabea reagiert. Daraus entstand dann Chicago Café – Hoffnung und Lemon Pie.

Eine postnatale Depression erlebte ich bisher zum Glück noch nie. Ich hoffe sehr, dass ich den Frauen, die eine durchleben mussten oder im Moment darunter leiden – sowie den Menschen an ihrer Seite – gerecht werde.

Ich weiß, ihr bekommt es oft gesagt: Auch wenn ihr euch so fühlt, ihr seid nicht allein! Und schon gar nicht seid ihr Versager und es ist nichts falsch bei euch. Auch wenn es sich so anfühlen mag.

Ihr seid auch nicht schwach, wenn ihr nicht mehr könnt, nicht mehr weiterwisst und um Hilfe bittet.

Eine Situation so anzuerkennen, wie sie ist, sie anzunehmen, zu akzeptieren und verändern zu wollen, erfordert Mut und beweist wahre Stärke.

Bitte lasst euch nicht einreden, auch von euch selbst nicht, dass ihr nichts wert seid, nur weil in euch die Dunkelheit herrscht.

Ihr seid gut.

Es gibt Hoffnung. Ihr mögt sie anfangs nicht sehen oder sie zeigt sich euch nicht, aber sie ist immer da.

Bitte gebt euch nicht auf und sucht Euch euch Hilfe. Egal, wie diese aussieht. Habt den Mut und traut euch. Dann könnt ihr auch andere, die sich in derselben Situation befinden, dazu ermutigen, sich helfen zu lassen.

Telefonseelsorge in Deutschland
+49 (0)800 111 0 111 (gebührenfrei)
+49 (0)800 111 0 222 (gebührenfrei)

Kinder- und Jugendtelefon
Tel. 11 61 11
Mo. - Sa.: 14:00 - 20:00 Uhr

Elterntelefon
Tel. 0800 11 10 55 0

https://www.deutsche-depressionshilfe.de/krisentelefone

https://www.neurologen-und-psychiater-im-netz.org/krise-notfall/akute-psychische-krise

https://deinkopfvollerfragen.de/wo-finde-ich-hilfe-in-der-krise/

Lilian Hamann
CHICAGO
CAFÉ
Liebe und Apple Crumble

Chicago Café

LIEBE UND APPLE CRUMBLE

Der erste Teil

Klappentext:

Durch einen tragischen Unglücksfall wird das Leben von Penelope Swan auf den Kopf gestellt und liegt seitdem in Trümmern. Sie schafft es nicht, diese Mosaikteile wieder zu einem Ganzen zusammenzusetzen.

Da erreicht sie ein Hilferuf aus Chicago.

Mutig springt Penelope über ihren eigenen Schatten, schiebt das erste Mal in ihrem Leben alle ihre Zweifel über Bord und folgt dem verzweifelten Ruf ihrer Tante Bernadette aus Windy City. Bernadette führt dort ein erfolgreiches, gemütliches Café und liegt gerade im Krankenhaus.

Penelope lernt nicht nur das Café, die pulsierende Metropole und ihre Tante besser kennen, sondern auch Kris, der jedoch nicht ehrlich zu ihr ist. Bis er schließlich seine Maske fallen lässt.

Wird sie sich der Herausforderung stellen, anderen Menschen und vor allem sich selbst, wieder zu vertrauen?

Danksagung

Es ist Zeit, danke zu sagen.

Ein Dank geht an meinen Mann, der manchmal verzweifelt, weil meine Protagonisten mit mir leben, und der mich unterstützt, indem er mich machen lässt.

Ein großes Dankeschön möchte ich meinen wundervollen Töchtern sagen, ohne die mein Leben nicht komplett wäre, und die mir leise oder manchmal auch lautstark aufzeigen, was wirklich wichtig ist. Ihr ist Lachen eine Note meiner Lebensmelodie.

Danken möchte ich auch meinen Eltern für ihre Unterstützung und in das Vertrauen in mich. Danke sagen möchte ich auch Jochen, dem Lebenspartner meiner Mutter.

Ich bedanke mich bei Betty für ihre Ehrlichkeit, bei Sonja für ihren Zuspruch, bei Finicella für Ihre Motivation und bei Daniela für ihr offenes Ohr.

Großer Dank geht an Rainer Wekwerth für die Covergestaltung und Anregungen bezüglich meines Manuskripts.

Ich bedanke mich bei Marion Mergen für das Lektorat. Harte Schule, aber es hat sich gelohnt.

Ich bedanke mich bei Andreas März für das sensible Korrektorat und Verständnis.

Und last, but not least bedanke ich mich bei Alexandra Mazar, die dieses Buch in Form gesetzt hat, für ihre Geduld und die Beantwortung zahlreicher Fragen.

Über die Autorin

Lilian Hamann, geboren in Frankfurt am Main, lebt mit ihrem Mann und zwei Kindern in Mitteldeutschland.

Schreiben bedeutet für sie, Bilder in den Köpfen der Menschen entstehen zu lassen.
Am liebsten schreibt sie bunte und gefühlvolle Geschichten. Denn sie findet, dass Gefühle gelebt werden wollen. Dabei greift sie auch Themen auf, über die sonst ein großer Bogen gemacht wird, aber dies auf sehr gefühlvolle Art.
Ideen und Inspirationen für ihre Geschichten findet sie im Alltag und beinahe an jeder Straßenecke.

Printed in Poland
by Amazon Fulfillment
Poland Sp. z o.o., Wrocław

24861826R00186